NIEZ

Tom

Niezgodna** wykracza poza **Igrzyska

wartką akcję i niewyczerpaną wyobraźnię
dopełnia refleksją nad dojrzewaniem
– do samodzielności i do miłości.
„New York Times"

*Zarówno **Niezgodna**, jak **Igrzyska śmierci***
przemawiają do wyobraźni swoją oryginalnością
i postaciami bohaterek-narratorek:
nie konwencjonalnych miłych dziewczynek,
lecz twardych, ostrych młodych kobiet.
Obie zaczynają od publicznego rytuału,
który zdeterminuje ich przyszłość.
I obie muszą wziąć udział w krwawej walce,
która rozgrywa się na oczach wszystkich.
„New York Times Book Review"

***Niezgodna** to wielka metafora dojrzewania –*
testy młodych bohaterów to testy,
jakie przechodzi każdy, kto wkracza w dorosłość.
„Wall Street Journal"

*Dla tych, którzy zakochali się w **Igrzyskach śmierci***
i nie boją się stawić czoło okrutnym testom siły i odwagi,
nagrodą jest ta niesamowita, nieprzewidywalna podróż
*z **Niezgodną**, z której nie da się zawrócić.*
„Publishers Weekly"

VERONICA ROTH

Trylogia NIEZGODNA

tom 1

NIEZGODNA

tom 2

ZBUNTOWANA

tom 3

WIERNA

oraz

Początek trylogii

CZTERY

NIEZGODNA

VERONICA ROTH

Przekład
DANIEL ZYCH

AMBER

Redakcja stylistyczna
Dorota Kielczyk

Korekta
Barbara Cywińska
Renata Kuk

Zdjęcie i projekt graficzny okładki
Motion Picture Artwork TM & © 2014 Summit Entertainment, LLC.

Tytuł oryginału
Divergent

Druk
Grafarti s.c.

ISBN 978-83-241-5371-8

Warszawa 2015. Wydanie III (dodruk)

Wydawnictwo AMBER Sp. z o.o.
02-952 Warszawa, ul. Wiertnicza 63
tel. 620 40 13, 620 81 62

www.wydawnictwoamber.pl

Matce, bo dała mi chwilę,
w której Beatrice zdaje sobie sprawę,
jak silna jest jej matka,
i dziwi się, że tak długo tego
nie zauważała

Rozdział 1

W moim domu jest jedno lustro. Za przesuwanym panelem, w korytarzu na piętrze. Nasza frakcja pozwala mi stawać przed nim drugiego dnia każdego trzeciego miesiąca, tego dnia kiedy matka obcina mi włosy.

Siedzę na stołku, a ona stoi za mną z nożyczkami i strzyże. Kosmyki spadają na podłogę martwym, jasnym kręgiem.

Kiedy kończy, odgarnia mi włosy z twarzy i skręca w węzeł. Widzę jej spokój i skupienie. Ma dużą wprawę w sztuce wyrzekania się siebie. O sobie nie mogę tego powiedzieć.

Ukradkiem zerkam na swoje odbicie, kiedy matka nie patrzy. Nie z próżności, tylko z ciekawości. Wygląd człowieka może się bardzo zmienić przez trzy miesiące.

Odbicie pokazuje wąską twarz, duże okrągłe oczy i długi cienki nos – wciąż wyglądam jak mała dziewczynka, chociaż niedawno, w ciągu ostatnich kilku miesięcy, stałam się szesnastolatką. Inne frakcje obchodzą urodziny, ale my nie. To byłoby pobłażanie sobie.

– Gotowe – oznajmia matka i upina kok. Łapie moje spojrzenie w lustrze. Już za późno, żeby odwrócić wzrok, ale zamiast mnie skarcić, uśmiecha się do naszego odbicia. Lekko marszczę brwi. Dlaczego nie daje mi reprymendy za to, że się sobie przyglądam? – A więc dziś jest ten dzień – mówi.

– Tak – odpowiadam.

– Denerwujesz się?

Przez chwilę wpatruję się sobie w oczy. Dziś jest dzień testu przynależności, który pokaże mi, do której z pięciu frakcji pasuję. A jutro, na Ceremonii Wyboru, zdecyduję, do której wstąpię. Zdecyduję o moim dalszym życiu. Zdecyduję, czy zostanę z rodziną, czy ją opuszczę.

– Nie. Testy wcale nie muszą zmieniać naszych wyborów.

– Racja. – Uśmiecha się. – Chodźmy na śniadanie.

– Dziękuję. Za obcięcie włosów.

Całuje mnie w policzek i zasuwa panel na lustro. Myślę, że w innym świecie moja matka byłaby piękna. Jej ciało pod szarą szatą jest smukłe. Ma wysokie kości policzkowe i długie rzęsy, a kiedy na noc rozpuszcza włosy, spływają falami na ramiona. Jednak w Altruizmie musi ukrywać urodę.

Idziemy razem do kuchni. W takie poranki, kiedy mój brat robi śniadanie, ojciec czyta gazetę i głaszcze mnie po włosach, a matka, nucąc pod nosem, sprząta ze stołu – właśnie w takie poranki czuję największe wyrzuty sumienia, że chcę ich opuścić.

Autobus śmierdzi spalinami. Za każdym razem, kiedy podskakuje na wybojach, rzuca mną na boki, chociaż trzymam się siedzenia.

Caleb, mój starszy brat, stoi w przejściu i trzyma się poręczy nad głową. Nie jesteśmy podobni. Ma ciemne włosy i orli nos ojca, zielone oczy i dołki w policzkach matki. Kiedy był młodszy, takie połączenie wyglądało dziwnie, ale teraz do niego pasuje. Jestem pewna, że gdyby nie należał do Altruizmu, dziewczyny w szkole by się za nim oglądały.

Odziedziczył też talent matki do wyrzekania się siebie. Bez namysłu ustąpił miejsca jakiemuś nadętemu Prawemu.

Prawy nosi czarny garnitur i biały krawat – typowy strój Prawości. Ich frakcja ceni uczciwość, a prawdę widzą czarno-białą, dlatego tak się ubierają.

Im bliżej centrum miasta, tym domy stoją bliżej siebie, a ulice są równiejsze. Budynek, który kiedyś nazywał się Sears Tower – my mówimy o nim Baza – wyrasta z mgły; czarna kolumna na tle horyzontu. Autobus przejeżdża pod wiaduktem kolejowym. Nigdy nie byłam w pociągu, chociaż jeżdżą bez przerwy, a tory są wszędzie. Tylko Nieustraszeni nimi podróżują.

Pięć lat temu budowlańcy z Altruizmu na ochotnika wymienili nawierzchnię niektórych dróg. Zaczęli od centrum i posuwali się ku przedmieściom, aż zabrakło im materiałów. Tam, gdzie mieszkam, ulice wciąż są popękane i dziurawe i niebezpiecznie po nich jeździć. Ale i tak nie mamy samochodu.

Caleb ma łagodny wyraz twarzy, kiedy autobus trzęsie się i podskakuje. Gdy ściska poręcz, żeby utrzymać równowagę, szara szata zsuwa mu się z ramienia. Ciągle rusza oczami – stąd wiem, że przygląda się ludziom dookoła. Stara się widzieć tylko ich i zapomnieć o sobie. Prawi cenią uczciwość, a my – pełne oddanie.

Autobus zatrzymuje się pod szkołą. Wstaję i szybko mijam Prawego. Łapię Caleba za ramię, kiedy potykam się o buty tamtego. Mam za długie nogawki, a nigdy nie poruszałam się z wdziękiem.

Są trzy szkoły w mieście: Niższe Poziomy, Średnie Poziomy i Wyższe Poziomy. Wyższe Poziomy jest najstarsza. Jak wszystkie inne budynki wokół, jest ze szkła i stali. Przed nią stoi duża metalowa rzeźba, na którą Nieustraszeni wspinają się po lekcjach i podpuszczają się, kto wejdzie wyżej. W zeszłym roku widziałam, jak jeden spadł i złamał nogę. To ja pobiegłam wtedy po pielęgniarkę.

– Dzisiaj test przynależności – mówię. Caleb jest starszy o niecały rok, więc jesteśmy w tej samej klasie.

Kiwa głową, wchodzimy głównym wejściem. I nagle spinają mi się mięśnie. Wyczuwam atmosferę zachłanności, jakby każdy szesnastolatek chciał z ostatniego dnia tutaj wchłonąć, ile się da. Możliwe, że po Ceremonii Wyboru już nigdy nie będziemy chodzić po tych korytarzach – bo kiedy wybierzemy, naszą dalszą nauką zajmą się nowe frakcje.

Dzisiaj lekcje mamy o połowę krótsze, więc zaliczymy wszystkie do lunchu. Po nim zaczną się testy. Już teraz serce bije mi szybciej.

– Czy ty w ogóle się nie przejmujesz, co ci powiedzą? – pytam Caleba.

Zatrzymujemy się na rozgałęzieniu korytarza. Brat zaraz pójdzie w jedną stronę, na wyższą matematykę, a ja w drugą, na historię frakcji.

Unosi brwi.

– A ty?

Mogłabym mu odpowiedzieć, że już od tygodni martwię się, co pokaże mi test – Altruizm, Prawość, Erudycję, Serdeczność czy Nieustraszoność.

Ale tylko uśmiecham się i mówię:

– Wcale nie.

On też się uśmiecha.

– No to... miłego dnia.

Przygryzam dolną wargę i idę na historię frakcji. Caleb nigdy nie odpowiada na moje pytania.

Korytarze są ciasne, choć dzięki światłu, które wpada przez okna, wydają się większe; w naszym wieku to jedyne miejsce, gdzie spotykają się różne frakcje. Dzisiaj w tłumie uczniów króluje nowy rodzaj energii: szaleństwo ostatniego dnia.

Dziewczyna z długimi kręconymi włosami krzyczy mi prosto w ucho „Cześć" i macha do stojącej daleko koleżanki. Rękawem kurtki dostaję w policzek. Potem popycha mnie jakiś Erudyta w niebieskim swetrze. Tracę równowagę, twardo upadam na podłogę.

– Z drogi, Sztywniaczko – rzuca i idzie dalej.

Czuję, jak pieką mnie policzki. Wstaję, otrzepuję się. Kiedy upadłam, kilka osób się zatrzymało, ale nikt mi nie pomógł. Odprowadzają mnie spojrzeniami do końca korytarza.

Takie rzeczy zdarzają się członkom mojej frakcji już od miesięcy. Erudycja puszcza artykuły źle mówiące o Altruizmie, co zaczęło wpływać na to, jak traktuje się nas w szkole. Szare ubranie, prosta fryzura i skromne zachowanie mają sprawić, że łatwiej zapomnę o sobie samej, a wszyscy inni zapomną o mnie. Ale teraz robią ze mnie cel.

Zatrzymuję się przy oknie w skrzydle E i czekam na Nieustraszonych. Robię tak co rano. Dokładnie o siódmej dwadzieścia pięć Nieustraszeni udowadniają, że są odważni, wyskakując z jadącego pociągu.

Ojciec mówi o Nieustraszonych „łobuzy". Noszą kolczyki, tatuaże, ubierają się na czarno. Ich główne zadanie to pilnować ogrodzenia wokół naszego miasta. Przed czym – nie wiem.

Powinni wprawiać mnie w zakłopotanie. Powinnam się dziwić, że odwaga, cecha ceniona przez nich najwyżej, ma coś wspólnego z kolczykiem w nosie. A jednak nie mogę oderwać od nich wzroku.

Słychać gwizd pociągu, dźwięk odbija się echem w mojej piersi. Reflektor z przodu miga, kiedy pociąg pędem mija szkołę i zgrzyta na żelaznych szynach. Z kilku ostatnich wagonów wyskakuje chmara chłopców i dziewczyn w ciemnych ubraniach. Jedni upadają, turlają się, inni się zataczają, przechodzą kilka kroków i odzyskują równowagę. Jakiś chłopak ze śmiechem obejmuje dziewczynę.

Oglądanie ich to taki mój głupi zwyczaj. Odwracam się od okna i przeciskam przez tłum do sali, w której mam lekcje historii frakcji.

Rozdział 2

Testy zaczynają się po lunchu. Siedzimy przy długich stołach w stołówce, a administratorzy testów wywołują po dziesięć nazwisk, po jednej osobie na każdą salę egzaminacyjną. Siedzę obok Caleba, po drugiej stronie siedzi nasza sąsiadka Susan.

Ojciec Susan w pracy jeździ po mieście, dlatego ma samochód i codziennie podwozi ją do szkoły. Nam też to proponował, ale jak mówi Caleb, wolimy wyjść wcześniej i nie chcemy robić mu kłopotu.

Jasne.

Administratorzy są w większości ochotnikami z Altruizmu, jednak w jednej z sal egzaminacyjnych siedzi Erudyta, a w innej Nieustraszony. Testują Altruistów – regulamin zabrania, żeby robił to ktoś z naszej frakcji. Nie wolno nam też w jakikolwiek sposób przygotowywać się do testów, dlatego nie wiem, czego się spodziewać.

Spojrzeniem wędruję od Susan do stołu Nieustraszonych po drugiej stronie sali. Śmieją się, przekrzykują, grają w karty. Przy innych stołach Erudyci rozmawiają nad książkami i gazetami, ciągle gonią za wiedzą.

Dziewczyny z Serdeczności ubrane na żółto i czerwono siedzą w kółku na podłodze stołówki i w coś się bawią – klaszczą i śpiewają jakąś rymowankę. Co kilka minut słyszę ich chóralny śmiech, kiedy któraś odpada i musi usiąść pośrodku kręgu. Przy stole obok chłopcy z Prawości wymachują rękami. Chyba o coś się spierają, ale na pewno o nic ważnego, bo niektórzy cały czas się uśmiechają.

Przy stole Altruizmu siedzimy spokojnie i czekamy. Zwyczaje frakcji regulują nawet zachowanie w zwykłych sytuacjach i są ważniejsze od własnych chęci. Wątpię, żeby wszyscy Erudyci chcieli się ciągle uczyć albo żeby każdy

Prawy lubił gorące dyskusje – ale oni wszyscy, tak samo jak ja, muszą przestrzegać norm swoich frakcji.

Caleb zostaje wywołany w następnej dziesiątce. Pewnym krokiem idzie do wyjścia. Nie muszę życzyć mu powodzenia ani zapewniać, że nie ma się czym przejmować. Zna swoje miejsce i o ile pamiętam, znał je zawsze. Moje pierwsze wspomnienie o nim jest z czasów, kiedy mieliśmy po cztery lata. Skarcił mnie wtedy, bo na placu zabaw nie oddałam swojej skakanki jakiejś małej dziewczynce, która nie miała się czym bawić. Caleb rzadko mnie poucza, ale zapamiętałam jego karcące spojrzenie.

Próbowałam mu kiedyś wytłumaczyć, że mam inne odruchy – w autobusie nawet nie przyszło mi do głowy, żeby ustąpić miejsca Prawemu – ale on tego nie rozumie. Zawsze mówi: „Po prostu rób, co do ciebie należy". To dla niego łatwe, więc dla mnie też powinno być łatwe.

Czuję, jak zaciska mi się żołądek. Zamykam oczy, otwieram je dopiero po dziesięciu minutach, kiedy Caleb znowu siada.

Jest blady jak ściana. Przesuwa dłońmi po nogach tak jak ja, kiedy chcę je wytrzeć z potu. Kiedy podnosi ręce, drżą mu palce. Otwieram usta, żeby go o coś zapytać, ale słowa więzną mi w gardle. Nie wolno mi pytać o wynik testu, a jemu nie wolno odpowiadać.

Ochotnik z Altruizmu wyczytuje kolejnych dziesięć nazwisk. Dwie osoby z Nieustraszoności, dwie z Erudycji, dwie z Serdeczności, dwie z Prawości, a potem: „z Altruizmu: Susan Black i Beatrice Prior".

Wstaję, bo powinnam, ale gdyby to ode mnie zależało, siedziałabym dalej. Czuję się, jakbym miała w piersiach balon, który rośnie z każdą sekundą i zaraz mnie rozerwie od środka. Idę za Susan do wyjścia. Ci, których mijamy, pewnie nas nie rozróżniają. Mamy takie same ubrania i tak samo uczesane jasne włosy. Jedyna różnica polega na tym, że może Susan nie czuje się teraz tak, jakby za chwilę miała zwymiotować, a z tego, co widzę, dłonie nie drżą jej aż tak mocno i nie musi ściskać brzegu koszuli, żeby je uspokoić.

Czeka na nas dziesięć sal obok stołówki. Używa się ich tylko do testów przynależności, więc jeszcze nigdy w żadnej nie byłam. W przeciwieństwie do innych pomieszczeń szkoły, nie są oddzielone szybą, ale lustrami. Kiedy idę do drzwi, widzę siebie, bladą i wystraszoną. Susan uśmiecha się do mnie nerwowo i wchodzi do sali numer 5, a ja do sali numer 6, gdzie czeka jakaś kobieta z Nieustraszoności.

Nie wygląda tak surowo jak ci młodzi Nieustraszeni, których widziałam. Ma małe ciemne i skośne oczy, nosi dżinsy i czarną marynarkę jak od męskiego garnituru. Dopiero kiedy się odwraca, żeby zamknąć drzwi, widzę tatuaż na jej karku, czarno-białego jastrzębia z czerwonym okiem. Gdyby serce właśnie nie podchodziło mi do gardła, zapytałabym, co on oznacza. Musi coś oznaczać.

Lustra pokrywają wewnętrzne ściany sali. Mogę obejrzeć swoje odbicie pod każdym kątem: szary materiał ukrywający kształt pleców, moją długą szyję, moje zaczerwienione dłonie z wystającymi kostkami. Sufit błyszczy białym światłem. Na środku sali stoi rozkładany fotel, taki jak u dentysty, a obok jakaś maszyna. To miejsce wygląda, jakby działy się tu straszne rzeczy.

– Nie bój się – odzywa się kobieta. – To nie boli.

Włosy ma czarne i proste, ale w świetle widzę, że poprzetykane siwizną.

– Usiądź wygodnie. Mam na imię Tori.

Niezdarnie siadam na fotelu, odchylam się i opieram głowę na zagłówku. Światło razi mnie w oczy. Tori robi coś przy urządzeniu po mojej prawej stronie. Próbuję się skupić na niej, a nie na kablach w jej dłoniach.

– Dlaczego jastrząb? – wypalam, kiedy przyczepia mi elektrody do czoła.

– Jeszcze nigdy nie spotkałam ciekawskiej Altruistki – odpowiada, unosząc brwi.

Przechodzi mnie dreszcz, na ramionach pojawia się gęsia skórka. Moja ciekawość to błąd, zdrada zasad Altruizmu.

Nucąc pod nosem, przyciska mi następną elektrodę do czoła.

– W niektórych częściach starożytnego świata jastrząb symbolizował słońce – wyjaśnia. – Kiedy kazałam go sobie wytatuować, myślałam, że jeśli zawsze będę miała słońce na sobie, to już nie będę się bała ciemności.

Staram się powstrzymać od kolejnego pytania, ale nie mogę.

– Boisz się ciemności?

– Bałam się ciemności – poprawia. Następną elektrodę przyciska do własnego czoła i podłącza do niej kabel. Wzrusza ramionami. – Teraz przypomina mi o strachu, który przezwyciężyłam.

Staje za mną. Ściskam poręcze tak mocno, że aż bieleją mi kostki. Kobieta przeciąga kable do siebie, przyczepia je do mnie, do siebie, do maszyny za sobą. Potem podaje mi fiolkę przezroczystego płynu.

– Wypij.

– Co to jest? – Gardło mam spuchnięte, z trudem przełykam ślinę. – Co się teraz stanie?

– Nie mogę ci powiedzieć. Po prostu mi zaufaj.

Wypuszczam powietrze z płuc i wlewam do ust zawartość fioki. Oczy mi się zamykają.

Otwieram je po chwili, ale jestem już gdzie indziej. Znowu stoję w szkolnej stołówce, jednak wszystkie długie stoły są puste, a przez szklane ściany widzę, że pada śnieg. Na blacie przede mną są dwa koszyki. W jednym leży kawałek sera, a w drugim nóż długi jak moje przedramię.

– Wybieraj – rozkazuje kobiecy głos za mną.

– Jak to?

– Wybieraj – powtarza.

Oglądam się przez ramię, ale nikogo nie ma. Odwracam się z powrotem do koszyków.

– Co mam z tym zrobić?

– Wybieraj! – wrzeszczy głos.

Kiedy na mnie krzyczy, strach znika, zastępuje go upór. Marszczę brwi i krzyżuję ramiona.

– Jak sobie chcesz – mówi głos.

Koszyki znikają. Słyszę skrzypienie drzwi i odwracam się, żeby zobaczyć, kto wchodzi. Widzę, że nie „kto", a „co". Kilka metrów przede mną stoi jakiś pies o szpiczastym pysku. Czai się, skrada, szczerzy białe kły. Z głębi jego gardła dobiega warczenie i teraz wiem, do czego przydałby mi się ser. Albo nóż. Ale już za późno.

Myślę o ucieczce, jednak pies będzie ode mnie szybszy. Nie dam rady go przygnieść do podłogi. Serce mi wali. Muszę podjąć decyzję. Gdybym tylko mogła przeskoczyć blat i użyć go jako tarczy – nie, przecież jestem za niska, żeby dać takiego susa, i za słaba, żeby przewrócić stół.

Pies warczy, ten dźwięk niemal wibruje mi w czaszce.

Według książki do biologii psy wyczuwają strach dzięki substancjom chemicznym wydzielanym pod wpływem stresu przez ludzkie gruczoły – takie same substancje wydziela szczuta przez psy zwierzyna. Zapach strachu skłania je do ataku. Pies zbliża się powoli, pazurami drapie o podłogę.

Nie mogę uciec. Nie mogę walczyć. Wdycham więc śmierdzący oddech psa i próbuję nie myśleć, co właśnie jadł. W jego oczach nie ma białek, tylko lśniąca czerń.

Co jeszcze wiem o psach? Nie powinnam mu patrzeć w oczy. To oznaka agresji. Pamiętam, że kiedy byłam mała, prosiłam ojca o pieska, ale teraz, gdy wpatruję się w podłogę pod psimi łapami, nie mogę sobie przypomnieć dlaczego.

Zwierzę się zbliża, wciąż warczy. Jeżeli patrzenie mu oczy to oznaka agresji, co jest oznaką uległości?

Oddycham głośno, ale spokojnie. Klękam. Wcale nie mam ochoty kłaść się przed psem na podłodze, bo wtedy kły znajdą się na wysokości mojej twarzy. To jednak najlepsze wyjście, jakie mam. Wyciągam do tyłu nogi i opieram się na łokciach. Pies podkrada się bliżej, coraz bliżej, aż w końcu czuję jego ciepły oddech. Drżą mi ramiona.

Szczeka mi do ucha. Zaciskam zęby, żeby nie krzyczeć.

Coś szorstkiego i wilgotnego dotyka mojego policzka. Pies przestaje warczeć. Dyszy, kiedy unoszę głowę, żeby znowu na niego popatrzeć. Liże mnie po twarzy. Marszczę czoło i siadam w kucki. Zwierzę opiera się łapami o moje kolana, liże mi podbródek. Wzdrygam się, wycieram ślinę i się śmieję.

– Wcale nie jesteś taką straszną bestią, co?

Wstaję powoli, żeby go nie wystraszyć, ale teraz wydaje się całkiem innym zwierzęciem niż jeszcze kilka sekund temu. Ostrożnie wyciągam rękę, tak żebym mogła ją w razie czego cofnąć. Zwierzę trąca ją łbem. Nagle zaczynam się cieszyć, że nie wzięłam noża.

Mrugam, a gdy znów otwieram oczy, po drugiej stronie pokoju stoi jakieś dziecko w białym ubranku. Wyciąga ręce i piszczy:

– Piesek!

Mała dziewczynka biegnie do stojącego obok mnie zwierzęcia. Otwieram usta, żeby ją ostrzec, ale jest za późno. Pies się odwraca. Nie warczy, tylko szczeka, ujada i kłapie zębami, a mięśnie napinają mu się jak kłębki drutu. Szykuje się do skoku. Bez namysłu sama skaczę. Rzucam się na psa, ściskam ramionami jego grubą szyję.

Uderzam głową o podłogę. Pies znika, mała dziewczynka też. Jestem w sali testów sama. Powoli się obracam i nie widzę siebie w żadnym z luster. Otwieram drzwi, wychodzę na korytarz, ale to nie korytarz, to autobus. Wszystkie miejsca są zajęte.

Staję w przejściu między siedzeniami, łapię się poręczy. Obok siedzi jakiś mężczyzna z gazetą. Papier zasłania mu twarz, ale widzę jego dłonie. Ma na nich blizny, chyba od poparzeń. Ściska gazetę tak mocno, jakby chciał ją pomiąć.

– Znasz tego faceta? – pyta.

Stuka palcem w fotografię na pierwszej stronie. Nad nią jest nagłówek: „Brutalny morderca wreszcie schwytany!" Wpatruję się w słowo „morderca". Dużo czasu minęło, odkąd ostatnio czytałam to słowo, sam jego kształt napełnia mnie przerażeniem.

Na zdjęciu widać brodatego młodego mężczyznę o zwyczajnej twarzy. Mam wrażenie, że skądś go znam, ale nie potrafię sobie przypomnieć skąd. Jednocześnie wydaje mi się, że to zły pomysł, żeby się do tego przyznawać.

– I co? – W jego głosie słyszę złość. – Znasz go?

Zły pomysł. Nie – bardzo zły pomysł. Serce mi wali. Mocno ściskam poręcz. Chcę powstrzymać drżenie rąk, żeby się nie zdradzić. Jeśli przyznam się, że znam człowieka ze zdjęcia, to stanie się ze mną coś strasznego. Muszę jakoś przekonać mężczyznę, że nie znam. Mogę chrząknąć i wzruszyć ramionami – chociaż wtedy skłamię.

Chrząkam.

– Znasz go?

Wzruszam ramionami.

– No to jak?

Przechodzi mnie dreszcz. Mój strach nie ma sensu. To tylko test, to nie dzieje się naprawdę.

– Nie znam – odpowiadam swobodnie. – Nie mam pojęcia, kto to jest.

Mężczyzna wstaje, wreszcie widzę jego twarz. Nosi okulary przeciwsłoneczne, ze złością wykrzywia usta. Oddech cuchnie mu papierosami. To nie dzieje się naprawdę, przypominam sobie. To nie dzieje się naprawdę.

– Kłamiesz – mówi. – Kłamiesz!

– Nie kłamię.

– Widzę po twoich oczach.

Prostuję się.

– Na pewno nie.

– Jeśli go znasz – ścisza głos – mogłabyś mnie uratować. Mogłabyś mnie uratować!

Mrużę oczy.

– Hm. – Zagryzam zęby. – Nie znam.

Rozdział 3

Kiedy się budzę, mam spocone dłonie, a w dołku ściska mnie poczucie winy. Leżę na fotelu, w sali z lustrami. Odchylam głowę i widzę za sobą Tori. Zaciska wargi, zdejmuje elektrody z naszych głów. Czekam, aż powie coś o teście – że się skończył albo że dobrze wypadł. Chociaż czy taki test w ogóle może źle wypaść? Jednak niczego nie mówi, tylko dalej ściąga mi kable z czoła.

Siadam, wycieram dłonie o spodnie. Musiałam zrobić coś nie tak, nawet jeśli tylko we własnej wyobraźni. Czy Tori ma taką dziwną minę, bo nie wie, jak mi powiedzieć, że okropny ze mnie człowiek? Chcę, żeby coś powiedziała.

– To było zdumiewające – mówi. – Przepraszam, zaraz wracam.

Zdumiewające?

Przyciągam kolana do piersi i chowam w nich twarz. Chciałabym się popłakać, bo łzy przyniosłyby mi ulgę, ale nie potrafię. Jak można oblać test, do którego nie wolno się przygotować?

Czas mija, ja coraz bardziej się denerwuję. Co kilka sekund muszę wycierać pot z dłoni – a może po prostu tak robię, bo to pomaga mi się uspokoić. A jeśli stwierdzą, że się nie nadaję do żadnej frakcji? Musiałaby wtedy żyć na ulicy, razem z resztą bezfrakcyjnych. Ja tak nie mogę. Brak frakcji to nie tylko życie w biedzie i niewygodzie. To także życie w odcięciu od reszty społeczeństwa, od tego, co najważniejsze – od wspólnoty.

Matka powiedziała mi kiedyś, że samotnie nie da się przetrwać – a gdyby nawet jakoś się udało, to nikt nie chce takiego życia. Bez frakcji nie miałoby celu ani sensu.

Kręcę głową. Nie wolno mi tak myśleć. Muszę być spokojna.

Wreszcie drzwi się otwierają i wchodzi Tori. Łapię za poręcze fotela.

– Przepraszam, że cię zmartwiłam – mówi.

Staje obok mnie, z rękami w kieszeniach. Jest blada i zdenerwowana.

– Beatrice, twoje wyniki nie były jednoznaczne. Zwykle na każdym etapie symulacji eliminuje się jedną albo więcej frakcji, ale w twoim przypadku wykluczono tylko dwie.

Wpatruję się w nią.

– Dwie? – Gardło mam tak ściśnięte, że aż ciężko mi mówić.

– Gdybyś odruchowo poczuła niechęć do noża i wybrała ser, symulacja poprowadziłaby cię według innego scenariusza, który potwierdziłby twoją przynależność do Serdeczności. Tak się nie stało, dlatego Serdeczność została wykluczona. – Tori drapie się po karku. – Zazwyczaj symulacja postępuje liniowo, wskazuje jedną frakcję poprzez wykluczenie innych. Twoje wybory nie pozwalały jednak wykluczyć drugiej możliwości, Prawości, dlatego musiałam zmienić symulację i umieścić cię w autobusie. Ten twój upór przy nieprawdzie wykluczył Prawość. – Uśmiecha się lekko. – Nie martw się. W tamtej sytuacji tylko Prawy by nie skłamał.

Rozluźnia się jeden z węzłów zasupłanych w moim żołądku. Może nie jestem aż taka okropna.

– To jednak nie mówi wszystkiego. Nie kłamią Prawi... ale i Altruiści – ciągnie. – I tu mamy problem.

Otwieram usta.

– Z jednej strony, wolałaś sama rzucić się na psa, niż pozwolić mu zaatakować dziewczynkę, a to reakcja zorientowana na Altruizm... a z drugiej, kiedy tamten mężczyzna powiedział, że prawda by go uratowała, i tak nie chciałaś jej zdradzić. Taka odpowiedź nie wskazuje już na Altruizm – wzdycha. – To, że nie uciekłaś przed psem, świadczy o przynależności do Nieustraszonych, ale na to samo wskazuje wybór noża, a tego nie zrobiłaś – chrząka. – Z rozmysłem zareagowałaś na psa, i to wskazuje na silną skłonność do Erudycji. Nie mam pojęcia, co skłoniło cię do decyzji podjętych na pierwszym etapie, ale...

– Chwileczkę – przerywam jej. – Czyli nie masz pojęcia, jaka jest moja przynależność?

– I tak, i nie. Moim zdaniem jednakowo nadajesz się do Altruizmu, Nieustraszonych i Erudycji – wyjaśnia. – Takich, którzy uzyskują podobny wynik... – ogląda się przez ramię, jakby myślała, że ktoś się za nią pojawi – nazywa się Niezgodnymi.

Ostatnie słowo wypowiada tak cicho, że ledwo je słyszę. Znowu wygląda na zdenerwowaną i zmartwioną. Obchodzi fotel i nachyla się do mnie.

– Beatrice, w żadnym wypadku nie mów o tym nikomu. To bardzo ważne.

– Nie wolno nam rozmawiać o wynikach testów. – Kiwam głową. – Wiem.

– Nie. – Przykuca obok fotela i opiera ramiona o poręcz. Nasze twarze są w odległości zaledwie kilku centymetrów. – To coś innego. Nie chodzi mi o to, że masz teraz o tym nie mówić; chodzi o to, że nigdy nie wolno ci o tym mówić, nikomu, nieważne, co się wydarzy. Niezgodność jest bardzo niebezpieczna. Rozumiesz?

Nie rozumiem. Jak wynik testu, który nie daje rozstrzygnięcia, może być niebezpieczny? Mimo to przytakuję. I tak nie mam ochoty opowiadać o swoich wynikach.

– Dobrze. – Zsuwam ręce z poręczy i wstaję. Jest mi nieswojo.

– Proponuję, żebyś teraz poszła do domu. Musisz przemyśleć wiele spraw, a czekanie razem z innymi nic ci nie da.

– Muszę powiedzieć bratu, dokąd idę.

– Ja mu powiem.

Dotykam czoła. Kiedy wychodzę z sali, wpatruję się w podłogę. Nie potrafię spojrzeć Tori w oczy. Nie potrafię myśleć o jutrzejszej Ceremonii Wyboru.

Wybór należy teraz do mnie, bez względu na test.

Altruizm, Nieustraszoność. Erudycja.

Niezgodność.

Postanawiam nie jechać autobusem. Jeśli wrócę wcześniej, ojciec to zauważy, gdy pod koniec dnia sprawdzi domowe rejestry, i będę musiała wytłumaczyć, co się stało. Idę więc piechotą. Muszę spotkać się z Calebem, zanim powie coś rodzicom. Caleb potrafi dochować tajemnicy.

Idę środkiem ulicy. Autobusy zwykle jeżdżą blisko krawężników, więc tutaj jest bezpieczniej. Czasem na ulicach niedaleko swojego domu widzę ślady żółtych linii. Teraz, gdy jeździ tak mało samochodów, linie do niczego się nie przydają. Nie potrzebujemy też sygnalizatorów, ale gdzieniegdzie jeszcze kołyszą się groźnie nad ulicą, jakby w każdej chwili mogły spaść.

Powoli odnawiane miasto to przeplatanka nowych, czystych budynków i starych, walących się ruder. Nowe domy stoją głównie niedaleko bagna, które dawno temu było jeziorem. Większość remontów przeprowadza agencja ochotników z Altruizmu, dla której pracuje moja matka.

Gdy patrzę z boku na życie Altruistów, myślę sobie, że jest piękne. Kiedy obserwuję harmonię swojej rodziny; kiedy wspólnie idziemy na kolację, a potem razem sprzątamy i nikogo nie trzeba o to prosić; kiedy widzę, jak Caleb pomaga obcym ludziom nosić zakupy – wtedy znowu zakochuję się w tym życiu. Problemy zaczynają się dopiero, gdy sama próbuję tak żyć. Chyba nigdy nie robię tego szczerze.

Jednak wybór innej frakcji oznaczałby, że na zawsze opuszczę rodzinę.

Zaraz za sektorem Altruizmu ciągnie się pasmo szkieletów domów i popękanych chodników, przez które teraz idę. W niektórych miejscach droga zupełnie się zapadła, odsłaniając kanały i puste tunele metra – muszę je uważnie omijać. Gdzie indziej tak mocno śmierdzi odpadkami i ściekami, że zatykam nos.

To właśnie tutaj mieszkają bezfrakcyjni. Nie udało im się przejść inicjacji w wybranej frakcji, dlatego żyją w nędzy i zajmują się tym, czego inni nie chcą robić. Są dozorcami, śmieciarzami, pracują na budowach, przędą tkaniny, kierują pociągami i autobusami. Za swoją pracę dostają jedzenie i ubranie. Ale jak powtarza matka, jednego i drugiego za mało.

Widzę jakiegoś bezfrakcyjnego, stoi przede mną na rogu ulicy. Nosi podarte brązowe łachmany, na szczęce ma obwisłą skórę. Wpatruje się we mnie. Odwzajemniam spojrzenie, nie potrafię odwrócić wzroku.

– Przepraszam – odzywa się zachrypniętym głosem. – Masz jakieś jedzenie?

Coś ściska mnie za gardło. Słyszę wewnętrzny surowy nakaz: „Schyl głowę i idź dalej". Nie, nie powinnam bać się tego człowieka. Potrzebuje pomocy, a ja powinnam mu pomóc.

– Eee... tak – odpowiadam. Sięgam do torby. Ojciec mówi, żebym zawsze nosiła coś do jedzenia, właśnie na taki wypadek. Podaję mężczyźnie małą paczkę suszonych kawałków jabłka.

Sięga po nie, ale zamiast wziąć owoce, zaciska dłoń na moim nadgarstku. Uśmiecha się. Na przodzie brakuje mu zęba.

– Rany, ale ty masz piękne oczy – mówi. – Szkoda, że cała reszta taka zwyczajna.

Serce mi łomocze. Szarpię rękę, ale on ściska jeszcze mocnej. W jego oddechu wyczuwam coś kwaśnego i nieprzyjemnego.

– Kochana, chyba jesteś trochę za młoda, żeby tu sama chodzić.

Przestaję się szarpać, bardziej się wyprostowuję. Wiem, że wyglądam na mniej lat. Nie trzeba mi tego przypominać.

– Jestem starsza, niż wyglądam – odpowiadam. – Mam szesnaście lat.

Facet szerzej otwiera usta, odsłania szary trzonowiec z ciemną dziurą z boku. Trudno stwierdzić, czy się teraz śmieje, czy krzywi.

– Więc dzisiaj jest twój specjalny dzień? Dzień przed wyborem?

– Puść mnie. – W uszach mi dzwoni. Mój głos brzmi wyraźnie i stanowczo. Nie spodziewałam się tego. Jakby nie należał do mnie.

Jestem gotowa. Wiem, co robić. Wyobrażam sobie, jak cofam łokieć i uderzam. Widzę odlatującą ode mnie torebkę z jabłkami. Słyszę, jak biegnę. Jestem gotowa do akcji.

Ale wtedy bezfrakcyjny puszcza nadgarstek, zabiera jabłka i mówi:

– Wybierz mądrze, dziewczyno.

Rozdział 4

Według zegarka, na swoją ulicę docieram pięć minut wcześniej niż zwykle. Zegarek to jedyna ozdoba, jaką wolno nosić Altruistom, tylko dlatego, że jest potrzebna. Mój ma szary pasek i szklaną szybkę. Jeśli odpowiednio ją przechylę, na ręce prawie widzę swoje odbicie.

Na mojej ulicy wszystkie domy mają ten sam rozmiar i kształt. Zbudowane są z szarego betonu. Do tego kilka okien – takich zwykłych, praktycznych prostokątów. Na trawnikach rośnie palusznik, a skrzynki pocztowe są z matowego metalu. Niektórym ten widok może się wydawać ponury, ale mnie uspokaja jego prostota.

Wbrew temu, co myślą w innych frakcjach, ta prostota nie wzięła się z niechęci do oryginalności. Domy, ubrania, fryzury mają nam pomóc zapomnieć o sobie samych i chronić przed próżnością, chciwością i zawiścią, które są odmianami egoizmu. Kiedy posiadamy niewiele, to i chcemy niewiele, wszyscy jesteśmy równi, niczego sobie nie zazdrościmy.

Próbuję to polubić.

Siadam przed domem na schodkach i czekam na Caleba. Nie czekam długo. Po chwili widzę ubrane na szaro postacie idące ulicą. Słyszę śmiech. W szkole staramy się nie zwracać na siebie uwagi, w domu jednak zaczynamy się bawić i śmiać. Ale nawet wtedy nikt nie lubi moich złośliwych uwag. Złośliwość jest zawsze czyimś kosztem. Może i lepiej, że w Altruizmie każą mi ją tłumić. Może wcale nie muszę opuszczać rodziny. Może gdybym bardzo się starała zachowywać jak Altruistka, udawanie zmieniłoby się w rzeczywistość.

– Beatrice! – woła Caleb. – Co się stało? Nic ci nie jest?

– Nie, w porządku.

Caleb stoi z Susan i jej bratem Robertem. Susan patrzy na mnie jakoś dziwnie, jakbym była kimś innym, a nie tą, którą znała jeszcze dzisiaj rano. Wzruszam ramionami.

– Po teście zrobiło mi się niedobrze. To pewnie przez ten płyn, który nam dali. Ale już mi lepiej.

Staram się uśmiechać przekonywająco. Z Susan i Robertem chyba mi się udało, ale Caleb mruży oczy, jak zawsze, kiedy podejrzewa kogoś o kłamstwo.

– Jechaliście dzisiaj autobusem? – pytam. Wcale mnie nie obchodzi, jak Susan i Robert wracali ze szkoły, ale muszę zmienić temat.

– Ojciec musiał pracować do późna – odpowiada Susan – i powiedział, żebyśmy trochę porozmyślali przed jutrzejszą ceremonią.

Serce wali mi na myśl o ceremonii.

– Jak chcesz, przyjdź później, będziesz mile widziana – uprzejmie zaprasza ją Caleb.

– Dziękuję. – Susan uśmiecha się do niego.

Robert unosi brew, patrzy na mnie. Wymieniamy się takimi spojrzeniami już od roku, od kiedy Susan i Caleb zaczęli nieśmiało flirtować, tak jak to robią tylko Altruiści. Mój brat odprowadza Susan wzrokiem. Aż muszę go szarpnąć za ramię, żeby się ocknął. Idziemy do domu, zamykam za nami drzwi.

Caleb odwraca się do mnie. Jego ciemne, proste brwi zbiegają się i pojawia się między nimi zmarszczka. Kiedy robi taką minę, bardziej niż matkę przypomina ojca. Widzę wtedy, jak jego dalsze życie układa się tak jak życie ojca. Zostaje w Altruizmie, uczy się zawodu, żeni z Susan i zakłada rodzinę. Cudowne.

Mogę tego już nigdy nie zobaczyć.

– Teraz powiesz mi prawdę? – pyta cicho.

– Prawda jest taka, że mam z tobą o tym nie rozmawiać. A ty masz mnie o to nie pytać.

– Naginasz wszystkie zasady, a tej jednej nie możesz? Nawet w tak poważnej sprawie? – Marszczy brwi, przygryza kącik ust. Chociaż jego słowa brzmią oskarżycielsko, to chyba chodzi mu o wydobycie ze mnie informacji. Jakby naprawdę zależało mu na odpowiedzi.

Mrużę oczy.

– A ty powiesz? Caleb, co było w twoim teście?

Patrzymy na siebie. Słyszę gwizd lokomotywy, tak cichy, że równie dobrze mógłby to być tylko wiatr wyjący na ulicach. Poznaję ten dźwięk. Brzmi w nim Nieustraszoność, wzywa mnie.

– Tylko... nie mów rodzicom co się stało, okay? – odzywam się po chwili.

Przez moment spogląda mi w oczy, wreszcie kiwa głową.

Chcę iść na górę i się położyć. Test, spacer i spotkanie z bezfrakcyjnym zupełnie mnie wykończyły. Ale Caleb zrobił dzisiaj śniadanie, mama lunch, a wczoraj wieczorem kolację przygotował ojciec, więc teraz moja kolej. Biorę głęboki wdech i ruszam do kuchni.

Przychodzi do mnie Caleb. Zaciskam zęby. We wszystkim mi pomaga. Najbardziej denerwuje mnie w nim właśnie ta naturalna dobroć, ta wrodzona ofiarność.

Pracujemy razem, nie odzywamy się do siebie. Gotuję groszek na kuchence. Caleb rozmraża cztery kawałki kurczaka. Teraz jemy głównie mrożonki albo konserwy, bo farmy leżą bardzo daleko. Matka kiedyś mi opowiadała, że dawno temu byli tacy ludzie, którzy specjalnie nie kupowali żywności genetycznie zmodyfikowanej, bo uważali, że jest nienaturalna. My nie mamy wyboru.

Gdy rodzice wracają do domu, kolacja jest gotowa, a stół nakryty. Ojciec stawia teczkę na podłodze i całuje mnie w głowę. Inni widzą w nim człowieka, który nie znosi sprzeciwu, może nawet za bardzo – ale on jest też czuły. Staram się dostrzegać tylko jego dobre strony. Naprawdę się staram.

– Jak poszedł test? – pyta.

Nakładam groszek do wazy.

– Świetnie. – Nie mogłabym zostać Prawą. Za łatwo kłamię.

– Słyszałam, że przy jednym z testów zrobiło się jakieś zamieszanie – wtrąca się matka.

Tak jak ojciec, ona też pracuje w administracji, ale kieruje projektami związanymi z rozwojem miasta. Zajmuje się rekrutacją ochotników do przeprowadzania testów przynależności. Większość czasu spędza jednak na pomocy bezfrakcyjnym. Zaopatruje ich w jedzenie, szuka dla nich mieszkań i pracy.

– Naprawdę? – zaciekawia się ojciec.

Problemy z testami przynależności zdarzają się rzadko.

– Niewiele o tym wiem, ale moja przyjaciółka Erin mówiła, że przy jednym z testów coś poszło tak źle, że wyniki trzeba było podać ustnie. – Matka kładzie serwetkę przy każdym nakryciu. – Najwyraźniej jakiś uczeń źle się poczuł i odesłano go wcześniej do domu. – Wzrusza ramionami. – Mam nadzieję, że nikomu nic się nie stało. A wy, słyszeliście coś o tym?

– Nie. – Caleb uśmiecha się do matki.

On też nie mógłby zostać Prawym.

Siedzimy przy stole. Posiłek zawsze podajemy od prawej strony, nikt nie zaczyna jeść, aż wszyscy go nie dostaną. Ojciec wyciąga ręce do matki i brata, a oni wyciągają ręce do niego i do mnie. Dziękuję Bogu za jedzenie, pracę, przyjaciół i rodzinę. W Altruizmie nie wszystkie rodziny są religijne, ale ojciec mówi, że powinniśmy starać się nie dostrzegać takich różnic, bo to tylko by nas dzieliło. Nie wiem, co o tym myśleć.

– A teraz – matka zwraca się do ojca – opowiadaj.

Chwyta ojca za dłoń i kciukiem zatacza mu małe kółko po kostkach. Wpatruję się w ich złączone ręce. Moi rodzice się kochają, ale przy nas rzadko okazują sobie czułość. Uczyli nas, że kontakt fizyczny ma w sobie wielką siłę, dlatego od dziecka się go wystrzegam.

– No, powiedz, co cię dręczy? – dodaje matka.

Wpatruję się w talerz. Czasem zaskakuje mnie jej wyczucie. Teraz mam wyrzuty sumienia. Dlaczego tak bardzo skupiłam się na sobie, że nie zauważyłam głębokiej zmarszczki na czole ojca i tego, że się zgarbił?

– Miałem ciężki dzień w pracy – zaczyna. – Tak naprawdę to Marcus miał ciężki dzień. Nie powinienem mieć do niego pretensji.

Marcus pracuje razem z ojcem. Obaj stoją na czele rządu. Miastem rządzi rada złożona z pięćdziesięciu osób, samych przedstawicieli Altruizmu, bo naszą frakcję uważa się za nieprzekupną właśnie dlatego, że jesteśmy tacy bezinteresowni. Liderzy Altruizmu są wybierani spośród równych, bierze się przy tym pod uwagę nienaganny charakter, przywiązanie do zasad i zdolności przywódcze. Przedstawiciele innych frakcji na spotkaniach rady mogą wypowiadać się w różnych sprawach, ale to ona podejmuje ostateczną decyzję. Jej członkowie działają wspólnie, ale Marcus ma największe wpływy.

Tak jest od nastania Wielkiego Pokoju, kiedy utworzono frakcje. Myślę, że ten system przetrwał, bo wszyscy się boimy tego, do czego by doszło, gdyby go nie było: wojny.

– Chodzi o ten reportaż Jeanine Matthews? – pyta matka.

Jeanine Matthews jest w radzie jedyną przedstawicielką Erudycji. Wybrano ją, bo ma wysoki iloraz inteligencji. Ojciec często na nią narzeka.

Unoszę wzrok.

– Reportaż?

Caleb rzuca mi ostrzegawcze spojrzenie. Nie wolno nam odzywać się przy stole, chyba że rodzice o coś zapytają. Zwykle tego nie robią. Ojciec mówi, że uwaga, jaką im poświęcamy, to nasz dar dla nich. Oni poświęcają nam uwagę po kolacji w salonie.

– Tak. – Ojciec mruży oczy. – Ci aroganccy, przemądrzali... – urywa i chrząka. – Przepraszam. Ale ona w reportażu atakuje charakter Marcusa.

Unoszę brwi.

– Co to znaczy? – pytam.

– Beatrice! – Caleb gasi mnie spokojnie.

Pochylam głowę, obracam widelec – tam i z powrotem, tam i z powrotem. Czekam, aż przestają mnie piec policzki. Nie lubię, jak ktoś mi zwraca uwagę. Szczególnie brat.

– To znaczy – odpowiada ojciec – że jej zdaniem syn Marcusa wybrał Nieustraszoność zamiast Altruizmu, bo Marcus był dla niego okrutny i brutalny.

Niewiele osób urodzonych w Altruizmie postanawia ją opuścić. Kiedy stanie się coś takiego, pamiętamy o tym. Dwa lata temu Tobias, syn Marcusa, przeszedł z naszej frakcji do Nieustraszonych. Marcus się załamał. Tobias jest jego jedynym dzieckiem – i jedyną rodziną, od kiedy żona zmarła, rodząc drugie dziecko. Noworodek umarł kilka minut po niej.

Nigdy nie spotkałam Tobiasa. Rzadko brał udział we wspólnych uroczystościach naszej społeczności i nigdy nie przychodził do nas z ojcem na kolację. Mój ojciec często mówił, że to dziwne – ale teraz to już bez znaczenia.

– Okrutny? Marcus? – Matka kręci głową. – Biedny człowiek. Jakby jeszcze trzeba mu było przypominać o stracie.

– Chciałaś powiedzieć: o zdradzie, jakiej dopuścił się jego syn? – odparł chłodno ojciec. – Nie powinienem się temu dziwić. Erudycja atakuje nas tymi reportażami już od miesięcy. A to jeszcze nie koniec. Będzie tego więcej, zapewniam.

Nie powinnam znowu się odzywać, ale nie potrafię się powstrzymać.

– Dlaczego to robią? – wypalam.

– Beatrice, a dlaczego nie korzystasz z okazji, żeby teraz wysłuchać swojego ojca? – odpowiada łagodnie matka. Jej słowa są sugestią, nie poleceniem.

Patrzę ponad stołem na Caleba. Jego oczy mają wyraz niezadowolenia.

Wpatruję się w swój groszek. Nie jestem pewna, czy umiałabym dalej żyć w takim posłuszeństwie. Nie idzie mi to.

– Dobrze wiesz dlaczego – ciągnie dalej ojciec. – Bo mamy coś, czego chcą. Kiedy niepohamowana żądza wiedzy prowadzi do żądzy władzy, człowiek błądzi, podąża w mrok i pustkę. Powinniśmy się cieszyć, że jesteśmy mądrzejsi.

Przytakuję. Wiem, że nie wybiorę Erudycji, nawet jeśli z mojego testu by wynikało, że mogłabym. Jestem nieodrodną córką swojego ojca.

Rodzice sprzątają po obiedzie. Calebowi też nie pozwalają, żeby im pomagał, bo dzisiaj musimy być sami, a nie siedzieć w salonie. Mamy przemyśleć test.

Gdybym tylko mogła porozmawiać o tych wynikach, rodzina pewnie wsparłaby mnie w dokonywaniu wyboru. Ale mi nie wolno. Za każdym razem, gdy już słabnie moje postanowienie, żeby trzymać buzię na kłódkę, słyszę w myślach ostrzegawczy szept Tori.

Razem z Calebem wchodzę po schodach, ale na górze, gdy się rozdzielamy i idziemy do swoich sypialni, brat mnie zatrzymuje, kładzie mi dłoń na ramieniu.

– Beatrice – zaczyna poważnym tonem i patrzy mi prosto w oczy. – Powinniśmy myśleć o naszej rodzinie. – W jego głosie pojawia się zawziętość. – Ale musimy też myśleć o sobie.

Przez chwilę wpatruję się w niego. Jeszcze nigdy dotąd nie widziałam, żeby myślał o sobie, jeszcze nigdy nie słyszałam, żeby namawiał do czegoś innego niż ofiarność.

Jestem tak zaskoczona słowami brata, że po prostu mówię to, czego by ode mnie oczekiwano:

– Testy nie muszą zmieniać naszych wyborów.

Caleb uśmiecha się lekko.

– I nie zmienią, prawda?

Ściska mi ramię i idzie do swojego pokoju. Zaglądam do niego, widzę niepościelone łóżko i stos książek na biurku. Caleb zamyka drzwi. Chciałabym móc mu powiedzieć, że oboje czujemy to samo. Chciałabym porozmawiać z nim tak, jak chcę, a nie jak powinnam. Ale przyznać się, że sama potrzebuję pomocy... na to nie mogę się zdobyć – dlatego się odwracam.

Wchodzę do swojego pokoju. Kiedy zamykam za sobą drzwi, uświadamiam sobie, że decyzja może okazać się łatwa. Wybranie Altruizmu wymaga wielkiej bezinteresowności, a wybranie Nieustraszonych wielkiej odwagi. Ta cecha, która jutro przeważy, pokaże, do czego pasuję. Jutro obie cechy będą we mnie walczyć i tylko jedna wygra.

Rozdział 5

Autobus, którym jedziemy na Ceremonię Wyboru, jest pełen ludzi w szarych koszulach i szarych spodniach. Blady krąg słonecznego światła przepala chmury jak końcówka żarzącego się papierosa. Sama nigdy nie paliłam – to ściśle wiąże się z próżnością – ale kiedy wysiadamy z autobusu, przed budynkiem stoi tłum Prawych i pali.

Żeby zobaczyć górną część Bazy, muszę odchylić głowę, a i tak część gmachu chowa się w chmurach. To najwyższa budowla w mieście. Z okna sypialni widzę światła dwóch anten na jej dachu.

Wysiadam z autobusu za rodzicami. Caleb wydaje się spokojny, też bym była, gdybym wiedziała, co robić. Mam wrażenie, że serce zaraz wyskoczy mi z piersi. Kiedy wchodzę po schodach do głównego wejścia, opieram się na ramieniu brata.

W windzie jest tłok, więc ojciec ustępuje miejsca frakcji Serdecznych. Wchodzimy schodami. Idziemy za nim bez słowa, dając przykład innym osobom z naszej frakcji, i wkrótce całą naszą trójkę wchłania masa ubranych na szaro ludzi, którzy w przyćmionym świetle wspinają się po betonowych stopniach. Dostosowuję się do ich tempa. Tupot równego kroku rozbrzmiewający mi w uszach i jednolity wygląd otaczających mnie osób sprawia, że zaczynam myśleć o wybraniu właśnie czegoś takiego. Mogłabym dołączyć do wspólnego umysłu Altruizmu, zajmować się tylko tym, co dotyczy innych.

Ale zaczynają mnie boleć nogi, z trudem łapię oddech i znowu się rozpraszam. Żeby dotrzeć na Ceremonię Wyboru, musimy wdrapać się po dwudziestu ciągach schodów.

Ojciec przytrzymuje otwarte drzwi na dwudziestym piętrze. Mijany przez wchodzących Altruistów stoi w nich jak strażnik. Poczekałabym na niego, ale tłum pcha mnie dalej, wypycha z klatki schodowej do sali, gdzie zadecyduję o reszcie swojego życia.

Zgromadzeni ustawili się w kręgi. Na samych obrzeżach są szesnastolatkowie ze wszystkich frakcji. Jeszcze nie nazywa się nas członkami. Po podjętych dzisiaj decyzjach staniemy się nowicjuszami – a pełnię praw uzyskamy po zakończeniu nowicjatu.

Ustawiamy się w porządku alfabetycznym, według nazwisk – które dzisiaj będziemy mogli porzucić. Staję między Calebem a Danielle Pohler, dziewczyną z Serdeczności. Ma różowe policzki, a na sobie żółtą sukienkę.

Następny krąg tworzą krzesła przeznaczone dla członków rodzin. Podzielono je na pięć części, według frakcji. Na Ceremonię Wyboru nie przychodzą wszyscy, ale jest tyle ludzi, że tłum wydaje się ogromny.

Co roku ceremonię przeprowadza inna frakcja. Teraz zajmuje się tym Altruizm. Marcus rozpocznie od przemówienia, a potem odczyta nazwiska w odwróconym porządku alfabetycznym. Caleb wybierze więc przede mną.

Ostatni krąg to pięć metalowych mis. Każda z nich jest taka duża, że gdybym się skuliła, schowałabym się w niej cała. Umieszczono w nich substancje odpowiadające różnym frakcjom. Szare kamienie symbolizują Altruizm, woda Erudycję, ziemia Serdeczność, rozżarzone węgle Nieustraszoność, a szkło Prawość

Kiedy Marcus odczyta moje nazwisko, wyjdę na środek trzeciego kręgu. Nie będę się odzywać. Marcus poda mi nóż. Natnę sobie rękę i upuszczę trochę krwi do misy wybranej frakcji.

Moja krew na kamieniach. Moja krew sycząca na węglach.

Rodzice, zanim usiądą, stają przede mną i Calebem. Ojciec całuje mnie w czoło, potem z szerokim uśmiechem klepie Caleba po ramieniu.

– Niedługo się zobaczymy – mówi. Nie okazuje żadnych wątpliwości.

Matka mnie przytula i wtedy niemal tracę tę odrobinę przekonania, jaka jeszcze mi pozostała. Zaciskam zęby, wpatruję się w sufit, tam gdzie wisi kulista lampa, która wypełnia salę niebieskim światłem. Matka długo mnie przyciska, nawet kiedy ja już opuściłam ręce. W końcu się odsuwa, ale przedtem jeszcze szepcze mi do ucha: „Kocham cię. Nieważne, co się stanie".

Marszczę brwi, gdy odwraca się plecami i odchodzi. Wie, co mogę dzisiaj zrobić. Na pewno wie, bo inaczej nie czułaby potrzeby, żeby mówić coś takiego.

Caleb łapie mnie za dłoń i ściska tak mocno, że aż boli, ale nie protestuję. Ostatnim razem trzymaliśmy się za ręce na pogrzebie wujka, kiedy ojciec płakał. Teraz nawzajem potrzebujemy swojej siły, tak jak potrzebowaliśmy jej wtedy.

W sali powoli zapanowuje porządek. Powinnam się teraz przyglądać Nieustraszonym, dowiedzieć się o nich jak najwięcej. Ale jestem w stanie tylko gapić się na lampy po drugiej stronie sali. Chcę się rozpłynąć w ich błękitnym świetle.

Marcus stoi na podium, między Erudytami a Nieustraszonymi. Odchrząkuje przed mikrofonem.

– Witam. Witam na Ceremonii Wyboru. Witam w dniu, w którym oddajemy hołd demokratycznej filozofii wyznawanej przez naszych przodków. Ona mówi nam, że każdy człowiek ma prawo wybrać własną drogę przez świat.

A raczej, co właśnie zrozumiałam, jedną z pięciu już wytyczonych dróg. Ściskam palce Caleba tak mocno jak on moje.

– Nasi podopieczni skończyli szesnaście lat. Stoją u progu dorosłości i teraz od nich zależy decyzja, jakimi ludźmi się staną. – Marcus mówi podniosłym tonem, każdemu słowu nadaje taką samą wagę. – Przed dziesięcioleciami nasi przodkowie uświadomili sobie, że za toczone na świecie wojny trzeba winić polityczną ideologię, a nie wierzenia religijne, rasę czy pochodzenie. Doszli do wniosku, że chodzi o wadę ludzkiej osobowości, o skłonność człowieka do czynienia zła, niezależnie od jego formy. Podzielili się na frakcje i starali się usunąć z nich te cechy, które odpowiadają za nieporządek na świecie.

Przenoszę spojrzenie na misy stojące pośrodku sali. A co ja sądzę? Nie wiem. Nie wiem. Nie wiem.

– Ci, którzy potępili agresję, stworzyli Serdeczność.

Członkowie Serdeczności uśmiechają się do siebie. Mają wygodne czerwone i żółte ubrania. Zawsze, kiedy na nich patrzę, wydają się tacy mili, kochający, wolni. Jednak to, żebym do nich dołączyła, nigdy nie wchodziło w rachubę.

– Ci, którzy potępili ignorancję, stali się Erudytami.

Wykluczenie Erudycji było dla mnie jedynym łatwym wyborem.

– Ci, którzy potępili dwulicowość, stworzyli frakcję Prawości.

Nigdy nie lubiłam Prawych.

– Ci, którzy potępili egoizm, stali się Altruistami.

Potępiam egoizm. O, tak.

– A ci, którzy potępili tchórzostwo, są Nieustraszonymi.

Ale ja przecież nie jestem wystarczająco bezinteresowna. Już szesnaście lat próbuję i wciąż mi nie wychodzi.

Drętwieją mi nogi, jakby powoli obumierały. Zastanawiam się, jak będę szła, kiedy wyczytają moje nazwisko.

– Pracując wspólnie, pięć frakcji przez wiele lat żyło w pokoju, a każda z nich wnosiła swój wkład w życie społeczeństwa. Dzięki Altruizmowi mamy bezinteresownych administratorów; Prawość dała nam solidnych i godnych zaufania instruktorów w dziedzinie prawa; Erudycja inteligentnych nauczycieli i badaczy; Serdeczność pełnych współczucia doradców oraz opiekunów; Nieustraszoność obronę przed zagrożeniami, zarówno wewnętrznymi, jak i zewnętrznymi. Jednak oddziaływanie każdej frakcji nie ogranicza się tylko do tych sfer. Nawzajem dajemy sobie znacznie więcej, niż można by to odpowiednio podsumować. W naszych frakcjach odnajdujemy sens, odnajdujemy cel, odnajdujemy życie.

Myślę o motcie, które przeczytałam w podręczniku historii frakcji: „Frakcja ponad krwią". Przede wszystkim jesteśmy członkami frakcji, dopiero potem należymy do rodziny. Czy to w porządku?

– Bez nich nie przetrwalibyśmy – dodaje Marcus.

Cisza, jaka nastaje po tych słowach, jest cięższa od innych chwil ciszy. Ciężka od naszego największego lęku, większego nawet od strachu przed śmiercią: lęku przed bezfrakcyjnością.

Marcus mówi dalej.

– Dlatego dzisiejszy dzień jest dniem szczęśliwego wydarzenia. To dzień, kiedy przyjmujemy naszych nowicjuszy, którzy wspólnie z nami będą pracować, aby ulepszyć społeczeństwo, aby ulepszyć świat.

Rozbrzmiewają oklaski. Są jakby stłumione. Próbuję stać całkiem bez ruchu, bo kiedy kolana mi drętwieją i ciało sztywnieje, to się nie trzęsę. Marcus odczytuje pierwsze nazwiska, ale nawet nie rozróżniam sylab. Skąd będę widziała, że wyczytał moje?

Jeden po drugim szesnastolatki wychodzą z kręgu i idą na środek sali. Pierwsza dziewczyna wybiera Serdeczność, frakcję, z której pochodzi. Patrzę, jak krople jej krwi spadają na ziemię w misie i jak potem samotnie staje za krzesłami, na których siedzą członkowie jej frakcji.

Na sali nie ustaje ruch, cały czas wyczytywane są nowe nazwiska, cały czas nowe osoby podejmują decyzje. Nowe noże, nowe wybory. Rozpoznaję większość z tych osób, ale wątpię, żeby one mnie znały.

– James Tucker – wywołuje Marcus.

James Tucker z Nieustraszonych jest pierwszym, który się potyka, gdy podchodzi do mis. Wyrzuca przed siebie ramiona i odzyskuje równowagę, nie upada. Twarz mu czerwienieje. Szybko wychodzi na środek sali. Kiedy tam staje, wędruje wzrokiem od misy Nieustraszoności do misy Prawości. Pomarańczowe płomienie unoszą się coraz wyżej, a od szkła odbija się niebieskie światło lamp.

Marcus podaje mu nóż. James bierze głęboki wdech – patrzę, jak unosi mu się pierś – i robiąc wydech, chwyta ostrze. Potem, wzdrygając się, przesuwa nim po wnętrzu dłoni, wyciąga ramię na bok. Krew spada na szkło. On pierwszy opuszcza swoją frakcję. Z części sali zajmowanej przez Nieustraszonych dochodzą szmery, a ja wbijam wzrok w podłogę.

Od teraz widzą w nim zdrajcę. Rodzina Tuckera, z Nieustraszoności, za półtora tygodnia, w Dzień Odwiedzin, będzie mogła spotkać się z synem w siedzibie jego nowej frakcji, ale nie zrobi tego, bo ją porzucił. Nieobecność Jamesa będzie prześladować ich dom, on sam stanie się wolną przestrzenią, której nie zdołają zapełnić. A potem minie jakiś czas i dziura zniknie, jak wtedy, kiedy usuwa się jakiś organ, a soki ciała zajmują pozostałe po nim miejsce. Ludzie nie potrafią długo znosić pustki.

– Caleb Prior.

Caleb po raz ostatni ściska moją dłoń i gdy odchodzi, rzuca mi przez ramię długie spojrzenie. Patrzę, jak stopy brata przesuwają się ku środkowi sali, a ręce spokojnie przyjmują nóż od Marcusa. Jedna dłoń zręcznie przyciska nóż do drugiej. Potem Caleb stoi, krew wypełnia mu wnętrze ręki, a usta się napinają.

Robi wydech. Potem wdech i wysuwa rękę nad misę Erudycji. Jego krew kapie do wody, pogłębiając jej czerwień.

Słyszę szepty, coraz głośniejsze, które stają się krzykami oburzenia. Ledwie potrafię jasno myśleć. Mój brat, ten mój bezinteresowny brat, on zmienia frakcję? Mój brat, urodzony do Altruizmu – zostanie Erudytą?

Kiedy zamykam oczy, widzę stos książek na biurku Caleba i jak po teście przynależności przesuwa po nogach drżącymi rękami. Dlaczego nie wpadłam na to, kiedy wczoraj mi radził, żebym myślała o sobie, że kieruje to także pod własnym adresem?

Przyglądam się zgromadzonym Erudytom – na ich twarzach pojawiają się zadowolone uśmiechy, szturchają się. Altruiści, zwykle tacy spokojni, rozmawiają półgłosem pełnym napięcia i patrzą na drugą stronę sali, na frakcję, która stała się naszym wrogiem.

– Przepraszam! – odzywa się Marcus, ale tłum go nie słyszy. – Proszę o ciszę! – krzyczy.

Robi się cicho, nie licząc jakiegoś brzęczenia.

Słyszę swoje nazwisko, wzdrygam się i ruszam przed siebie. W połowie drogi do mis jestem pewna, że wybiorę Altruizm. Teraz to widzę. Widzę siebie, jak nosząc szaty Altruizmu, staję się kobietą, jak wychodzę za brata Susan, Roberta, a w weekendy pracuję społecznie. Widzę spokój rutyny, ciche wieczory przy kominku, pewność, że będę bezpieczna, a jeśli nawet nie bardzo dobra, to i tak lepsza niż teraz.

Zdaję sobie sprawę, że dzwoni mi w uszach.

Patrzę na Caleba, który stoi za Erudytami. Odwzajemnia spojrzenie i lekko pochyla głowę, jakby wiedział, o czym myślę, i się ze mną zgadzał. Stawiam kroki już mniej zdecydowanie. Jeśli nawet Caleb nie nadaje się do Altruizmu, to jak ja mogę się nadawać? Ale czy mam wybór, teraz, kiedy nas opuścił i zostałam tylko ja? Nie dał mi innej możliwości.

Zaciskam zęby. Będę tym dzieckiem, które pozostanie. Muszę to zrobić dla rodziców. Muszę.

Marcus podaje mi nóż. Spoglądam mu w oczy – mają taki dziwny ciemnoniebieski kolor – i biorę ostrze. Marcus skłania głowę, odwracam się w stronę mis. Po lewej mam zarówno ogień Nieustraszoności, jak i kamienie Altruizmu, jedno przede mną, a drugie za mną. W prawej ręce trzymam nóż, czubkiem dotykam wnętrza dłoni. Zgrzytając zębami, przeciągam nim po skórze. Piecze, ale ledwie to zauważam. Przyciskam obie ręce do piersi, a kiedy wypuszczam powietrze, drżę.

Otwieram oczy i gwałtownie wyciągam ramię. Moja krew kapie na dywan między misami. Potem z jękiem, którego nie potrafię stłumić, przesuwam rękę do przodu, a krew syczy na węglach.

Jestem samolubna. Jestem odważna.

Rozdział 6

Wbijam wzrok w podłogę i staję za nowicjuszami, który urodzili się jako Nieustraszeni. Tymi, którzy wybrali powrót do swojej frakcji. Wszyscy są ode mnie wyżsi i dlatego, nawet gdy podnoszę głowę, widzę tylko ramiona okryte czarnymi ubraniami. Kiedy ostatnia dziewczyna dokonuje wyboru – decyduje się na Serdeczność – czas już wychodzić. Pierwsi ruszają Nieustraszeni. Mijam mężczyzn i kobiety w szarych strojach, którzy byli moją frakcją, i z determinacją wpatruję się w tył czyjejś głowy.

Ale jeszcze muszę chociaż raz popatrzeć na rodziców. Zerkam przez ramię i od razu tego żałuję. Oczy ojca płoną, patrzy na mnie oskarżycielsko. Kiedy czuję żar, też za oczami, myślę najpierw, że jakoś mnie podpalił, ukarał za to, co zrobiłam. Ale to co innego, po prostu chce mi się płakać.

A moja matka obok niego się uśmiecha.

Ludzie za mną pchają mnie do przodu, oddalam się od rodziców, którzy wychodzą jako ostatni. Może nawet zostaną dłużej, żeby sprzątnąć krzesła i wyczyścić misy. Zerkam do tyłu, żeby odnaleźć Caleba w tłumie Erudytów. Jest wśród innych nowicjuszy, mocno trzyma dłoń chłopaka, który też zmienił frakcję – był w Serdeczności. Swobodny uśmiech brata to oznaka zdrady. Ściska mnie w dołku, odwracam się. Skoro to dla niego takie łatwe, dla mnie też powinno być łatwe.

Spoglądam na chłopaka po lewej – wcześniej Erudytę – teraz jest taki blady i zdenerwowany, jak chyba ja jestem. Cały czas się dręczyłam, którą frakcję wybrać, ale myślałam co się stanie, jeśli zdecyduję się na Nieustraszonych. Co mnie czeka w ich siedzibie?

Tłum Nieustraszonych nie idzie do wind, ale na schody. Myślałam, że tylko Altruizm z nich korzysta.

Potem ktoś zaczyna biec. Wszędzie dookoła słyszę krzyki, nawoływania i śmiech, dziesiątki dudniących stóp wybijają różne rytmy. Dla Nieustraszonych zejście po schodach nie jest aktem bezinteresowności. To akt dzikości.

– Co się dzieje, do cholery?! – woła ten chłopak obok mnie.

Po prostu kręcę głową i biegnę. Kiedy docieramy na parter, tracę już oddech, a Nieustraszeni wypadają przez wyjście. Na zewnątrz powietrze jest ostre i zimne, a niebo pomarańczowe od zachodzącego słońca. Odbija się w czarnych szybach Bazy.

Nieustraszeni rozbiegają się po ulicy, blokują pas autobusu, ruszam sprintem i dołączam z tyłu do tłumu. Kiedy tak pędzę, znikają moje rozterki. Dawno nie biegałam. Altruizm zniechęca do robienia czegoś tylko dla własnej przyjemności – a teraz właśnie coś takiego robię: płuca mi płoną, mięśnie palą, czuję dziką rozkosz niepohamowanego pędu. Podążam za Nieustraszonymi przez ulice, mijam skrzyżowania i wreszcie słyszę znajomy odgłos: gwizd pociągu.

– O, nie – mamrocze chłopak z Erudycji. – Mamy wskoczyć na to coś?

– Tak – odpowiadam zdyszana.

Dobrze, że tyle czasu przyglądałam się Nieustraszonym, kiedy przyjeżdżali do szkoły. Tłum rozciąga się w długą linię. Pociąg sunie w naszą stronę po stalowych szynach, jego światła błyszczą, gwizdek wyje. Drzwi wagonów są otwarte, żeby Nieustraszeni wskoczyli do środka. I robią to, jeden za drugim, aż wreszcie zostają tylko nowicjusze. Ci urodzeni w Nieustraszoności przyzwyczaili się do podobnych wyczynów, więc po chwili poza pociągiem są tylko przybysze z innych frakcji.

Wraz z kilkoma innymi ruszam do przodu, zaczynam biec. Przemierzamy kilka kroków równolegle do wagonu i skaczemy. Nie jestem taka wysoka ani silna jak niektórzy, dlatego nie mogę sama dostać się do środka. Trzymam uchwyt obok drzwi i uderzam barkiem o wagon, drżą mi ramiona, aż wreszcie łapie mnie jakaś dziewczyna z Prawości i wciąga do środka. Dziękuję jej, sapiąc.

Słyszę krzyk i oglądam się przez ramię. Wysoki rudy chłopak z Erudycji wymachuje rękami, próbując złapać się pociągu. W wejściu stoi dziewczyna z Erudycji, wychyla się, żeby chwycić kolegę za rękę. Wysila się, ale został za daleko z tyłu. Kiedy się oddalamy, pada obok torów na kolana i chowa twarz w dłoniach.

Czuję się nieswojo. Właśnie oblał nowicjat Nieustraszonych. Teraz jest bezfrakcyjny. To się może zdarzyć w każdej chwili.

– Nic ci nie jest? – pyta żywiołowo dziewczyna z Prawości, ta która mi pomogła. Jest wysoka, ma ciemnobrązową skórę i krótkie włosy. Ładna.

Kiwam głową.

– Jestem Christina. – Wyciąga do mnie rękę.

Dawno nie podawałam nikomu ręki. Altruiści, kiedy się witają, na znak szacunku pochylają głowy. Niepewnie chwytam jej dłoń i potrząsam nią dwa razy. Mam nadzieję, że nie ściskam ani za mocno, ani za słabo.

– Beatrice.

– Wiesz, dokąd jedziemy? – Dziewczyna musi przekrzykiwać wiatr, który z każdą chwilą coraz mocniej wieje przez otwarte drzwi.

Pociąg przyspiesza. Siadam. Jeśli będę niżej, łatwiej zachowam równowagę. Christina patrzy na mnie i unosi brwi.

– Szybki bieg pociągu to silny podmuch – mówię. – Silny podmuch to znaczy, że można wypaść. Siadaj.

Christina zajmuje miejsce obok mnie. Przesuwa się do tyłu, żeby oprzeć o ścianę.

– Jak się domyślam, teraz jedziemy do głównej siedziby Nieustraszonych – odpowiadam. – Ale nie wiem, gdzie to jest.

– A ktoś w ogóle wie? – Christina kręci głową, śmieje się. – Tak jakby wyskakiwali z dziury w ziemi, czy coś w tym rodzaju.

Potem przez wagon przelatuje podmuch, uderza w resztę przybyszów z innych frakcji, wpadają na siebie. Widzę, że Christina się śmieje, ale jej nie słyszę. Mnie też udaje się uśmiechnąć.

Nad moim lewym ramieniem pomarańczowe światło zachodzącego słońca odbija się od szklanych gmachów. Dostrzegam majaczący daleko rząd szarych budynków, które kiedyś były moim domem.

Dzisiaj kolej Caleba na zrobienie kolacji. Kto zajmie jego miejsce – matka czy ojciec? A kiedy zaczną sprzątać jego pokój, co tam znajdą? Wyobraziłam sobie książki upchnięte między szafą a ścianą, książki pod materacem. Pragnienie wiedzy wypełniające każdy ukryty zakamarek. Czy zawsze wiedział, że wybierze Erudycję? A jeśli tak, dlaczego tego nie zauważyłam?

Ale z niego dobry aktor. Od tej myśli robi mi się niedobrze, bo chociaż też opuściłam rodzinę, przynajmniej nie wychodziło mi udawanie. Przynajmniej wszyscy wiedzieli, że nie jestem bezinteresowna.

Zamykam oczy, wyobrażam sobie matkę i ojca, jak siedzą w ciszy przy kolacji. Kiedy o nich myślę, ściska mnie za gardło jakaś resztka ofiarności, a może samolubność, bo wiem, że już nigdy nie będę ich córką?

– Wyskakują!

Unoszę głowę. Boli mnie szyja. Co najmniej pół godziny siedziałam skulona, oparta plecami o ścianę, wsłuchując się w wycie wiatru i patrząc, jak miasto rozmazuje się obok nas. Wychylam się. Chłopak, który krzyczy, ma rację. Kiedy pociąg mija jakiś dach, z wagonów przed nami wyskakują Nieustraszeni. Tory są na wysokości szóstego piętra.

Na myśl, żeby skakać z jadącego pociągu na dach, ze świadomością, że między jego krawędzią a torami jest szczelina, aż mnie mdli. Wstaję i wlokę się na drugą stronę wagonu, gdzie w szeregu stoją pozostali, którzy zmienili frakcję.

– Czyli że my też musimy skakać – mówi jakaś dziewczyna z Prawości. Ma duży nos i krzywe zęby.

– Super – odpowiada chłopak, też z Prawości. – Bo widzisz, Molly, to po prostu ma sens. Skakanie z pociągu na dach.

– Peter, na tym właśnie polega to, do czego się zapisaliśmy – zauważa dziewczyna.

– Dobra, ja tego nie robię – mamrocze za mną jakiś chłopak z Serdeczności. Ma oliwkową skórę i brązową koszulę. Tylko on opuścił Serdeczność. Policzki lśnią mu od łez.

– Musisz skoczyć – przekonuje Christina – albo oblejesz. No dalej, wszystko będzie dobrze.

– Nie, nie zrobię tego! Wolę być bezfrakcyjny niż martwy! – Kręci głową. W jego głosie słychać panikę. Ciągle kręci głową i wpatruje się w dach zbliżający się z każdą sekundą.

Nie zgadzam się z nim. Wolałabym nie żyć, niż być taka pusta w środku jak bezfrakcyjni.

– Nie zmusisz go. – Zerkam na Christinę.

Szeroko otwiera brązowe oczy i zaciska wargi tak mocno, że aż zmieniają kolor. Podaje mi rękę.

– Dawaj – mówi. Unoszę brwi, patrzę na jej dłoń, już mam powiedzieć, że nie potrzebuję pomocy, ale ona dodaje: – Ja po prostu… nie dam rady tego zrobić, jak mnie ktoś za sobą nie pociągnie.

Chwytam jej rękę i stajemy na krawędzi wagonu. Kiedy jesteśmy obok dachu, odliczam.

– Raz… dwa… trzy!

Na „trzy" wyskakujemy. Chwila nieważkości i stopy uderzają o płaską powierzchnię, czuję ukłucie bólu w łydkach.

Po twardym lądowaniu padam na dach jak długa, pod policzkiem czuję żwir. Puszczam dłoń dziewczyny. Śmieje się.

– To było fajne – mówi.

Christina będzie pasowała do Nieustraszonych, którzy poszukują nowych wrażeń. Ocieram policzek ze żwiru. Poza tamtym chłopakiem z Prawości wszystkim nowicjuszom udaje się dotrzeć na dach. Molly, ta z krzywymi zębami, z Prawości, krzywi się i trzyma za kostkę, a Peter, chłopak o lśniących włosach z Prawości, uśmiecha się z dumą. Na pewno wylądował na równych nogach.

Potem słyszę jęk. Odwracam głowę. Jakaś dziewczyna z Nieustraszoności stoi na krawędzi dachu, patrzy w dół i krzyczy. Jest za nią chłopak, też Nieustraszony, i trzyma ją w pasie, żeby nie spadła.

– Rita. Rita, uspokój się. Rita...

Wstaję i patrzę za brzeg dachu. Na chodniku pod nami ktoś leży – dziewczyna, ramiona i nogi ma powyginane pod dziwnymi kątami, włosy rozsypane wokół głowy przypominają wachlarz. Czuję ucisk w dołku, spoglądam na tory. Nie wszystkim się udało. Nawet Nieustraszeni nie mogą czuć się bezpiecznie.

Rita opada na kolana, szlocha. Odwracam się. Im dłużej na nią patrzę, tym bardziej chce mi się płakać, a przecież nie mogę rozpłakać się przed nimi wszystkimi.

Powtarzam sobie z największą surowością, na jaką mogę się zdobyć, że tutaj tak właśnie jest. Robimy niebezpieczne rzeczy i czasem ktoś ginie. Ludzie umierają, a my idziemy dalej, żeby znowu narazić się na niebezpieczeństwo. Im szybciej zapamiętam tę lekcję, tym więcej mam szans, że przetrwam nowicjat.

Bo już nie jestem taka pewna, że go przetrwam.

Mówię sobie, że teraz policzę do trzech, a gdy skończę, pójdę przed siebie. Raz. Przypominam sobie ciało dziewczyny na chodniku i przechodzi mnie dreszcz. Dwa. Słyszę szloch Rity i uspokajające słowa mruczane przez stojącego za nią chłopaka. Trzy.

Wydymam wargi. Odchodzę od Rity i krawędzi dachu.

Boli mnie łokieć. Podnoszę rękaw i kiwam głową. Zdarłam sobie trochę skóry, ale nie krwawię.

– Och! Skandal! Sztywniaczka pokazuje gołą skórę!

Podnoszę głowę. „Sztywniacy" to przezwisko nadane Altruistom, a ja jestem tutaj jedyna z tej frakcji. Peter pokazuje na mnie, uśmiecha się złośliwie. Słyszę rechot. Policzki mi płoną, puszczam rękaw, który opada.

– Słuchajcie! Mam na imię Max! Jestem jednym z przywódców waszej nowej frakcji! – woła jakiś mężczyzna z drugiej strony dachu. Jest starszy od innych Nieustraszonych, ma głębokie zmarszczki na ciemnej skórze i siwe włosy na skroniach. Stoi na gzymsie tak swobodnie, jakby to był chodnik. Jak ktoś, kto po prostu nie może spaść i się zabić. – Kilka pięter niżej jest wejście na nasze terytorium. Jeśli nie weźmiecie się w garść i tam nie zeskoczycie, to się tutaj nie nadajecie. Nasi nowicjusze mają przywilej pierwszeństwa.

– Chcesz, żebyśmy skoczyli z gzymsu? – pyta jakaś dziewczyna z Erudycji. Jest wyższa ode mnie o kilka centymetrów, ma mysiobrązowe włosy i duże wargi. Rozdziawia usta.

Nie wiem, dlaczego ją to tak szokuje.

– Tak. – Max wydaje się rozbawiony.

– A tam na dole jest woda w łazience?

– Kto wie? – Unosi brew.

Tłum zgromadzony przed nowicjuszami pęka na pół i robi nam przejście. Rozglądam się. Raczej nikt nie rwie się do skakania z dachu. Zgromadzeni patrzą wszędzie, tylko nie na Maksa. Niektórzy oglądają skaleczenia albo otrzepują ubrania. Zerkam na Petera. Dłubie przy zadrapaniu. Staram się zachowywać swobodnie.

Jestem dumna. Kiedyś wpakuję się przez to w kłopoty, ale dzisiaj dodaje mi to odwagi. Idę w stronę gzymsu, słyszę za sobą prychnięcia.

Max mnie przepuszcza. Docieram do krawędzi dachu i patrzę w dół. Wiatr szarpie mi ubranie, materiał łopocze. Budynek, na którym stoję, wyznacza bok placu, otoczonego jeszcze przez trzy inne gmachy. Pośrodku placu w betonie jest ogromna dziura. Nie widzę jej dna.

To ma nas wyłącznie przestraszyć. Wyląduję bezpiecznie. Tylko ta myśl pozwala mi wejść na gzyms. Szczękam zębami. Już nie mogę się cofnąć. Nie teraz, kiedy za moimi plecami tyle osób zakłada się, że nie dam rady. Błądzę dłońmi wokół kołnierzyka i odnajduję guzik. Po kilku próbach rozpinam wszystkie guziki i ściągam koszulę.

Pod spodem mam szary podkoszulek. To najbardziej obcisła część mojego ubrania, nikt jeszcze mnie w nim nie oglądał. Zwijam koszulę w kłębek, patrzę przez ramię na Petera. Z całej siły rzucam w niego kulą materiału i zaciskam zęby. Trafiam go w pierś. Spogląda na mnie. Słyszę za sobą gwizdy i okrzyki.

Znowu patrzę na dziurę. Blade ramiona pokrywają mi się gęsią skórką, czuję ucisk w dołku. Jeśli teraz tego nie zrobię, nie zrobię nigdy. Z trudem przełykam ślinę.

Nie myślę. Po prostu uginam kolana i skaczę.

Powietrze wyje mi w uszach, kiedy ziemia pędzi w moją stronę, rośnie i się rozszerza. A może to ja pędzę w stronę ziemi. Serce dudni tak szybko, że aż boli, a uczucie spadania szarpie mnie za żołądek, napinają się wszystkie mięśnie. Dziura otacza mnie i lecę w ciemność.

Uderzam w coś twardego. Ustępuje, otula mnie. Uderzenie wydusza ze mnie oddech i teraz dyszę, żeby znowu nabrać powietrza. Pieką mnie ramiona i nogi.

To siatka. Na dnie dziury jest siatka. Patrzę w górę na budynek i śmieję się, na wpół z ulgą, na wpół histerycznie.

Dygoczę, zasłaniam twarz dłońmi. Właśnie zeskoczyłam z dachu.

Muszę znowu stanąć na pewnym gruncie. Kilka rąk wyciąga się do mnie znad krawędzi siatki, więc chwytam pierwszą, której mogę dosięgnąć, i się podciągam. Potem się zataczam i pewnie upadłabym twarzą na drewnianą podłogę, gdyby ktoś mnie nie złapał.

Ten ktoś jest młodym mężczyzną, to jego dłoń złapałam. Ma wąską górną wargę i pełną dolną. Oczy osadzone tak głęboko, że rzęsy aż dotykają skóry pod brwiami. Są ciemnoniebieskie, w takim nierealnym, rozmarzonym, bajkowym kolorze.

Chwyta mnie za ramiona, ale puszcza, kiedy wstaję i się prostuję.

– Dziękuję – mówię.

Stoimy na platformie ponad trzy metry nad ziemią. Wokół mamy otwartą przestrzeń jaskini.

– Nie do wiary – odzywa się jakiś głos zza jego pleców. Należy do ciemnowłosej dziewczyny z trzema srebrnymi kółkami w prawej brwi. Dziewczyna uśmiecha się do mnie złośliwie. – Sztywniaczka skoczyła pierwsza? Po prostu niesamowite.

– Lauren, ona właśnie dlatego ich opuściła – odpowiada młody mężczyzna. Głos ma niski, dudniący. – Jak się nazywasz?

– Hm... – Nie wiem, dlaczego się waham. Ale „Beatrice" po prostu już nie brzmi dobrze.

– Zastanów się. – Nieznaczny uśmiech krzywi mu wargi. – Drugi raz nie będziesz miała takiego wyboru.

Nowe miejsce, nowe imię. Mogę tutaj urodzić się na nowo.

– Tris – odpowiadam zdecydowanym tonem.

– Tris – powtarza Lauren z uśmiechem. – Cztery, powiedz wszystkim.

Młody mężczyzna, Cztery, ogląda się za ramię i krzyczy:

– Jako pierwsza skoczyła... Tris!

Gdy oczy przyzwyczajają mi się do ciemności, widzę otaczający mnie tłum. Wiwatuje i wyrzuca w górę pięści. Potem w sieć wpada jeszcze jedna osoba. Ciągną się za nią okrzyki. To Christina. Wszyscy się śmieją, ale po śmiechu następują kolejne wiwaty.

Cztery kładzie mi dłoń na plecach.

– Witamy w Nieustraszoności.

Rozdział 7

Kiedy wszyscy nowicjusze znowu stoją na twardym gruncie, Lauren i Cztery prowadzą nas wąskim tunelem. Ściany są z kamienia, a sufit coraz bardziej się obniża. Czuję się, jakbym schodziła do samego serca Ziemi. Lampy oświetlające korytarz rozmieszczono w dużych odstępach. W ciemnych przestrzeniach między nimi boję się, że się zgubię, dopóki ktoś nie trąci mnie ramieniem. W każdym kolejnym kręgu światła odzyskuję poczucie bezpieczeństwa.

Chłopak z Erudycji przede mną nagle staje. Wpadam na niego, walę nosem o ramię. Zataczam się w tył, pocieram nos i jakoś dochodzę do siebie. Wszyscy się zatrzymują, a trójka przewodników stoi przed nami z założonymi rękami.

– Tutaj się rozdzielamy – oznajmia Lauren. – Urodzeni w Nieustraszoności idą ze mną. Myślę, że was nie trzeba oprowadzać.

Uśmiecha się, kiwa palcem na nowicjuszy urodzonych w tej frakcji. Odrywają się od reszty, rozpływają w ciemnościach. Widzę, jak buty ostatniego z nich znikają z kręgu światła, i spoglądam na tych, co zostali. Większość nowicjuszy pochodziła z Nieustraszoności, dlatego jest nas zaledwie dziewięcioro. Tylko ja przeniosłam się z Altruizmu. Z Serdeczności nie ma nikogo. Reszta przyszła z Erudycji i, co dziwne, z Prawości. Na pewno trzeba odwagi, żeby ciągle być uczciwym. Nie pomyślałam o tym.

Cztery zwraca się do nas.

– W zasadzie pracuję w sali kontroli, ale przez kilka najbliższych tygodni będę waszym instruktorem – oznajmia. – Nazywam się Cztery.

– Cztery? Jak liczba? – pyta Christina.

– Tak. Jakiś problem?

– Nie.

– To dobrze. Idziemy do Jamy, którą pewnego dnia nauczycie się kochać. To...

Christina parska.

– Jama? Fajna nazwa.

Cztery podchodzi do Christiny, pochyla się i zbliża twarz do jej twarzy. Mruży oczy, przez chwilę tylko patrzy.

– Jak masz na imię? – pyta cicho.

– Christina – piszczy.

– Słuchaj, Christina – syczy. – Jakbym chciał się użerać z Prawymi o niewyparzonych gębach, to wstąpiłbym do ich frakcji. Pierwsza rzecz, której się ode mnie nauczysz, to żeby trzymać dziób na kłódkę. Dotarło?

Dziewczyna kiwa głową.

Cztery idzie w stronę cienia na końcu tunelu. Gromadka nowicjuszy podąża za nim w ciszy.

– Ale świr – mamrocze Christina.

– Chyba nie lubi, jak się z niego śmieją – odpowiadam.

Dochodzę do wniosku, że chyba lepiej uważać na instruktora. Na platformie wydawał się spokojny, ale teraz w tym spokoju dostrzegam coś, co każe mi mieć się na baczności.

Cztery pchnięciem otwiera podwójne drzwi i wchodzimy do miejsca, które nazwał Jamą.

– Och – szepcze Christina – Teraz rozumiem.

„Jama” to chyba najwłaściwsza nazwa. Jestem w podziemnej jaskini tak ogromnej, że z miejsca, gdzie stoję, nie widzę drugiego końca. Nierówne skalne ściany wnoszą się na wysokość kilku pięter. Wykuto w nich pomieszczenia na jedzenie, na ubrania, przechowywanie zapasów i spędzanie wolnego czasu. Połączone są wąskimi ścieżkami i stopniami wyciętymi w kamieniu. Nie ma barierek, które chroniłyby przed upadkiem.

Wzdłuż jednej ze skalnych ścian ciągnie się pas pomarańczowego blasku. Sklepienie Jamy tworzą szklane szyby, a ponad nimi wznosi się gmach, z którego dochodzi tutaj światło. Kiedy mijaliśmy go pociągiem, musiał wyglądać jak jeden z budynków miasta.

Nad kamiennymi ścieżkami w przypadkowym rytmie kołyszą się niebieskie lampy. Przypominają te z sali Ceremonii Wyboru. Świecą coraz mocniej, w miarę jak gaśnie światło słońca.

Wszędzie pełno ludzi, wszyscy ubrani na czarno, krzyczą i rozmawiają, energicznie gestykulując. W tłumie nie widzę nikogo starego. Czy wśród Nieustraszonych w ogóle są jacyś starzy ludzie? Może nie żyją tak długo albo po prostu pozbywają się tych, którzy już nie potrafią wyskoczyć z pędzącego pociągu?

Grupa dzieci biegnie wąską ścieżką bez barierki tak szybko, że serce aż zaczyna mi szybciej bić. Chcę do nich krzyczeć, żeby zwolniły, bo jeszcze zrobią sobie krzywdę. W myślach widzę uporządkowane ulice Altruizmu: szereg ludzi idących z prawej mija szereg ludzi idących z lewej. Nieznaczne uśmiechy, pochylone głowy i cisza. Aż ściska mnie w dołku. Lecz w tym chaosie jest coś cudownego.

– Jak za mną pójdziecie, to pokażę wam przepaść – odzywa się Cztery.

Machnięciem ponagla nas, żebyśmy szli dalej. Widziany z przodu, wydaje się całkiem zwyczajny jak na Nieustraszonego, ale kiedy się odwraca, dostrzegam tatuaż – wystaje mu spod podkoszulka. Prowadzi nas na prawą stronę Jamy, gdzie jest ciemno. Zapuszczam żurawia – podłoga teraz kończy się żelazną barierą. Kiedy zbliżam się do ogrodzenia, słyszę ryk – to woda, płynie szybko i rozbija się o skały.

Patrzę za barierkę. Grunt opada pod ostrym kątem. Kilka pięter niżej widzę rzekę. Kotłująca się woda uderza o ścianę i rozbryzguje w górze. Po lewej jest spokojniejsza, ale z mojej prawej jest biała, ściera się ze skałą.

– Przepaść przypomina o cienkiej granicy między odwagą a głupotą! – krzyczy Cztery. – Chojrak, który skoczy z tej półki, zakończy życie. To już się zdarzało i zdarzy się jeszcze. Zostaliście ostrzeżeni.

– Niewiarygodne – mamrocze Christina, kiedy odchodzimy od bariery.

– „Niewiarygodne", dobre słowo – przytakuję.

Cztery prowadzi nowicjuszy przez Jamę do dziury ziejącej w ścianie. Za nią jest pomieszczenie oświetlone na tyle dobrze, że teraz już widzę, dokąd idziemy – do jadalni pełnej ludzi i brzęku naczyń. Kiedy wchodzimy, Nieustraszeni wstają. Klaszczą. Tupią. Krzyczą. Hałas ogarnia mnie i wypełnia całą. Christina się uśmiecha, po chwili ja też.

Szukamy wolnych krzeseł. Znajdujemy prawie pusty stół z boku sali i okazuje się, że siedzę między Christiną a Cztery. Pośrodku blatu stoi talerz z jedzeniem, ale nie mam pojęcia, co to jest. Okrągłe kawałki mięsa w okrągłych kawałkach chleba. Chwytam jeden z nich, choć nie do końca wiem, co z nim robić.

Cztery szturcha mnie łokciem.

– To wołowina – wyjaśnia. – Polej tym. – Podaje mi miseczkę czerwonego sosu.

– Jeszcze nigdy nie jadłaś hamburgera? – Christina szeroko otwiera oczy.

– Nie. To się tak nazywa?

– Sztywniacy jedzą proste potrawy – odzywa się Cztery, kiwając głową w stronę Christiny.

– Dlaczego? – pyta dziewczyna.

Wzruszam ramionami.

– Ekstrawagancję uważa się za egoizm i za coś niepotrzebnego.

Christina uśmiecha się złośliwie.

– Nic dziwnego, że odeszłaś.

– O tak. – Przewracam oczyma. – Chodziło właśnie o jedzenie.

Mężczyźnie drży kącik ust.

Drzwi stołówki otwierają się i w sali zapada cisza. Oglądam się przez ramię. Wchodzi jakiś młody mężczyzna, a jest tak cicho, że wyraźnie słyszę jego kroki. Na twarzy ma tyle kolczyków, że nie potrafię się ich doliczyć. Włosy długie, ciemne i przetłuszczone. Ale nie dlatego wzbudza lęk. Chodzi o chłód jego oczu, teraz gdy omiatają salę.

– Kto to? – szepcze Christina

– Eric – mówi Cztery. – Przywódca Nieustraszonych.

– Serio? Ale jest taki młody.

Cztery spogląda na nią ze śmiertelną powagą.

– Wiek nie ma tutaj znaczenia.

Domyślam się, o co Christina chce teraz zapytać: „To co ma znaczenie?" Ale Eric przestaje przyglądać się sali i idzie w stronę naszego stołu. Siada obok. Nie wita się z nami, więc i my się nie witamy.

– I co, nie przedstawisz nas? – pyta, ruchem głowy wskazuje mnie i Christinę.

– To Tris i Christina.

– Ooo, Sztywniaczka. – Eric uśmiecha się do mnie złośliwie. Kolczyki w jego wargach ciągną za skórę i dziury, przez które przechodzą, robią się szersze. Wzdrygam się. – Zobaczymy, jak długo wytrzymasz.

Zamierzam coś powiedzieć, może zapewnić go, że wytrzymam – ale język odmawia mi posłuszeństwa. Nie rozumiem, dlaczego nie chcę, żeby Eric dłużej na mnie patrzył. Nie chcę, żeby w ogóle na mnie patrzył.

Stuka palcami w stół. Kostki dłoni ma pokryte strupami, tam gdzie pęka skóra, jeśli za mocno się w coś uderzy.

– Cztery, co ostatnio robiłeś?

Ten wzrusza ramionami.

– Nic szczególnego.

Czy oni się przyjaźnią? Szybko wędruję spojrzeniem między Erikiem a Cztery. Wszystko, co robi Eric – to, że się tu przysiadł, wypytuje Cztery – sugeruje, że jednak tak, ale to jak siedzi Cztery, napięty i wyprężony, wskazuje co innego. Może są rywalami, ale dlaczego? Przecież Eric jest przywódcą, a nie Cztery.

– Max mówi, że próbuje się z tobą spotkać, a ty się nie pokazujesz – odzywa się Eric. – Nalegał, żebym się dowiedział, co się z tobą dzieje.

Cztery patrzy na Erica przez kilka chwil.

– Powiedz mu, że jestem zadowolony ze swojej obecnej funkcji.

– Czyli że on chce ci dać jakąś pracę.

Światło odbija się od kółek w brwi Erica. Może właśnie on uważa, że Czwórka zagraża jego pozycji. Ojciec mówi, że ci, którzy chcą władzy i ją osiągają, żyją w ciągłym strachu, że ją stracą. Właśnie dlatego dajemy władzę tym, którzy jej nie chcą.

– Na to wygląda – odpowiada Cztery.

– Ale ty nie jesteś zainteresowany.

– Nie jestem zainteresowany. I to od dwóch lat.

– Dobrze. Miejmy nadzieję, że zrozumie.

Klepie Cztery po ramieniu, trochę za mocno, i wstaje. Kiedy wychodzi, natychmiast się garbię. Nawet nie wiedziałam, że się tak spięłam.

– Wy dwaj, jesteście... przyjaciółmi? – pytam, bo nie mogę się powstrzymać.

– Byliśmy w tej samej grupie nowicjuszy. Przeniósł się z Erudycji.

W ogóle już przestałam myśleć o tym, żeby mieć się na baczności.

– Ty też się przeniosłeś?

– Myślałem, że za dużo pytań będzie zadawać tylko jedna, Prawa – mówi chłodno. – A teraz jeszcze Sztywniaczka?

– To na pewno dlatego, że jesteś taki miły – wyjaśniam spokojnie. – Wiesz, jak łóżko z gwoździ.

Spogląda na mnie, a ja nie odwracam wzroku. Nie jest psem, ale tutaj panują takie same, psie zasady. Odwrócenie wzroku oznacza uległość. Patrzenie w oczy jest wyzwaniem, i to właśnie wybieram.

Palą mnie policzki. Co się stanie, kiedy napięcie eksploduje?

Ale on po prostu odpowiada.

– Uważaj, Tris.

W brzuchu robi mi się ciężko, jakbym właśnie połknęła kamień. Jakiś Nieustraszony przy drugim stole woła Cztery, a ja odwracam się do Christiny. Unosi brwi.

– I co? – pytam.

– Mam pewną teorię.

– A jaką?

Podnosi hamburgera i uśmiecha się szeroko.

– Taką, że przejawiasz skłonności samobójcze.

Po kolacji Cztery znika gdzieś bez słowa. Eric prowadzi nas kolejnymi tunelami, nie mówi dokąd. Nie wiem, dlaczego przywódca Nieustraszonych osobiście zajmuje się grupką nowicjuszy, ale może dzisiaj tylko on tutaj jest.

Na końcu każdego korytarza świeci niebieska lampa, ale między lampami panują ciemności i muszę uważać, żeby nie potknąć się na nierównej nawierzchni. Christina w ciszy idzie obok mnie. Nikt nam nie kazał milczeć, ale żadne z nas się nie odzywa.

Eric zatrzymuje się przed jakimiś drewnianymi drzwiami i splata na piersi ramiona. Gromadzimy się wokół niego.

– Dla tych, co jeszcze nie wiedzą, mam na imię Eric. Jestem jednym z pięciu przywódców Nieustraszoności. Proces nowicjatu traktujemy bardzo poważnie, dlatego sam się zgłosiłem, żeby nadzorować większą część waszego treningu.

Myśl o tym sprawia, że robi mi się słabo. Nadzorowanie nowicjatu przez któregoś z przywódców Nieustraszoności już jest złe, a że będzie to robił Eric, jest jeszcze gorsze.

– Oto kilka podstawowych zasad – ciągnie. – W sali ćwiczeń macie być o ósmej rano. Trening odbywa się codziennie, od ósmej do szóstej, z przerwą na lunch. Po szóstej możecie robić, co chcecie. Dostaniecie też trochę wolnego między poszczególnymi etapami nowicjatu.

Słowa „co chcecie" wbijają mi się w głowę. W domu nigdy nie mogłam robić, co chcę, nawet wieczorem. Najpierw musiałam pomyśleć o potrzebach innych ludzi. Nawet nie wiem, co chcę robić.

– Teren możecie opuszczać tylko w towarzystwie jakiegoś Nieustraszonego – dodaje Eric. – W sali za tymi drzwiami będziecie spali przez najbliższych kilka tygodni. Jest tam dziesięć łóżek, a was tylko dziewięcioro. Spodziewaliśmy się, że więcej z was dotrze tak daleko.

– Ale przecież zaczęliśmy w dwunastkę – protestuje Christina.

Zamykam oczy i czekam, aż Eric na nią nawrzeszczy. Musi się wreszcie nauczyć siedzieć cicho.

– Wśród tych, którzy się przenieśli, zawsze co najmniej jeden nie dociera do siedziby. – Eric skubie skórki paznokci. Wzrusza ramionami. – Tak czy owak, na pierwszym etapie inicjacji tych, którzy się przenieśli, i tych, którzy urodzili się w Nieustraszoności, trzymamy osobno, ale to nie znaczy, że jesteście oddzielnie oceniani. Pod koniec wasze miejsce w rankingu zostaje ustalone poprzez porównanie z nowicjuszami urodzonymi jako Nieustraszeni. Oni już teraz są od was lepsi, dlatego oczekuję, że…

– Ranking? – wyrywa się mysiowłosa Erudytka po mojej prawej. – Dlaczego ma się nas umieszczać w rankingu?

Eric uśmiecha się, a w niebieskim świetle ten jego uśmiech wydaje się okropny, jakby wycięty nożem na twarzy.

– Ranking służy dwóm celom. Przede wszystkim określa kolejność, według której będziecie sobie wybierać zajęcie po nowicjacie. Dostępnych jest tylko kilka atrakcyjnych posad.

Ciśnie mnie w dołku. Widząc jego uśmiech, już wiem, że zaraz stanie się coś złego, tak samo jak wiedziałam, kiedy wchodziłam do sali testu przynależności.

– Drugim powodem jest to, że członkami frakcji zostanie tylko dziesięcioro najlepszych nowicjuszy.

Ból dźga mnie w brzuch. Wszyscy stoimy bez ruchu jak posągi.

– Co takiego? – wypala w końcu Christina.

– Mamy jedenaścioro nowicjuszy urodzonych w Nieustraszoności i was dziewięcioro – mówi Eric. – Na koniec etapu numer jeden wyleci czwórka nowicjuszy. Pozostali odpadną po ostatnim teście.

To znaczy, że nawet jeśli przejdziemy wszystkie etapy inicjacji, to sześcioro nowicjuszy i tak nie zostanie członkami frakcji. Widzę, że Christina zerka na mnie kątem oka, ale nie potrafię odwzajemnić spojrzenia. Skupiam się na Ericu, ani drgnę.

Jako najmniejsza z nowicjuszy i jedyna, która przeniosła się z Altruizmu, mam niewielkie szanse.

– Co się z nami stanie, jeśli odpadniemy? – wtrąca się Peter.

– Opuścicie siedzibę Nieustraszonych – odpowiada Eric obojętnym tonem. – I będziecie żyli jako bezfrakcyjni.

Mysiowłosa zasłania twarz dłonią i tłumi szloch. Przypominam sobie tamtego bezfrakcyjnego z szarymi zębami, który wyrywał mi z dłoni torebkę jabłek. Przypominam sobie spojrzenie jego oczu pozbawionych wyrazu. Jednak zamiast płakać, tak jak dziewczyna z Erudycji, robię się bezduszna. Twarda.

Zostanę w tej frakcji. Zostanę.

– Ale to… nie w porządku! – protestuje Molly, dziewczyna z Prawości o szerokich ramionach. W jej głosie słychać złość, ale i tak wygląda na przerażoną. – Gdybyśmy wiedzieli…

– Mówisz, że gdybyście o tym wiedzieli przed Ceremonią Wyboru, to nie decydowalibyście się na Nieustraszonych? – rzuca Eric. – Jeśli właśnie o to ci chodzi, już powinnaś się stąd wynosić. Jeśli naprawdę jesteś jedną z nas, nie przejmujesz się, że może ci się nie udać. A jeśli się przejmujesz, to jesteś tchórzem. – Eric pchnięciem otwiera drzwi do sypialni. – Wybraliście nas. Teraz my musimy wybrać was.

Leżę w łóżku i słucham oddechów dziewięciorga osób.

Jeszcze nigdy nie spałam w jednym pokoju z jakimś chłopakiem, ale tutaj nie mam innego wyjścia, chyba że chcę spędzić noc na korytarzu. Cała reszta założyła ciuchy, które dali nam Nieustraszeni, ale ja zostałam w ubraniu z Altruizmu, wciąż pachnącym mydłem i świeżym powietrzem. Jak dom.

Przyzwyczaiłam się do tego, że mam własny pokój. Z okna widziałam trawnik przed domem, a za nim zamglony horyzont. Przyzwyczaiłam się do spania w ciszy.

Kiedy myślę o domu, czuję, jak gdzieś za oczami robi mi się ciepło, a gdy mrugam, wyślizguje się z nich łza. Zasłaniam usta, żeby zdusić szloch.

Nie mogę płakać, nie tutaj. Muszę się uspokoić.

Wszystko będzie dobrze. Mogę patrzeć na swoje odbicie w lustrze, jak tylko mam ochotę. Mogę przyjaźnić się z Christiną, ściąć krótko włosy i pozwolić, żeby inni sprzątali sami po sobie.

Dłonie mi drżą, a łzy teraz przychodzą szybciej, widok zasłania mgła.

Nieważne, że jak znowu zobaczę się z rodzicami w Dniu Odwiedzin, to ledwie mnie poznają. O ile w ogóle przyjdą. Nieważne, że boli wspominanie ich twarzy, chociażby przez ułamek sekundy, nawet twarzy Caleba, mimo że tak bardzo mnie zraniły jego tajemnice. Wyrównuję wdech do wdechu pozostałych nowicjuszy, a wydech do ich wydechu. To nieważne.

Oddychanie zostaje zakłócone jakimś zduszonym odgłosem. Po nim następuje piskliwy szloch. Sprężyny łóżka skrzypią, gdy obraca się na nim jakieś duże ciało. Poduszka tłumi łkanie, jednak nie całkiem. Płacz dochodzi z łóżka zaraz obok mojego – od strony chłopaka z Prawości, Ala, najwyższego i najlepiej zbudowanego z nowicjuszy. Ostatniej osoby, po której bym się spodziewała, że się załamie.

Jego stopy są tylko kilka centymetrów od mojej głowy. Powinnam go pocieszyć – powinnam chcieć go pocieszyć, bo tak mnie wychowano. A zamiast tego czuję odrazę. Ktoś, kto wydaje się tak silny, nie powinien okazywać słabości. Dlaczego po prostu nie stłumi płaczu jak inni?

Z trudem przełykam ślinę.

Gdyby moja matka dowiedziała się o tym, co teraz myślę, wiem, jak by na mnie popatrzyła. Wykrzywiłaby kąciki ust do dołu. Brwi opuściłaby nisko. Nie marszczyłaby ich, wyglądałaby raczej na zmęczoną. Przesuwam po policzkach wewnętrzną stroną nadgarstka. Al znowu szlocha. Mam wrażenie, że te dźwięki drapią mnie w gardle. Chłopak jest tylko kilka centymetrów ode mnie – powinnam go dotknąć.

Nie. Odsuwam rękę i przewracam się na bok, twarzą do ściany. Nikt nie musi wiedzieć, że nie mam ochoty mu pomóc. Zatrzymam tę tajemnicę dla siebie. Zamykam oczy, czuję, jak wciąga mnie sen, ale za każdym razem, gdy już zasypiam, słyszę Ala.

Pewnie mój problem wcale nie polega na tym, że nie wolno mi wrócić do domu. Owszem, będę tęsknić za matką, za ojcem i za Calebem, za wieczornym blaskiem kominka i stukotem drutów matki, ale nie tylko dlatego czuję w sobie taką pustkę.

Mój problem może polegać na tym, że nawet jeśli wróciłabym do domu, nie znalazłabym sobie miejsca wśród ludzi, którzy odruchowo dają i bez namysłu niosą pomoc.

Ta myśl sprawia, że zgrzytam zębami. Zaciskam poduszkę wokół uszu, żeby zasłonić je przed płaczem Ala, i zasypiam z kręgiem wilgoci pod policzkiem.

Rozdział 8

Pierwsze, czego się dzisiaj nauczycie, to jak strzelać z pistoletu. Drugie, jak zwyciężać w walce. – Cztery, nie patrząc na mnie, wciska mi pistolet w dłoń i idzie dalej. – Na szczęście, skoro tu jesteście, to wiecie, jak wskoczyć do jadącego pociągu i jak z niego wyskoczyć, więc nie muszę was tego uczyć.

Nie powinnam być zaskoczona, że Nieustraszeni oczekują, że weźmiemy wszystko z marszu, ale spodziewałam się więcej niż sześciu godzin odpoczynku, zanim zacznie się ten marsz. Ciało nadal mam ciężkie od snu.

– Inicjacja jest podzielona na trzy etapy. Po każdym będziemy mierzyć wasze postępy i szeregować was na podstawie osiągnięć. Etapy nie określają końcowej rangi według równej miary, więc jest możliwe, chociaż to trudne, że z czasem zasadniczo podniesiecie swoją rangę.

Gapię się na broń w ręku. Nigdy w życiu nie przypuszczałam, że będę trzymała pistolet, nie mówiąc o tym, że z niego strzelę. Wydaje się niebezpieczny, jakbym dotykając go, mogła kogoś skrzywdzić.

– Uważamy, że przygotowanie wykorzenia tchórzostwo, które określamy jako wynikające ze strachu nieudane działanie – tłumaczy Cztery. – Dlatego każdy etap inicjacji ma na celu przygotowanie was w inny sposób. Pierwszy jest głównie fizyczny; drugi głównie emocjonalny; trzeci głównie mentalny.

– Ale co... – Peter ziewa między słowami. – Co strzelanie ma wspólnego z... odwagą?

Cztery podrzuca pistolet w ręku, przyciska lufę do czoła Petera i wprowadza nabój. Peter nieruchomieje z uchylonymi wargami, ziewnięcie zastyga mu na ustach.

– Obudź. Się – warczy Cztery. – Trzymasz naładowany pistolet, głupcze. Działaj, jak należy.

Opuszcza broń. Kiedy bezpośrednie zagrożenie mija, zielone oczy Petera spoglądają bardziej twardo. Zaskakuje mnie, że jest w stanie powstrzymać się od odpowiedzi, skoro w Prawości całe życie mówił bez ogródek, ale powstrzymuje się, policzki ma czerwone.

– A odpowiadając na twoje pytanie... Znacznie mniej prawdopodobne, że narobisz w portki i będziesz wołał mamę, kiedy jesteś przygotowany do obrony. – Cztery zatrzymuje się na końcu szeregu i okręca na pięcie. – To także informacja, która może się wam przydać później, podczas pierwszego etapu. No, to patrzcie na mnie.

Odwraca się do ściany z tarczami strzeleckimi – po jednym kwadracie sklejki z trzema czerwonymi kołami dla każdego z nas. Staje z rozstawionymi stopami, pistolet trzyma oburącz i strzela. Huk taki, że bolą mnie uszy. Wyciągam szyję, żeby popatrzeć na cel. Kula przeszła przez środkowe koło.

Odwracam się do swojego celu. Rodzina nigdy nie pochwaliłaby mnie za strzelanie. Powiedziałaby, że pistolety używane nawet do samoobrony, a nie tylko do przemocy, są oznaką samolubstwa.

Wyrzucam rodzinę z głowy, rozstawiam stopy na szerokość barków i delikatnie obiema dłońmi obejmuję chwyt pistoletu. Jest ciężki, trudno go utrzymać na dużą odległość od ciała, ale chcę, żeby był jak najdalej od mojej twarzy. Naciskam spust, z początku z wahaniem, potem mocniej, odchylając się od broni. Dźwięk razi mi uszy, odrzut podbija ręce do nosa. Potykam się, przyciskam rękę do ściany za mną, żeby zachować równowagę. Nie wiem, gdzie trafiła kula, ale wiem, że sporo minęła cel.

Strzelam jeszcze raz i jeszcze raz, i jeszcze raz, żadna kula nie trafia.

– Statystycznie rzecz biorąc – odzywa się chłopak Erudytów stojący obok, Will, i uśmiecha się do mnie – do tej pory powinnaś wcelować chociaż raz, choćby przypadkiem. – Jest blondynem, ma potargane włosy i zmarszczkę między brwiami.

– Naprawdę. – Nie akcentuję pytania.

– Tak. Myślę, że właściwie to przeczysz naturze.

Zaciskam zęby, odwracam się do celu, postanawiam przynajmniej pewnie stanąć. Skoro nie potrafię sprostać pierwszemu zadaniu, które mi dają, to jak przebrnę przez pierwszy etap?

Mocno naciskam spust, tym razem jestem przygotowana na odrzut. Ręce mi odskakują, ale stopy są jak wrośnięte. Dziura po kuli pojawia się na skraju tarczy, unoszę brew pod adresem Willa.

– No widzisz, mam rację. Statystyka nie kłamie – oznajmia.

Uśmiecham się lekko.

Zużywam pięć nabojów, zanim trafiam w środek. Na ten widok czuję przypływ energii. Jestem rozbudzona, oczy mam szeroko otwarte, dłonie ciepłe. Opuszczam pistolet. Jest moc w kontrolowaniu czegoś, co może wyrządzić takie szkody – w kontrolowaniu czegokolwiek.

Może rzeczywiście to miejsce dla mnie.

Do przerwy na lunch ramiona mi pulsują od trzymania pistoletu w poziomie, z trudem rozprostowuję palce. Masuję je po drodze do jadalni. Christina zaprasza Ala, żeby usiadł z nami. Za każdym razem, kiedy na niego spoglądam, słyszę jego łkanie, więc staram się na niego nie patrzeć.

Przesuwam groszek widelcem, myślami wracam do testów przynależności. Kiedy Tori ostrzegała mnie, że Niezgodność jest niebezpieczna, odnosiłam wrażenie, że mam to wypisane na twarzy i jeśli wybrałabym niewłaściwą drogę, ktoś by to zobaczył. Jak do tej pory nie było problemu, ale nie czuję się dzięki temu bezpiecznie. A jeśli się odsłonię i zdarzy się coś strasznego?

– Och, daj spokój. Nie pamiętasz mnie? – pyta Christina Ala, robiąc sobie kanapkę. – Zaledwie parę dni temu razem chodziliśmy na matmę. A ja nie jestem spokojną osóbką.

– Matmę najczęściej przesypiałem – tłumaczy się Al. – Była na pierwszej godzinie!

A jeśli niebezpieczeństwo nie pojawi się wkrótce – a jeśli uderzy po bardzo wielu latach, a ja nie zauważę, że się zbliża?

– Tris! – Christina pstryka mi palcami przed twarzą. – Jesteś tutaj?

– Co? O co chodzi?

– Pytałam, czy w ogóle pamiętasz, że chodziłaś ze mną na zajęcia – powtarza. – Bo słuchaj, bez obrazy, ja pewnie nie zapamiętałabym ciebie. Cały Altruizm wyglądał dla mnie tak samo. I nadal tak wygląda, tylko że teraz nie jesteś jedną z nich.

Gapię się na nią. Jakbym chciała, żeby mnie sobie przypomniała.

– Przepraszam, byłam nieuprzejma? – pyta. – Przyzwyczaiłam się do mówienia tego, co myślę. Mama twierdziła, że uprzejmość to oszustwo w ładnym opakowaniu.

– Chyba dlatego nasze frakcje zazwyczaj nie zadawały się z sobą. – Wybucham krótkim śmiechem. Prawość i Altruizm nie żywiły do siebie nienawiści, takiej jak Erudycja do Altruizmu. Prawdziwym problemem dla Prawości jest Serdeczność. Mówi się, że ci, którzy ponad wszystko cenią pokój, zawsze będą oszukiwać, żeby nie mącić wody.

– Mogę tu usiąść? – Will stuka palcem w stół.

– Co, nie chcesz zadawać się ze swoimi kolesiami z Erudycji? – pyta Christina.

– To nie są moi kolesie. – Will stawia talerz. – To, że byliśmy w tej samej frakcji, nie znaczy, że ze sobą trzymamy. No i Edward i Myra chodzą z sobą, a ja nie zamierzam być piątym kołem u wozu.

Edward i Myra, pozostałe transfery z Erudycji, siedzą dwa stoły dalej, tak blisko siebie, że trącają się łokciami, krojąc jedzenie. Myra przerywa, żeby pocałować Edwarda. Przyglądam im się uważnie. Widziałam tylko kilka pocałunków w życiu.

Edward odwraca głowę i przyciska usta do ust Myry. Z sykiem wypuszczam powietrze przez zęby, przenoszę wzrok. Jakaś część mnie chce, żeby ich objechali. Inna część zastanawia się, z lekką desperacją, jak by to było, gdyby ktoś przyłożył usta do moich ust.

– Muszą to robić na oczach wszystkich? – pytam.

– Ona go tylko pocałowała. – Al patrzy na mnie i marszczy czoło. Kiedy tak robi, jego gęste brwi dotykają rzęs. – Przecież nie rozbierają się do naga.

– Nie powinno się całować na oczach wszystkich.

Al, Will i Christina uśmiechają się do mnie znacząco.

– No co?

– Wyłazi z ciebie Altruizm – odpowiada Christina. – Innym nie przeszkadza okazywanie odrobiny uczucia przy ludziach.

– Och. – Wzruszam ramionami. – Cóż... widzę, że będę musiała jakoś sobie z tym poradzić.

– Albo możesz dalej być sztywna. – Zielone oczy Willa błyszczą figlarnie. – No wiesz. Jeśli chcesz.

Christina rzuca w niego bułką. Will łapie i odgryza kawałek.

– Zejdź z niej – mówi Christina. – Sztywniactwo leży w jej naturze. A ty pozjadałeś wszystkie rozumy.

– Nie jestem Sztywniakiem! – krzyczę.

– Nie przejmuj się – łagodzi Will. – To urocze. Popatrz, cała jesteś czerwona.

Po tych słowach twarz jeszcze bardziej mi czerwienieje. Całe towarzystwo chichocze. Zmuszam się do śmiechu, po kilku sekundach brzmi naturalnie.

Dobrze znowu się śmiać.

Po lunchu Cztery prowadzi nas do nowej sali. Jest wielka, ma trzeszczącą, popękaną drewnianą podłogę z dużym kołem namalowanym na środku. Na ścianie po lewej wisi zielona tablica – taka do pisania kredą. Na podobnej pisali moi nauczyciele na niższych poziomach, od tamtych czasów nie widziałam czegoś takiego. Może ma to coś wspólnego z priorytetami Nieustraszonych: najpierw trening, potem technika.

Nasze nazwiska są wypisane na tablicy w porządku alfabetycznym. Na końcu sali, w metrowych odstępach, wiszą spłowiałe worki treningowe.

Ustawiamy się za nimi w rzędzie, Cztery staje pośrodku, tak żeby każdy go widział.

– Jak powiedziałem rano, następną rzeczą, której będziecie się uczyli, jest walka. Celem jest przygotowanie was do działania; przygotowanie waszych ciał, żeby reagowały na zagrożenia i wyzwania. To będzie wam potrzebne, jeśli chcecie przetrwać, żyjąc jako Nieustraszeni.

Nie potrafię sobie nawet wyobrazić życia Nieustraszonego. Jedyne, o czym jestem w stanie pomyśleć, to jak dać sobie radę z nowicjatem.

– Dzisiaj omówimy techniki, jutro rozpoczniecie walki między sobą – ciągnie Cztery. – Więc radzę uważać. Ci, którzy nie będą się szybko uczyć, odniosą obrażenia.

Cztery pokazuje kilka różnych ciosów i wymienia ich nazwy. Najpierw uderza w powietrze, potem w worek.

W trakcie ćwiczenia zaczynam je rozumieć, z pistoletem było tak samo, potrzebuję kilku prób, żeby załapać, jak trzymać postawę i poruszać się jak Cztery. Kopnięcia są trudniejsze, chociaż uczy nas tylko podstaw. Od ciosów pieką mnie ręce i stopy, skóra czerwienieje, ale sam worek treningowy ledwo się porusza, jakkolwiek mocno bym w niego waliła. Wszędzie wokół słychać odgłosy uderzeń w twardą tkaninę.

Cztery chodzi w grupce nowicjuszy, obserwuje nas, kiedy po raz kolejny powtarzamy ruchy. Gdy zatrzymuje się przede mną, skręcają mi się wnętrzności, jakby ktoś nawijał je na widelec. Patrzy na mnie, obrzuca wzrokiem od stóp do głów, nigdzie nie zatrzymuje wzroku – oceniające, zawodowe spojrzenie.

– Nie masz rozwiniętych mięśni – stwierdza – a to znaczy, że lepiej ci pójdzie, jeśli wykorzystasz kolana i łokcie. Możesz włożyć w nie więcej siły.

Nagle mocno przyciska mi dłoń do brzucha. Palce ma takie długie, że chociaż podstawą dłoni dotyka boku klatki piersiowej, ich koniuszki sięgają drugiego boku. Serce bije mi mocno, aż pierś boli, patrzę na niego, oczy mam szeroko otwarte.

– Zawsze pamiętaj, żeby to miejsce było napięte – instruuje cicho. Odsuwa dłoń i idzie dalej.

Czuję nacisk jego ręki, chociaż już się oddalił. Dziwne, ale muszę przerwać, pooddychać kilka sekund, zanim wrócę do ćwiczenia.

Kiedy Cztery zwalnia nas na lunch, Christina trąca mnie łokciem.

– Aż dziw, że nie złamał cię na pół. – Marszczy nos. – Nastraszył mnie jak wszyscy diabli. To ten jego spokojny głos.

– Tak. On jest… – Oglądam się na niego przez ramię. Jest spokojny i zadziwiająco opanowany. Ale nie bałam się, że zrobi mi krzywdę. – …naprawdę przerażający – kończę po chwili.

Al, który był przed nami, odwraca się, kiedy dochodzimy do Jamy.

– Chcę mieć tatuaż – oświadcza.

Z tyłu idzie Will.

– Jaki tatuaż? – pyta.

– Nie wiem. – Al się śmieje. – Po prostu pragnę poczuć, że naprawdę opuściłem starą frakcję. Przestać się mazać z tego powodu. – Kiedy nie reagujemy, dodaje: – Wiem, że mnie słyszeliście.

– Tak, może wreszcie byś się uspokoił? – Christina szturcha Ala w grube ramię. – Myślę, że masz rację. Teraz jesteśmy trochę tu, trochę tam. Jeżeli chcemy być w całości tutaj, powinniśmy się upodobnić. – Patrzy na mnie.

– Nie. Nie zetnę włosów – mówię. – Ani ich nie ufarbuję na odjazdowy kolor. Ani nie zrobię sobie piercingu na twarzy.

– A co z pępkiem?

– Albo z sutkami? – wtrąca z chichotem Will.

Wydaję jęk.

Teraz, po dziennej porcji treningu, możemy robić, co chcemy, aż do pory na sen. Ta myśl przyprawia mnie prawie o zawrót głowy, chociaż może to ze zmęczenia.

Jama roi się od ludzi. Christina oznajmia, że razem ze mną spotka się z Alem i Willem pod salonem tatuażu, i ciągnie mnie do ubieralni. Potykamy się, idąc ścieżką pod górę, wspinamy się ponad poziom Jamy, roztrącamy butami kamienie.

– Co jest nie tak z moim ubraniem? – dopytuję. – Już nie ubieram się na szaro.

– Jest obrzydliwe i za duże – wzdycha. – Może pozwolisz, że ci po prostu pomogę? Jeśli nie spodoba ci się to, co na ciebie włożę, nie będziesz musiała tego nosić, obiecuję.

Dziesięć minut później stoję przed lustrem ubieralni w czarnej sukience do kolan. Sukienka nie zakrywa wszystkiego, ale też nie opina się na biodrach – w przeciwieństwie do pierwszej, którą wybrała Christina, a której ja nie chciałam. Na nagich ramionach wyskakuje mi gęsia skórka. Christina ściąga mi wstążkę, rozplatam warkocz, włosy zwisają mi w falach nad ramionami.

Potem Christina unosi czarny ołówek.

– Kredka do oczu – mówi.

– Raczej nie uda ci się zrobić ze mnie piękności. – Zamykam powieki i nieruchomieję. Christina prowadzi koniuszek ołówka wzdłuż linii moich rzęs. Wyobrażam sobie, że stoję przed rodziną w tej kiecce, i żołądek mi się kurczy, jakbym miała zwymiotować.

– Komu zależy na pięknie? Mnie chodzi o wyrazistość.

Otwieram oczy i po raz pierwszy jawnie gapię się na własne odbicie. Serce przyspiesza, kiedy to robię, jakbym łamała zasady i miała być za to zwymyślana. Będzie trudno przezwyciężyć nawyk wpojonego mi altruistycznego myślenia, tak jak wyciągnąć pojedynczą nitkę ze skomplikowanej koronki. Ale znajdę nowe zwyczaje, nowe myśli, nowe zasady. Stanę się kimś innym.

Przedtem oczy miałam niebieskie, ale matowe, szarawe – ołówek sprawia, że są przenikliwe. Włosy otaczają mi twarz, rysy stają się łagodniejsze i pełniejsze. Nie jestem piękna – za duże oczy, za długi nos – ale widzę, że Christina ma rację. Moja twarz staje się wyrazista.

To nie tak, jakbym patrzyła teraz na siebie po raz pierwszy; to tak, jakbym patrzyła na kogoś innego po raz pierwszy. Beatrice była dziewczyną, którą widywałam ukradkiem w lustrze. Ona siedziała cichutko przy stole podczas obiadu. Oczy tego kogoś twierdzą, że należą do niego i mnie nie puszczają; to jest Tris.

– Widzisz? Jesteś… oszałamiająca – zachwyca się Christina.

W tych okolicznościach to największy komplement, jakim może mnie uraczyć. Uśmiecham się do niej w lustrze.

– Podoba ci się?

– Tak. – Kiwam głową. – Wyglądam jak… inny człowiek.

Śmieje się.

– To dobrze czy źle?

Znowu patrzę wprost na siebie. Po raz pierwszy myśl o odrzuceniu altruistycznej tożsamości nie sprawia, że czuję się nieswojo; daje mi nadzieję.

– Dobrze. – Kręcę głową. – Przepraszam. Po prostu do tej pory nie pozwalano mi tak długo przyglądać się własnemu odbiciu.

– Naprawdę? Muszę ci powiedzieć, że Altruizm to dziwna frakcja.

– Chodźmy, zobaczymy, czy Al dał się wytatuować – proponuję. Mimo że porzuciłam swoją starą frakcję, nie chcę jej jeszcze krytykować.

W domu razem z matką co jakieś sześć miesięcy brałyśmy prawie identyczne sterty ubrań. Łatwo rozdzielać rzeczy, kiedy każdy dostaje to samo, ale na terenie Nieustraszonych wszystko jest bardziej różnorodne. Każdy Nieustraszony otrzymuje określoną liczbę punktów do wydania w miesiącu, a ubranie kosztuje jeden punkt.

Wąską ścieżką z Christiną pędzimy do salonu tatuażu. Kiedy tam docieramy, Al siedzi już na krześle, a mały, chudy facecik, na którym jest więcej atramentu niż czystej skóry, rysuje mu na ramieniu pająka.

Will i Christina kartkują książki z obrazkami i trącają się łokciami, kiedy znajdują coś fajnego. Kiedy siedzą obok siebie, zauważam, że są swoim przeciwieństwem. Christina smagła i szczupła, Will blady i solidnie zbudowany, ale niewymuszone uśmiechy mają takie same.

Chodzę po pokoju, oglądam obrazy na ścianach. W dzisiejszych czasach tylko w Serdeczności są artyści. Altruizm uważa sztukę za niepraktyczną, a czas spędzony na jej analizie mógłby być przeznaczony na służenie innym, dlatego chociaż widziałam obrazy w podręcznikach, nigdy wcześniej nie byłam w pomieszczeniu, gdzie by wisiały. Jakby otulało mnie ciepłe powietrze, mogłabym zagubić się tutaj na wiele godzin i nikt by nie zauważył. Muskam ścianę czubkami palców. Obraz jastrzębia na jednej ścianie przypomina mi tatuaż Tori. Pod nim widnieje szkic ptaka w locie.

– To kruk – odzywa się głos zza moich pleców. – Śliczny, prawda?

Odwracam się i widzę Tori. Czuję się, jakbym z powrotem trafiła do sali testów, z lustrami wokół mnie i kablami podłączonymi do czoła. Nie spodziewałam się, że znowu ją zobaczę.

– No, cześć. – Uśmiecha się. – Nawet nie przypuszczałem, że cię jeszcze spotkam. Beatrice, zgadza się?

– Właściwie to Tris – prostuję. – Pracujesz tutaj?

– Pracuję. Po prostu zrobiłam sobie przerwę, żeby nadzorować testy. Większość czasu spędzam tutaj. – Stuka się w podbródek. – Rozpoznaję to imię. Byłaś pierwszym skoczkiem, prawda?

– Tak, to ja.

– Dobra robota.

– Dziękuję. – Dotykam szkicu przedstawiającego ptaka. – Słuchaj... Muszę z tobą porozmawiać o... – Zerkam na Willa i Christinę. Nie mogę teraz wdać się w dyskusję z Tori; będą dopytywać. – O czymś. Kiedyś.

– To chyba nie byłoby mądre – szepcze. – Pomogłam wam tyle, ile mogłam, a teraz musicie sami sobie dawać radę.

Ściągam wargi. Ona zna odpowiedzi, wiem, że zna. Jeśli nie chce udzielić mi ich teraz, muszę znaleźć sposób, żeby kiedy indziej skłonić ją do mówienia.

– Chcesz tatuaż? – pyta.

Szkic z ptakiem przyciąga moją uwagę. Kiedy tu przyszłam, wcale nie zamierzałam zrobić sobie piercingu ani tatuażu. Wtedy wbijałabym między mnie a rodzinę kolejny klin, którego nie da się usunąć. A jeśli moje życie tutaj będzie takie jak do tej pory, wkrótce stanie się to najmniejszym klinem między nami.

Ale teraz rozumiem to, co Tori powiedziała o swoim tatuażu, że przedstawia strach, który przezwyciężyła, że to przypomnienie, gdzie była, ale także przypomnienie, gdzie jest teraz. Może istnieje sposób, żeby uhonorować moje stare życie, kiedy wkraczam w nowe.

– Tak – mówię. – Trzy takie lecące ptaki.

Dotykam obojczyka, znacząc tor ich lotu w stronę serca. Jeden za każdego z członków rodziny, którą zostawiłam.

Rozdział 9

Ponieważ jest was nieparzysta liczba, jedno nie będzie dzisiaj walczyć – oznajmia Cztery, odchodząc od tablicy w sali ćwiczeń. Spogląda na mnie. Miejsce obok mnie jest puste. Węzeł w żołądku się rozluźnia. Ułaskawienie.

– Niedobrze. – Christina trąca mnie łokciem.

Jej kość dźga mnie w obolały mięsień – dziś rano mam więcej tych obolałych niż nieobolałych – wykrzywiam się.

– Oj.

– Przepraszam. Ale patrz, mam przeciw sobie Czołg.

Z Christiną siedziałam przy śniadaniu, a wcześniej zasłaniała mnie przed resztą sypialni, kiedy zmieniałam ubranie. Nigdy jeszcze nie miałam takiej przyjaciółki. Susan bardziej zaprzyjaźniła się z Calebem niż ze mną, a Robert ciągle chodził za Susan.

Wcześniej chyba nigdy nie miałam przyjaciółki i kropka. Prawdziwa przyjaźń jest niemożliwa, kiedy nikt nie chce przyjąć pomocy albo nawet porozmawiać o sobie. Tutaj tak nie będzie. Już teraz wiem więcej o Christinie niż kiedykolwiek wiedziałam o Susan, a minęły tylko dwa dni.

– Czołg? – Odnalazłam imię Christiny na tablicy. Obok było napisane „Molly".

– Tak, niezbyt kobiecy sługus Petera. – Wskazuje głową tłumek po drugiej stronie sali.

Molly jest wysoka tak jak Christina, ale na tym kończą się podobieństwa. Ma szerokie ramiona, brązową skórę i bulwiasty nos.

– Tych troje... – Christina po kolei wskazuje Petera, Drew i Molly – właściwie odkąd wypełzli z macicy, są nie do rozdzielenia. Nienawidzę ich.

Will i Al stają naprzeciwko siebie na arenie. Podnoszą ręce do twarzy, żeby się bronić, tak jak uczył nas Cztery, i krążą wokół siebie. Al jest z piętnaście centymetrów wyższy od Willa i dwa razy od niego szerszy. Patrzę na niego – nawet rysy twarzy ma grubsze: gruby nos, grube wargi, wielkie oczy. Ta walka nie potrwa długo.

Spoglądam na Petera i jego przyjaciół. Drew jest niższy i od Petera, i od Molly, ale budową przypomina głaz, a ramiona ma zawsze przygarbione. Pomarańczowo-czerwone włosy są koloru starej marchewki.

– Co z nimi jest nie tak? – pytam.

– Peter to czyste zło. Kiedy byliśmy dziećmi, wszczynał bójki z ludźmi z innych frakcji, a potem, kiedy przychodzili dorośli, żeby to przerwać, płakał i zmyślał jakąś historyjkę, że to tamten zaczął. I oczywiście wierzyli mu, bo byliśmy w Prawości i nie mogliśmy kłamać. Ha, ha. – Christina marszczy nos i dodaje: – Drew to tylko jego pomagier. Wątpię, żeby myślał samodzielnie. A Molly... to taki człowiek, co pali mrówki za pomocą szkła powiększającego, żeby popatrzeć, jak machają nóżkami.

Na arenie Al mocno wali Willa w szczękę. Krzywię się. Po drugiej stronie sali Eric uśmiecha się do Ala i obraca jeden z kolczyków w brwi.

Will zatacza się w bok, dłoń przyciska do twarzy i wolną ręką blokuje uderzenie Ala. Sądząc po jego minie, blokowanie ciosu tak samo boli jak uderzenie. Al jest powolny, ale silny.

Peter, Drew i Molly rzucają ukradkowe spojrzenia w naszą stronę, potem nachylają się do siebie i szepcą.

– Chyba się orientują, że o nich rozmawiamy – zauważam.

– No to co? I tak wiedzą, że ich nienawidzę.

– Wiedzą? Skąd?

Christina udaje, że się do nich uśmiecha, i macha ręką. Patrzę w dół, mam gorące policzki. Tak czy inaczej, nie powinnam plotkować. Plotkowanie to dogadzanie sobie.

Will podcina Ala i zwala go na ziemię. Al gramoli się i wstaje.

– Bo im powiedziałam – cedzi Christina przez zaciśnięte zęby, nie przestając się uśmiechać. Zęby ma proste u góry i zakrzywione na dole. Patrzy na mnie. – W Prawości próbujemy być uczciwi co do naszych uczuć. Mnóstwo osób mówiło mi, że mnie nie lubi. I mnóstwo nie mówiło. Co za różnica?

– Tylko że my… nie powinniśmy ranić ludzi.

– Wolę myśleć, że im pomagam, nienawidząc ich – odpowiada. – Przypominam im, że nie są darem bożym dla ludzkości.

Śmieję się krótko i znowu skupiam na arenie. Will i Al stoją naprzeciwko siebie przez kolejnych parę sekund. Są bardziej niezdecydowani. Will odrzuca jasne włosy znad oczu. Zerkają na Cztery, jakby czekali, że wstrzyma walkę, ale on stoi z założonymi rękami i nie reaguje. Tuż obok niego Eric spogląda na zegarek.

Po kilku sekundach, kiedy tamci krążą wokół siebie, Eric krzyczy.

– Myślicie, że to zajęcia w czasie wolnym? Może zrobimy przerwę na drzemkę? Walczcie!

– Ale… – Al prostuje się, opuszcza ręce. – Czy to jest liczone, czy jak? Kiedy kończy się walka?

– Wtedy, kiedy jeden z was już nie da rady walczyć – odpowiada Eric.

– Zgodnie z przepisami Nieustraszonych – dodaje Cztery – jeden z was w każdym momencie może się też uznać za pokonanego.

Eric patrzy na niego zmrużonymi oczami.

– Zgodnie ze starymi przepisami – uściśla. – Według nowych reguł nikt nie uznaje się za pokonanego.

– Odważny uznaje siłę innych – odparowuje Cztery.

– Odważny nigdy się nie poddaje.

Cztery i Eric przez chwilę wbijają w siebie wzrok. Mam wrażenie, jakbym patrzyła na dwa różne rodzaje Nieustraszonych: honorowych i bezwzględnych. Ale nawet ja wiem, że w tej sali to Eric, najmłodszy z przywódców Nieustraszonych, ma władzę.

Kropelki potu występują Alowi na czoło; ociera je grzbietem dłoni.

– To śmieszne. – Kręci głową. – Czy to ma sens, żeby go zabić? Jesteśmy w tej samej frakcji!

– Och, myślisz, że to będzie takie łatwe? – pyta Will z uśmiechem. – No, dalej. Spróbuj mnie uderzyć, ślamazaro.

Will znowu podnosi ręce. W jego oczach widzę determinację, której wcześniej nie było. Czy naprawdę sądzi, że może wygrać? Jeden mocny sierpowy w głowę i Al powala go na ziemię.

To znaczy, jeśli uda mu się uderzyć Willa. Al próbuje zadać cios, Will robi unik, kark błyszczy mu od potu. Unika kolejnego uderzenia, wślizguje się za Ala i mocno kopie go w plecy. Al rzuca się do przodu i się odwraca.

W dzieciństwie czytałam książkę o niedźwiedziach grizzly. Był tam obrazek, jak jeden stoi na tylnych łapach z wyciągniętymi pazurami i ryczy. Tak teraz wygląda Al. Atakuje Willa, chwyta go za ramię, żeby ten nie mógł się wymknąć, i mocno wali go w szczękę.

Widzę, jak światło gaśnie Willowi w oczach jasnozielonych jak seler. Chowają się w głąb głowy i całe napięcie opuszcza ciało. Will wyślizguje się z chwytu Ala i jak martwy wali się na podłogę. Zimno przenika mi plecy, napełnia pierś.

Al szeroko otwiera oczy, kuca przy przeciwniku, klepie go dłonią po policzku. W sali zapada cisza. Czekamy, aż Will zareaguje. Przez kilka sekund nic się nie dzieje, chłopak po prostu leży na podłodze, zgiętą rękę ma pod sobą. Wreszcie mruga, najwyraźniej oszołomiony.

– Podnieś go. – Eric patrzy głodnym wzrokiem na leżące ciało, jakby ten widok był posiłkiem, a on nic nie jadł od tygodni. W jego minie widać okrucieństwo.

Cztery odwraca się do tablicy i zakreśla kółkiem imię Ala. Zwycięstwo.

– Następni: Molly i Christina! – krzyczy Eric.

Al ciągnie Willa za ramiona i wywleka go z areny.

Christina trzaska kostkami dłoni. Życzyłabym jej szczęścia, ale czy to się na coś przyda? Christina ma sporo siły, ale jest znacznie szczuplejsza od Molly. Mam nadzieję, że pomoże jej wzrost.

Po drugiej stronie sali Cztery podtrzymuje Willa w pasie i go wyprowadza. Al stoi przez chwilę przy drzwiach, patrzy, jak wychodzą.

Po wyjściu instruktora czuję się nieswojo. Zostawić nas z Erikiem to jak wynająć opiekunkę, która spędza czas na ostrzeniu noży.

Christina zakłada włosy za uszy. Sięgają jej do podbródka, są czarne, upięte do tyłu srebrnymi spinkami. Znowu trzaska kostkami. Wygląda na spiętą, nic dziwnego – kto by nie był, kiedy widział Willa, który upadł jak szmaciana lalka?

Jeśli starcie u Nieustraszonych kończy się tak, że tylko jedna osoba stoi, nie jestem pewna, jak to ze mną będzie podczas tej części nowicjatu. Czy zostanę Alem, który stoi nad człowiekiem i wie, że to on rozciągnął go na ziemi, czy Willem bezwładnie leżącym jak zmięta szmata?

I czy to z mojej strony samolubne łaknąć zwycięstwa, czy odważne? Wycieram spocone dłonie o spodenki.

Nagle wracam do rzeczywistości, kiedy Christina kopie Molly w bok. Molly robi gwałtowny wdech i zgrzyta zębami, jakby miała przez nie ryknąć. Pasmo prostych czarnych włosów opada jej na twarz, ale ona ich nie odgarnia.

Al stoi obok mnie, ale zbyt mocno koncentruję się na nowej walce, żeby na niego spojrzeć albo pogratulować mu zwycięstwa, jeśli założyć, że tego by chciał. Nie jestem pewna.

Molly uśmiecha się do Christiny i bez ostrzeżenia robi skłon, wyciąga ramię. Wali mocno, przewraca przeciwniczkę i przytrzymuje na podłodze. Christina szamoce się, ale Molly jest ciężka i ani drgnie.

Uderza, a Christina odsuwa głowę z drogi ciosu, ale Molly znowu uderza i znowu, aż pięści trafiają w szczękę, nos, usta. Bez namysłu chwytam Ala za rękę i ściskam ją z całej siły. Po prostu muszę się czegoś przytrzymać. Krew spływa z twarzy Christiny i kapie na ziemię obok jej policzka. Po raz pierwszy w życiu modlę się, żeby ktoś stracił przytomność.

Ale ona nie traci przytomności. Krzyczy i uwalnia jedno ramię. Rąbie Molly w ucho, wybija ją z równowagi i wywija się spod niej. Staje na czworakach, trzyma dłoń przy twarzy. Krew, która płynie z nosa, jest gęsta, ciemna i w kilka sekund pokrywa jej palce. Christina znów krzyczy i odczołguje się od Molly. Po jej unoszących się i opadających ramionach poznaję, że szlocha, ale ledwie ją słyszę przez dudnienie w moich uszach.

„Proszę, strać przytomność".

Molly kopie Christinę w bok, odrzuca ją płasko na plecy. Al uwalnia rękę i przyciąga mnie mocno do siebie. Zaciskam zęby, żeby powstrzymać się od płaczu. Pierwszego wieczoru nie czułam sympatii do Ala, ale jeszcze nie stałam się okrutna; na widok przyjaciółki trzymającej się za żebra chcę stanąć między nią a Molly.

– Przestań! – zawodzi Christina, kiedy Molly odsuwa stopę, żeby znowu kopnąć. Christina wyciąga rękę. – Przestań! Ja... – kaszle. – Jestem wykończona.

Molly uśmiecha się i wzdycha z ulgą. Al też wzdycha, jego pierś unosi się i opada przy moim ramieniu.

Eric powoli idzie na środek areny, z założonymi rękami zatrzymuje się nad Christiną.

– Przepraszam, co powiedziałaś? – pyta cicho. – Jesteś wykończona?

Christina dźwiga się na kolana. Kiedy podnosi rękę z ziemi, zostawia czerwony odcisk dłoni. Ściska sobie nos, żeby powstrzymać krwawienie, i kiwa głową.

– Wstań – nakazuje Eric. Gdyby wrzasnął, może nie czułabym się tak, jakby wszystko miało mi wylecieć z żołądka. Gdyby ryknął, wiedziałabym, że wrzask to najgorsze, co sobie założył. Ale jego głos jest niezwykle cichy, a słowa precyzyjne. Chwyta Christinę za ramię, podrywa ją na nogi i ciągnie za drzwi. – Chodźcie za mną – zwraca się do pozostałych.

Idziemy.

Ryk rzeki czuję w piersi.

Stoimy blisko balustrady. W Jamie jest prawie pusto. Jest środek popołudnia, ale odnosi się wrażenie, jakby przez całe dni panowała tu noc.

Gdyby wokół byli ludzie, wątpię, czy ktoś pomógłby Christinie. Po pierwsze, jesteśmy z Erikiem, a po drugie, Nieustraszeni mają inne zasady – zasady, których nie narusza brutalność.

Eric popycha Christinę do balustrady.

– Wejdź na to – rozkazuje.

– Co? – pyta, jakby spodziewała się, że Eric ustąpi, ale jej szeroko otwarte oczy i twarz koloru popiołu wskazują na coś innego. Eric się nie ugnie.

– Wejdź na balustradę – powtarza przywódca, powoli wymawiając każde słowo. – Jeśli uda ci się wisieć nad przepaścią pięć minut, zapomnę o twoim tchórzostwie. Jeśli nie, nie pozwolę ci kontynuować nowicjatu.

Wąska, metalowa balustrada. Pokrywa ją mgiełka z rzeki, więc jest śliska i zimna. Nawet jeśli Christina ma dość odwagi, żeby wisieć na balustradzie przez pięć minut, może nie wytrzymać. Albo postanowi, że nie będzie należała do żadnej frakcji, albo zaryzykuje śmierć.

Kiedy zamykam oczy, wyobrażam sobie, jak spada na poszarpane skały w dole. Przenika mnie dreszcz.

– Świetnie – mamrocze Christina drżącym głosem.

Jest tak wysoka, że może przerzucić nogę przez balustradę. Stopa jej dygoce. Stawia palce na półce i przekłada drugą nogę. Stojąc twarzą do nas, wyciera ręce w spodenki i łapie się metalu tak mocno, że bieleją jej kostki. Potem spuszcza z półki jedną stopę. I drugą. Widzę jej twarz między prętami bariery, jest zdeterminowana, wargi ma zaciśnięte.

Obok mnie Al nastawia zegarek.

Przez pierwsze półtorej minuty Christina dobrze się trzyma. Dłonie mocno ściskają balustradę, ramiona się nie trzęsą. Zaczynam myśleć, że może się jej udać. Pokaże Ericowi, jaki był głupi, że w nią zwątpił.

Ale potem rzeka wali o ścianę i biała woda spryskuje plecy Christiny. Dziewczyna uderza twarzą o barierę, krzyczy. Ręka ześlizguje się jej, trzyma się tylko koniuszkami palców. Próbuje lepiej się złapać, ale teraz ręce ma mokre.

Jeśli jej pomogę, Eric zgotuje mi ten sam los co jej. Czy pozwolę, żeby spadła i zabiła się, czy zdecyduję się zostać bez frakcji? Co gorsze: patrzeć bezczynnie, jak ktoś umiera, czy zostać wygnanym?

Moi rodzice nie mieliby problemu z odpowiedzią na to pytanie.

Ale ja to nie moi rodzice.

O ile wiem, Christina nie płakała, odkąd tutaj trafiliśmy, ale teraz jej twarz się marszczy. Wybucha szlochem, głośniejszym od ryku rzeki. Kolejna fala uderza w ścianę i mgiełka pokrywa ciało dziewczyny. Kropelka pada mi na policzek. Ręce znów się jej ześlizgują i tym razem jedna z nich odpada od balustrady tak, że Christina wisi na koniuszkach czterech palców.

– No, dalej – nawołuje Al, jego niski głos brzmi zaskakująco głośno. Christina patrzy na niego. Al klaszcze w dłonie. – No, dalej, chwyć się znowu. Dasz radę. Chwyć się tego.

Czy starczy mi siły, żeby ją przytrzymać? Czy warto się wysilić, by jej pomóc, skoro jestem za słaba, żeby zrobić to dobrze?

Wiem, czym są te pytania: to wymówki. „Ludzki rozum może usprawiedliwić każde zło; dlatego jest takie ważne, że nie polegamy na nim". Słowa mojego ojca.

Christina wyrzuca ramię do góry, szuka balustrady. Nikt inny jej nie dopinguje, ale Al składa swoje wielkie dłonie i krzyczy. Nie spuszczają się nawzajem z oczu. Żałuję, że nie mogę tego zrobić. Żałuję, że nie mogę się ruszyć, po prostu gapię się na nią i myślę, od jak dawna jestem tak obrzydliwie samolubna.

Spoglądam na zegarek Ala. Minęły cztery minuty. Al mocno trąca mnie łokciem w bok.

– No, dalej – odzywam się. Wychodzi szept. Odchrząkuję. – Została minuta – mówię, tym razem głośniej.

Druga ręka Christiny znów znajduje balustradę. Jej ramiona tak strasznie drżą, że zastanawiam się, czy to ziemia się pode mną trzęsie, wprawiając w drganie pole widzenia, a ja tego nie zauważyłam.

– No, dalej, Christino – wtóruję Alowi i kiedy nasze głosy się łączą, wierzę, że jestem dość silna, żeby jej pomóc.

Pomogę jej. Gdyby znowu się puściła, pomogę.

Kolejna fala wody oblewa plecy. Christina krzyczy, kiedy obie jej ręce ześlizgują się z balustrady. Z moich ust wydobywa się wrzask. Brzmi, jakby należał do kogoś innego.

Ale dziewczyna nie spada. Chwyta pręty barierki. Palce zjeżdżają po metalu, aż tracę z oczu jej głowę; widzę tylko palce.

Zegarek Ala pokazuje pięć minut.

– Pięć minut minęło – niemal wypluwa te słowa w stronę Erica.

Przywódca patrzy na swój zegarek. Nie spiesząc się, przechyla nadgarstek, a mój żołądek cały czas skręca się, nie mogę oddychać.

Kiedy mrugam, widzę siostrę Rity na chodniku pod torami pociągu z powyginanymi kończynami. Widzę Ritę, jak krzyczy i łka; widzę siebie, jak się odwracam.

– Dobrze – oznajmia Eric. – Możesz wejść, Christino.

Al idzie do balustrady.

– Nie – zatrzymuje go Eric. – Musi sama.

– Nie, nie musi – warczy Al. – Zrobiła, co jej kazałeś. Nie jest tchórzem. Zrobiła, co jej kazałeś.

Eric nie reaguje. Al wychyla się za balustradę, jest taki wysoki, że może dosięgnąć do przegubu Christiny. Ona chwyta go za przedramię. Al podciąga ją, twarz ma czerwoną ze złości. Podbiegam, żeby pomóc. Jestem za niska, żeby był ze mnie większy pożytek, tak jak podejrzewałam, ale łapię Christinę pod ramię, kiedy znajduje się już wystarczająco wysoko, i razem z Alem przeciągamy ją nad balustradą. Pada na ziemię, twarz po walce nadal ma usmarowaną krwią, plecy przesiąknięte wilgocią, cała drży.

Klękam obok niej. Unosi oczy ku mnie, potem ku Alowi, razem nabieramy tchu.

Rozdział 10

Tej nocy śni mi się, że Christina znowu zwisa z balustrady, tym razem za palce u nóg, a ktoś krzyczy, że tylko Niezgodny może jej pomóc. Więc wybiegam, żeby ją wciągnąć, ale ktoś popycha mnie za balustradę i budzę się, zanim uderzam o skały.

Oblana potem, roztrzęsiona po takim śnie, idę do łazienki dla dziewczyn wziąć prysznic i się przebrać. Kiedy wracam, w poprzek mojego materaca wypisane jest czerwonym sprayem „Sztywniaczka". I mniejszymi literami jeszcze na ramie łóżka i na poduszce. Rozglądam się, serce dudni mi ze złości.

Peter stoi za mną, pogwizduje, przetrzepując poduszkę. Trudno uwierzyć, żebym mogła nienawidzić kogoś, kto wygląda tak łagodnie – ma naturalnie łukowate brwi i szeroki biały uśmiech.

– Ładnie pomalowane – mówi.

– Czy zrobiłam ci coś, o czym nie wiem? – pytam. Chwytam za róg prześcieradła i zdzieram je z materaca. – Może nie zauważyłeś, ale teraz jesteśmy w tej samej frakcji.

– Nie mam pojęcia, o czym mówisz – odpowiada lekko. Potem patrzy na mnie. – A ty nigdy nie będziesz w tej samej frakcji co ja.

Kręcę głową, zdejmując powłoczkę z poduszki. Nie złość się. On chce mnie zdenerwować; nie uda mu się. Ale za każdym razem, kiedy trzepie poduszkę, myślę o tym, żeby uderzyć go w brzuch.

Pojawia się Al, nawet nie muszę go prosić, żeby mi pomógł; po prostu podchodzi i zdejmuje ze mną pościel. Później będę musiała oskrobać ramę. Al niesie pościel do kosza na śmieci i razem idziemy w stronę sali treningowej.

– Zignoruj go – radzi Al. – To idiota i jeśli nie będziesz się wściekać, w końcu przestanie.

– Jasne. – Dotykam policzków. Są nadal ciepłe, zaczerwienione ze złości. Staram się od tego oderwać. – Rozmawiałeś z Willem? – pytam cicho. – Po... wiesz.

– Tak. Ma się nieźle. Nie wścieka się. – Al wzdycha. – Teraz zapamiętają mnie jako pierwszego faceta, który zlał kogoś na kwaśne jabłko.

– Są gorsze sposoby, żeby zostać zapamiętanym. Przynajmniej nie będą was nastawiać przeciwko sobie.

– Są i lepsze. – Trąca mnie łokciem, uśmiecha się. – Pierwszy skoczek.

Może byłam pierwszym skoczkiem, ale podejrzewam, że na tym zaczyna się i kończy moja sława Nieustraszonej.

Chrząkam.

– Jeden z was musiał skończyć nokautem. Gdyby to nie był on, byłbyś ty.

– I tak nie chcę tego dalej robić. – Kręci głową, za często, za szybko. Pociąga nosem. – Naprawdę.

Ma miłą twarz. Może jest za miły jak na Nieustraszonego.

Kiedy wchodzę, patrzę na tablicę. Wczoraj nie musiałam walczyć, ale dzisiaj na pewno mnie to nie minie. Kiedy spostrzegam swoje nazwisko, zatrzymuję się w pół kroku.

Moim przeciwnikiem jest Peter.

– O, nie – mówi Christina, która wchodzi za nami, powłócząc nogami. Ma posiniaczoną twarz, wygląda, jakby próbowała nie kuleć. Na widok tablicy zgniata w dłoni papierek po muffinie. – Czy oni są poważni? Naprawdę chcą cię zmusić, żebyś walczyła przeciwko niemu?

Peter jest prawie o trzydzieści centymetrów wyższy ode mnie i wczoraj pobił Drew w niecałe pięć minut. Dzisiaj twarz Drew jest czarno-niebieska, prawie nie widać naturalnego koloru.

– Może przyjmij parę ciosów i udawaj, że zemdlałaś – proponuje Al. – Nikt nie będzie cię winił.

– Tak. Może.

Gapię się na swoje imię na tablicy. Policzki mi płoną. Al i Christina chcą mi po prostu pomóc, ale niepokoi mnie to, że nawet w zakamarkach umysłu nie dają mi szans z Peterem.

Stając pod ścianą, słucham piąte przez dziesiąte, jak Al i Christina rozmawiają, i przyglądam się walce Molly z Edwardem. Porusza się znacznie szybciej od niej, więc to pewne, że dzisiaj Molly nie wygra.

Walka trwa, złość mija. Zaczynam się denerwować. Cztery uczył wczoraj, żeby wykorzystywać słabości przeciwnika, a Peter – poza całkowitym brakiem czegoś, za co można by go lubić – nie ma ich wcale. Dość wysoki, żeby być silny, ale nie tak wielki, żeby być powolny; wyczuwa słabe miejsca innych ludzi; jest bezwzględny i nie okaże mi litości. Chciałabym powiedzieć, że mnie nie docenia, ale to byłoby kłamstwo. Domyśla się, że jestem nieporadna.

Może Al ma rację, powinnam zainkasować parę ciosów i udawać, że straciłam przytomność.

Ale nie mogę nie spróbować, nie mogę zostać oceniona jako ostatnia.

Zanim Molly zdołała wstać z podłogi, półprzytomna przez Edwarda, serce bije mi tak mocno, że czuję je w koniuszkach palców. Za nic nie pamiętam, jak przyjmuje się postawę. Nie pamiętam, jak się wyprowadza ciosy. Idę na środek areny, flaki się we mnie skręcają, kiedy Peter do mnie podchodzi, okazuje się wyższy, niż zapamiętałam, mięśnie ramion ma napięte. Uśmiecha się. Ciekawe, czy to coś da, jeśli rzucę się na niego.

Wątpię.

– Jak tam, Sztywniaczko? Wyglądasz, jakbyś miała się rozpłakać. Może będę dla ciebie łagodniejszy, jeśli się rozpłaczesz.

Nad ramieniem Petera widzę instruktora. Stoi przy drzwiach z założonymi rękami. Krzywi się, jakby właśnie połknął coś kwaśnego. Obok niego Eric stuka stopą szybciej, niż bije moje serce.

W jednej sekundzie stoimy z Peterem i patrzymy na siebie, w drugiej Peter trzyma ręce przy twarzy, zgięte w łokciach. Kolana też ma ugięte, jakby szykował się do skoku.

– No, dalej, Sztywniaczko! – Oczy mu błyszczą. – Tylko jedna łezka. Może trochę skamlania.

Na myśl, że mam błagać Petera o litość, czuję gorycz żółci i pod wpływem impulsu kopię go w bok. Albo – kopnęłabym go w bok, gdyby nie złapał mnie za stopę i nie szarpnął do przodu, wytrącając mnie z równowagi. Uderzam plecami o podłogę, wyrywam stopę, gramolę się, żeby wstać.

Muszę stać, żeby nie kopnął mnie w głowę. Tylko o tym jestem w stanie myśleć.

– Przestań się z nią bawić – parska Eric. – Nie mam całego dnia.

Figlarna mina Petera znika. Jego ramię drga i ból dźga mnie w szczękę, rozlewa się na twarz, w oczach pojawiają się mroczki, w uszach mi dzwoni. Mrugam i rzucam się w bok, sala pochyla się i kołysze. Nie pamiętam jego nadlatującej pięści.

Zbyt trudno mi utrzymać pion, żeby robić coś innego, niż odsuwać się od Petera tak daleko, jak tylko pozwala na to arena. Gwałtownie zjawia się przede mną i wymierza mi mocnego kopniaka w brzuch. Jego stopa wyciska mi powietrze z płuc. To boli, tak bardzo, że nie jestem w stanie oddychać, a może to kopnięcie boli, nie wiem. Po prostu padam.

Wstawaj, to jedyna myśl, jaka kołacze mi się w głowie. Podnoszę się, ale Peter już przede mną wyrasta. Chwyta mnie za włosy jedną ręką i wali w nos drugą. Ten ból jest inny, mniej jak dźgnięcie, bardziej jak trzask, który plami pole widzenia różnymi kolorami: niebieskim, zielonym, czerwonym. Próbuję odepchnąć napastnika, łomoczę go po ramionach, a on znowu uderza, tym razem w żebra. Twarz robi mi się wilgotna. Nos krwawi. Domyślam się, że to jest ten czerwony kolor, ale zbyt oszołomiona nie spoglądam w dół.

Popycha mnie, znowu padam, drapiąc palcami po podłodze, mrugam. Robię się niemrawa, powolna, jest mi gorąco.

Kaszlę, podnoszę się. Naprawdę powinnam leżeć, skoro sala wiruje tak szybko. A Peter krąży wokół mnie; jestem środkiem obracającej się planety, jedyną rzeczą, która się nie rusza. Coś uderza mnie z boku i mało znowu nie upadam.

„Stój, stój". Widzę przed sobą solidną masę, jakieś ciało. Rąbię najmocniej, jak tylko potrafię, i moja pięść trafia w coś miękkiego. Peter wydaje cichy jęk i trzaska mnie w ucho płaską dłonią, śmiejąc się pod nosem. Słyszę dzwonienie, próbuję mrugnięciami pozbyć się spod powiek czarnych plam; jak one się tam dostały?

Kątem oka widzę, jak Cztery otwiera drzwi i wychodzi. Najwyraźniej ta walka nie interesuje go zbytnio. A może idzie sprawdzić, dlaczego wszystko kręci się jak bąk, i nie mam mu tego za złe; też chciałabym poznać odpowiedź.

Kolana uginają się pode mną, podłoga przy policzku jest chłodna. Coś wali mnie w bok, krzyczę po raz pierwszy. Wysoki wrzask należy do kogoś innego, nie do mnie. Coś znowu wali mnie w bok, nic nie widzę, nawet tego, co mam tuż przed sobą, wyłączyli światło. Ktoś wrzeszczy: „Dosyć!", a ja myślę: za dużo i w ogóle nic.

Kiedy się budzę, niewiele czuję, ale głowę wypełnia mi coś puszystego, jakby była wypchana kulkami bawełny.

Wiem, że przegrałam, i jedyną rzeczą, która trzyma ból na uwięzi, jest to, co utrudnia logiczne myślenie.

– Ma już śliwę? – odzywa się ktoś.

Otwieram jedno oko – drugie pozostaje zamknięte, jakby sklejone. Po mojej prawej siedzą Will i Al; Christina siedzi na łóżku po lewej z torbą lodu przy szczęce.

– Co się stało z twoją twarzą? – pytam. Wargi mam nieforemne i za duże.

Christina się śmieje.

– Patrzcie tylko, kto to mówi. Przynieść ci klapkę na oko?

– Hm, już wiem, co stało się z moją twarzą – mamroczę. – Byłam tam. Tak jakby.

– Czy właśnie opowiedziałaś dowcip, Tris? – Will się szczerzy. – Powinniśmy częściej ci podawać środki przeciwbólowe, skoro zamierzasz opowiadać dowcipy. A odpowiadając na twoje pytanie... ja ją zbiłem.

– Nie wierzę, że nie dałaś rady pokonać Willa. – Al kręci głową.

– Co? On jest dobry. – Christina wzrusza ramionami. – A do tego myślę, że wreszcie nauczyłam się, jak przestać przegrywać. Po prostu, muszę uważać, żeby ludzie nie walili mnie w szczękę.

– Sądziłem, że już dawno na to wpadłaś. – Will puszcza do niej oko. – Teraz załapałem, dlaczego nie jesteś Erudytką. Niezbyt rozgarnięta, co?

– Dobrze się czujesz, Tris? – pyta Al. Jego ciemnobrązowe oczy są prawie tego samego koloru co skóra Christiny. Policzki ma chropawe, gdyby ich nie golił, to pewnie nosiłby gęstą brodę. Trudno uwierzyć, że skończył dopiero szesnaście lat.

– Tak – mówię. – Tylko żałuję, że nie pozwolą mi zostać tutaj na zawsze, żebym nie musiała znowu oglądać Petera.

Ale nie wiem, co znaczy „tutaj". Jestem w wielkim, wąskim pokoju z rzędami łóżek po obu stronach. Między niektórymi łóżkami rozciągnięto zasłony. Po prawej stronie pokoju znajduje się dyżurka pielęgniarek. To pewnie miejsce, do którego idą Nieustraszeni, kiedy są chorzy albo ranni. Kobieta w dyżurce patrzy na nas sponad podkładki na dokumenty. Nigdy wcześniej nie widziałam pielęgniarki z tyloma kolczykami w uchu. Niektórzy Nieustraszeni muszą na ochotnika wypełniać funkcje tradycyjnie przydzielone innym frakcjom. W końcu to nie miałoby sensu, gdyby Nieustraszeni robili wycieczki do szpitala miejskiego za każdym razem, kiedy zostaną poturbowani.

Pierwszy raz byłam w szpitalu, kiedy miałam sześć lat. Mama przewróciła się na chodniku przed naszym domem i złamała rękę. Kiedy usłyszałam jej krzyk, wybuchłam płaczem, ale Caleb po prostu pobiegł bez słowa po ojca. W szpitalu kobieta z Serdeczności, w żółtej koszuli, z czystymi paznokciami, zmierzyła mamie ciśnienie krwi i z uśmiechem nastawiła jej kość.

Pamiętam, jak Caleb tłumaczył mamie, że leczenie zajmie tylko miesiąc, bo to pęknięcie grubości włosa. Chyba chciał ją pocieszyć – tak robią Altruiści, ale teraz zastanawiam się, czy nie powtarzał czegoś, co przeczytał; czy wszystkie jego ciągoty Altruisty nie były tylko cechami Erudyty w przebraniu.

– Nie przejmuj się Peterem – radzi Will. – W końcu dostanie od Edwarda. Ćwiczyliśmy walkę wręcz od dziesiątego roku życia. Dla zabawy.

– No, dobra. – Christina spogląda szybko na zegarek. – Chyba spóźniamy się na obiad. Tris, chcesz, żebyśmy tu zostali?

Kręcę głową.

– Nic mi nie jest.

Christina i Will wstają, Al macha, żeby poszli. Czuć od niego wyraźny zapach, słodki i świeży, coś jak szałwia i cytryna. Kiedy rzuca się i przewraca w nocy, dociera to do mnie i wiem, że śni mu się koszmar.

– Chciałem ci tylko powiedzieć, że nie słyszałaś ogłoszenia Erica. Jutro wybieramy się na wyprawę w pole, do płotu, żeby dowiedzieć się, jakie są zadania Nieustraszonych. Musimy być w pociągu piętnaście po ósmej.

– Dobrze. Dziękuję.

– I nie zwracaj uwagi na Christinę. Nie jest tak źle z twoją twarzą. – Uśmiecha się lekko. – To znaczy, wygląda dobrze. Zawsze wyglądała dobrze. To znaczy… wyglądasz na odważną. Nieustraszoną.

Unika mojego wzroku i drapie się po głowie. Milczenie między nami jakby zgęstniało. Ładnie z jego strony, że to powiedział, ale zachowuje się tak, jakby było w tym coś więcej niż tylko słowa. Mam nadzieję, że się mylę. Nie ciągnie mnie do Ala – nie ciągnie mnie do nikogo tak delikatnego. Uśmiecham się na tyle, na ile pozwala mi posiniaczony policzek; liczę, że to złagodzi napięcie.

– Powinienem dać ci odpocząć. – Wstaje, żeby odejść, ale łapię go za nadgarstek.

– A z tobą jak? – pytam. Patrzy na mnie w osłupieniu, więc dodaję: – Chciałam zapytać, czy już ci lżej?

– Hm... – Wzrusza ramionami. – Troszeczkę.

Wyrywa rękę i wkłada do kieszeni. To pytanie musiało go wprawić w zakłopotanie, bo nigdy nie widziałam, żeby tak się czerwienił. Gdybym całe noce szlochała w poduszkę, też byłabym zakłopotana. Kiedy płaczę, przynajmniej wiem, jak to ukryć.

– Przegrałem z Drew. Po twojej walce z Peterem. – Patrzy na mnie. – Zaliczyłem parę trafień, runąłem i tak zostałem. Chociaż nie musiałem. Myślę... myślę, że skoro pokonałem Willa, to jeśli przegram resztę, nie będę oceniony jako ostatni, ale nie chcę już nikogo krzywdzić.

– Naprawdę o to ci chodzi?

Spuszcza wzrok.

– Ja po prostu nie jestem w stanie tego zrobić. Może to znaczy, że tchórz ze mnie.

– To, że nie chcesz krzywdzić ludzi, nie znaczy, że tchórzysz. – Wiem, że tak należy powiedzieć, i chociaż nie jestem tego pewna, mówię to na poważnie.

Przez chwilę oboje się nie ruszamy, patrzymy na siebie. Może rzeczywiście mówiłam to na poważnie. Jeśli jest tchórzem, to nie dlatego, że nie lubi bólu. To dlatego, że odmawia działania.

Patrzy na mnie zbolałym wzrokiem.

– Myślisz, że odwiedzą nas nasze rodziny? Podobno rodziny transferów nigdy nie przychodzą na Dzień Wizyt.

– Nie wiem. Nie wiem, czy to będzie dobrze, czy źle, jeśli przyjdą.

– Sądzę, że źle. – Kiwa głową. – Tak, już teraz jest wystarczająco ciężko. – Znowu kiwa głową, jakby potwierdzał własne słowa, i odchodzi.

Za niecały tydzień nowicjusze Altruizmu mogą odwiedzić rodziny. Pojadą do domu, usiądą w salonach i będą rozmawiać z rodzicami po raz pierwszy jako dorośli.

Czekałam na ten dzień. Myślałam o tym, co powiem mamie i tacie, kiedy będzie mi wolno zadawać im pytania przy obiadowym stole.

Za niecały tydzień nowicjusze, którzy urodzili się jako Nieustraszeni, odszukają rodziny na kondygnacji Jamy albo w szklanym budynku nad ogrodzonym terenem i będą robić to, co robią Nieustraszeni, kiedy znowu się spotykają. Może rzucają sobie na przemian nożami w głowy – nie zaskoczyłoby mnie to.

A nowicjusze z transferu, którzy mają pobłażliwych rodziców, też znowu ich zobaczą. Podejrzewam, że moich wśród nich nie będzie. Nie po okrzyku oburzenia, jaki wydał ojciec podczas ceremonii. Nie po tym, jak oboje dzieci ich opuściło.

Może gdybym im wyznała, że jestem Niezgodna i nie mam pojęcia, co wybrać, zrozumieliby. Może pomogliby mi zrozumieć, co to Niezgodność, jakie ma znaczenie i dlaczego jest niebezpieczna. Ale nie zwierzyłam im się z tego, więc nie wiem, jak by zareagowali.

Zaciskam zęby, kiedy pojawiają się łzy. Mam dosyć. Mam dosyć łez i słabości. Ale niewiele mogę zrobić, żeby je powstrzymać.

Może odpłynę i zasnę, a może nie. Ale później, w nocy, wymykam się z sali i wracam do sypialni. Gorsze od tego, że Peter położył mnie w szpitalu, może być tylko, gdyby kazał mi się tam przespać.

Rozdział 11

Następnego dnia rano nie słyszę pobudki, szurających stóp ani rozmów, kiedy inni nowicjusze się przygotowują. Budzę się, gdy Christina potrząsa mnie jedną ręką za ramię, a drugą klepie po policzku. Już jest ubrana w czarną kurtkę zapiętą na suwak pod brodę. Jeśli ma siniaki po wczorajszej walce, to na jej ciemnej skórze trudno je zobaczyć.

– No, dalej – pokrzykuje. – Wstawaj i dołóż im.

Śniło mi się, że Peter przywiązał mnie do krzesła i pytał, czy jestem Niezgodna. Zaprzeczyłam, a on bił mnie, aż się przyznałam. Obudziłam się z mokrymi policzkami.

Chcę coś powiedzieć, ale mogę tylko jęczeć. Ciało mam takie obolałe, że nawet oddech sprawia mi ból. Co gorsza, od nocnego ataku płaczu spuchły mi oczy. Christina podaje mi rękę.

Na zegarze jest ósma. Przy torach mamy być kwadrans po ósmej.

Stękam. Próbuję nie zginać się w pasie. Gmeram w szufladzie pod łóżkiem, szukam czystej koszuli. Na szczęście Petera tu nie ma i nie widzi, jak się wysilam. Kiedy Christina wychodzi, sypialnia robi się pusta.

Odpinam koszulę i patrzę na goły bok pokryty siniakami. Przez chwilę jestem jak zahipnotyzowana kolorami: jaskrawą zielenią, granatem i brązem. Ubieram się najszybciej, jak mogę. Włosy zostawiam rozpuszczone, bo nie daję rady podnieść ramienia, żeby je związać z tyłu.

Patrzę na swoje odbicie w małym lustrze na tylnej ścianie i widzę obcą osobę. Blondynka jak ja, wąska twarz jak moja, ale na tym podobieństwa się kończą. Ja nie mam podbitych na czarno oczu, rozciętej wargi i posiniaczonej brody. Ja nie jestem biała jak prześcieradło. To nie mogę być ja, chociaż ona porusza się, kiedy i ja się poruszam.

Wraca Christina z dwiema muffinami w rękach. Siedzę na brzegu łóżka i gapię się na niezasznurowane buty. Trzeba się schylić, żeby je zawiązać. Jak się schylę, będzie bolało.

Ale Christina podaje mi muffina i kuca przede mną, żeby zawiązać mi buty. Wdzięczność wzbiera mi w piersi, ciepła, trochę podobna do bólu. Może w każdym jest trochę z Altruizmu, nawet jeśli o tym nie wie.

Hm, w każdym, poza Peterem.

– Dzięki – mówię.

– Cóż, nie zdążymy na czas, jeśli będziesz musiała je sama zasznurować. No, dalej. Możesz iść i jednocześnie jeść, prawda?

Szybko ruszamy do Jamy. Muffin ma smak bananowy, z orzechami włoskimi. Moja matka upiekła kiedyś taki chleb, żeby dać go bezfrakcyjnym, ale dla mnie nie starczyło na spróbowanie. Byłam wtedy za duża, żeby mnie rozpieszczać. Nie zwracam uwagi, że ściska mnie w żołądku – jak zawsze, kiedy myślę o matce – i pół idę, pół truchtam za Christiną, która zapomina, że ma dłuższe nogi niż ja.

Wspinamy się po schodach z Jamy do szklanego budynku i biegniemy do wyjścia. Każde stąpnięcie wywołuje ból w żebrach, ale go ignoruję. Dobiegamy do torów w chwili, kiedy z gwizdem nadjeżdża pociąg.

– Co tak długo? – Will przekrzykuje syrenę.

– Słoniowe Nogi przez noc zamieniły się w starszą panią – odpowiada Christina.

– Oj, zamknij się – mówię tylko na wpół żartem.

Cztery staje przed grupą, tak blisko torów, że jeśli przesunie się chociaż o centymetr do przodu, pociąg uderzy go w nos. Cofa się, żeby inni wskoczyli pierwsi. Will z pewnym trudem ładuje się do wagonu, ląduje na brzuchu, a potem wciąga nogi. Cztery łapie za uchwyt na ścianie wagonu i podciąga się lekko, jakby nie przeszkadzało mu metr osiemdziesiąt wzrostu.

Truchtam obok wagonu, krzywię się, zgrzytam zębami i łapię uchwyt na ścianie. Będzie bolało.

Al bierze mnie pod ramiona i bez wysiłku wsadza do środka. Ból przeszywa mi bok, ale trwa tylko sekundę. Za Alem widzę Petera i policzki mi czerwienieją. Al próbował być miły, więc uśmiecham się do niego, ale wolałabym, żeby ludzie nie chcieli być tacy mili. Jakby Peter już teraz nie miał wystarczającej ilości amunicji.

– No i jak się czujemy? – Peter patrzy na mnie z ironicznym współczuciem. Wargi ma skrzywione w podkówkę, łukowate brwi ściągnięte. – A może jesteś trochę... Sztywna?

Śmieje się ze swojego dowcipu, Molly i Drew się przyłączają. Molly rechocze obrzydliwie, parska, potrząsa ramionami. Drew śmieje się cicho, prawie tak, jakby go coś bolało.

– Wszyscy podziwiamy twój błyskotliwy dowcip – mówi Will.

– Tak, jesteś pewien, że nie należysz do Erudytów, Peter? – dodaje Christina. – Słyszałam, że nie mają nic przeciwko mięczakom.

Cztery, stojąc w drzwiach, odzywa się, zanim Peter zdąży odpowiedzieć.

– Czy muszę przysłuchiwać się waszym sprzeczkom przez całą drogę do płotu?

Wszyscy cichną, a Cztery odwraca się do otwartych drzwi. Trzyma się uchwytów po obu stronach, ramiona ma szeroko rozpostarte i pochyla się do przodu tak, że jego ciało znajduje się prawie całkiem poza wagonem, chociaż stopy są wewnątrz. Wiatr przyciska mu koszulę do piersi. Próbuję zobaczyć obok niego, co mijamy – morze rozwalających się, opuszczonych domów, które robią się coraz mniejsze w miarę naszej podróży.

Jednak co parę sekund kieruję wzrok na instruktorze. Nie wiem, czego się po nim spodziewam albo co chcę zobaczyć, jeśli cokolwiek. Ale robię to, nie myśląc.

– Jak sądzisz, co jest za tym? – Kiwam głową w stronę drzwi. – To znaczy za płotem.

Christina wzrusza ramionami.

– Pewnie parę farm.

– Tak, ale... za farmami. Przed czym strzeżemy miasta?

Przywołuje mnie palcem.

– Przed potworami!

Unoszę oczy.

– Dopiero od pięciu lat stawiamy straże przy płocie – wtrąca się Will. – Nie pamiętasz, kiedy policja Nieustraszonych zaczęła patrolować sektor bezfrakcyjnych?

– Pamiętam. Pamiętam też, że mój ojciec był jednym z tych, którzy głosowali za usunięciem Nieustraszonych z tego obszaru miasta. Powiedział, że biedota nie potrzebuje nadzoru, tylko pomocy, a my możemy ją zapewnić. Ale wolę nie wspominać tego tu i teraz. Erudyci między innymi to przedstawiają jako dowód na niekompetencję Altruizmu.

– Och, prawda – mówi Will. – Pewnie ciągle ich widywałaś.

– Dlaczego to powiedziałeś? – pytam trochę za ostro. Nie chcę być za bardzo kojarzona z bezfrakcyjnymi.

– Bo musiałaś przejść przez sektor bezfrakcyjnych, żeby dostać się do szkoły, zgadza się?

– A ty co? Dla zabawy uczyłeś się na pamięć mapy miasta?

– Tak. – Will wygląda na zaskoczonego. – Ty nie?

Piszczą hamulce pociągu, wszystkich nas szarpie do przodu. Wagon zwalnia. I całe szczęście, łatwiej mi stać. Skończyły się zrujnowane budynki, zastąpiły je żółte pola i tory kolejowe. Pociąg zatrzymuje się pod daszkiem, schylam się nad trawą, trzymając się uchwytu, żeby nie upaść.

Przede mną rozciąga się metalowa siatka z drutem kolczastym u góry. Kiedy idę naprzód, widzę, że ciągnie się dalej, niż sięgam wzrokiem, prostopadle do horyzontu. Za płotem jest grupa drzew, większość uschniętych, niektóre zielone. Po drugiej stronie kręcą się strażnicy z Nieustraszonych z karabinami.

– Idźcie za mną – rozkazuje Cztery.

Staję obok Christiny. Nie chcę tego przyznać, nawet samej sobie, że blisko niej czuję się spokojniej. Jeśli Peter spróbuje naśmiewać się ze mnie, ona weźmie mnie w obronę.

Po cichu karcę się, że jestem takim tchórzem. Wyzwiska Petera nie powinny mnie obchodzić, powinnam się skupić na poprawieniu osiągnięć w walkach, a nie na rozpamiętywaniu, jak słabo wczoraj wypadłam. I powinnam chcieć, albo raczej móc, bronić się sama, zamiast liczyć, że inni zrobią to za mnie.

Instruktor prowadzi nas do bramy szerokiej jak dom, która wychodzi na popękaną drogę do miasta. Kiedy jako dziecko przybyłam tu z rodziną, pojechaliśmy po tej drodze autobusem jeszcze dalej, do farm Serdeczności. Tam cały dzień zrywaliśmy pomidory, rosząc potem koszule.

Kolejny skurcz żołądka.

– Jeśli nie zakwalifikujecie się do pierwszej piątki na koniec nowicjatu, skończycie pewnie tutaj – oznajmia Cztery, dochodząc do bramy. – Kiedy już zostaniecie strażnikami płotu, będziecie mieli pewne możliwości awansu, ale niewielkie. Będziecie mogli chodzić na patrole za farmy Serdeczności, jednak…

– Po co są te patrole? – przerywa mu Will.

Cztery unosi ramię.

– Myślę, że odkryjecie to, kiedy sami się znajdziecie między nimi. Jak wspomniałem, większość z tych, którzy pilnują płotu, kiedy są młodzi, pilnuje go i potem. Jeśli to was pocieszy, niektórzy z nich twierdzą, że nie jest to takie złe, jak wygląda.

– Tak. Przynajmniej nie będziemy prowadzić autobusów ani sprzątać brudów po innych jak bezfrakcyjni – szepce mi do ucha Christina.

– Jaką miałeś lokatę? – pyta Peter.

Nie spodziewam się, że Cztery odpowie, ale on patrzy obojętnie na Petera i mówi:

– Pierwszą.

– I postanowiłeś to robić? – Oczy Petera otwierają się szeroko, są okrągłe i ciemnozielone. Wyglądałyby dla mnie niewinnie, gdybym nie wiedziała, jaki z niego koszmarny typ. – Dlaczego nie zająłeś posady w rządzie?

– Nie chciałem – mówi beznamiętnie Cztery. Pamiętam, co powiedział pierwszego dnia o pracy w sali kontrolnej, gdzie Nieustraszeni monitorują bezpieczeństwo miasta. Bardzo trudno mi wyobrazić go sobie tam, w otoczeniu komputerów. Jak dla mnie, jego żywiołem jest sala treningowa.

O zawodach dla frakcji uczyliśmy się w szkole. Nieustraszeni mają ograniczony wybór. Mogą strzec płotu albo działać na rzecz bezpieczeństwa miasta. Mogą pracować na terenie Nieustraszonych, robić tatuaże, produkować broń, a nawet, dla rozrywki, walczyć między sobą. Albo mogą służyć przywódcom Nieustraszonych. To wydaje się dla mnie najlepszym wyborem.

Jedyny problem, że mam koszmarną lokatę. I prawdopodobnie zostanę bezfrakcyjna pod koniec pierwszego etapu.

Zatrzymujemy się obok bramy. Kilku Nieustraszonych zerka w naszą stronę, ale tylko kilku. Są zbyt zajęci otwieraniem metalowych skrzydeł – dwa razy wyższych i parę razy szerszych od nich – żeby wpuścić ciężarówkę.

Kierowca nosi kapelusz, ma brodę, uśmiecha się. Hamuje w bramie i wysiada. Tył samochodu jest otwarty, grupka Serdecznych siedzi między ustawionymi w stos skrzyniami. Zaglądam do skrzyń – są w nich jabłka.

– Beatrice? – odzywa się ktoś od Serdecznych.

Na dźwięk swojego imienia gwałtownie podrzucam głowę. Z tyłu ciężarówki wstaje chłopak. Kręcone blond włosy, znajomo wyglądający nos, szeroki na czubku, wąski w mostku. Robert. Próbuję przypomnieć go sobie z Ceremonii Wyboru i nic mi nie świta, słyszę tylko rytm własnego serca. Kto jeszcze dokonał transferu? Susan? Czy w tym roku są jacyś nowicjusze Altruizmu? Jeśli Altruizm wygasa, to nasza wina: Roberta, Caleba i moja. Moja. Wyrzucam tę myśl z głowy.

Robert zeskakuje z paki. Nosi szary T-shirt i niebieskie dżinsy. Po sekundzie wahania podchodzi i mnie obejmuje. Sztywnieję. Tylko w Serdeczności ludzie obejmują się na powitanie. Nie ruszam nawet palcem, dopóki mnie nie puszcza.

Uśmiech mu gaśnie, kiedy znów na mnie patrzy.

– Beatrice, co się z tobą stało? Co się stało z twoją twarzą?

– Nic. To tylko trening. Nic.

– „Beatrice"? – pyta jakiś nosowy głos obok. Molly zakłada ręce i się śmieje. – To twoje prawdziwe imię, Sztywniaczko?

Zerkam na nią.

– A myślałaś, że Tris to zdrobnienie od czego?

– Och, nie wiem… Słabeusz? – Dotyka podbródka. Gdyby podbródek był wydatniejszy, mógłby zrównoważyć wielkość jej nosa, ale jest mały i prawie niknie w szyi. – Och, czekaj, to nie zaczyna się od Tris. Mój błąd.

– Po co ją zrażać? – szepcze Robert. – Jestem Robert, a ty?

– Ktoś, kogo nie obchodzi, jak masz na imię – odpala Molly. – Dlaczego nie wracasz do ciężarówki? Nie wolno nam bratać się z członkami innych frakcji.

– Słuchaj, odwal się od nas – parskam.

– Pewnie. Nie chcę wchodzić między ciebie a twojego chłopaka. – Odmaszerowuje uśmiechnięta.

Robert spogląda na mnie smutno.

– Nie wyglądają na miłych.

– Niektórzy nie są.

– Wiesz, mogłabyś wrócić do domu. Jestem pewien, że Altruizm zrobiłby dla ciebie wyjątek.

– Dlaczego uważasz, że chciałabym wrócić do domu? – Policzki mi czerwienieją. – Myślisz, że nie dam rady, co?

– Nie o to chodzi. – Kręci głową. – Nie, że nie dasz rady, ale że nie powinnaś. Powinnaś być szczęśliwa.

– To wybrałam. Właśnie to. – Patrzę Robertowi przez ramię. Strażnicy chyba już skończyli przeszukiwać ciężarówkę. Brodacz wraca na fotel kierowcy i zamyka za sobą drzwi. – Poza tym, Robercie, celem mojego życia nie jest tylko być… szczęśliwą.

– A nie lepiej, gdybyś była szczęśliwa?

Zanim zdążam odpowiedzieć, dotyka mojego ramienia i wraca do samochodu. Dziewczyna na pace trzyma na kolanach banjo. Zaczyna brzdąkać, kiedy Robert podciąga się do środka. Ciężarówka rusza, unosząc z sobą dźwięk banjo i zawodzący głos.

Robert macha do mnie i znowu widzę, oczami wyobraźni, możliwość innego życia. Widzę siebie w ciężarówce, jak śpiewam razem z tą dziewczyną, chociaż nigdy wcześniej nie śpiewałam, jak śmieję się, kiedy fałszuję, wspinam się na drzewa, żeby zrywać jabłka, zawsze spokojna i zawsze bezpieczna.

Nieustraszeni zamykają bramę za nimi i przekręcają klucz. Zamek jest na zewnątrz. Zagryzam wargę. Dlaczego zamykają bramę od zewnątrz, a nie od wewnątrz? To tak, jakby nie chcieli zatrzymać czegoś stamtąd; oni chcą zatrzymać nas tutaj.

Przeganiam tę myśl. To nie ma sensu.

Cztery odchodzi od płotu, przy którym przed chwilą rozmawiał ze strażniczką trzymającą karabin na ramieniu.

– Niepokoi mnie, że masz tendencję do podejmowania niemądrych decyzji – mówi, kiedy staje tuż obok mnie.

Krzyżuję ręce na piersi.

– To była dwuminutowa rozmowa.

– Nie sądzę, żeby krótkie ramy czasowe sprawiały, że coś jest mniej niemądre. – Ściąga brwi i dotyka koniuszkami palców kącika mojego podbitego oka. Gwałtownie odsuwam twarz, ale on nie zabiera ręki. Przechyla głowę i wzdycha. – Widzisz, gdybyś tylko nauczyła się atakować pierwsza, poszłoby ci lepiej.

– Atakować pierwsza? Jak to może pomóc?

– Jesteś szybka. Jeśli wyprowadzisz kilka dobrych ciosów, zanim zorientują się, co się dzieje, możesz wygrać. – Wzrusza ramionami, ręka mu opada.

– Dziwne, że o tym wiesz – mówię cicho. – Przecież wyszedłeś w połowie mojej pierwszej i jedynej walki.

– Nie chciałem na to patrzeć.

Co to miało oznaczać?

Odchrząkuje.

– Zdaje się, że mamy drugi pociąg. Czas na nas, Tris.

Rozdział 12

Pełznę po swoim materacu i wzdycham. Minęły dwa dni od walki z Peterem i siniaki zrobiły mi się fioletowo-niebieskie.

Przyzwyczaiłam się, że boli mnie przy każdym ruchu, więc teraz poruszam się lepiej, ale daleko mi do okazu zdrowia.

Chociaż nadal mam obrażenia, dzisiaj znów musiałam walczyć. Tym razem szczęśliwie postawiono mnie w parze z Myrą, która nie potrafi porządnie uderzyć, jeśli ktoś kontroluje ruch jej ramienia. W ciągu dwóch minut zadaję dobry cios. Myra upada i jest za bardzo oszołomiona, żeby wstać. Powinnam święcić triumf, ale jaki to triumf walnąć dziewczynę taką jak Myra.

W chwili, gdy kładę głowę na poduszce, otwierają się drzwi do sypialni i wchodzą ludzie z latarkami. Siadam, mało nie uderzam głową w ramę łóżka nade mną i mrużąc oczy, patrzę w ciemność, żeby zobaczyć, co się dzieje.

– Wszyscy wstawać! – ryczy ktoś.

Latarka świeci mu zza głowy, w tym blasku błyszczą mu kolczyki w uszach. Eric. Otaczają go Nieustraszeni. Niektórych widziałam w Jamie, innych nigdy nie widziałam. Wśród nich stoi Cztery. Patrzy na mnie i nie odwraca już wzroku. Odpowiadam spojrzeniem i zapominam, że wokół mnie transfery wstają z łóżek.

– Ogłuchłaś, Sztywniaczko?! – drze się Eric.

Wyrywam się z otępienia i wyślizguję spod koców. Cieszę się, że spałam w ubraniu, bo Christina stoi obok naszych łóżek tylko w T-shircie, długie nogi ma gołe. Krzyżuje ręce i wbija wzrok w Erica. Nagle żałuję, że nie umiem patrzeć na kogoś tak śmiało, prawie nieubrana, ale nigdy nie będę do tego zdolna.

– Macie pięć minut, żeby się ubrać i dołączyć do nas przy torach – oznajmia Eric. – Kolejna wyprawa w teren.

Wsuwam stopy w buty i krzywiąc się, pędzę za Christiną do pociągu. Kropla potu stacza mi się po szyi, kiedy biegniemy ścieżkami wzdłuż ścian Jamy, przeciskając się obok członków w drodze na górę. Zastanawiam się, ilu oszalałych, gnających ludzi widują co tydzień.

Dobiegamy do torów tuż za nowicjuszami urodzonymi jako Nieustraszeni. Tuż przy torach wznosi się czarny stos. Rozpoznaję pęczek długich luf karabinowych i zabezpieczenia spustów.

– Będziemy do czegoś strzelać? – syczy mi Christina do ucha.

Obok stosu leżą pudełka z czymś, co wygląda na amunicję. Zbliżam się trochę, żeby przeczytać, co jest napisane na jednym z nich. „Kule z farbą".

Nigdy o nich jeszcze nie słyszałam, ale nazwa sama się tłumaczy. Śmieję się.

– Każdy łapie broń! – rozkazuje Eric.

Pędzimy w stronę stosu. Jestem najbliżej, więc chwytam pierwszy z brzegu karabin, ciężki, ale nie aż tak, żebym nie mogła go podnieść, i biorę pudełko kul z farbą. Wpycham je do kieszeni i przewieszam karabin przez plecy tak, że rzemień przecina mi klatkę.

– Orientacyjny czas? – pyta Eric.

Cztery patrzy na zegarek.

– Za chwilę. Kiedy wreszcie zapamiętasz rozkład jazdy?

– A po co, przecież mam ciebie, żebyś mi przypominał. – Eric klepie go po ramieniu.

Po mojej lewej, bardzo daleko, pojawia się kółko światła. Rośnie, kiedy się zbliża, oświetla z boku twarz instruktora, rzuca cień na lekkie wgłębienie pod kością policzkową.

To on wskakuje pierwszy, ja biegnę za nim, nie czekam, aż Christina, Will albo Al pójdą za mną. Cztery obraca się, kiedy plączą mi się nogi, i wysuwa rękę. Chwytam go za ramię, on wciąga mnie do środka. Nawet mięśnie przedramienia ma napięte, wyrobione.

Nie patrzę na niego i siadam po przeciwnej stronie wagonu.

Kiedy wszyscy się gromadzą, Cztery zabiera głos.

– Podzielimy się na dwa zespoły, żeby zagrać w polowanie na flagę. Każdy zespół będzie miał równą liczbę nowicjuszy, którzy urodzili się jako Nieustraszeni, i transferów. Jedni wyruszą pierwsi i schowają swoją flagę. Potem wyruszy drugi zespół i zrobi to samo. – Wagon kołysze się, Cztery przytrzymuje się drzwi, żeby zachować równowagę. – To tradycja Nieustraszonych, więc proponuję, żebyście brali ją na poważnie.

– Co dostaniemy, jak wygramy? – krzyczy ktoś.

– Takiego pytania nie zadałby Nieustraszony. – Instruktor unosi brew. – Oczywiście, nagrodą jest zwycięstwo.

– Cztery i ja będziemy kapitanami zespołów – podejmuje Eric. Patrzy na Cztery. – Może najpierw podzielimy transfery, co?

– Ty zaczynaj.

Eric wzrusza ramionami.

– Edward.

Cztery opiera się o framugę drzwi i kiwa głową. W świetle księżyca oczy mu błyszczą. Krótko przygląda się grupie nowicjuszy transferów.

– Chcę Sztywniaczkę.

Leciutki podmuch śmiechu wypełnia wagon. Czuję gorąco na policzkach. Nie wiem, czy mam być zła, bo ludzie się ze mnie śmieją, czy czuć się wyróżniona, że mnie wybrał pierwszą.

– Zamierzasz coś udowodnić? – pyta Eric z charakterystycznym uśmieszkiem. – Czy bierzesz słabeuszy, żeby w razie przegranej mieć na kogo zwalić?

Cztery wzrusza ramionami.

– Coś w tym stylu.

Zła. Z całą pewnością powinnam być zła. Wściekła patrzę na ręce. Bez względu na to, jaką Cztery ma strategię, chodzi o to, że jestem słabsza od innych nowicjuszy. Czuję gorzki smak w ustach. Muszę udowodnić, że nie ma racji. Muszę.

– Twoja kolej – mówi Cztery.

– Peter.

– Christina.

To psuje wszystko w jego strategii. Christina nie należy do najsłabszych. Co on właściwie wyprawia?

– Molly.

– Will. – Cztery przygryza kciuk.

– Al.

– Drew.

– Ostatnia została Myra. Więc idzie do mnie – oświadcza Eric.

– Teraz nowicjusze urodzeni jako Nieustraszeni.

Przestałam słuchać, kiedy skończyli z nami. Skoro Cztery nie próbuje udowodnić czegoś, zbierając słabych, to co on robi? Patrzę na ludzi, których wybrał. Co nas łączy?

Kiedy doszli do połowy nowicjuszy z Nieustraszonych, wpadła mi do głowy pewna myśl. Z wyjątkiem Willa i paru innych mamy ten sam typ budowy: wąskie ramiona, małe rozmiary. Wszyscy w zespole Erica są barczyści i silni. Nie dalej jak wczoraj Cztery powiedział mi, że jestem szybka. Czyli będziemy szybsi od zespołu Erica, co pewnie się przyda przy zdobywaniu flagi. Nie grałam w to wcześniej, ale wiem, że chodzi tu raczej o szybkość niż o brutalną siłę. Zakrywam uśmiech dłonią. Eric jest bardziej bezwzględny niż Cztery, ale ten jest mądrzejszy.

Skończyli dobieranie zespołów i Eric uśmiecha się do instruktora.

– Twój zespół może wyruszyć jako drugi – mówi.

– Nie wyświadczaj mi przysług. – Cztery uśmiecha się lekko. – Wiesz, że ich nie potrzebuję, żeby wygrać.

– Nie, wiem, że przegrasz bez względu na to, kiedy wystartujesz. – Eric przygryza jedno z kółek w wardze. – Więc bierz swój chuderlawy zespół i zabieraj się pierwszy.

Wstajemy. Al spogląda na mnie z rozpaczą, odpowiadam mu uśmiechem, w założeniu pocieszającym. Jeśli któreś z naszej czwórki miało trafić do Erica, Petera i Molly, dobrze się stało, że to on. Zazwyczaj zostawiają go w spokoju.

Pociąg zaraz zwolni bieg. Postanawiam wylądować na nogach.

Tuż przed skokiem ktoś popycha mnie w ramię, mało nie wypadam z wagonu. Nie odwracam się, żeby zobaczyć kto to – Molly, Drew czy Peter. To bez znaczenia. Skaczę, zanim znów zdążą to zrobić. Tym razem jestem przygotowana na siłę bezwładności, którą nadaje mi pociąg, przebiegam kilka kroków, żeby ją wytracić i utrzymuję się na nogach. Rozgrzewa mnie poczucie zadowolenia, uśmiecham się. Małe osiągnięcie, ale dzięki niemu czuję się Nieustraszoną.

Jedna z nowicjuszek urodzonych jako Nieustraszona dotyka ramienia instruktora.

– Gdzie trzymaliście flagę, kiedy twój zespół wygrał?

– Odpowiedź na twoje pytanie naprawdę nie byłaby zgodna z duchem tego ćwiczenia, Marlene – mówi swobodnie instruktor.

– Daj spokój – jęczy Marlene. Uśmiecha się do niego zalotnie.

Cztery zrzuca jej dłoń z ramienia, ja nie wiem dlaczego, ale się uśmiecham.

– Pirs marynarki wojennej – wykrzykuje inny nowicjusz z Nieustraszonych, wysoki, z brązową skórą i ciemnymi oczami. Przystojny. – Mój brat był w zespole, który wygrał. Trzymali flagę na karuzeli.

– No to chodźmy tam – proponuje Will.

Nikt się nie sprzeciwia, więc idziemy na wschód, w stronę bagna – dawniej jeziora. Kiedy byłam mała, próbowałam sobie wyobrazić, jak by wyglądało, gdyby to było jezioro, bez płotu wbitego w muł dla ochrony miasta. Ale trudno sobie wyobrazić tyle wody w jednym miejscu.

– Jesteśmy blisko kwatery głównej Erudytów, prawda? – Christina trąca Willa w ramię.

– Tak, to na południe stąd. – Will patrzy przez ramię i przez sekundę ma minę pełną tęsknoty. Potem mu mija.

Jestem z kilometr od brata. Upłynął tydzień, odkąd byliśmy tak blisko siebie. Lekko kręcę głową, żeby pozbyć się wspomnień. Nie mogę dzisiaj o nim myśleć, kiedy muszę się skoncentrować, żeby przebrnąć pierwszy etap. Nie mogę w ogóle o nim myśleć.

Przechodzimy przez most. Nadal potrzebujemy mostów, bo muł jest zbyt wilgotny, żeby po nim chodzić. Zastanawiam się, jak dawno temu rzeka wyschła.

Miasto się zmienia, za nami większość budynków jest zamieszkana, a nawet jeśli nie, wyglądają na dobrze utrzymane. Przed nami rozciąga się morze rozsypującego się betonu i potłuczonego szkła. Cisza w tym rejonie jest niesamowita, ma się wrażenie, że to zły sen. Trudno mi się zorientować, dokąd idę, bo minęła północ i wszystkie światła w mieście są wyłączone.

Marlene wyjmuje latarkę i oświetla drogę przed nami.

– Boisz się ciemności, Mar? – drażni ją ciemnooki nowicjusz z Nieustraszonych.

– Uriah, jeśli chcesz nadepnąć na stłuczone szkło, proszę bardzo – odcina się Marlene. Ale mimo to wyłącza latarkę.

Zrozumiałam, że bycie Nieustraszonym jakoś tam polega na utrudnianiu sobie życia, aby stać się samowystarczalnym. W chodzeniu po ciemnych ulicach bez latarki nie ma niczego szczególnie bohaterskiego, ale uważa się, że my nie chcemy pomocy, nawet w formie światła. Uważa się, że powinniśmy ze wszystkim sami dawać sobie radę.

Podoba mi się to. Bo może nadejść dzień, kiedy nie będzie latarki, karabinu, pomocnej dłoni. I chcę być na to gotowa.

Budynki kończą się tuż przed bagnem. Pas ziemi wcina się w głąb bagna, a na nim wznosi się gigantyczne białe koło z kilkunastoma gondolami rozwieszonymi w nieregularnych odstępach. Diabelski młyn.

– Pomyśl tylko. Ludzie jeździli na tym. Dla zabawy. – Will kręci głową.

– Musieli być Nieustraszeni – mówię.

– Tak, ale to była niedoskonała wersja Nieustraszonych. – Christina się śmieje. – Teraz diabelski młyn nie miałby gondoli. Po prostu dyndałbyś na rękach i niech ci szczęście sprzyja.

Idziemy pirsem. Wszystkie budynki po mojej lewej są puste, szyldy zerwane, a okna zamknięte. Czysta pustka. Ten, kto opuścił ten rewir, chciał to zrobić i się nie spieszył. Niektóre miejsca w mieście są inne.

– Pokaż, że jesteś odważny i skocz w bagno – podpuszcza Christina Willa.

– Ty pierwsza.

Dochodzimy do karuzeli. Konie są podrapane i podniszczone, ogony pourywane, siodła wyszczerbione. Cztery wyjmuje z kieszeni flagę.

– Za dziesięć minut drugi zespół wybierze sobie lokalizację – informuje. – Proponuję, żebyście wykorzystali ten czas na opracowanie strategii. Może nie jesteśmy Erudytami, ale gotowość intelektualna jest jednym z elementów treningu Nieustraszonego. Możliwe, że najważniejszym.

Ma rację. Co przyjdzie z przygotowanego ciała, jeśli umysł szwankuje?

Will bierze flagę od instruktora.

– Część powinna zostać tutaj na straży, a część pójść i wyśledzić lokalizację drugiego zespołu – proponuje.

– Naprawdę? Tak myślisz? – Marlene wyjmuje flagę z rąk Willa. – Kto mianował cię dowódcą, transferze?

– Nikt. Ale ktoś musi nim być.

– Może lepiej opracować bardziej defensywną strategię. Poczekać, aż do nas przyjdą, i dobrać się do nich – sugeruje Christina.

– To dla cykorów – mówi Uriah. – Głosuję za tym, żebyśmy razem wyszli w pole. Schowamy flagę tak, że jej nie znajdą.

Wszyscy naraz zaczynają gadać, z sekundy na sekundę robi się coraz głośniej. Christina broni planów Willa; nowicjusze z rodzin Nieustraszonych z zapałem opowiadają się za planem ofensywnym; kłócą się, kto ma podjąć decyzję. Cztery siedzi na skraju karuzeli, opiera się o kopyto plastikowego konia. Oczy ma wzniesione do nieba, na którym nie ma gwiazd, tylko okrągły księżyc wygląda zza cienkiej zasłony z chmur. Mięśnie ma rozluźnione; trzyma dłoń na karku. Wygląda, jakby było mu wygodnie z tym karabinem na ramieniu.

Zamykam na chwilę oczy. Dlaczego on tak łatwo mnie rozprasza? Muszę się skoncentrować.

Co bym powiedziała, gdybym zdołała przekrzyczeć kłótnię, która wre za moimi plecami? Nie możemy działać, dopóki nie wiemy, gdzie jest drugi zespół. Mogą być gdziekolwiek w promieniu trzech kilometrów, chociaż należy wykluczyć, że są na pustym bagnie. Najlepszy sposób, żeby ich znaleźć, to nie kłótnia, jak ich szukać albo ilu wysłać na zwiady.

To wspiąć się tak wysoko, jak tylko się da.

Spoglądam za siebie, żeby się upewnić, że nikt nie patrzy.

Żadne z nich nie spogląda na mnie, więc podchodzę do diabelskiego młyna cichym, lekkim krokiem, jedną ręką przyciskam karabin do pleców, żeby nie robił hałasu.

Kiedy patrzę na diabelski młyn, stojąc przy podstawie, gardło mi się kurczy. Jest wyższy, niż myślałam, tak wysoki, że ledwie widzę gondole kołyszące się na górze. Jedyna dobra rzecz, że młyn jest zbudowany tak, żeby utrzymać własny ciężar. Jeśli na niego wejdę, nie zawali się pode mną.

Serce pracuje mi szybciej. Czy naprawdę zaryzykuję życie, żeby wygrać grę, w którą lubią się bawić Nieustraszeni?

Jest tak ciemno, że ledwie je widzę, ale kiedy przyglądam się wielkim zardzewiałym przyporom koła, dostrzegam szczeble drabiny. Wszystkie wsporniki są szerokości moich ramion i nie ma balustrady, ale wspinanie się po drabinie jest lepsze niż wspinanie się po szprychach koła.

Chwytam szczebel. Jest zardzewiały, mam wrażenie, że skruszy mi się w dłoniach. Wchodzę na najniższy szczebel, żeby go wypróbować, i skaczę – chcę się upewnić, że mnie utrzyma. Od ruchu bolą mnie żebra, krzywię się.

– Tris – odzywa się niski głos za mną. Nie wiem, dlaczego mnie nie płoszy. Może dlatego, że staję się Nieustraszona, a gotowość umysłowa jest czymś, co powinnam w sobie rozwinąć. A może dlatego, że głos jest niski, gładki i niemal kojący. Bez względu na przyczynę zerkam przez ramię. Cztery stoi za mną z karabinem przewieszonym przez plecy, tak samo jak ja.

– Tak?

– Co ty wyczyniasz?

– Szukam wyżej położonego punktu. Nie sądzę, żebym robiła jakiś wyczyn.

Widzę w ciemności jego uśmiech.

– W porządku. Idę.

Nie patrzy na mnie tak, jak czasem patrzą Will, Christina i Al – jakbym była za mała i za słaba, żeby był ze mnie jakiś pożytek, a im jest mnie z tego powodu żal. Ale skoro nalega, że pójdzie ze mną, to pewnie we mnie wątpi.

– Dam sobie radę.

– Nie wątpię – odpowiada. Nie słyszę sarkazmu, ale wiem, że jest. Musi być.

Wspinam się i kiedy jestem z półtora metra nad ziemią, zaczyna iść za mną. Porusza się szybciej ode mnie i wkrótce łapie rękami za szczeble, z których zdjęłam stopy.

– No, to powiedz mi... – mówi cicho, kiedy idziemy w górę. Jakby brakowało mu tchu. – Jaki jest według ciebie cel tego ćwiczenia? Mam na myśli grę, nie wspinaczkę.

Patrzę w dół, na chodnik. Teraz wydaje się bardzo odległy, a nie pokonałam jeszcze jednej trzeciej drogi. Nade mną znajduje się platforma, tuż pod środkiem koła. To mój cel. Nawet nie myślę, jak zejdę.

Wiatr, który wcześniej owiewał mi policzki, teraz uderza mnie w bok. Z coraz większą siłą. Muszę być przygotowana.

– Nauka strategii. Może pracy zespołowej.

– Pracy zespołowej – powtarza. Śmiech więźnie mu w gardle. Brzmi to jak oddech człowieka ogarniętego paniką.

– Albo nie. Praca zespołowa chyba nie jest priorytetem Nieustraszonego.

Wiatr szaleje. Przyciskam się mocniej do białego wspornika, żeby nie spaść, ale przez to trudniej mi się wdrapywać. Karuzela pode mną wydaje się mała. Ledwie widzę mój zespół pod daszkiem. Niektórych brakuje – oddział poszukiwawczy musiał już odejść.

– Uważano to za priorytet – mówi Cztery. – To był priorytet.

Ale ja nie słucham, bo wysokość jest oszałamiająca. Ręce bolą mnie od szczebli, nogi mi się trzęsą, chociaż nie wiem dlaczego. To nie wysokość mnie przeraża – wysokość napełnia mnie życiem i energią, każdy organ, każde naczynie w moim ciele śpiewa zgodnym chórem.

Potem zdaję sobie sprawę, co to jest. To on. Coś w nim sprawia, że czuję się, jakbym zaraz miała spaść. Albo zamienić się w płyn. Albo wybuchnąć płomieniem.

Moja ręka o mało nie trafia na kolejny szczebel.

– A teraz powiedz mi… – ciągnie zasapany – co według ciebie nauka strategii ma wspólnego z odwagą?

Pytanie przypomina mi, że Cztery jest moim instruktorem i powinnam się od niego czegoś nauczyć. Chmura przepływa przez księżyc, światło przesuwa się po moich dłoniach.

– Ona… ona przygotowuje do działania – wyduszam z siebie w końcu. – Człowiek uczy się strategii, żeby móc ją wykorzystać. – Słyszę jego oddech za mną, głośny i szybki. – Dobrze się czujesz, Cztery?

– Tris, czy ty jesteś człowiekiem? Wlazłaś tak wysoko… – Z trudem nabiera powietrze. – W ogóle się nie boisz?

Patrzę przez ramię na ziemię. Jeśli teraz spadnę, zginę. Ale nie myślę, żebym miała spaść.

Powiew wiatru uderza mnie z lewej, przesuwa mój ciężar na prawo. Robię gwałtowny wdech i przywieram do szczebli, tracę stabilność. Zimna ręka instruktora chwyta mnie za biodro, jeden z palców dotyka nagiej skóry tuż pod skrajem T-shirtu. Zaciska dłoń, uspokaja mnie i popycha łagodnie na lewo, przywracając mi równowagę.

Teraz mogę oddychać. Zatrzymuję się, patrzę na ręce, w ustach mam sucho. Czuję miejsce, gdzie była jego dłoń o długich, wąskich palcach.

– W porządku? – pyta cicho.

– Tak – odpowiadam spiętym głosem.

Cicho posuwam się dalej, docieram do platformy.

Sądząc po stępionych końcówkach metalowych prętów, była tu bariera, ale już jej nie ma. Siadam i przesuwam się na koniec, żeby Cztery mógł usiąść. Bezwiednie zwieszam nogi za skraj platformy. Ale on kuca i przyciska się plecami do metalowego wspornika, ciężko oddycha.

– Boisz się wysokości – zauważam. – Jak przetrwałeś na terenach Nieustraszonych?

– Tłumię strach. Kiedy podejmuję decyzję, udaję, że on nie istnieje.

Przyglądam mu się przez sekundę. Nie potrafię się powstrzymać. Ja widzę różnicę między brakiem strachu a działaniem pomimo strachu, tak jak on to robi.

Za długo na niego patrzę.

– Co? – pyta cicho.

– Nic.

Odwracam wzrok, wpatruję się w miasto. Muszę się skupić. Dotarłam tutaj w konkretnym celu.

Miasto jest czarne jak smoła, ale nawet gdyby nie było, nie zobaczyłabym wiele. Przy drodze stoi jakiś budynek.

– Jesteśmy za nisko – stwierdzam. Podnoszę wzrok. Nade mną plątanina białych prętów, rusztowanie koła. Jeśli wejdę ostrożnie, zdołam wepchnąć stopy między wsporniki i poprzeczki, żeby bezpiecznie stanąć. A przynajmniej tak bezpiecznie, jak tylko się da. – Będę się wspinać. – Chwytam jeden z prętów nad głową i wstaję. Ostre bóle rozchodzą się po moich posiniaczonych żebrach, ale nie zwracam na nie uwagi.

– Na litość boską, Sztywniaczko!

– Nie musisz iść za mną. – Przyglądam się gmatwaninie rurek nade mną. Ostrożnie wsuwam stopę tam, gdzie krzyżują się dwa pręty, i podciągam się, łapiąc po drodze kolejny pręt. Kołyszę się przez krótką chwilę, serce wali mi tak mocno, że nie czuję niczego innego. Wszystkie myśli skoncentrowałam na biciu serca, poruszam się w tym samym rytmie.

– Owszem, muszę – rzuca Cztery.

To szaleństwo i ja o tym wiem. Pomyłka o ułamek centymetra, pół sekundy wahania i po mnie. Żar rozdziera mi pierś, uśmiecham się, ściskając kolejny punkt zaczepienia. Ręce mi się trzęsą, stawiam nogę na pręcie wyżej. Kiedy czuję się zabezpieczona, patrzę w dół na instruktora. Ale zamiast niego widzę ziemię.

Nie mogę oddychać.

Wyobrażam sobie, jak moje ciało nurkuje, uderza o metal podczas upadku, jak moje kończyny leżą powyłamywane na chodniku, tak jak siostry Rity, kiedy nie udało się jej wskoczyć na dach. Cztery łapie pręt dłońmi i bez trudu podciąga się, jakby siedział na łóżku. Ale tutaj nie czuje się dobrze ani naturalnie – ma napięte wszystkie mięśnie ramion. Myślę o głupstwach, kiedy jestem trzydzieści metrów nad ziemią.

Brnę w górę, znajduję kolejne miejsce, żeby umieścić stopę.

Kiedy znowu spoglądam na miasto, budynek nie zasłania mi pola widzenia, jestem tak wysoko, że widzę horyzont. Większość domów jest czarna na tle granatowego nieba, ale palą się czerwone światła na szczycie Centrum. Migają dwa razy wolniej, niż bije moje serce.

Ulice wyglądają jak tunele. Przez kilka sekund widzę tylko ciemną pokrywę. Pode mną, między budynkami, niebem, ulicą i ziemią są tylko niewielkie różnice. Potem spostrzegam w dole maleńkie pulsujące światełko.

– Widzisz to? – Pokazuję ręką.

Cztery przestaje się wspinać, kiedy dochodzi do mnie i zerka mi przez ramię, podbródek trzyma obok mojej głowy. Jego oddech szeleści obok mojego ucha, a ja znowu jestem roztrzęsiona, tak jak wtedy, kiedy wchodziłam po drabinie.

– Tak. – Na twarzy pojawia mu się uśmiech. – To nadchodzi z parku na końcu pirsu. Ludzie. Wokół jest pusta przestrzeń, ale drzewa trochę je przesłaniają. Jak widać, za mało.

– Okay. – Spoglądam na niego. Stoimy tak blisko siebie, że zapominam, gdzie jestem; zauważam jednak, że kąciki jego ust są lekko opuszczone, tak jak moje, i że ma bliznę na podbródku. – Hm – odchrząkuję. – Zacznij schodzić. Pójdę za tobą.

Cztery kiwa głową. Nogi ma takie długie, że bez trudu znajduje miejsce dla stóp i przesuwa ciało między prętami.

Nawet w ciemności widzę, że jego ręce są jaskrawoczerwone i roztrzęsione.

Stawiam w dole jedną stopę, opieram ciężar ciała na szczeblu. Pręt trzeszczy pode mną i obluzowuje się, lecąc, uderza o kilka innych rurek, odbija się od chodnika. Zwisam z rusztowania, a moje stopy kołyszą się w powietrzu.

– Cztery! – wyrzucam z siebie zduszone słowo.

Próbuję znaleźć inne miejsce, żeby postawić nogę, ale najbliższe jest kilkadziesiąt centymetrów obok, dalej niż mogę sięgnąć. Ręce mi się pocą. Pamiętam, jak wycierałam je o spodnie przed Ceremonią Wyboru, przed testem przynależności, przed każdą ważną chwilą. Dławię krzyk. Puszczę. Puszczę.

– Trzymaj się! – wrzeszczy. – Tylko się trzymaj, mam pomysł.

Nadal schodzi. Posuwa się w złym kierunku, powinien iść do mnie, a nie ode mnie. Zerkam na palce strasznie mocno owinięte wokół wąskiego pręta. Są ciemnoczerwone, prawie fioletowe. Długo nie wytrzymają.

Ja długo nie wytrzymam.

Zaciskam powieki. Lepiej nie patrzeć. Lepiej udawać, że to nie istnieje. Słyszę pisk tenisówek instruktora na metalu i szybkie kroki na szczeblach drabiny.

– Cztery! – wyję. Może poszedł. Może mnie opuścił. Może to test mojej siły albo odwagi. Wdech robię nosem, wydech ustami. Liczę oddechy, żeby się uspokoić. Jeden, dwa. Wdech, wydech. No, dalej, Cztery, tylko tyle jestem w stanie pomyśleć. No, dalej, zrób coś.

Potem słyszę, jak coś świszcze i trzeszczy. Pręt, którego się trzymam, drży, a ja ryczę przez zaciśnięte zęby i walczę, żeby utrzymać chwyt.

Koło się obraca.

Powietrze owiewa moje kostki i nadgarstki, wiatr bucha jak gejzer. Otwieram oczy. Przesuwam się – w stronę ziemi. Śmieję się oszołomiona histerią, a grunt jest coraz bliżej. Ale przyspieszam. Jeśli nie odpadnę we właściwym czasie, obracające się gondole i metalowe rusztowanie pociągną moje ciało i poniosą z sobą, i wtedy naprawdę umrę.

Każdy mój mięsień napina się, kiedy pędzę w dół. Widzę pęknięcia w chodniku, wtedy puszczam się, a moje stopy uderzają w twarde podłoże. Nogi uginają się pode mną, przyciągam ramiona, toczę się jak najszybciej w bok. Beton drapie mnie po twarzy, odwracam się w samą porę, żeby zobaczyć gondolę, nadciąga jak gigantyczny but, który zaraz mnie zmiażdży. Znowu się turlam i dno gondoli muska mnie w ramię.

Jestem bezpieczna.

Przyciskam dłonie do twarzy. Nie próbuję wstać – na pewno znowu bym upadła. Słyszę kroki i ręka Cztery otacza mój nadgarstek. Pozwalam mu oderwać moje dłonie od oczu.

Zamyka jedną moją dłoń w swoich dłoniach. Ciepło jego skóry przezwycięża ból w palcach od trzymania pręta.

– Dobrze się czujesz? – Ściska mi dłoń.

– Tak.

Zaczyna się śmiać.

Po sekundzie ja też się śmieję. Wolną ręką podpieram się i siadam. Uświadamiam sobie, jak blisko siebie jesteśmy – dzieli nas najwyżej kilkanaście centymetrów. Ta przestrzeń jest jakby naładowana elektrycznością. Chciałabym, żeby była mniejsza.

Wstaje, pociąga mnie za sobą. Koło nadal się kręci, wznieca wiatr, który zwiewa mi do tyłu włosy.

– Mogłeś powiedzieć, że diabelski młyn nadal działa. – Próbuję, żeby zabrzmiało to niedbale. – Nie musielibyśmy się wspinać.

– Powiedziałbym, gdybym wiedział. Nie mogłem pozwolić, żebyś tam wisiała, więc zaryzykowałem. No dobrze, czas zabrać tamtym flagę.

Cztery waha się przez chwilę, potem bierze mnie za rękę, wbija palce w wewnętrzną stronę łokcia. W innych frakcjach daliby mi odpocząć, ale on jest Nieustraszonym, więc uśmiecha się do mnie i zaczyna prowadzić w stronę karuzeli, gdzie członkowie naszego zespołu strzegą flagi. Na wpół biegnę, na wpół wlokę się obok instruktora. Nadal słabo się czuję, ale umysł mam rozbudzony, szczególnie przez ten dotyk jego ręki.

Christina przycupnęła na koniu, skrzyżowała długie nogi, ramię przewiesiła przez pal utrzymujący plastikowe zwierzę w pionie. Nasza flaga jest za nią, trójkąt błyszczący w ciemności. Troje nowicjuszy urodzonych jako Nieustraszeni stoi między podniszczonymi i brudnymi kucykami. Jeden z nich trzyma rękę na głowie konia. Obdarte z farby końskie oko patrzy na mnie spomiędzy jego palców. Na skraju karuzeli siedzi starsza Nieustraszona, drapie się kciukiem w brew z czterema kolczykami.

– Dokąd poszli inni? – pyta Cztery.

Widać po nim podekscytowanie, które ja czuję, oczy ma szeroko otwarte od energii.

– To wy, ludziska, obróciliście koło? – zagaduje starsza dziewczyna. – Co wy, do diabła, myślicie? Równie dobrze mogliście krzyknąć: Tu jesteśmy! Przyjdźcie po nas! – Kręci głową. – Jeśli w tym roku znowu przegram, spalę się ze wstydu. Trzy lata z rzędu?

– Koło nie ma znaczenia – tłumaczy Cztery. – Wiemy, gdzie są.

– Wiemy? – Christina patrzy to na mnie, to na instruktora.

– Tak, kiedy wy kręciliście młynka palcami, Tris wspięła się na diabelski młyn, żeby poszukać tamtego zespołu.

– No, to gdzie są? – ziewając, pyta jeden z nowicjuszy Nieustraszonych.

Cztery spogląda na mnie. Powoli reszta, włączając Christinę, przenosi wzrok na mnie. Spinam się, już chcę wzruszyć ramionami i powiedzieć, że nie wiem, ale wtedy do głowy przychodzi mi obraz pirsu rozpościerającego się pode mną. Mam pomysł.

– Podzielimy się – zaczynam objaśniać plan. – Czworo pójdzie na prawą stronę pirsu, troje na lewą. Tamci są w parku na końcu, więc grupa czteroosobowa zaatakuje, a ta druga wkradnie się, żeby zabrać flagę.

Christina gapi się na mnie, jakby mnie nie poznawała. Nie mam jej tego za złe.

– Brzmi nieźle. – Starsza dziewczyna klaszcze w dłonie. – No, to zakończmy ten wieczór, dobra?

Christina dołącza do mnie w grupie, która idzie na prawo, razem z Uriahem. Jego uśmiech błyska biało na tle brązowej skóry. Nie zauważyłam tego wcześniej, ale chłopak ma za uchem tatuaż przedstawiający węża. Przez chwilę gapię się na ogon otaczający małżowinę, ale wtedy Christina zaczyna biec, więc ja też się zrywam.

Zasuwam dwa razy szybciej niż ona, żeby nadążyć. Pędząc, zdaję sobie sprawę, że tylko jedno z nas musi dotknąć flagi. I nie będzie miało znaczenia, że ja ułożyłam plan i namierzyłam przeciwnika, jeśli to nie ja schwytam flagę. Więc choć ledwie dyszę, jeszcze bardziej przyspieszam i jestem tuż za Christiną. Opuszczam karabin, trzymam palec na spuście.

Docieramy do końca pirsu, zamykam usta, żeby powstrzymać głośny oddech. Zwalniamy, nasze kroki nie są już tak dobrze słyszalne, znowu szukam migającego światełka. Teraz, z ziemi, jest większe, łatwiej je zobaczyć. Wskazuję ręką, Christina kiwa głową, rusza pierwsza w tamtym kierunku.

Potem rozlega się chór okrzyków, tak ostrych, że aż podskakuję. Słyszę pyknięcia, lecą paintballe, rozpryskują się na celach. Nasz zespół zaatakował, drugi wybiegł nam na spotkanie i flaga została prawie niestrzeżona. Uriah celuje i strzela ostatniemu strażnikowi w udo. Strażnik, niska dziewczyna z fioletowymi włosami, w napadzie wściekłości ciska swój karabin na ziemię.

Pędzę, żeby dogonić Christinę. Flaga zwisa z gałęzi drzewa wysoko nad moją głową. Sięgam po nią, Christina też.

– Daj spokój, Tris – mówi. – Już zostałaś bohaterem dnia. I wiesz, że i tak nie dosięgniesz.

Spogląda na mnie z pobłażaniem, tak jak ludzie patrzą czasem na dzieci, kiedy te zachowują się zbyt dorośle. Zrywa flagę z gałęzi. Odwraca się i wydaje okrzyk zwycięstwa. Do jej wrzasku dołącza głos Uriaha, a potem w oddali rozbrzmiewa chór krzyków.

Uriah klepie mnie po ramieniu, a ja staram się zapomnieć o spojrzeniu, którym obrzuciła mnie przyjaciółka. Może ma rację; dzisiaj już pokazałam, na co mnie stać. Nie chcę być zachłanna; nie chcę być taka jak Eric, bać się siły innych.

Okrzyki triumfu stają się zaraźliwe, wydzieram się, biegnąc w stronę kolegów z zespołu. Christina wysoko unosi flagę, wszyscy gromadzą się wokół niej, chwytają za ramię, żeby podnieść zdobycz jeszcze wyżej. Nie mogę dosięgnąć, więc staję z boku, uśmiecham się.

Czyjaś ręka dotyka mojego ramienia.

– Dobra robota – chwali cicho Cztery.

– Nie wierzę, że mi się nie udało – powtarza Will, kręcąc głową. Wiatr, który wpada przez drzwi wagonu, rozwiewa jego włosy na wszystkie strony.

– Ależ spisałeś się na medal, nie przeszkadzałeś nam – kpi rozpromieniona Christina.

Al jęczy.

– Dlaczego musiałem być w drugim zespole?

– Bo życie jest niesprawiedliwe, Albercie. A świat sprzysiągł się przeciwko tobie – żartuje Will. – Hej, mógłbym jeszcze raz zobaczyć flagę?

Peter, Molly i Drew siedzą w kącie, z dala od członków zespołu. Piersi i plecy mają oblane niebieską i różową farbą, wyglądają na przygnębionych. Rozmawiają po cichu, rzucają na nas ukradkowe spojrzenia, szczególnie na Christinę. To jest korzyść z trzymania właśnie teraz flagi – na mnie nikt nie patrzy. A przynajmniej nikt poza tymi co zazwyczaj.

– Więc wspięłaś się na diabelski młyn, hm. – Uriah, powłócząc nogami, przechodzi przez wagon i siada obok mnie. Za nim idzie Marlene, panna o uwodzicielskim uśmiechu.

– Tak.

– Bardzo mądrze. Mądrze... jak u Erudytów – mówi dziewczyna. – Jestem Marlene.

– Tris – przedstawiam się. W domu porównanie do Erudyty byłoby obelgą, ale ona traktuje to jako komplement.

– Wiem, kim jesteś. Pierwsza, która skoczyła, zostaje w głowie.

Minęły lata, odkąd skoczyłam z budynku w uniformie Altruizmu; całe dekady.

Uriah wyjmuje paintball z karabinu i ściska go między kciukiem a palcem wskazującym. Pociąg gwałtownie przechyla się w lewo i chłopak wpada na mnie, zgniata kulkę i strumień różowej śmierdzącej farby oblewa mi twarz.

Marlene przewraca się ze śmiechu. Powoli wycieram farbę z twarzy i rozsmarowuję mu ją na policzku. Zapach rybiego oleju rozchodzi się po wagonie.

– Oj! – Znowu wyciska na mnie kulkę, ale dziurka robi się po niewłaściwej stronie i farba tryska mu w usta. Uriah kaszle i wydaje przesadne odgłosy, jakby się dusił.

Wycieram twarz rękawem, śmieję się tak, że aż boli mnie brzuch.

Jeśli całe moje życie ma być takie: głośny śmiech, brawurowe akcje i ten rodzaj zmęczenia, jaki się czuje po ciężkim, ale satysfakcjonującym dniu, będę zadowolona. Kiedy Uriah drapie się w język koniuszkami palców, zdaję sobie sprawę, że wystarczy, żebym przebiła się przez nowicjat i takie życie będzie moim udziałem.

Rozdział 13

Następnego dnia rano, ziewając, wlokę się na salę treningową. Na końcu pomieszczenia stoi wielki cel, a obok drzwi stół z rozrzuconymi na nim nożami. Znowu ćwiczenia na celność. Przynajmniej nie będzie bolało.

Eric stoi pośrodku sali tak sztywno, jakby zamienili mu kręgosłup na metalowy pręt. Jego widok sprawia, że powietrze staje się dla mnie cięższe, przytłacza mnie. Kiedy siedział niedbale pod ścianą, mogłam przynajmniej udawać, że go nie ma. Dzisiaj nie mogę udawać.

– Jutro ostatni dzień pierwszego etapu – oznajmia. – Wtedy znów podejmiecie walki. Teraz nauczycie się celować. Niech wszyscy wezmą po trzy noże. – Mówi głosem głębszym niż zazwyczaj. – I uważajcie, kiedy Cztery będzie wam pokazywał prawidłowe techniki rzucania.

Z początku nikt się nie rusza.

– Jazda!

Przepychamy się, żeby wziąć sztylety. Nie są takie ciężkie jak karabiny, ale i tak dziwnie się czuję, kiedy mam je w ręku, jakby nie było mi wolno ich trzymać.

– Dzisiaj jest w złym nastroju – mamrocze Christina.

– A kiedy jest w dobrym? – odpowiadam tym samym tonem.

Ale wiem, o co jej chodzi. Sądząc po jadowitym spojrzeniu, którym Eric obrzuca instruktora, kiedy ten nie patrzy, porażka z ostatniej nocy musiała mu dopiec bardziej, niż daje po sobie poznać. Wygrana w zdobywaniu flagi to kwestia dumy, a duma jest dla Nieustraszonych ważna. Ważniejsza niż rozsądek albo sens.

Pierwszy rzut. Przyglądam się ramieniu instruktora. Kolejny – obserwuję jego postawę. Za każdym razem trafia w cel, robi wydech, kiedy rzuca.

– Ustawić się w szereg! – rozkazuje Eric.

Pośpiech na nic się nie zda. Mówiła mi to matka, kiedy uczyłam się robić na drutach. Muszę o tym myśleć jak o ćwiczeniu intelektualnym, a nie fizycznym. Więc pierwsze kilka minut ćwiczę bez noża, znajduję prawidłową odległość, uczę się odpowiednich ruchów ramieniem.

Eric za szybko chodzi za nami.

– Sztywniaczka zarobiła chyba za dużo ciosów w głowę! – Szydzi Peter oddalony ode mnie o kilka osób. – Hej, Sztywniaczko! Pamiętasz, co to nóż?

Ignoruję go, znowu ćwiczę rzut – teraz z nożem w ręku, ale nie rzucam. Odcinam się od kroków Erica, kpin Petera i od dokuczliwego wrażenia, że Cztery patrzy na mnie. Rzucam. Nóż koziołkuje, uderza z trzaskiem w cel. Ostrze nie wbija się, ale spróbowałam pierwsza.

Uśmiecham się, kiedy Peter znowu pudłuje. Nie mogę się powstrzymać.

– Hej, Peter. Pamiętasz, co to cel?

Obok mnie chrząka Christina, jej następny nóż wali w cel.

Pół godziny później Al jest jedynym nowicjuszem, który jeszcze nie trafił. Kiedy my zbliżamy się do tablicy, żeby zebrać naszą broń, on szuka swojej na podłodze.

Próbuje kolejny raz i pudłuje, Eric podchodzi do niego.

– Taki jesteś powolny, Prawy? Potrzebujesz okularów? Mam ci przesunąć cel?

Al robi się czerwony na twarzy. Ciska kolejny nóż – ostrze leci na prawo od celu. Chłopak obraca się i uderza w ścianę.

– Nowicjusz, co to było? – pyta cicho Eric, nachylając się do Ala.

Przygryzam wargę. Nie jest dobrze.

– On... on się wyśliznął – tłumaczy się Al.

– Hm, myślę, że powinieneś po niego iść. – Eric przygląda się pozostałym nowicjuszom, bo znowu przestaliśmy rzucać. – Czy kazałem wam przestać?

Noże zaczynają trzaskać w tablicę. Już widzieliśmy rozzłoszczonego Erica, ale teraz to co innego. Jest niemal wściekły.

– Mam po niego iść? – Al wytrzeszcza oczy. – Ale wszyscy rzucają.

– I?

– I nie chcę zostać trafiony.

– Myślę, że możesz zaufać kolegom, że celują lepiej niż ty. – Eric lekko się uśmiecha, ale w źrenicach nadal błyszczy mu okrucieństwo. – Idź po swój nóż.

Al zwykle nie sprzeciwia się temu, co każą robić Nieustraszeni. Nie sądzę, żeby się bał wyrazić sprzeciw; po prostu wie, że nic by to nie dało. Tym razem zaciska swoją szeroką szczękę. Dotarł do granic posłuszeństwa.

– Nie – odparowuje.

– Dlaczego nie? – Paciorkowate oczy Erica utkwione są w twarzy chłopaka. – Cykasz się?

– Że dostanę lecącym nożem? Tak.

Uczciwość to jego błąd. Nie odmowa, którą przywódca mógłby przyjąć.

– Wszyscy stop! – krzyczy Eric.

Noże przestają latać, rozmowy się urywają. Mocno ściskam mały sztylet.

– Rozejść się. – Eric patrzy na Ala. – Wszyscy poza tobą.

Rzucam sztylet, upada na zakurzoną podłogę z głuchym odgłosem. Idę za innymi nowicjuszami w kąt, wysuwają się przede mnie chętni zobaczyć to, od czego żołądek mi się wywraca: Al wobec gniewu Erica.

– Stań przed celem – mówi przywódca.

Wielkie ręce Ala się trzęsą. Podchodzi do celu.

– Hej, Cztery. – Eric spogląda przez ramię. – Pomożesz mi, co?

Cztery drapie się w brew końcem noża i zbliża do Erica. Oczy ma podkrążone, usta zacięte – jest zmęczony tak jak i my.

– Będziesz tu stał, kiedy on będzie rzucał nożami – mówi Eric do Ala – aż nauczysz się nie dygać.

– Czy to naprawdę potrzebne? – wtrąca się Cztery. Głos ma zmęczony, ale ciało spięte, czujne.

Zaciskam pięści. Nieistotne, że mówi to niedbałym tonem, liczy się wyzwanie. A Cztery rzadko rzuca Ericowi bezpośrednie wyzwanie.

Z początku Eric patrzy w milczeniu na towarzysza. Cztery odpowiada spojrzeniem. Mijają sekundy, wbijam paznokcie w dłonie.

– Ja tu rządzę, pamiętasz? – syczy Eric tak cicho, że ledwie go słyszę. – Tutaj i wszędzie.

Cztery czerwienieje, ale wyraz jego twarzy się nie zmienia. Zaciska dłoń na nożach, kostki u rąk mu bieleją, odwraca się do Ala.

Przenoszę wzrok z szeroko otwartych ciemnych oczu Ala na jego trzęsące się ręce i na zaciśnięte z determinacji szczęki instruktora. Gniew wzbiera mi w piersi, wybucha z ust:

– Przestańcie.

Cztery obraca nóż w dłoni, palcami pedantycznie przesuwa po metalowym ostrzu. Patrzy na mnie tak twardym wzrokiem, że czuję, jakbym zmieniała się w kamień. Wiem dlaczego. Jestem głupia, odezwałam się w obecności Erica; jestem głupia, że w ogóle się odezwałam.

– Każdy idiota może stanąć przed celem – brnę dalej. – To niczego nie dowodzi poza tym, że nas zastraszacie. Co, o ile dobrze kojarzę, jest oznaką tchórzostwa.

– Więc nie powinno to być dla ciebie trudne – parska Eric. – Jeśli masz ochotę zająć jego miejsce...

Ostatnia rzecz, na jaką mam ochotę, to stanąć przed celem, ale teraz nie mogę się wycofać. Nie zostawiłam sobie wyboru. Przeciskam się przez tłum nowicjuszy, ktoś popycha mnie w ramię.

– Koniec z twoją śliczną buźką – cedzi Peter. – Och, czekaj, ty nie masz ślicznej buźki.

Odzyskuję równowagę i idę w stronę Ala. Kiwa mi głową. Próbuję się uśmiechnąć zachęcająco, ale mi nie wychodzi. Staję przed tablicą, głową nie sięgam nawet środka celu. Patrzę na noże instruktora: jeden w prawej ręce, dwa w lewej.

Mam sucho w ustach. Próbuję przełknąć i znów patrzę na Cztery. On nie odwala fuszerki. Nie trafi mnie. Będzie dobrze.

Podnoszę głowę. Nie drgnę. Jeśli drgnę, udowodnię Ericowi, że to nie takie łatwe, jak twierdziłam. Udowodnię, że jestem tchórzem.

– Jeśli drgniesz, Al zajmuje twoje miejsce – mówi Cztery, powoli, wyraźnie. – Zrozumiano?

Przytakuję.

Cztery nadal patrzy mi w oczy, kiedy podnosi rękę, odsuwa łokieć do tyłu i rzuca nóż. To tylko błysk w powietrzu, potem słyszę głuche uderzenie. Ostrze tkwi w desce, piętnaście centymetrów od mojego policzka. Zaciskam powieki. Dzięki Bogu.

– Masz dosyć, Sztywniaczko? – pyta Cztery.

Przypominam sobie przerażone spojrzenie i cichy szloch Ala w nocy. Kręcę głową.

– Nie

– No, to otwórz oczy. – Stuka się w punkt między brwiami.

Wbijam w niego wzrok, przyciskam ręce do boków, żeby nie było widać, że się trzęsą. Przekłada nóż z lewej ręki do prawej, a ja widzę tylko jego oczy, kiedy drugi nóż uderza w cel nad moją głową. Ten jest bliżej niż poprzedni – czuję, jak chwieje się nad moją czaszką.

– Daj spokój, Sztywniaczko. Niech tam stanie ktoś inny i zrobi to za ciebie.

Dlaczego próbuje sprowokować mnie do poddania się? Chce, żebym przegrała?

– Zamknij się, Cztery!

Wstrzymuję oddech, kiedy obraca ostatni nóż w dłoni. Widzę błysk w jego źrenicach, kiedy podnosi ramię i rzuca. Nóż leci wprost na mnie, obraca się, ostrze, rękojeść. Ciało mi sztywnieje. Tym razem, kiedy sztylet uderza w deskę, ucho mnie piecze i krew łaskocze w skórę. Dotykam ucha. Drasnął je.

A sądząc ze spojrzenia, jakie mi posyła, zrobił to specjalnie.

– Bardzo chciałbym stać tu i widzieć, że wszyscy jesteście tacy odważni jak ona – odzywa się Eric łagodnym głosem. – Ale na dziś wystarczy.

Ściska mnie za ramię. Palce ma suche i zimne. Patrzy, jakby rościł sobie do mnie prawa, jakby to, czego dokonałam, było jego. Nie odwzajemniam się uśmiechem. To, co zrobiłam, nie ma z Erikiem nic wspólnego.

– Powinienem mieć cię na oku – dodaje.

Czuję kłujący strach w piersi, w głowie i w rękach. Odnoszę wrażenie, jakbym na czole miała wypalone słowo

„Niezgodna". Gdyby Eric przyglądał mi się wystarczająco długo, mógłby je odczytać. Ale on tylko zdejmuje rękę z mojego ramienia i odchodzi.

Cztery i ja zostajemy. Czekam, aż sala opustoszeje i drzwi zostaną zamknięte. Dopiero wtedy spoglądam na niego. Idzie w moją stronę.

– Czy twoje... – zaczyna.

– Zrobiłeś to specjalnie! – wrzeszczę.

– Tak, specjalnie – odpowiada cicho. – A ty powinnaś mi podziękować, że ci pomogłem.

Zgrzytam zębami.

– Podziękować? Mało nie przekłułeś mi ucha, cały czas naśmiewałeś się ze mnie. Za co miałabym ci dziękować?

– Wiesz, trochę mnie męczy to czekanie, aż załapiesz! Gapi się na mnie ze złością, ale nawet wtedy jego oczy pozostają życzliwe. Mają szczególny odcień błękitu, tak ciemny, że prawie czarny, z małymi jasnoniebieskimi plamkami na lewej tęczówce, tuż przy krawędzi.

– Załapać? Co załapać? Że chciałeś udowodnić Ericowi, jaki z ciebie wielki twardziel? Że jesteś sadystą takim jak on?

– Nie jestem sadystą. – Nie krzyczy. Wolałabym, żeby krzyczał. Mniej bym się bała. Nachyla się. Twarzą zbliża się do mojej twarzy. To przypomina mi, jak leżałam kilkanaście centymetrów od kłów atakującego psa podczas testu przynależności. – Gdybym chciał cię skrzywdzić, to nie sądzisz, że już bym to zrobił? – dodaje.

Przechodzi przez salę, wali nożem w stół tak mocno, że ostrze wbija się prawie do rękojeści.

– Ja... – zaczynam się drzeć, ale jego już nie ma. Wrzeszczę z wściekłości i ocieram krew z ucha.

Rozdział 14

Dziś wigilia Dnia Wizyt. Myślę o nim, jakbym myślała o końcu świata: potem nic już się nie liczy. Wszystko, co robię, jest przygotowaniem do tego dnia. Może znowu zobaczę rodziców. Może nie. Co gorsze? Nie wiem.

Próbuję wciągnąć nogawkę na udo, ale utyka tuż powyżej kolana. Marszczę brwi, patrzę na nogę. Nabrzmiałe mięśnie zatrzymują materiał. Puszczam nogawkę i przez ramię spoglądam na tylną część uda. Wystaje tam inny mięsień.

Odsuwam się w bok, żeby stanąć przed lustrem. Widzę mięśnie, których wcześniej nie było, na ramionach, nogach i brzuchu. Szczypię się w bok, gdzie warstwa tłuszczu zapowiadała zaokrąglenia. Nic. Nowicjat Nieustraszonych zrabował wszelką łagodność ciała. To dobrze czy źle?

Przynajmniej teraz jestem silniejsza. Owijam się ręcznikiem i wychodzę z łazienki dla dziewczyn. Liczę na to, że w sypialni nie ma nikogo i nie zobaczą mnie w ręczniku, ale nie mogę włożyć tych spodni.

Kiedy otwieram drzwi do sypialni, czuję ciężar w żołądku. Peter, Molly, Drew i inni nowicjusze stoją w rogu i się śmieją. Podnoszą wzrok, kiedy wchodzę, i zaczynają chichotać. Najgłośniej, parskając, rechocze Molly.

Próbuję udawać, że ich tutaj nie ma, i szukam w szufladzie pod swoim łóżkiem sukienki, którą siłą wcisnęła mi Christina. Z jedną ręką zaciśniętą na ręczniku, z sukienką w drugiej, wstaję. Tuż za mną stoi Peter.

Odskakuję, omal nie uderzam głową o łóżko przyjaciółki. Próbuję prześliznąć się obok Petera, ale on opiera się o metalową ramę i blokuje mi drogę. Powinnam się domyślić, że nie pozwoli mi tak łatwo odejść.

– Nie przypuszczałem, że jesteś taka chuda, Sztywniaczko.

– Odczep się ode mnie. – Jakoś udaje mi się zachować spokojny ton.

– Wiesz, to nie Baza. Tutaj nikt nie musi wykonywać rozkazów Sztywniaka. – Obrzuca mnie wzrokiem od góry do dołu, nie zachłannie jak mężczyzna kobietę, ale z okrucieństwem, przyglądając się wszystkim wadom. W uszach słyszę bicie własnego serca, powoli zbliża się reszta towarzystwa, tworzą tłumek za Peterem.

Kiepsko.

Muszę się stąd wynosić.

Kątem oka widzę wolną drogę do drzwi. Gdyby udało mi się przemknąć pod ramieniem Petera i pobiec pędem do wyjścia, mogłoby się udać.

– Patrzcie na nią. – Molly krzyżuje ręce. Uśmiecha się do mnie. – To przecież dziecko.

– No, nie wiem – wtrąca się Drew. – Może coś ukrywa pod tym ręcznikiem. Może popatrzymy i sprawdzimy?

Teraz. Schylam się i śmigam do drzwi. Coś chwyta i ciągnie ręcznik, kiedy biegnę, potem mocno szarpie. Peter trzyma materiał w garści. Ręcznik wyślizguje mi się z dłoni, czuję zimno na nagim ciele, włoski jeżą mi się na karku.

Wybucha śmiech, biegnę szybko, jak najszybciej przed siebie, sukienkę trzymam przy ciele, żeby je okryć. Gnam korytarzem do łazienki, opieram się o drzwi, ciężko dyszę. Zamykam oczy.

Nic się nie stało. Nie obchodzi mnie to.

Szloch wydobywa mi się z ust, walę się dłonią po wargach, żeby go powstrzymać. Nie liczy się to, co widzieli. Kręcę głową, jakby ten ruch miał sprawić, że to będzie prawdą. Trzęsącymi rękami wkładam sukienkę – prostą, czarną, do kolan, z dekoltem w serek ukazującym tatuaże na obojczyku.

Kiedy już jestem ubrana, przechodzi mi ochota na płacz. Czuję, jak coś gorącego i gwałtownego skręca mi żołądek. Chcę im zrobić krzywdę.

Przyglądam się swoim oczom w lustrze. Chcę, więc zrobię.

W sukience nie mogę walczyć, dlatego biorę nowe ubrania z Jamy, dopiero potem idę na salę treningową na swoją ostatnią walkę. Mam nadzieję, że z Peterem.

– Hej, gdzie byłaś dziś rano? – pyta Christina na mój widok.

Mrużę oczy, żeby zobaczyć tablicę po przeciwnej stronie sali. Miejsce obok mojego imienia jest puste – jeszcze nie dostałam przeciwnika.

– Napadli na mnie.

Cztery stoi przed tablicą i wpisuje imię obok mojego. Proszę, niech to będzie Peter, proszę, proszę…

– Dobrze się czujesz, Tris? Wyglądasz na trochę… – odzywa się Al.

– Trochę jaką?

Cztery odsuwa się od tablicy. Imię wypisane obok mojego to Molly. Nie Peter, ale i tak dobrze.

– Trochę spiętą – kończy Al.

Moja walka jest ostatnia na liście, to znaczy, że będę musiała przeczekać trzy pojedynki, zanim wejdę na arenę.

Edward i Peter walczą przedostatni – świetnie. Jedynie Edward może pobić Petera. Christina zmierzy się z Alem, czyli Al szybko przegra, tak jak przegrywał przez cały tydzień.

– Nie rób mi krzywdy, okay? – prosi Al Christinę.

– Niczego nie obiecuję – odpowiada Christina.

Pierwsza para – Will i Myra – stają naprzeciwko siebie na arenie. Przez sekundę przesuwają się do przodu i do tyłu, jedno wyrzuca i cofa ramię, drugie kopie i chybia. Po drugiej stronie sali Cztery opiera się o ścianę i ziewa.

Patrzę na tablicę i próbuję przewidzieć wyniki walk. Nie zabiera mi to dużo czasu. Potem przygryzam palec i myślę o Molly. Christina przegrała z nią, a zatem Molly jest dobra. Ma silny cios, ale nie pracuje nogami. Jeśli nie będzie mogła mnie uderzyć, nie zrobi mi nic złego.

Jak się spodziewałam, kolejne starcie między Christiną a Alem kończy się szybko i bezboleśnie. Chłopak pada po kilku mocnych ciosach w twarz i się nie podnosi. Eric kręci głową.

Walka Edwarda i Petera zabiera więcej czasu. Chociaż są najlepszymi zawodnikami, dysproporcje między nimi są zauważalne. Edward pierwszy wali Petera w szczękę, a ja przypominam sobie, co mówił o nim Will – że uczył się walki od dziesiątego roku życia. To oczywistość. Jest szybszy i sprytniejszy nawet od Petera.

Do zakończenia trzech walk moje paznokcie są poobgryzane prawie do krwi i zaczynam być głodna przed lunchem. Wchodzę na arenę, nie patrząc na nikogo i na nic poza środkiem sali. Złość trochę mi przeszła, ale nietrudno ją przywołać. Wystarczy, żebym pomyślała, jak mi było zimno i jak głośno się śmieli. „Patrzcie na nią. To dziecko".

Molly staje naprzeciwko mnie.

– Czy to, co widziałam na twoim lewym pośladku, to znamię? – pyta z uśmiechem. – Boże, ale ty jesteś blada, Sztywniaczko.

Wykona pierwszy ruch. Zawsze tak robi.

Rzuca się na mnie i wkłada całą swoją wagę w uderzenie. Kiedy jej ciało przesuwa się do przodu, robię unik i biję ją pięścią w brzuch, tuż nad pępkiem. Zanim zdąży mnie dopaść, prześlizguję się obok niej, z uniesionymi rękami, gotowa do kolejnego ataku.

Już się nie uśmiecha. Szarżuje na mnie, jakby chciała mnie przewrócić, a ja schodzę jej z drogi. Słyszę w głowie głos instruktora, że najpotężniejszą bronią, którą mam, jest łokieć. Muszę tylko znaleźć sposób, jak go użyć.

Blokuję cios przedramieniem. Uderzenie boli, ale ledwie to zauważam. Molly zgrzyta zębami i wydaje wściekły jęk, który brzmi bardziej jak głos zwierzęcia niż człowieka. Nieudolnie próbuje mnie kopnąć w bok, ale robię unik i kiedy traci równowagę, skaczę na nią i wbijam łokieć w jej twarz. W samą porę odchyla głowę i łokieć ociera się o jej podbródek.

Uderza mnie w żebra, potykam się, odzyskuję oddech. Wiem, że jest coś, czego nie chroni. Chcę rąbnąć ją w twarz, ale może to nie jest mądre posunięcie. Przyglądam się przeciwniczce przez kilka sekund. Ręce trzyma za wysoko, osłaniają nos i policzki, ale brzuch i żebra pozostają bez obrony. Molly i ja popełniamy ten sam błąd w walce.

Nasze oczy spotykają się na chwilę.

Celuję nisko hakiem, pod pępek. Pięść grzęźnie mi w ciele Molly, wyciskając z jej ust ciężkie westchnienie, które czuję przy uchu. Kiedy sapie, podcinam ją, pada twardo na ziemię, wzbijając tuman kurzu. Odciągam stopę i kopię w żebra tak mocno, jak tylko potrafię.

Matka i ojciec nie pochwaliliby mnie za kopanie leżącego.

Wszystko mi jedno.

Molly zwija się w kłębek, żeby chronić bok, znów kopię, tym razem w brzuch. „Jak dziecko". Znowu kopię, trafiam w twarz. Krew tryska z nosa i rozlewa się po ustach. „Patrzcie na nią". Kolejny kopniak ląduje na piersi.

Znowu podrywam stopę, ale ręce instruktora zaciskają się wokół moich ramion, odciąga mnie z nieodpartą siłą. Oddycham przez zaciśnięte zęby, patrzę na zakrwawioną Molly. Ten kolor jest głęboki, bogaty, na swój sposób piękny.

Dziewczyna jęczy, słyszę bulgotanie w jej gardle, przyglądam się, jak krew kapie jej z warg.

– Wygrałaś – mruczy Cztery. – Przestań.

Ocieram pot z czoła. Cztery patrzy na mnie. Oczy ma zbyt szeroko otwarte; wyglądają na zaniepokojone.

– Chyba powinnaś wyjść – mówi. – Przejdź się.

– Dobrze się czuję. Teraz dobrze się czuję – powtarzam, tym razem do siebie.

Żałuję, że nie mogę powiedzieć, że przykro mi z powodu tego, co zrobiłam.

Nie jest mi przykro.

Rozdział 15

Dzień Wizyt. Przypominam to sobie, ledwie otwieram oczy. Serce mi skacze, a potem opada, kiedy widzę, jak Molly kuśtyka przez sypialnię z fioletowym nosem między kawałkami plastra. Jak tylko wychodzi, zaraz szukam Petera i Drew. Obaj są gdzie indziej, więc szybko wskakuję w ciuchy. Póki tych dwóch tu nie ma, jest mi obojętne, czy ktoś widzi mnie w bieliźnie. Już się tym nie przejmuję.

Każdy ubiera się w milczeniu. Nawet Christina się nie uśmiecha. Wiemy, że możemy pójść na poziom Jamy, przyjrzeć się wszystkim twarzom i nie znaleźć tej, która jest nam bliska.

Ścielę łóżko tak, jak uczył mnie ojciec, z mocno naciągniętymi rogami. Kiedy zdejmuję włosek z poduszki, wchodzi Eric.

– Uwaga – oznajmia, odgarniając znad oczu czarny kosmyk. – Chcę wam dać parę rad na temat dzisiejszego dnia. Gdyby jakimś cudem wasze rodziny przyszły do was z wizytą... – przygląda się nam i uśmiecha – ...w co wątpię, najlepiej nie okazywać przywiązania. To ułatwi sprawę i wam, i waszym bliskim. Bardzo poważnie traktujemy też tutaj powiedzenie: „Frakcja ponad krwią". Tęsknota do rodziców sugeruje, że nie jesteście całkowicie zadowoleni z nowej grupy, a to byłoby karygodne. Zrozumiano?

Ja rozumiem. Słyszę groźbę w ostrym głosie Erica. Tylko ostatnią część mowy wygłosił na serio: jesteśmy Nieustraszeni i musimy postępować według naszych zasad.

Eric zatrzymuje mnie, kiedy wychodzę z sypialni.

– Chyba nie doceniałem cię, Sztywniaczko – mówi. – Wczoraj dobrze ci poszło.

Podnoszę wzrok i patrzę na niego. Po raz pierwszy, odkąd dołożyłam Molly, odzywa się poczucie winy.

Jak Eric myśli, że zrobiłam coś dobrze, musiałam to zrobić źle.

– Dziękuję. – Wymykam się z sypialni.

Kiedy oczy przyzwyczaiły mi się do przyćmionego światła korytarza, widzę przed sobą Christinę i Willa. Chłopak śmieje się, prawdopodobnie z dowcipu Christiny. Nie próbuję ich dogonić. Nie wiem dlaczego, ale myślę, że popełniłabym błąd, gdybym się wtrąciła.

Al się gdzieś zapodział. Nie widziałam go w sypialni i nie idzie teraz do Jamy. Może już tam jest.

Przeczesuję palcami włosy i układam je w kok. Sprawdzam ubranie – jestem zasłonięta? Spodnie mam obcisłe, obojczyki odkryte. To im się nie spodoba.

A kogo to obchodzi, co im się spodoba? Zaciskam zęby. Teraz to jest moja frakcja. Tutaj nosi się takie ubrania. Zatrzymuję się tuż przed końcem korytarza.

Goście stoją na poziomie Jamy, większość to rodziny nowicjuszy z Nieustraszonych. Nadal wyglądają dla mnie dziwnie – matka z przekłutą brwią, ojciec z wytatuowanym ramieniem, nowicjusz z fioletowymi włosami, rodzinka w komplecie. Dostrzegam Drew i Molly – tkwią samotnie w końcu jednej z hal. Tłumię uśmiech. Przynajmniej ich bliscy nie przyszli.

Ale rodzina Petera się pojawiła. Mój wróg stoi obok wysokiego mężczyzny o krzaczastych brwiach i niskiej, potulnie wyglądającej kobiety z rudymi włosami. Żadne z rodziców nie patrzy na syna. Oboje noszą czarne spodnie i białe koszule, typowy strój Prawości, a ojciec mówi tak głośno, że niemal słyszę każde jego słowo. Czy wiedzą, jakim człowiekiem jest ich dziecko?

I znowu... a jakim człowiekiem ja jestem?

Po drugiej stronie hali Will rozmawia z kobietą w niebieskiej sukience. Nie wygląda dość staro, żeby być jego matką, ale ma tę samą zmarszczkę między brwiami co on i takie same złote włosy. Kiedyś mówił, że ma siostrę, może to ona.

Obok niego moja przyjaciółka ściska ciemnoskórą kobietę w bieli i czerni. Za Christiną stoi dziewczyna, też z Prawości. Młodsza siostra.

Czy w ogóle powinnam się fatygować i szukać w tłumie rodziców? Mogę wrócić do sypialni.

Wtedy ją dostrzegam. Matka stoi sama obok balustrady, złączone ręce trzyma przed sobą. Nigdy nie wyglądała bardziej nie na miejscu, w szarych spodniach i szarym żakiecie zapiętym pod szyją, z prosto zaczesanymi lokami, łagodną miną. Zaczynam iść do niej, łzy gromadzą mi się pod powiekami. Przyszła. Przyszła do mnie.

Idę szybciej. Widzi mnie, przez sekundę ma obojętny wyraz twarzy, jakby nie wiedziała, kim jestem. Potem oczy się jej zapalają i otwiera ramiona. Pachnie mydłem i detergentem z pralni.

– Beatrice – szepce. Przesuwa ręką po moich włosach.

Nie płacz, nakazuję sobie. Trzymam ją, dopóki nie pozbywam się wilgoci z oczu, odsuwam się, żeby znowu popatrzeć na matkę. Uśmiecham się zamkniętymi ustami, tak jak ona. Dotyka mojego policzka.

– Och, no proszę. Zaokrągliłaś się. – Kładzie mi rękę na ramieniu. – Powiedz, jak się miewasz.

– Ty pierwsza. – Wróciły stare nawyki. Należy ustąpić pierwszeństwa. Nie powinnam pozwolić, żeby rozmowa za długo skupiała się na mnie. Powinnam się upewnić, czy czegoś nie potrzebuje.

– Dzisiaj specjalna okazja. Przyjechałam cię odwiedzić, więc mówmy przede wszystkim o tobie. To prezent ode mnie dla ciebie.

Moja bezinteresowna matka. Daje mi prezenty po tym, jak opuściłam ją i ojca. Podchodzimy do balustrady nad przepaścią. Jestem szczęśliwa, że mogę być blisko mamy. Ostatnie półtora tygodnia było bardziej pozbawione uczuć, niż mi się wydawało. W domu rzadko się dotykaliśmy i jeśli chodzi o rodziców, to najwyżej widziałam, jak trzymają się za ręce przy stole w jadalni, ale i tak to było więcej niż tu i teraz.

– Tylko jedno pytanie. – W gardle czuję własny puls. – Gdzie tata? Odwiedza Caleba?

– Ach. – Kręci głową. – Musiał pójść do pracy.

Spuszczam wzrok.

– Możesz powiedzieć, że nie chciał przyjść.

Jej oczy błądzą po mojej twarzy.

– Twój ojciec zrobił się ostatnio samolubny. To nie znaczy, że cię nie kocha, słowo daję.

Patrzę na nią oszołomiona. Mój ojciec… samolubny? Bardziej zaskakujące od tej etykietki wydaje się to, że ona mu ja nadała.

Poznaję, że się złości. Nie spodziewałam się, że jest do tego zdolna. Ale musi tak być; skoro nazwała go samolubnym, musi być zła.

– A co u Caleba? Odwiedzisz go później?

– Chciałabym, ale Erudyci zabronili gościom z Altruizmu wstępu na ich teren. Gdybym spróbowała, zostałabym usunięta.

– Co? To straszne. Dlaczego to zrobili?

– Tarcia między naszymi frakcjami są większe niż kiedykolwiek – odpowiada. – Żałuję, że do tego doszło, ale niewiele mogę z tym zrobić.

Myślę o Calebie, jak stoi wśród nowicjuszy Erudytów, jak szuka w tłumie twarzy matki, i czuję ucisk w brzuchu. Nadal się gniewam na niego, że ukrywał przede mną tyle tajemnic, ale nie chcę jego krzywdy.

– To straszne – powtarzam. Patrzę w przepaść.

Przy balustradzie stoi Cztery. Sam. Chociaż już nie jest nowicjuszem, większość Nieustraszonych spotyka się tego dnia z rodzinami. Albo rodzina go nie odwiedziła, albo nie pochodzi z Nieustraszonych. Z jakiej frakcji przyszedł?

– To jeden z moich instruktorów. – Nachylam się bliżej matki. – Jest trochę przerażający.

– Jest przystojny.

Łapię się na tym, że odruchowo przytakuję. Matka śmieje się i zdejmuje rękę z mojego ramienia. Chcę odciągnąć ją od instruktora, ale w chwili, kiedy zamierzam zaproponować, żebyśmy poszły gdzie indziej, on spogląda przez ramię.

Na widok mojej matki szeroko otwiera oczy. Ona podaje mu rękę.

– Cześć. Mam na imię Natalie – przedstawia się. – Jestem matką Beatrice.

Nigdy nie widziałam, żeby podawała komuś rękę. Cztery ściska jej dłoń, sztywno potrząsa nią dwa razy. Gest u obojga nie wygląda naturalnie. Nie, Cztery nie pochodzi z Nieustraszonych, skoro takie powitanie nie idzie mu łatwo.

– Cztery. Miło cię poznać.

– Cztery – powtarza matka z uśmiechem. – To pseudonim?

– Tak – odpowiada wprost. Jakie jest jego prawdziwe imię? – Twoja córka dobrze sobie radzi. Nadzoruję jej trening.

Od kiedy „nadzorowanie" znaczy rzucać w kogoś nożami i opierniczać go przy każdej okazji?

– Miło słyszeć. Wiem parę rzeczy o nowicjacie Nieustraszonych i martwiłam się o córkę.

Cztery patrzy na mnie, przygląda się mojej twarzy, od nosa po usta i podbródek.

– Nie masz się o co martwić – zapewnia.

Nie potrafię się powstrzymać, czerwienię się. Mam nadzieję, że nie zauważyli.

Czy tylko ją pociesza, bo to moja matka, czy naprawdę uważa, że jestem zdolna? I co oznaczało to spojrzenie?

Matka przechyla głowę.

– Cztery, wyglądasz jakoś znajomo.

– Ciekawe dlaczego, bo nie mam zwyczaju zadawać się z Altruistami – odpowiada, niespodziewanie chłodno.

Ona wybucha śmiechem. Lekkim, pół na pół powietrza i dźwięku.

– Ostatnio niewielu to robi. Nie biorę tego do siebie.

Jakby się trochę odprężył.

– Cóż, zostawiam was same.

Patrzymy, jak odchodzi. Ryk rzeki wypełnia mi uszy. Może Cztery urodził się wśród Erudytów, co wyjaśnia, dlaczego nienawidzi Altruizmu. Albo przekonują go artykuły, które Erudyci piszą na nasz – ich, przypominam sobie – temat. Ale to było miłe z jego strony, że powiedział matce, jak dobrze mi idzie, chociaż wiem, że sam w to nie wierzy.

– Zawsze jest taki? – pyta matka.

– Gorszy.

– Masz tu przyjaciół?

– Kilku. – Patrzę przez ramię na Willa, Christinę i ich rodziny.

Christina dostrzega moje spojrzenie, macha do mnie i uśmiecha się, więc idziemy w jej stronę.

Ale zanim dochodzimy, niska, krągła kobieta w czarno-białej pasiastej koszuli dotyka mojego ramienia. Wzdrygam się, powstrzymuję chęć, żeby odtrącić jej rękę.

– Przepraszam – mówi. – Znasz mojego syna Alberta?

– Alberta? – powtarzam. – Och... Ala? Tak, znam.

– A gdzie moglibyśmy go znaleźć? – Wskazuje mężczyznę stojącego za nią. Jest wysoki i wielki jak głaz. Najwyraźniej ojciec Ala.

– Przepraszam, nie widziałam go dzisiaj rano. Może tam powinniście poszukać? – Unoszę palce w kierunku szklanego sufitu nad nami.

– Ojej. – Matka Ala wachluje twarz ręką. – Wolałabym nie podejmować tej wspinaczki raz jeszcze. Mało nie dostałam ataku paniki, kiedy tu schodziłam. Dlaczego przy tych ścieżkach nie ma balustrad? Czy wy wszyscy jesteście wariatami?

Uśmiecham się lekko. Parę tygodni temu mogłabym uznać to pytanie za obraźliwe, ale spędziłam zbyt wiele czasu z transferami z Prawości, żeby ich brak taktu mnie zaskoczył.

– Wariatami nie. Nieustraszonymi tak. Jeśli go zobaczę, powiem, że go szukacie.

Widzę, że matka uśmiecha się tak jak ja. Inni rodzice transferów wyciągają szyję, rozglądają się po ścianach Jamy, po suficie Jamy, ale nie ona. Po prostu patrzy w przepaść. Oczywiście, otoczenie jej nie interesuje – pochodzi z Altruizmu. Ciekawość jest jej obca.

Przedstawiam matkę Willowi i Christinie. Przyjaciółka przedstawia mnie swojej matce i siostrze. Ale kiedy Will prezentuje mnie Carze, swojej starszej siostrze, ta obdarza mnie spojrzeniem, od którego uschłaby roślina, i nie wyciąga do mnie ręki. Gniewnie patrzy na moją matkę.

– Will, nie mogę uwierzyć, że kolegujesz się z jedną z nich – cedzi.

Moja matka ściąga wargi, ale rzecz jasna milczy.

– Caro – mówi Will nachmurzony – nie należy być niegrzecznym.

– Och, jasne, że nie. Wiesz, kim ona jest? – Pokazuje na moją matkę. – Żoną członka rady. Prowadzi „agencję ochotników", która podobno pomaga bezfrakcyjnym. Myślisz, że nie wiem, że po prostu gromadzicie wszystko, żeby rozdzielać to we własnej frakcji, kiedy my nie dostajemy świeżego jedzenia przez miesiąc, hę? Jedzenie dla bezfrakcyjnych, akurat.

– Przepraszam – reaguje łagodnie moja matka. – Wydaje mi się, że się mylisz.

– Mylę się. Ha! – parska Cara. – Na pewno jesteście tacy, na jakich wyglądacie. Grupa beztroskich dobroczyńców, bez ani jednej samolubnej kostki w ciele. Właśnie.

– Nie odzywaj się tak do mojej matki. – Twarz mam czerwoną. Zaciskam pięści. – Jeszcze jedno słowo pod jej adresem i przysięgam, że złamię ci nos.

– Odsuń się, Tris – nakazuje Will. – Nie uderzysz mojej siostry.

– O? – Unoszę brwi. – Tak myślisz?

– Nie uderzysz. – Matka dotyka mnie w ramię. – Daj spokój, Beatrice. Nie chcemy robić kłopotu siostrze twojego przyjaciela.

Mówi to łagodnie, ale jej dłoń tak mocno ściska mi rękę, że omal nie krzyczę z bólu, kiedy mnie odciąga. Szybko kroczy w stronę jadalni. Ale zanim do niej dochodzi, robi ostry skręt w lewo, w jeden z ciemnych korytarzy, których jeszcze nie zwiedziłam.

– Mamo! – wołam. – Mamo, wiesz, dokąd idziesz?

Zatrzymuje się przy zamkniętym pokoju i staje na palcach, zagląda w podstawę lampy zwisającej z sufitu. Kilka sekund później kiwa głową i znowu odwraca się do mnie.

– Powiedziałam, żadnych pytań na mój temat. I ja nie żartuję. Jak ci naprawdę idzie, Beatrice? Jak z walkami? Która jesteś w rankingu?

– W rankingu? Wiesz, że walczyłam? Wiesz, że jestem ustawiona w rankingu?

– Zasady nowicjatu Nieustraszonych nie są ściśle tajne. Nie mam pojęcia, czy łatwo dowiedzieć się, co inne frakcje robią podczas nowicjatu, ale podejrzewam, że to nie takie proste.

– Jestem prawie na szarym końcu, mamo – odpowiadam powoli.

– Dobrze. – Kiwa głową. – Nikt nie przygląda się za dokładnie tym na dole. Słuchaj, Beatrice, to bardzo ważne: jakie były wyniki twojego testu przynależności?

Ostrzeżenie Tori pulsuje mi w głowie. „Nie mów nikomu". Powinnam powiedzieć, że wyszedł mi Altruizm, bo to właśnie Tori zapisała w systemie.

Patrzę matce w oczy – jasnozielone, obramowane ciemnymi smugami rzęs. Wokół ust ma zmarszczki, ale poza tym nie wygląda na swój wiek. Te zmarszczki pogłębiają się, kiedy nuci. Zazwyczaj nuci, kiedy zmywa naczynia.

To moja matka.

Mogę jej zaufać.

– Były niejednoznaczne – mówię cicho.

– Tak podejrzewałam – wzdycha. – Wiele dzieci wychowanych w Altruizmie otrzymuje taki wynik. Nie wiemy dlaczego. Ale musisz być bardzo ostrożna podczas drugiego etapu nowicjatu, Beatrice. Trzymaj się środka grupy, bez względu na to, co robisz. Nie ściągaj na siebie uwagi. Rozumiesz?

– Mamo, o co tu chodzi?

– Wszystko mi jedno, jaką frakcję wybrałaś. – Dotyka rękami mojego policzka. – Jestem twoją matką i chcę, żebyś była bezpieczna.

– To dlatego, że jestem... – zaczynam, ale ona przyciska palce do moich ust.

– Nie wymawiaj tego słowa – syczy. – Nigdy.

Więc Tori miała rację. To niebezpieczne być Niezgodną. Tylko że ja nadal nic z tego nie rozumiem.

– Dlaczego?

Kręci głową.

– Nie mogę powiedzieć.

Spogląda za siebie, tam gdzie ledwie widać światło z poziomu Jamy. Słyszę krzyki i rozmowy, śmiech i szuranie nóg. Zapach z jadalni dociera do mojego nosa, słodki i drożdżowy: pieczenie ciasta. Kiedy matka odwraca się do mnie, zęby ma zaciśnięte.

– Chcę, żebyś coś zrobiła – mówi. – Nie mogę pójść z wizytą do twojego brata, ale ty możesz po zakończeniu nowicjatu. Więc proszę, znajdź go i powiedz, żeby przeprowadził badania nad surowicą symulacji. Dobrze? Zrobisz to dla mnie?

– Nie, chyba że mi to wyjaśnisz, mamo! – Krzyżuję ramiona. – Jeśli chcesz, żebym cały dzień włóczyła się po terenach Erudytów, to musisz mi podać powód!

– Nie mogę. Przepraszam. – Całuje mnie w policzek i odsuwa za ucho lok, który wysunął mi się z koka. – Powinnam iść. Lepiej, jeśli nie będziemy wyglądały na przywiązane do siebie.

– Jest mi obojętne, jak dla nich wyglądam.

– A nie powinno być. Sądzę, że już cię monitorują.

Odchodzi, a ja jestem zbyt oszołomiona, żeby za nią pójść. Na końcu korytarza się odwraca.

– Weź dla mnie kawałek ciasta, dobrze? Czekoladowego, jest wspaniałe. – Uśmiecha się dziwnie krzywo i dodaje: – Kocham cię, wiesz.

I znika.

Stoję sama w niebieskim świetle lampy nade mną i już rozumiem.

Musiała kiedyś tutaj być. Pamięta ten korytarz. Wie o przebiegu nowicjatu.

Moja matka była Nieustraszoną.

Rozdział 16

Po południu wracam do sypialni, podczas gdy wszyscy spędzają czas z rodzinami, i znajduję Ala. Siedzi na łóżku i patrzy na ścianę, na której zazwyczaj wisi tablica. Cztery zdjął ją wczoraj, żeby wyliczyć nasz ranking po pierwszym etapie.

– Tu jesteś! – wołam. – Rodzice cię szukali. Znaleźli?

Kręci głową

Siadam obok niego. Moja noga jest dwa razy chudsza od jego nogi, nawet teraz, kiedy zrobiła się bardziej umięśniona. Al nosi czarne szorty. Na kolanie ma fioletowo-niebieskiego sińca i bliznę.

– Nie chciałeś ich widzieć?

– Nie chciałem, żeby pytali, jak mi idzie. Musiałbym odpowiedzieć, a oni wiedzieliby, kiedy kłamię.

– Hm... – Chętnie bym go jakoś podniosła na duchu. – A co jest z tobą nie tak?

Śmieje się ochryple.

– Przegrałem wszystkie walki od tej z Willem. Nie idzie mi dobrze.

– Dlatego, że chciałeś. Tego też nie możesz im powiedzieć?

Kręci głową.

– Tacie zawsze zależało, żebym tu przyszedł. To znaczy, chcieli, żebym został w Prawości, ale mówili tak tylko dlatego, że powinni. Zawsze podziwiali Nieustraszonych, oboje. Nie zrozumieliby, gdybym próbował im to wyjaśnić.

– Och. – Stukam palcem w kolano. Potem patrzę na Ala. – To dlatego wybrałeś Nieustraszonych? Ze względu na rodziców.

Kręci głową.

– Nie. Chyba myślę, że to ważne, żeby chronić ludzi. Stawać w ich obronie. Tak jak ty obroniłaś mnie. – Uśmiecha się. – Tego oczekuje się od Nieustraszonych, prawda? To jest odwaga. A nie… krzywdzenie ludzi bez powodu.

Przypominam sobie, co powiedział mi Cztery, że kiedyś pracę zespołową Nieustraszeni uznawali za swój priorytet. Jacy oni byli wtedy? Czego bym się nauczyła, gdybym trafiła tutaj, kiedy moja matka była Nieustraszoną? Może nie złamałabym Molly nosa. I nie groziłabym siostrze Willa.

Czuję ukłucie winy.

– Może po nowicjacie jakoś się ułoży.

– Przeczuwam, że będę ostatni. Chyba zobaczymy to dziś wieczorem.

Przez dłuższy czas siedzimy obok siebie. Lepiej być tutaj i milczeć, niż być w Jamie i patrzeć, jak wszyscy śmieją się razem ze swoimi rodzinami.

Ojciec mawiał, że czasem najbardziej można komuś pomóc, kiedy się po prostu jest blisko niego. Dobrze mi, kiedy robię coś, z czego byłby dumny, jakby zacierało się wszystko to, co zrobiłam, z czego nie byłby dumny.

– Wiesz, przy tobie czuję się odważniejszy – mówi Al. – Jakbym tutaj pasował, tak jak ty pasujesz.

Już mam odpowiedzieć, kiedy zarzuca mi rękę na ramię. Nagle nieruchomieję, gorąco oblewa mi policzki.

Chciałabym się mylić co do uczuć, jakie żywi do mnie Al. Ale się nie mylę.

Nie nachylam się do niego. Prostuję się, jego ramię opada. Potem wkładam dłonie między kolana.

– Tris, ja… – Głos ma spięty. Patrzę na niego. Jest zaczerwieniony tak jak ja, ale nie płacze, wygląda po prostu na zakłopotanego. – Hm… przepraszam – kończy. – Nie próbowałem… hm. Przepraszam.

Żałuję, że nie potrafię mu powiedzieć, żeby nie brał tego do siebie. Mogłabym wyznać, że moi rodzice rzadko trzymali się za ręce nawet w domu, więc wyćwiczyłam się w odpychaniu wszelkich gestów wyrażających uczucie, bo tak mnie wychowali, żebym traktowała je poważnie. Może gdybym mu to powiedziała, pod zażenowaniem nie kryłoby się poczucie krzywdy.

Ale oczywiście to musi być odbierane osobiście. Jest moim przyjacielem – i nic więcej. Co jest bardziej osobiste niż to?

Robię wdech, a z wydechu zmuszam się do uśmiechu.

– Za co przepraszasz? – Próbuję, żeby te słowa zabrzmiały niedbale. Otrzepuję dżinsy, chociaż nic na nich nie ma, i wstaję. – Muszę iść.

Kiwa głową i nie patrzy na mnie.

– Dasz sobie radę? – pytam. – To znaczy... ze względu na rodziców. Nie dlatego, że... – milknę. Nie wiem, co bym dodała, gdybym nie umilkła.

– O, tak. – Znowu przytakuje, trochę zbyt energicznie. – Na razie, Tris.

Staram się nie wychodzić z sypialni za szybko. Kiedy drzwi zamykają się za mną, dotykam dłonią czoła i uśmiecham się lekko. Mimo wszystko miło być lubianą.

Wspominanie wizyt rodzin byłoby zbyt bolesne, więc tego wieczoru gada się tylko o końcowym rankingu po pierwszym etapie. Za każdym razem, kiedy ktoś blisko mnie porusza ten temat, gapię się w jakiś punkt po drugiej stronie pokoju i udaję, że nie słyszę.

Mój wynik nie może być taki zły, szczególnie po tym, jak pokonałam Molly, ale może być za słaby, żebym weszła do pierwszej dziesiątki na koniec nowicjatu, zwłaszcza jeśli weźmie się pod uwagę nowicjuszy urodzonych jako Nieustraszeni.

Do kolacji siadam z Chrisitną, Willem i Alem w kącie. Jesteśmy nieprzyjemnie blisko Petera, Drew i Molly, którzy są przy sąsiednim stole. Kiedy rozmowa przy naszym stole zamiera, słyszę każde ich słowo. Obstawiają wyniki rankingu. Co za niespodzianka.

– Nie pozwalano wam trzymać zwierząt domowych? – Christina trzaska dłonią w blat. – Dlaczego?

– Bo to nielogiczne – odpowiada Will rzeczowo. – Jaki jest sens dawać jedzenie i schronienie zwierzęciu, które brudzi, śmierdzi i w końcu zdycha?

Spoglądamy na siebie z Alem, jak zwykle, kiedy Will i Christina zaczynają się sprzeczać. Ale tym razem, gdy nasze spojrzenia spotykają się, natychmiast odwracamy wzrok. Mam nadzieję, że ta niezręczność między nami nie potrwa długo. Chcę odzyskać przyjaciela.

– Rzecz w tym... – Christina milknie i nachyla głowę. – Hm, fajnie je mieć. Miałam buldoga, nazywał się Chunker. Raz zostawiliśmy pieczonego kurczaka na stole, żeby ostygł, i kiedy matka poszła do łazienki, ściągnął go z blatu i zjadł całego, z kośćmi i skórą. Ale się uśmialiśmy.

– Tak, teraz na pewno zmienię zdanie. Oczywiście, chcę mieszkać ze zwierzęciem, które mi wszystko zjada i niszczy kuchnię. – Will kręci głową. – Dlaczego po prostu nie sprawisz sobie psa po nowicjacie, jeśli czujesz za nimi taką tęsknotę?

– Bo tak. – Christina przestaje się uśmiechać, dziobie ziemniaka widelcem. – Psy trochę mi dołożyły. No... po teście przynależności.

Wymieniamy spojrzenia. Wiadomo, że nie wolno nam mówić o teście, nawet kiedy już dokonaliśmy wyboru, ale kumple pewnie nie traktują tego tak poważnie jak ja. Serce skacze mi niespokojnie w piersi. Dla mnie ta zasada to ochrona. Pozwala nie okłamywać przyjaciół. Za każdym razem, kiedy myślę Niezgodna, słyszę ostrzeżenie Tori. A teraz też słowa matki. „Nikomu nie mów. Niebezpieczne".

– Chodzi ci o... zabicie psa, tak? – dopytuje Will.

Prawie zapomniałam. Ci z predyspozycjami do Nieustraszonych brali nóż podczas symulacji i dźgali psa, kiedy zaatakował. Nic dziwnego, że Christina nie chce już psa domowego. Ściągam rękawy na przeguby i splatam palce.

– Tak – mówi Christina. – Wiecie, ludziska, wy wszyscy też musieliście to zrobić, no nie?

Najpierw patrzy na Ala, potem na mnie. Mruży oczy.

– Ty tego nie zrobiłaś.

– Hm?

– Coś ukrywasz – stwierdza Christina. – Wiercisz się.

– Co?

– W Prawości – Al trąca mnie w ramię – uczyliśmy się odczytywać języka ciała, więc wiemy, kiedy ktoś kłamie albo coś przed nami ukrywa.

– Och. – Drapię się po karku. – No...

– Widzisz, znowu! – Christina pokazuje na moją rękę.

Czuję się tak, jakbym połykała bicie serca. Jak tu kłamać na temat swoich wyników, skoro oni są w stanie odgadnąć, kiedy to robię? Będę musiała kontrolować własne ruchy. Opuszczam rękę i kładę dłonie na kolanach. Czy tak zachowuje się człowiek uczciwy?

Przynajmniej nie muszę ściemniać o psie.

– Nie, nie zabiłam.

– Jak dostałaś Nieustraszonego, skoro nie użyłaś noża? – Will patrzy na mnie zmrużonymi oczami.

Wytrzymuję jego spojrzenie.

– Nie dostałam – odpowiadam spokojnie. – Wskazał mi Altruizm.

To półprawda. Taki Tori przedstawiła mi wynik, więc to jest w systemie. Każdy, kto ma dostęp do bazy, może to zobaczyć. Przez kilka sekund patrzę mu w oczy. Odwrócenie wzroku byłoby podejrzane. Potem wzruszam ramionami i rozdłubuję widelcem kawałek mięsa. Mam nadzieję, że mi wierzą. Muszą mi wierzyć.

– Ale jednak wybrałaś Nieustraszonych – nie odpuszcza Christina. – Dlaczego?

– Mówiłam ci – odpowiadam z uśmieszkiem. – Chodziło o jedzenie.

Christina się śmieje.

– Chłopaki, wiecie, że Tris nie widziała hamburgera, zanim tu nie przyszła?

Zaczyna opowiadać historię o naszym pierwszym dniu, odprężam się, ale nadal czuję się ciężko. Nie powinnam okłamywać przyjaciół. Tworzę bariery między nami, a i tak jest ich więcej, niżbym chciała. Christina bierze flagę. Ja odrzucam Ala.

Po kolacji wracamy do sypialni, trudno mi nie biec, wiem, że ranking będzie wisiał, kiedy tam dojdę. Chcę to mieć za sobą. W drzwiach Drew popycha mnie na ścianę, żeby być pierwszy. Drapię ramieniem o kamienie, ale idę dalej.

Jestem za niska, żeby cokolwiek zobaczyć nad tłumem nowicjuszy w głębi pomieszczenia, ale kiedy znajduję wolną przestrzeń między głowami, widzę, że tablica jest na podłodze, oparta o nogi instruktora stojącego tyłem do nas. W ręku trzyma kawałek kredy.

– Tym, którzy dopiero co weszli, wyjaśniam, jak ustalano ranking – mówi. – Po pierwszej rundzie walk zaszeregowaliśmy was według poziomu umiejętności. Liczba punktów zależy od umiejętności waszych i osoby, którą zwyciężyliście. Dostajecie więcej punktów za poprawę osiągnięć i za zwycięstwo nad kimś o wysokim poziomie zdolności. Nie nagradzam pastwienia się nad słabymi. To tchórzostwo.

Wydaje mi się, że przy tym ostatnim zdaniu jego spojrzenie zatrzymało się na Peterze, ale tak szybko je przenosi, że nie jestem pewna.

– Jeśli masz wysoki ranking, tracisz punkty za przegraną z nisko ocenionym przeciwnikiem.

Molly wydaje nieprzyjemny dźwięk, coś jak parsknięcie albo stęknięcie.

– Trening na drugim etapie ma większe znaczenie niż na pierwszym, bo jest bardziej związany z przezwyciężaniem tchórzostwa – tłumaczy Cztery. – Innymi słowy, bardzo trudno zająć wysoką lokatę na koniec nowicjatu, jeśli miało się niską na etapie pierwszym.

Przestępuję z nogi na nogę, próbuję dobrze mu się przyjrzeć. Kiedy wreszcie mi się udaje, odwracam wzrok. Patrzy na mnie, jego uwagę przyciągnęły chyba moje nerwowe ruchy.

– Jutro ogłosimy, kto nie przeszedł – ciągnie. – Fakt, że jesteście transferami, a nowicjusze z Nieustraszonych nie są, nie będzie brany pod uwagę. Bezfrakcyjnymi może zostać czworo z was i żadne z nich. Albo czworo z nich i żadne z was. Albo jakiekolwiek połączenie tych i tamtych. A teraz ranking.

Wiesza tablicę na haku i odsuwa się, żeby nam odsłonić wyniki.

1. Edward
2. Peter
3. Will
4. Christina
5. Molly
6. Tris

Szósta? Niemożliwe, że szósta. Pokonanie Molly musiało podnieść moje notowania bardziej, niż przypuszczałam. A przegrana ze mną chyba obniżyła jej pozycję. Przechodzę do dołu listy.

7. Drew
8. Al
9. Myra

Al nie jest na samym końcu, ale jeśli nowicjusze urodzeni jako Nieustraszeni nie schrzanią całkowicie swojej wersji pierwszego etapu nowicjatu, zostanie bezfrakcyjnym.

Spoglądam na Christinę. Przechyla głowę i marszczy brwi, patrząc na tablicę. Nie ona jedna. Cisza robi się niespokojna, jak kołysanie się do przodu i do tyłu na występie skalnym.

Wreszcie eksploduje.

– Co? – Molly wskazuje palcem Christinę. – Zwyciężyłam ją. Zwyciężyłam w parę minut, a ona jest oceniona wyżej niż ja?

– Tak. – Christina krzyżuje ramiona i uśmiecha się z zadowoleniem. – I?

– Jeśli zamierzasz osiągnąć wyższe notowanie, to proponuję, żebyś nie nabrała zwyczaju przegrywania z niżej notowanymi przeciwnikami. – Głos instruktora wcina się w mamrotanie i narzekanie innych nowicjuszy. Instruktor wkłada kredę do kieszeni i przechodzi obok mnie, nie patrząc w moją stronę. Te słowa trochę pieką, przypominają, że to o mnie mówił jako o nisko notowanym przeciwniku.

Najwyraźniej Molly też to sobie przypomniała.

– Ty… – Posyła mi jadowite spojrzenie. – Ty mi za to zapłacisz.

Spodziewam się, że się na mnie rzuci albo mnie uderzy, ale ona tylko odwraca się na pięcie i wychodzi z sypialni, a to jest jeszcze gorsze. Gdyby wybuchła, gniew szybko by wyparował po jednym, dwóch ciosach. Odeszła, więc chce coś zaplanować. Odeszła, więc muszę się pilnować.

Peter, kiedy wywieszono ranking, nie powiedział niczego zaskakującego, jeśli wziąć pod uwagę jego skłonność do narzekania na wszystko, co nie poszło po jego myśli. To jeszcze bardziej mnie zaniepokoiło. Drugie miejsce nie mogło go zadowolić. Nie Petera.

Will i Christina przybijają sobie piątkę, a potem Will klepie mnie po plecach dłonią większą od mojej łopatki.

– No, no. Numer szósty – mówi z uśmiechem.

– Nadal mogę nie być dość dobra – przypominam mu.

– Będziesz, nie martw się. Powinniśmy to uczcić.

– No, to chodźmy. – Christina łapie mnie za ramię jedną ręką, a Ala drugą. – Daj spokój, Al. Nie wiesz, jak poszło urodzonym jako Nieustraszeni. Niczego nie wiesz na pewno.

– Idę prosto do łóżka – mamrocze Al, wyrywając się.

W korytarzu łatwo zapomnieć o Alu, zemście Molly i podejrzanym spokoju Petera, łatwo udawać, że to, co dzieli nas jako przyjaciół, nie istnieje. Ale z tyłu głowy błąka się myśl, że Christina i Will są moimi przeciwnikami. Jeśli mam wywalczyć sobie drogę do pierwszej dziesiątki, najpierw będę musiała ich pokonać.

Mogę mieć tylko nadzieję, że nie będę musiała ich zdradzić.

Tej nocy mam kłopot z zaśnięciem. Wcześniej sypialnia wydawała mi się zbyt głośna, z całym tym sapaniem, ale teraz jest za cicho. A w ciszy myślę o rodzinie. Dzięki Bogu, w kwaterze Nieustraszonych zazwyczaj panuje hałas.

Jeśli moja matka należała do Nieustraszonych, dlaczego wybrała Altruizm? Czy pokochała jego spokój, jego rutynę, jego dobro – wszystko to, za czym tęsknię, kiedy pozwalam sobie o tym rozważać?

Zastanawiam się, czy ktoś tutaj znał ją z czasów młodości i mógłby mi powiedzieć, jaka była. Nawet jeśli ją znali, nie chcieliby o tym opowiadać. Transfery nie są chętne do wspominania swoich starych frakcji. To dlatego, żeby nie okazywać lojalności wobec rodziny zgodnie z zasadą „frakcja ponad krwią".

Chowam twarz w poduszkę. Prosiła mnie, żebym powiedziała Calebowi, by przeprowadził badania nad surowicą symulacji – dlaczego? Czy to ma jakiś związek z tym, że jestem Niezgodna, że grozi mi niebezpieczeństwo? A może chodzi o coś innego? Wzdycham. W głowie kłębią mi się tysiące pytań, a ona odeszła, zanim zdążyłam zadać chociaż jedno. Wątpię, czy zasnę, zanim znajdę na nie odpowiedź.

Rozlega się szmer w pokoju, podnoszę głowę z poduszki. Wzrok nie przystosował się do ciemności, więc gapię się w czystą czerń, jakby na wewnętrzną stronę powiek. Słyszę szuranie i pisk buta. Ciężkie uderzenie.

A potem zawodzenie, które ścina mi krew i sprawia, że włosy stają mi dęba. Zrzucam koc i staję boso na kamiennej podłodze. Nadal za słabo widzę, nie mogę zlokalizować źródła krzyku, ale na podłodze, kilka łóżek dalej, widzę ciemną masę.

– Włączyć światło! – wrzeszczy ktoś.

Idę w stronę tego dźwięku, powoli, żeby się o nic nie potknąć. Jakbym była w transie. Nie chcę patrzeć tam, skąd dochodzi wycie. Taki odgłos może oznaczać tylko krew, połamane kości i ból; krzyk dochodzący z głębi brzucha, przenikający całe ciało.

Zapaliło się światło.

Edward leży na podłodze obok swojego łóżka, trzyma się za twarz. Głowę otacza mu aureola krwi, a spomiędzy zaciśniętych palców sterczy srebrna rękojeść noża. Serce łomoce mi w uszach. Rozpoznaję nóż do chleba z jadalni. Ostrze tkwi w oku chłopaka.

Myra stojąca przy stopach Edwarda piszczy. Ktoś wzywa pomocy, a Edward nadal wije się na podłodze i zawodzi. Klękam przy jego głowie, kolano wciskam w kałużę krwi, kładę mu ręce na ramionach.

– Leż i nie ruszaj się. – Jestem spokojna, ale nic nie słyszę, jakbym dała nura w wodę. Edward znów się rzuca, mówię głośniej, surowiej: – Powiedziałam, leż i nie ruszaj się.

– Moje oko! – wyje.

Czuję jakiś smród. Ktoś zwymiotował.

– Wyjmijcie to! – ryczy Edward. – Wyjmijcie to, wyjmijcie to ze mnie, wyjmijcie to!

Kręcę głową, ale zdaję sobie sprawę, że on nie może mnie widzieć. Śmiech wzbiera mi w brzuchu. Histeryczny. Muszę stłumić panikę, jeśli mam mu pomóc. Muszę zapomnieć o sobie.

– Nie. Trzeba poczekać na lekarza. Rozumiesz? Niech to wyjmie lekarz. I oddychaj.

– To boli – szlocha.

– Wiem, że boli. – Zamiast swojego głosu słyszę głos matki. Widzę, jak klęczy przede mną na chodniku przed naszym domem, ściera mi łzy z twarzy, kiedy zdarłam sobie kolano. Miałam wtedy pięć lat. – Będzie dobrze. – Staram się, żeby to brzmiało stanowczo, jakbym nie pocieszała go bez sensu, chociaż właśnie to robię. Nie wiem, czy będzie dobrze.

Przybiega pielęgniarka, każe mi się odsunąć. Wstaję. Ręce i kolana mam umazane krwią. Rozglądam się. Brakuje tylko dwóch osób.

Drew.

I Petera.

Kiedy zabrali Edwarda, niosę ubranie na zmianę do łazienki i myję ręce. Christina idzie ze mną, staje przy drzwiach, ale nic nie mówi, co mnie cieszy. Bo co tu dużo gadać.

Szoruję linie dłoni i wkładam paznokieć pod paznokieć, żeby usunąć krew. Przebieram się w spodnie i wyrzucam te zabrudzone do kosza. Biorę tyle papierowych ręczników, ile mieści mi się w rękach. Ktoś musi posprzątać bałagan w sypialni, a ponieważ wątpię, czy dam radę zasnąć, z powodzeniem mogę to być ja.

Sięgam do klamki.

– Wiesz, kto to zrobił, prawda? – odzywa się Christina.

– Tak.

– Powiemy komuś?

– Naprawdę myślisz, że Nieustraszeni jakoś zareagują? Po tym, jak kazali ci wisieć nad przepaścią? Po tym, jak kazali nam bić się do nieprzytomności?

Nie odpowiada.

Pół godziny później klęczę sama na podłodze i zeskrobuję krew Edwarda. Christina wyrzuca zabrudzone papierowe ręczniki i podaje mi nowe. Myry nie ma; pewnie poszła za Edwardem do szpitala.

Tej nocy nikt nie spał za długo.

– To może dziwacznie zabrzmi, ale żałuję, że dziś wolny dzień – odzywa się Will.

Przytakuję. Wiem, o co mu chodzi. Gdybym miała coś do roboty, chętnie bym to zrobiła, natychmiast, żeby się stąd wyrwać.

Nie spędzam zbyt dużo czasu sam na sam z Willem. Christina i Al ucinają sobie drzemkę, a żadne z nas nie chce przebywać w sypialni dłużej, niż musi. Will nie mówi mi tego, po prostu wiem.

Dokładnie szoruję dłonie po usunięciu krwi Edwarda, ale nadal czuję ją na rękach. Rozmawiam z Willem bez sensu i bez celu. Nie ma dokąd pójść.

– Możemy go odwiedzić – proponuje Will. – Ale co powiemy? „Nie znałem cię za dobrze, ale przykro mi, że dźgnęli cię w oko”?

To nie jest śmieszne, ale i tak śmiech wzbiera mi w gardle, a ja go wypuszczam, bo trudniej go powstrzymywać. Will patrzy na mnie przez sekundę i też zaczyna rechotać. Czasem płacz albo śmiech to jedyne, co pozostało, a teraz śmiech wydaje się lepszy.

– Przepraszam – wyduszam z siebie. – To jest takie śmieszne.

Nie chcę płakać ze względu na Edwarda – przynajmniej nie tak mocno, osobiście, jak się płacze z powodu przyjaciela albo ukochanego. Chcę płakać, bo stało się coś strasznego, a ja to widziałam i nie wiem, jak to naprawić. Nikt, kto pragnąłby ukarać Petera, nie ma do tego prawa, i nikt, kto miałby prawo go ukarać, nie zrobi tego. Nieustraszeni mają przepisy przeciwko tego rodzaju napaściom, ale sądzę, że kiedy rządzą ludzie tacy jak Eric, zasady są łamane.

– A najzabawniejsze ze wszystkiego jest to, że w każdej innej frakcji byłoby bohaterstwem opowiedzieć komuś o tym, co się stało – mówię bardziej serio. – Ale tutaj... u Nieustraszonych... odwaga nie da nam nic dobrego.

– Czytałaś kiedyś manifesty? – pyta Will.

Zostały spisane po stworzeniu każdej frakcji. Uczyliśmy się o nich w szkole, ale nigdy do nich nie zajrzałam.

– A ty? – Ściągam brwi, patrząc na niego. Potem przypominam sobie, że Will dla rozrywki nauczył się mapy miasta. – Och, oczywiście, że czytałeś. Wszystko jedno.

– Jeden z wersów, który zapamiętałem z manifestu Nieustraszonych, brzmi: „Uznajemy zwyczajne akty męstwa, odwagę, która każe jednej osobie stanąć w obronie drugiej” – wzdycha.

Nie musi już nic dodawać. Wiem, co ma na myśli. Może Nieustraszonych sformowano z dobrymi intencjami, właściwymi ideałami i właściwymi celami. Ale daleko od tego odeszli. Zrozumiałam, że to samo dotyczy Erudytów. Dawno temu Erudyci zajmowali się wiedzą i wynalazczością, żeby czynić dobro. Teraz zajmują się wiedzą i wynalazczością z wewnętrznej chciwości. Zastanawiam się, czy w innych frakcjach jest ten sam problem. Wcześniej o tym nie myślałam.

Chociaż widzę u Nieustraszonych nieprawość, to przecież nie mogę od nich odejść. Nie tylko dlatego, że żyłabym jako bezfrakcyjna, w całkowitej izolacji, co wydaje się losem gorszym od śmierci, ale dlatego, że ze względu na te krótkie, wspaniałe chwile, chcę uratować frakcję. Może znów będziemy dzielni i honorowi.

– Chodźmy do kafeterii. Zjemy ciastko – proponuje Will.

– Okay. – Uśmiecham się.

Po drodze do Jamy, żeby nie zapomnieć, powtarzam sobie słowa, które przytoczył Will.

„Uznajemy zwyczajne akty męstwa, odwagę, która każe jednej osobie stanąć w obronie drugiej".

Piękna myśl.

Później wracamy do sypialni, z łóżka Edwarda całkowicie zdjęto posłanie, a jego szuflady są otwarte i puste. Łóżko Myry, po drugiej stronie sali, wygląda tak samo.

Pytam Christinę, dokąd poszli.

– Zrezygnowali – odpowiada.

– Nawet Myra?

– Powiedziała, że nie chce tu być bez niego. I tak mieli ją wywalić. – Christina wzrusza ramionami, jakby myślała, że nic innego nie dało się zrobić. Jeśli tak jest, to wiem, co czuje.

– Przynajmniej nie wylali Ala.

Mieli wylać, ale odejście Edwarda go uratowało. Nieustraszeni postanowili go oszczędzić do następnego etapu.

– Kogo jeszcze usunęli? – pytam.

Przyjaciółka znowu wzrusza ramionami.

– Dwoje urodzonych jako Nieustraszeni. Nie pamiętam imion.

Kiwam głową i patrzę na tablicę. Ktoś przekreślił imiona Edwarda i Myry i zmienił cyfry obok pozostałych. Teraz

Peter jest pierwszy. Will drugi. Ja jestem piąta. Etap pierwszy zaczęliśmy z dziewięciorgiem nowicjuszy.

Teraz zostało siedmioro.

Rozdział 17

Jest południe. Pora na lunch.

Siedzę w korytarzu, którego nie poznaję. Przyszłam tutaj, bo chciałam się wyrwać z sypialni. Może gdybym przyniosła tutaj swoją pościel, nie musiałabym tam już nigdy wracać. Z pewnością to kwestia wyobraźni, ale ciągle tam czuć krew, mimo że skrobałam podłogę, aż mnie ręce rozbolały, a dziś rano ktoś wylał na nią środek dezynfekujący.

Szczypię się w mostek nosa. Mycie podłogi, kiedy nikt nie chciał się do tego wziąć, było czymś w stylu mojej matki. Skoro nie jestem z nią, mogę przynajmniej czasami robić to co ona.

Słyszę nadchodzących, ich kroki odbijają się echem od kamiennej podłogi, patrzę w dół na swoje buty. Przed tygodniem zmieniłam szare trampki na czarne, ale te stare schowałam gdzieś w swojej szufladzie. Nie potrafię ich wyrzucić, chociaż wiem, że to głupio przywiązywać się do trampków, jakby mogły mnie zanieść do domu.

– Tris?

Podnoszę wzrok. Przede mną stoi Uriah. Macha na nowicjuszy urodzonych jako Nieustraszeni, z którymi idzie. Wymieniają z nim spojrzenia, ale się nie zatrzymują.

– Dobrze się czujesz? – pyta.

– Miałam ciężką noc.

– Tak, słyszałem o tym kolesiu, Edwardzie. – Spogląda na korytarz. Całe towarzystwo zniknęło za rogiem. Chłopak uśmiecha się troszeczkę. – Chcesz stąd wyjść?

– Co? – pytam. – A ty dokąd?

– Na mały rytuał inicjacyjny. No, rusz się. Musimy się pospieszyć.

Szybko rozważam swoje możliwości. Mogę tutaj siedzieć. Albo opuścić teren Nieustraszonych.

Wstaję i biegnę truchtem obok Uriaha, żeby dogonić tamtych urodzonych jako Nieustraszeni.

– Jedyni nowicjusze, którym pozwalają brać w tym udział, to ci, co mają rodzeństwo wśród Nieustraszonych – wyjaśnia. – Ale mogą nawet nie zauważyć. Po prostu rób to, czego się po tobie spodziewają.

– A co właściwie robimy?

– Coś niebezpiecznego. – W oczach pojawia mu się coś, co nazwałabym tylko manią Nieustraszonych, ale nie odrzuca mnie to.

Kilka tygodni temu mogłabym tak zareagować, teraz łapię tego bakcyla, jakby był zaraźliwy. Ołowiany ciężar, który mnie wypełniał, zostaje zastąpiony przez podniecenie. Zwalniamy, kiedy doganiamy resztę ferajny.

– Co tu robi Sztywniaczka? – pyta chłopak z metalowym kółkiem w nosie.

– Dopiero co widziała, jak kolesia dźgnęli w oko, Gabe – mówi Uriah. – Zejdź z niej, dobra?

Gabe wzrusza lekko ramionami i się odwraca. Nikt inny nie odzywa się słowem, chociaż paru ukradkiem obrzuca mnie wzrokiem, jakby mnie oceniali. Nowicjusze od Nieustraszonych są jak sfora psów. Jeśli jakoś nawalę, nie pozwolą mi biec z sobą. Ale na razie jestem jeszcze bezpieczna.

Skręcamy za kolejny róg, grupa starszych stoi w następnym korytarzu. Jest ich zbyt wielu, żeby wszyscy byli spokrewnieni z nowicjuszami, którzy urodzili się jako Nieustraszeni, ale w ich twarzach widzę jakieś podobieństwo.

– Idziemy – rzuca jeden ze starszych. Odwraca się i z zapałem rusza w ciemny korytarz.

Inni członkowie idą za nim, a my za nimi. Wchodzę w ciemność, trzymam się blisko Uriaha, potykam się o stopień. Udaje mi się nie upaść, zaczynam się wspinać.

– Tylna klatka schodowa – syczy Uriah ledwie zrozumiale. – Zwykle jest zamknięta.

Kiwam głową, chociaż chłopak na pewno mnie nie widzi, i wchodzę, póki nie kończą się schody. Drzwi na górze są otwarte i wpuszczają światło. Wyłaniamy się na powierzchnię jakieś kilkaset metrów od szklanego budynku nad Jamą, blisko torów kolejowych.

Mam wrażenie, jakbym robiła to już tysiące razy. Słyszę gwizd pociągu, czuję wibrowanie ziemi. Widzę światło przymocowane do pierwszego wagonu. Trzaskam kostkami i podnoszę się na palcach u nóg.

Stadem pędzimy obok wagonu, członkowie i nowicjusze, razem, falami dajemy nura do środka. Uriah wskakuje przede mną, ludzie za mną popychają mnie. Nie wolno mi popełnić błędu; rzucam się w bok, łapię uchwyt na zewnętrznej ścianie i wciągam się do wagonu. Uriah chwyta mnie za ramię, żebym się nie przewróciła.

Pociąg przyspiesza. Razem z Uriahem siadamy pod ścianą.

– Dokąd jedziemy? – krzyczę przez wiatr.

Wzrusza ramionami.

– Zeke mi nie powiedział.

– Zeke?

– Mój starszy brat. – Pokazuje chłopaka siedzącego w drzwiach z nogami dyndającymi w powietrzu. Jest chudy, niski i w ogóle niepodobny do Uriaha, nie licząc koloru skóry.

– Nie powinno się wiedzieć. Bez tego nie ma niespodzianki! – wrzeszczy dziewczyna po mojej lewej. Wyciąga rękę. – Jestem Shauna.

Ściskam jej dłoń, ale nie za mocno, i szybko cofam ramię. Wątpię, czy kiedykolwiek poprawię podawanie ręki. Chwytanie się z nieznajomymi za dłonie wydaje się takie nienaturalne.

– Jestem... – zaczynam.

– Wiem, kim jesteś. Sztywniaczka. Cztery opowiadał mi o tobie.

Modlę się, żeby nie było widać, że się czerwienię.

– O? A co powiedział?

Uśmiecha się do mnie.

– Że byłaś Sztywniaczką. Dlaczego pytasz?

– Jeśli mój instruktor mówi coś o mnie, chcę wiedzieć co – odpowiadam tak pewnym głosem, na jaki tylko potrafię się zdobyć. Liczę, że to przekonujące kłamstwo. – Nie ma go tu, prawda?

– Nie. Nigdy na to nie przychodzi – odpowiada Shauna. – Chyba przestało to go rajcować. Mało co może go wystraszyć, rozumiesz.

Nie przyjdzie. Coś we mnie się kurczy jak przekłuty balon. Nie zwracam na to uwagi i kiwam głową. Wiem przecież, że Cztery nie jest tchórzem. Ale wiem też, że przynajmniej jedna rzecz go przeraża: wysokość. Cokolwiek robimy, musi to być związane z wysokością, więc tego unika.

Shauna na pewno nie ma o tym pojęcia, jeśli mówi o nim z takim szacunkiem.

– Dobrze go znasz? – pytam. Jestem zbyt ciekawska; zawsze taka byłam.

– Każdy go zna. Razem byliśmy nowicjuszami. Źle mi szły walki, więc uczył mnie co noc, kiedy wszyscy już spali. – Drapie się po karku, nagle jej twarz przybiera poważny wyraz. – Ładnie z jego strony.

Podnosi się i staje za członkami siedzącymi w drzwiach. Sekunda i już nie ma poważnej miny, ale nadal jestem wstrząśnięta tym, co powiedziała, prawie że zmieszana myślą o instruktorze jako tym, co robi coś „ładnie". Korci mnie, żeby walnąć Shaunę bez wyraźnego powodu.

– Jesteśmy na miejscu! – krzyczy. Pociąg nie zwalnia, ale ona wyskakuje.

Inni członkowie idą za nią, strumień ubranych na czarno ludzi z kolczykami, niewiele starszych ode mnie. Stoję w drzwiach obok Uriaha. Pociąg jedzie znacznie szybciej niż poprzednio, kiedy skakałam, ale teraz nie wolno mi wpadać w popłoch, na oczach wszystkich tych Nieustraszonych. Więc skaczę, ląduję twardo na ziemi. Potykając się, przebiegam parę kroków, zanim odzyskuję równowagę.

Razem z Uriahem ruszamy truchtem, żeby dołączyć do pozostałych członków. Otaczają nas inni nowicjusze. Ledwie patrzą w moją stronę.

Biegnąc, rozglądam się. Baza znajduje się za nami, czarna na tle chmur, ale budynki wokół mnie są ciemne i ciche. To znaczy, że musimy być na północ od mostu, gdzie miasto jest opuszczone.

Skręcamy za róg i rozpraszamy się, idąc Michigan Avenue. Na południe od mostu na tej ulicy panuje duży ruch, ale tu wieje pustką.

Ledwie podnoszę wzrok, żeby przyjrzeć się budynkom, od razu wiem, dokąd zmierzamy: do pustego budynku Hancocka, czarnej kolumny z krzyżującymi się dźwigarami, najwyższej budowli na północ od mostu.

Ale co będziemy robić? Wspinać się?

Kiedy podchodzimy bliżej, członkowie zaczynają biec. Razem z Uriahem puszczamy się pędem, żeby za nim nadążyć. Potrącając się łokciami, przepychają się przez podwójne drzwi u podstawy gmachu. Szyba w jednych drzwiach jest wybita, więc została tylko rama. Przechodzę przez nią i idę za członkami przez niesamowity, ciemny hol, pod stopami chrzęści mi szkło.

Spodziewam się, że na górę pójdziemy po schodach, ale zatrzymujemy się przy windach.

– Są czynne? – pytam Uriaha, ściszając głos, jak tylko mogę.

– Jasne. – Zeke unosi oczy. – Myślisz, że jestem taki głupi, że nie przyszedłem tutaj wcześniej, żeby włączyć zasilanie awaryjne?

– Tak – mówi Uriah. – Tak jakby.

Zeke patrzy wściekle na brata, potem łapie go za głowę i wciska mu kostki w czaszkę. Zeke, chociaż mniejszy, jest wyraźnie silniejszy. Uriah trzaska go w bok i Zeke daje mu spokój.

Uśmiecham się na widok rozczochranych włosów Uriaha. Otwierają się drzwi wind. Ładujemy się do środka. Członkowie do jednej windy, nowicjusze do drugiej. Dziewczyna z ogoloną głową następuje mi po drodze na nogę i nie przeprasza. Chwytam się za stopę, krzywię i zastanawiam, czy nie kopnąć łysolki w piszczel. Uriah gapi się na swoje odbicie w drzwiach windy i przygładza włosy.

– Na które piętro? – pyta ogolona panna.

– Na setne – odpowiadam.

– Skąd ty niby to wiesz?

– Jesteśmy w stupiętrowym, opuszczonym budynku z paroma Nieustraszonymi. Skąd ty niby tego nie wiesz? – odpalam.

– Lynn, daj spokój – wtrąca się Uriah. – Bądź grzeczna.

Dziewczyna nie odpowiada. Po prostu wbija kciuk w prawy guzik.

Winda śmiga w górę tak szybko, że żołądek mi opada, a w uszach słyszę trzaski. Chwytam poręcz na ścianie, patrzę, jak zmieniają się liczby. Mijamy dwudzieste i trzydzieste piętro. Uriah wreszcie ma przygładzone włosy. Pięćdziesiąt, sześćdziesiąt, palce u stóp mi drżą na dobre. Dziewięćdziesiąte ósme, dziewięćdziesiąte dziewiąte. Cieszę się, że nie szliśmy po schodach.

– Ciekawe, jak wdrapiemy się na dach z... – Uriah milknie.

Uderza we mnie silny wiatr, zwiewa mi włosy na twarz. W suficie setnego piętra jest wielka dziura. Zeke opiera aluminiową drabinę o jej brzeg i zaczyna się wspinać. Drabinka trzeszczy i chwieje mu się pod stopami, ale on nie przestaje wchodzić. Pogwizduje. Kiedy dociera na szczyt, obraca się i przytrzymuje drabinę dla następnej osoby.

Trochę się zastanawiam, czy to nie jest jakaś samobójcza misja ukryta pod pozorem zabawy.

Nie po raz pierwszy od Ceremonii Wyboru rozważam taką możliwość.

Idę po drabinie za Uriahem. Dobrze pamiętam, jak wchodziłam po szczeblach diabelskiego młyna z instruktorem tuż za sobą. Znowu przypominam sobie jego palce na moim biodrze, jak podparł mnie, żebym nie spadła, a ja omal nie przeoczyłam szczebla. Głupia.

Wiatr jest taki porywisty, że prawie niczego nie słyszę i nie czuję. Muszę się opierać o Uriaha, żeby nie spaść. Z początku widzę tylko bagna – szerokie, brązowe, wszechobecne, dochodzące do horyzontu, pozbawione życia. Z drugiej strony miasto, na wiele sposobów takie samo – bez życia, bez znanych mi granic.

Uriah wskazuje na coś. Do jednego z masztów na szczycie wieży jest przymocowany stalowy kabel, gruby jak mój nadgarstek. Na dachu leży stos czarnych pętli z mocnego materiału, wystarczająco szerokich, żeby utrzymać człowieka. Zeke chwyta jedną z nich i przymocowuje do koła pasowego zwisającego ze stalowego kabla.

Patrzę wzdłuż kabla w dół, nad grupą budynków, nad Lake Shore Drive. Nie wiem, gdzie się kończy. Ale jedno jest jasne: jak mi się uda, to się dowiem.

Będziemy się ześlizgiwać po stalowym kablu w czarnej pętli z wysokości trzystu metrów.

– O mój Boże – mamrocze Uriah.

Jestem w stanie tylko przytaknąć.

Shauna pierwsza wchodzi w pętlę. Pełznie do przodu na brzuchu, dopóki większa część jej ciała nie ułoży się na czarnym materiale. Potem Zeke naciąga paski na jej ramiona, kark i uda. Ciągnie ją w pętli na skraj budynku i odlicza od pięciu w dół. Dziewczyna podnosi kciuki, on spycha ją w nicość.

Lynn sapie, kiedy Shauna pikuje w stronę ziemi pod ostrym kątem, głową naprzód. Przepycham się, żeby lepiej widzieć. Shauna bezpiecznie wisi w pętli, dopóki ją widzę, a potem jest za daleko, zaledwie plamka czerni nad Lake Shore Drive.

Członkowie pohukują, wymachują ramionami, ustawiają się w kolejkę, czasem kogoś wypchną, żeby zająć lepsze miejsce. Jakoś tak się dzieje, że jestem pierwszą nowicjuszką, tuż przed Uriahem. Tylko siedmioro ludzi dzieli mnie od kabla.

Ale coś we mnie nadal pojękuje: mam aż tak długo czekać? Dziwna mieszanka strachu i zapału, nieznana mi do tej pory.

Następny członek – chłopak z włosami do ramion – wskakuje w pętlę na plecach, a nie na brzuchu. Rozpościera szeroko ramiona, kiedy Zeke spycha go po kablu.

Żaden z członków nie wygląda na przestraszonego. Zachowują się, jakby robili to już tysiąc razy i może tak było. Ale kiedy spoglądam za siebie, widzę, że nowicjusze są bladzi i zaniepokojeni, nawet kiedy rozmawiają z podekscytowaniem. Co się stało między nowicjatem a członkostwem, że panika zmieniła się w rozkosz? A może ludzie uczą się dobrze ukrywać strach?

Troje przede mną. Kolejna pętla; członkini wsiada stopami naprzód, krzyżuje ręce na piersi. Dwoje. Wysoki, gruby chłopak podskakuje jak dziecko przed wejściem do pętli i wydaje wysoki wrzask, kiedy znika. Dziewczyna się śmieje. Jedna osoba.

Wskakuje do pętli głową do przodu, trzyma ramiona przed sobą. Zeke zaciąga pasy. Teraz moja kolej.

Drżę, kiedy brat Uriaha wiesza moją pętlę na kablu. Próbuję się do niej wgramolić, ale mam problem; ręce za bardzo mi się trzęsą.

– Spokojnie – mówi Zeke tuż koło mojego ucha. Bierze mnie za rękę i pomaga wejść, twarzą do dołu.

Pasy zaciskają się wokół mojej talii i chłopak popycha mnie na skraj dachu. Patrzę w dół na stalowe dźwigary budynku i czarne okna, na potrzaskany chodnik. Jestem głupia, że to robię. Jestem głupia, że podoba mi się, jak serce wali mi o mostek, a pot zbiera się na liniach dłoni.

– Sztywniaczka gotowa? – Zeke uśmiecha się do mnie z góry. – Muszę przyznać, że jestem pod wrażeniem, nie wrzeszczysz i nie płaczesz w ostatniej chwili.

– Mówiłem ci, jest Nieustraszona do szpiku kości – komentuje Uriah. – No dobra, kończmy z tym.

– Ostrożnie, bracie, bo mogę za słabo zaciągnąć twoje pasy – ostrzega Zeke. Wali się ręką po kolanie. – A wtedy trzask!

– Tak, tak. A wtedy matka ugotuje cię żywcem – odcina się Uriah.

Kiedy słyszę, jak mówi o matce, o swojej pełnej rodzinie, przez sekundę czuję ból w piersi, jakby ktoś przekłuł mnie igłą.

– Tylko jak się dowie. – Zeke pociąga za kółka przymocowane do stalowego kabla. To dobrze, bo jak się zerwą, będę miała szybką i pewną śmierć. Patrzy na mnie. – Do akcji, gotowa, st…

Zanim skończył, puścił pętlę, a ja zapomniałam o nim, zapomniałam o Uriahu, rodzinie i wszystkim, co mogłoby źle zadziałać i doprowadzić do mojej śmierci. Słyszę metal ślizgający się po metalu, czuję wiatr tak mocny, że wyciska mi łzy z oczu, kiedy pędzę w stronę ziemi.

Odnoszę wrażenie, jakbym nie miała ciała, nic nie ważyła. Bagno przede mną jest ogromne, jego brązowe łaty rozpościerają się dalej, niż widzę, nawet z tej wysokości. Od zimnego powietrza i porywów wiatru aż boli mnie twarz. Nabieram pędu, wzbiera we mnie okrzyk radości, hamują go silne podmuchy, które wypełniają mi usta w chwili, kiedy je otwieram.

Pasy trzymają mocno, rozkładam ramiona i myślę sobie, że fruwam. Nurkuję w stronę ulicy, popękanej, połatanej, biegnącej dokładnie wzdłuż zakola bagna. Tu, na górze, mogę sobie wyobrazić, jak wyglądało bagno, kiedy było pełne wody, jak płynna stal odbijająca kolor nieba.

Serce wali mi niemiłosiernie mocno, nie mogę krzyczeć, nie mogę oddychać, ale czuję wszystko, każdą żyłę, każde włókno, każdą kość i każdy nerw rozbudzone, brzęczące, jakby naładowane elektrycznością. Jestem czystą adrenaliną.

Ziemia rośnie i wybrzusza się pode mną, widzę maleńkich ludzi na chodniku. Powinnam krzyczeć z przerażenia, co robiłby każdy racjonalnie myślący człowiek, ale kiedy znowu otwieram usta, po prostu wrzeszczę z radości. Wydzieram się jeszcze głośniej, postacie na chodniku machają pięściami i odwrzaskują mi, ale są tak daleko, że ledwie je słyszę.

Patrzę w dół, ziemia rozmywa się pode mną, szaro, biało, czarno, szkło, chodnik i stal. Czułki wiatru miękkie jak włosy otulają mi palce i odpychają do tyłu ramiona. Próbuję znowu przyciągnąć ręce do klatki, ale brakuje mi sił. Ziemia jest coraz większa.

Nie zwalniam co najmniej przez kolejną minutę, ale żegluję równolegle do ziemi jak ptak.

Kiedy zwalniam, palcami przeczesuję włosy. Wiatr je splątał. Wiszę jakieś sześć metrów nad ziemią, ale ta wysokość wydaje się teraz niczym. Sięgam za siebie i próbuję rozwiązać pasy, które mnie trzymają. Palce mi się trzęsą, ale udaje mi się. Pod spodem stoi tłum starszych. Łapią się za dłonie, tworząc pode mną sieć rąk.

Żeby zejść, muszę im zaufać, że mnie złapią. Muszę uznać, że to swoi, że jestem jedną z nich. To akt większej odwagi niż ześlizgiwanie się po linie. Wiję się do przodu i upadam. Uderzam twardo o ich ramiona. Nadgarstki i przedramiona wciskają mi się w plecy, potem dłonie chwytają mnie za ręce i stawiają na nogach. Nie wiem, kto mnie trzyma, a kto nie; widzę uśmiech, słyszę śmiech.

– No co? – pyta Shauna i klepie mnie po ramieniu.

– Hm... – Wszyscy członkowie gapią się na mnie. Są jak uderzenie wiatru, kiedy zjeżdżałam, w oczach mają szaleństwo adrenaliny, włosy zwichrzone. Wiem, dlaczego ojciec mówił, że Nieustraszeni to banda wariatów. Nie mógł, nie potrafił zrozumieć tego rodzaju koleżeństwa, które powstaje tylko wtedy, gdy ludzie razem ryzykują życie.

– Kiedy będę mogła to powtórzyć? – pytam. Uśmiecham się szeroko, pokazuję zęby i kiedy oni się śmieją, ja też się śmieję. Myślę o wchodzeniu po schodach z Altruistami, nasze stopy odnajdują ten sam rytm, wszyscy są tacy sami. Tu jest inaczej. Nie jesteśmy tacy sami. Ale jakoś stanowimy jedność.

Patrzę w stronę budynku Hancocka – znajduje się tak daleko od miejsca, gdzie stoję, że nie widzę nikogo na dachu.

– Patrzcie! Tam! – Ktoś pokazuje nad moim ramieniem.

Podążam wzrokiem za wyciągniętym palcem w stronę małego, ciemnego kształtu ześlizgującego się po stalowym drucie. Kilka sekund później słyszę mrożący krew w żyłach krzyk.

– Moim zdaniem będzie płakał.

– Brat Zekego, żeby płakał? Nie ma mowy. Dostałby wycisk.

– Macha rękami!

– Kwiczy jak duszony kot – mówię. Wszyscy znowu parskają śmiechem. Kłuje mnie poczucie winy, że naśmiewam się z Uriaha, kiedy mnie nie słyszy, ale powiedziałabym to samo, gdyby stał tutaj. Mam nadzieję.

Kiedy Uriah wreszcie się zatrzymał, wychodzimy mu wszyscy na spotkanie. Ustawiamy się pod nim i wysuwamy ręce w przestrzeń między nami. Shauna zaciska dłoń na moim łokciu. Ja chwytam czyjeś ramię – nie wiem czyje, tu jest zbyt wiele splątanych rąk. Patrzę na ogoloną dziewczynę.

– To jasne, że nie możemy cię już nazywać Sztywniaczką – mówi. Kiwa głową. – Tris.

Kiedy wchodzę tego wieczoru do kafeterii, nadal pachnę wiatrem. Sekundę potem staję w grupie Nieustraszonych i czuję się jak jedna z nich. Wtedy Shauna macha do mnie, grupa się rozprasza, a ja idę do stołu, gdzie siedzą Christina, Al i Will zapatrzeni we mnie.

Nie myślałam o nich, kiedy przyjęłam zaproszenie Uriaha. Na swój sposób jestem zadowolona, widząc ich oszołomione miny. Ale nie chcę też, żeby byli smutni.

– Gdzie byłaś? – pyta Christina. – Co z nimi robiłaś?

– Uriah... wiesz, ten urodzony jako Nieustraszony, który był w naszym zespole podczas zdobywania flagi... wyjeżdżał z paroma członkami i uprosił ich, żeby wzięli mnie ze sobą. W gruncie rzeczy trochę się krzywili, że do nich dołączyłam. Jakaś dziewczyna, Lynn, nadepnęła mi na nogę.

– Jeśli nawet wtedy cię nie chcieli – mówi cicho Will – to teraz chyba cię polubili.

– Mhm. – Nie mogę zaprzeczyć. – Ale i tak cieszę się, że wróciłam. – Mam nadzieję, że nie domyślą się, że kłamię, ale podejrzewam, że mogą się domyślić. W drodze do terenów Nieustraszonych chwytam swoje odbicie w oknie. Policzki i oczy mam rozpromienione, włosy zmierzwione. Wyglądam, jakbym przeżyła coś potężnego.

– Hm, minęło cię, jak Christina omal nie dowaliła Erudycie – odzywa się Al, pełen entuzjazmu. Nie mogę na niego liczyć, że zmniejszy napięcie. – Był tutaj i pytał o zdanie na temat przywództwa Altruistów i Christina powiedziała mu, że powinien się zająć czymś ważniejszym.

– I miała całkowitą rację – dodaje Will. – A on się na nią zdenerwował. Duży błąd.

– Ogromny. – Kiwam głową. Gdybym się ładnie uśmiechnęła, może zapomnieliby o zazdrości albo o urazie, albo o tym, czymkolwiek to jest, i gotuje się w głowie Christiny.

– Tak – mruczy Christina. – Kiedy zrobiłaś sobie wycieczkę i dobrze się bawiłaś, ja odwalałam brudną robotę i broniłam Altruistów, eliminując konflikt między frakcjami...

– Daj spokój, wiem, że ci się to podobało. – Will trąca ją łokciem. – Jak nie chcesz opowiedzieć całej historii, ja to zrobię. On stał...

Will zaczął opowiadać, a ja przytakiwałam, jakbym słuchała, ale byłam w stanie myśleć tylko o tym, jak patrzyłam w dół z budynku Hancocka, o obrazie bagna pełnego wody, przywróconego do dawnej chwały. Spoglądam znad ramienia Willa na członków, którzy teraz pstrykają w siebie kawałkami jedzenia nabitego na widelce.

To pierwszy raz, kiedy naprawdę bardzo chcę być jedną z nich.

A to znaczy, że muszę przetrwać następny etap nowicjatu.

Rozdział 18

Mogę wam powiedzieć tyle, że na drugim etapie siedzi się w ciemnym korytarzu razem z innymi nowicjuszami i myśli, co będzie się działo za zamkniętymi drzwiami.

Uriah siedzi naprzeciwko mnie, Marlene po jego lewej, a Lynn po prawej. Nowicjusze, którzy urodzili się jako Nieustraszeni, i transfery – podczas pierwszego etapu rozdzieleni – od teraz są razem. To powiedział nam Cztery, zanim zniknął za drzwiami.

– Więc... – odzywa się Lynn, drapiąc podłogę butem. – Które z was dostało pierwszą lokatę?

Jej pytanie spotyka się z milczeniem, potem Peter chrząka.

– Ja – odpowiada.

– Zakład, że dałabym ci radę. – Mówi to obojętnie, kręcąc koniuszkami palców kolczyk w brwi. – Jestem druga, ale na pewno każde z nas by cię pokonało, transferze.

Omal nie wybucham śmiechem. W Altruizmie jej komentarz uznano by za grubiański i nie na miejscu, ale między Nieustraszonymi takie wyzwania są częste. Prawie już zaczynam na nie czekać.

– Na twoim miejscu nie byłbym taki pewien. – Peterowi błyszczą oczy. – Kto jest u was pierwszy?

– Uriah. A ja jestem pewna. Wiesz, ile lat przygotowywaliśmy się do tego?

Jeśli chce nas nastraszyć, to udało się jej. Już robi mi się zimno.

Zanim Peter zdąża odpowiedzieć, Cztery otwiera drzwi.

– Lynn. – Kiwa na nią ręką, a ona idzie korytarzem. Niebieskie światło na końcu sprawia, że jej łysa głowa świeci.

– Więc ty jesteś pierwszy – zwraca się Will do Uriaha.

Uriah wzrusza ramionami.

– Tak. I?

– I nie myślisz, że to trochę niesprawiedliwe: wy spędziliście całe życie na przygotowaniach, a od nas oczekują, że nauczymy się wszystkiego w parę tygodni? – Will mruży oczy.

– Wcale nie. Pierwszy etap to sprawdzian umiejętności, ale nikt nie może przygotować się do drugiego etapu. Przynajmniej tak słyszałem.

Nikt nie odpowiada. Siedzimy w ciszy dwadzieścia minut. Liczę każdą minutę na swoim zegarku. Potem drzwi znowu się otwierają i Cztery wywołuje kolejne imię.

– Peter.

Każda minuta wgryza się we mnie jak zgrzyt papieru ściernego. Stopniowo zaczyna nas ubywać, zostaję tylko ja, Uriah i Drew. Drew podrygują nogi, Uriah stuka palcami o kolano, ja próbuję tkwić w bezruchu. Dochodzi do mnie tylko mruczenie z pokoju na końcu korytarza. Podejrzewam, że to kolejna część gry, w którą lubią z nami grać. Straszyć nas przy każdej okazji.

Drzwi otwierają się i Cztery macha na mnie.

– No, dalej, Tris.

Wstaję, plecy mnie bolą, bo tak długo opierałam się o ścianę, przechodzę obok innych nowicjuszy. Drew podstawia mi nogę, ale w ostatniej chwili ją przeskakuję.

Cztery dotyka mojego ramienia, żeby mnie wprowadzić do pokoju, i zamyka za mną drzwi.

Kiedy widzę, co jest w środku, natychmiast mnie odrzuca, plecami uderzam go w pierś.

W pomieszczeniu stoi odchylany metalowy fotel, podobny do tego, na którym siedziałam podczas testu przynależności. Obok niego – znajoma maszyna. W pokoju nie ma luster i prawie nie ma światła. Na biurku w rogu jarzy się ekran komputera.

– Siadaj. – Cztery ściska mnie za ramiona i popycha do przodu.

– Co to za symulacja? – Staram się, żeby głos mi nie drżał. Nic z tego.

– Słyszałaś kiedyś to zdanie: „Staw czoło swojemu strachowi"? – pyta. – My rozumiemy je dosłownie. Symulacja nauczy cię kontrolować uczucia w samym środku strasznej sytuacji.

Roztrzęsioną ręką dotykam czoła. Symulacje nie są prawdziwe; nie stanowią dla mnie prawdziwego zagrożenia, więc logicznie rzecz biorąc, nie powinnam się ich bać, ale moja reakcja jest instynktowna. Wymaga to całej siły woli, jaką mam, żebym podeszła do fotela i usiadła na nim, opierając głowę o zagłówek. Chłód metalu przenika przez ubranie.

– Prowadziłeś kiedyś testy przynależności? – pytam. Wygląda, jakby miał kwalifikacje.

– Nie. Unikam Sztywniaków, jak tylko mogę.

Nie rozumiem, dlaczego ktoś miałby unikać Altruistów. Nieustraszonych albo Prawych... może, bo odwaga i uczciwość sprawiają, że ludzie robią dziwne rzeczy, ale Altruiści?

– Dlaczego?

– Pytasz, bo myślisz, że ci odpowiem?

– To dlaczego mówisz o różnych sprawach, jeśli nie chcesz być o nie pytany?

Jego palce ocierają się o moją szyję. Ciało mi tężeje. Gest wyrażający czułość? Nie – musi odsunąć mi włosy. Stuka w coś. Pochylam głowę, żeby zobaczyć w co. Cztery trzyma w ręku strzykawkę z długą igłą, kciuk ma na tłoczku. Płyn w strzykawce jest zabarwiony na pomarańczowo.

– Zastrzyk? – W ustach robi mi się sucho. Zazwyczaj nie mam nic przeciwko igłom, ale ta jest wielka.

– Tutaj wykorzystujemy bardziej zaawansowaną wersję symulacji. Inne serum, żadnych drutów i elektrod.

– Jak to działa bez drutów?

– Hm, to ja mam druty, więc widzę, co się dzieje – wyjaśnia. – Ale dla ciebie zamieściłem maleńki nadajnik w serum, który przesyła dane do komputera.

Wykręca mi rękę i wbija czubek igły we wrażliwą skórę z boku szyi. Głęboki ból rozchodzi mi się po gardle. Krzywię się i próbuję skoncentrować na łagodnej twarzy instruktora.

– Serum zacznie działać za sześćdziesiąt sekund. Ta symulacja jest inna niż test przynależności – objaśnia. – Serum, poza tym że zawiera nadajnik, stymuluje ciałko migdałowate, część mózgu zaangażowaną w przetwarzanie negatywnych emocji, jak strach, a potem wywołuje halucynacje. Aktywność elektryczna mózgu jest transmitowana do naszego komputera, który przekształca twoją halucynację w obraz widziany przeze mnie na monitorze. Następnie przekazuję zapis administratorom Nieustraszonych. Pozostajesz w stanie halucynacji, dopóki się nie uspokoisz, to znaczy: wyrównasz rytm serca i opanujesz oddech.

Próbuję nadążać za jego słowami, ale myśli mi się plączą. Czuję charakterystyczne objawy strachu: spocone dłonie, przyspieszone tętno, ucisk w piersi, suchość w ustach, ściśnięte gardło, trudności z oddychaniem. Cztery kładzie mi ręce na skroniach i nachyla się nade mną.

– Bądź dzielna, Tris – szepce. – Pierwszy raz zawsze jest najtrudniejszy.

Stoję na polu porośniętym suchą trawą sięgającą do pasa. W powietrzu czuć dym drażniący mi nos. Niebo jest żółte, jego widok napełnia mnie niepokojem, obrzydzenie przepełnia moje ciało.

Słyszę trzepot, jakby wiatr przewracał stronice książki, ale wiatru nie ma. Cisza, spokój, nie licząc tego trzepotu. Nie jest gorąco ani zimno – jakby tu w ogóle nie było powietrza, ale oddychać mogę. Nad głową przelatuje cień.

Coś siada mi na ramieniu. Czuję ciężar i ukłucia szponów, wyrzucam ramię do przodu, żeby to strząsnąć, uderzam dłonią. Coś gładkiego i delikatnego. Pióra. Gryzę się w wargę i spoglądam w bok. Czarny ptak wielkości mojego przedramienia odwraca głowę i przygląda mi się jednym paciorkowatym okiem.

Zgrzytam zębami i znowu walę wronę. Wbija szpony i się nie rusza. Krzyczę bardziej ze zdenerwowania niż z bólu i uderzam ptaka dwiema rękami, ale on siedzi niezachwiany, z jednym okiem wycelowanym we mnie, z piórami lśniącymi w żółtym świetle. Przetacza się grzmot, deszcz bębni o ziemię, ale nie pada.

Niebo ciemnieje, jakby chmura przesłoniła słońce. Wrona nadal przepełnia mnie wstrętem, podnoszę wzrok. Stado wron przypuszcza na mnie szturm – nadlatująca armia wyciągniętych szponów i otwartych dziobów, a każda kracze, wypełnia przestrzeń hałasem. Wrony spadają jak jedna masa, nurkują w stronę ziemi, błyszczą setki paciorkowatych oczu.

Próbuję biec, ale stopy mocno wbite w grunt nie chcą się ruszać, tak jak wrona na moim ramieniu. Krzyczę, kiedy mnie okrążają, słyszę trzepot piór, dzioby wbijają mi się w ramiona, szpony szarpią za ubranie. Wrzeszczę, aż z oczu zaczynają płynąć mi łzy, macham rękami. Dłońmi łomoczę silne ciała, ale to nic nie daje; jest ich za dużo. A ja sama. Skubią mnie w koniuszki palców, skrzydła ocierają mi się o kark, pazury szarpią mnie za włosy.

Skręcam się, miotam i padam, zasłaniając głowę ramionami. Kraczą wokół mnie. Czuję jakiś ruch w trawie, wrona wpycha mi się pod ramię. Otwieram oczy, ona dziobie mnie w twarz, wali dziobem w nos. Krew kapie na zielone źdźbła, szlocham, biję ją dłońmi, ale kolejna wrona wciska mi się pod drugie ramię, a jej pazury wpijają mi się w koszulę.

Krzyczę; płaczę.

– Pomocy! – zawodzę. – Pomocy!

A wrony jeszcze mocniej trzepocą skrzydłami, słyszę ryk. Moje ciało płonie, one są wszędzie, nie mogę myśleć, nie mogę oddychać. Z trudem łapię powietrze, pióra mam w ustach, w gardle, w płucach, ciężarem nad siły krążą mi w żyłach.

– Ratunku! – wołam bez sensu, nielogicznie. Umieram, umieram, umieram.

Skóra mi płonie, krwawię, a krakanie jest tak głośne, że w uszach mi dzwoni, ale nie umieram i pamiętam, że to nie dzieje się naprawdę, choć wygląda, jakby było prawdziwe, bardzo prawdziwe. „Bądź dzielna". W pamięci rozbrzmiewa mi głos instruktora. Krzyczę do niego, wdycham pióra, wydycham: „Ratunku!" Ale nikt mnie nie uratuje; jestem sama.

„Pozostaniesz w stanie halucynacji, dopóki się nie uspokoisz", mówi dalej jego głos, a ja kaszlę, twarz mam mokrą od łez, kolejne ptaszysko wlazło mi pod ramiona. Czuję krawędź ostrego dzioba przy ustach. Wpycha dziób między wargi i drapie mnie po zębach. Wciska mi głowę w usta, mocno gryzę, czuję coś obrzydliwego. Pluję, zaciskam zęby, żeby utworzyć zaporę, ale teraz czwarta wrona wchodzi mi między stopy, a piąta dziobie mnie po żebrach.

„Uspokój się". Nie mogę, nie mogę. W czaszce mi pulsuje.

„Oddychaj". Usta mam zamknięte, powietrze wciągam nosem. Minęły godziny, odkąd stałam sama na polu; nie, dni. Wydycham przez nos. Serce tłucze mi się w piersi. Muszę zwolnić jego rytm. Znowu biorę wdech, twarz mam mokrą od łez.

Szlocham, zmuszam się, żeby się położyć, wyciągam się na kłującej trawie. Rozkładam ramiona i oddycham. Wrony dźgają mnie i popychają w boki, wkręcają się pode mnie. Pozwalam im. Pozwalam, żeby machanie skrzydłami, krakanie, dziobanie i dźganie trwało. Powoli rozluźniam mięśnie, godzę się z tym, że jestem rozszarpywaną padliną. Ból mnie obezwładnia.

Otwieram oczy i siedzę na metalowym fotelu.

Wydzieram się, młócę ramionami, szarpię głową, nogami, żeby spędzić z siebie ptaki, ale one zniknęły, chociaż nadal czuję pióra ocierające się o kark, szpony w ramieniu i płonącą skórę. Jęczę, przyciągam kolana do piersi, ukrywam w nich twarz.

Jakaś ręka dotyka mojego ramienia, wyrzucam pięść, uderzam w coś mocnego, ale miękkiego.

– Nie dotykaj mnie! – wrzeszczę.

– Już po wszystkim. – Ręka instruktora niezgrabnie przesuwa się po moich włosach, a ja sobie przypominam, jak ojciec głaskał mnie, całując na dobranoc, jak matka dotykała moich włosów, kiedy je przycinała. Przesuwam dłonie po ramionach, nadal zgarniam pióra, chociaż wiem, że tam nie ma ani jednego.

– Tris.

Kołyszę się w przód i w tył na metalowym fotelu.

– Tris, odprowadzę cię do sypialni, okay?

– Nie! – parskam. Podnoszę głowę i patrzę na niego z wściekłością, chociaż go nie widzę poprzez zasłonę łez. – Nie mogą mnie zobaczyć... nie w takim stanie...

– Och, uspokój się. – Unosi oczy. – Wyprowadzę cię tylnymi drzwiami.

– Nie potrzebuję... – Kręcę głową. Ciało mi drży i czuję się taka słaba, że nie wiem, czy dam radę stanąć, ale muszę spróbować. Nie mogę być tą jedyną, którą trzeba odprowadzać do sypialni. Nawet jeśli mnie nie zobaczą, dowiedzą się, będą gadać...

– Nonsens. – Łapie mnie za ramię i wyciąga z fotela.

Mrugając, strącam łzy z rzęs, ocieram policzki nasadą dłoni i pozwalam, żeby mnie poprowadził do drzwi za ekranem komputera.

Idziemy w milczeniu korytarzem. Kiedy jesteśmy kilkaset metrów od sali, wyrywam rękę i się zatrzymuję.

– Dlaczego mi to zrobiłeś? Jaki to miało sens, co? Kiedy wybierałam Nieustraszonych, nie wiedziałam, że zgadzam się na tygodnie tortur!

– Myślałaś, że przezwyciężanie tchórzostwa będzie łatwe? – pyta łagodnym tonem.

– To nie przezwyciężanie tchórzostwa! Tchórzostwo to jak się działa w prawdziwym życiu, to prawdziwe życie! Cztery, ja się nie dam zadziobać na śmierć przez wrony! – Przyciskam dłonie do twarzy i łkam.

Nic nie mówi, tylko stoi. Po kilku sekundach powstrzymuję się i znowu ocieram twarz.

– Chcę wrócić do domu – oznajmiam słabym głosem.

Ale dom to już nie jest wybór. Mój wybór to być tutaj albo w slumsach dla bezfrakcyjnych.

Nie patrzy na mnie ze współczuciem. Po prostu patrzy na mnie. Jego oczy są czarne w mrocznym korytarzu, usta ma twardo zaciśnięte.

– Wiedzieć, jak postępować, kiedy ogarnia strach, to lekcja, której każdy, nawet twoja rodzina Sztywniaków, musi się nauczyć. Właśnie dlatego próbujemy cię przyzwyczaić do takich sytuacji. Jeśli nie potrafisz tego zrozumieć, to musisz wynosić się stąd do diabła, bo my nie będziemy ciebie chcieli.

– Próbuję. – Drży mi dolna warga. – Ale mi nie wyszło. Nie wychodzi mi.

Wzdycha.

– Tris, jak myślisz, ile trwały twoje halucynacje?

– Nie wiem. – Kręcę głową. – Pół godziny?

– Trzy minuty. Opanowałaś się trzy razy szybciej niż inni nowicjusze. Kimkolwiek jesteś, nie jesteś nieudacznikiem.

Trzy minuty?

Uśmiecha się lekko.

– Jutro lepiej ci pójdzie. Zobaczysz.

– Jutro?

Dotyka moich pleców i prowadzi w stronę sypialni. Przez koszulę czuję koniuszki jego palców. Ich łagodny nacisk sprawia, że na chwilę zapominam o koszmarnych ptakach.

– Co było twoją pierwszą halucynacją? – pytam, patrząc na niego.

– Raczej nie „co", ale „kto". – Wzrusza ramionami. – To nieistotne.

– Przełamałeś ten strach?

– Jeszcze nie. – Dochodzimy do drzwi sypialni, opiera się o ścianę, wkłada ręce do kieszeni. – Może nigdy nie przełamię.

– Więc one się nie kończą?

– Czasem się kończą, a czasem zastępują je nowe lęki. – Kciuki zahaczył o szlufki spodni. – Ale nie w tym rzecz, żeby być bez strachu. To niemożliwe. To nauka, jak kontrolować strach i jak być od niego wolnym, w tym sęk.

Kiwam głową. Zwykłam myśleć, że Nieustraszeni nie wiedzą, co to strach. Przynajmniej tacy się wydają. Ale może to, co widziałam jako nieustraszoność, w rzeczywistości było ujarzmionym strachem.

– Mniejsza, taki strach jak twój rzadko ujawnia się podczas symulacji – dodaje.

– To znaczy?

– Hm, naprawdę boisz się wron? – pyta z półuśmiechem, który ocieplił jego spojrzenie. Aż zapomniałam, że jest moim instruktorem. Jest po prostu chłopakiem, zdawkowo ze mną rozmawia, odprowadzając mnie do drzwi. – Kiedy jakąś widzisz, uciekasz z krzykiem?

– Nie. Chyba nie. – Myślę, żeby być bliżej niego. Po prostu jestem ciekawa, jak by to było, gdybym stanęła tak blisko... tylko dlatego, że tego chcę.

Głupia, karci mnie głos w głowie.

Przysuwam się do Cztery i też opieram się o ścianę, skłaniam głowę w bok, żeby na niego spojrzeć. Tak jak na diabelskim kole wiem dokładnie, jaka nas dzieli odległość. Piętnaście centymetrów. Nachylam się. Mniej niż piętnaście centymetrów. Robi mi się cieplej, jakby wydzielał energię, którą czuję, bo jestem teraz bliżej.

– Więc czego naprawdę się boję? – pytam.

– Nie wiem. Tylko ty znasz na to odpowiedź.

Powoli przytakuję. To może być kilkanaście rzeczy, ale nie mam pojęcia, która jest właśnie tą albo czy w ogóle jest jakaś.

– Nie przypuszczałam, że stawanie się Nieustraszoną będzie takie trudne – mówię, a sekundę później dziwię się, że to powiedziałam, że to przyznałam. Gryzę się w wewnętrzną stronę policzka i uważnie przyglądam instruktorowi. Czy popełniłam błąd?

– Podobno nie zawsze tak było. – Unosi ramię. Wydaje się, że moje wyznanie w ogóle go nie obchodzi. – Ze stawaniem się Nieustraszonym, to chciałem powiedzieć.

– Co się zmieniło?

– Kierownictwo. Osoba kontrolująca trening ustala standardy zachowania Nieustraszonych. Sześć lat temu Max i inni przywódcy zmienili metody treningowe, żeby mocniej zmuszały do rywalizacji i były bardziej brutalne, po to, by przetestować siłę ludzi. A to zmieniło wszystkie priorytety Nieustraszonych. Pewnie wiesz, kto jest nowym protegowanym kierownictwa.

Odpowiedź jest oczywista: Eric. Wyćwiczyli go, żeby był bezwzględny, a teraz ćwiczy nas, żebyśmy i my stali się bezwzględni.

Patrzę na Cztery. Ich trening nie zadziałał na niego.

– Więc kiedy miałeś pierwsze miejsce w swojej klasie nowicjuszy, to które miejsce zajmował Eric?

– Drugie.

– Więc był drugim w kolejności wyboru dla kierownictwa. – Powoli kiwam głową. – A ty byłeś pierwszym.

– Skąd to niby wiesz?

– Ze sposobu, w jaki Eric zachował się na początku przy kolacji. Był zazdrosny, chociaż osiągnął to, czego chciał.

Cztery nie przeczy. Musiałam trafić. Chcę zapytać, dlaczego nie przyjął stanowiska, które mu proponowali; dlaczego tak opierał się sprawowaniu funkcji lidera, skoro jest urodzonym przywódcą. Ale wiem, co Cztery sądzi na temat pytań o sprawy osobiste.

Pociągam nosem, jeszcze raz ocieram twarz i wygładzam włosy.

– Czy wyglądam, jakbym płakała?

– Hm. – Nachyla się bliżej, mruży oczy, jakby robił przegląd mojej twarzy. Uśmiech błąka mu się w kącikach ust. Jeszcze bliżej, będziemy oddychać tym samym powietrzem, jeśli nie zapomnę o oddychaniu. – Nie, Tris. – Uśmiech zostaje zastąpiony poważniejszą miną, kiedy dodaje: – Wyglądasz na twardą jak głaz.

Rozdział 19

Kiedy wchodzę, większość innych nowicjuszy – zarówno urodzonych jako Nieustraszeni, jak i transferów – tłoczy się między rzędami łóżek. W środku stoi Peter. W obu rękach trzyma kawałek papieru.

– „Masowy exodus dzieci przywódców Altruizmu nie może zostać zignorowany ani uznany za przypadek – czyta. – Ostatnie transfery Beatrice i Caleba Priorów, dzieci Andrew Priora, stawiają pod znakiem zapytania trafność wartości i nauk tej frakcji".

Zimne ciarki przechodzą mi po plecach. Christina, która stoi na skraju tłumu, spogląda za siebie i zauważa mnie. Patrzy z niepokojem. Nie mogę się poruszyć. Mój ojciec. Teraz Erudyci atakują mojego ojca.

– „Bo z jakich innych powodów dzieci tak ważnej postaci uznały, że styl życia, który im narzucił, nie jest godny podziwu? – czyta dalej Peter. – Molly Atwood, transfer do Nieustraszonych, sugeruje, że powodem może być niewłaściwe wychowanie. »Słyszałam, jak raz mówiła przez sen« – relacjonuje Molly. – »Prosiła ojca, żeby przestał coś robić. Nie wiem co, ale wywoływało to u niej koszmary«".

Więc taka jest zemsta Molly. Musiała rozmawiać z reporterem Erudytów, na którego nawrzeszczała Christina.

Molly się uśmiecha. Zęby ma krzywe. Jeśli je wybiję, to pewnie wyświadczę jej przysługę.

– Co? – pytam. Albo próbuję zapytać, ale głos mam zduszony i chrapliwy, muszę odchrząknąć. – Co?

Peter przestaje czytać, kilka osób się odwraca. Niektórzy, jak Christina, patrzą na mnie ze współczuciem, brwi mają ściągnięte, usta wygięte w podkówkę. Ale większość obdarza mnie uśmieszkami, spogląda znacząco na innych. Peter odwraca się ostatni, z uśmiechem.

– Daj mi to. – Wyciągam rękę. Twarz mi płonie.

– Ale jeszcze nie skończyłem – odpowiada kpiącym tonem. Znów opuszcza oczy na gazetę. – „Być może jednak odpowiedź nie leży w pozbawionym moralności człowieku, ale w wypaczonych ideałach całej frakcji. Może odpowiedzią jest to, że powierzyliśmy całe miasto grupie skłonnych do nawracania tyranów, którzy nie wiedzą, jak poprowadzić nas od nędzy do dobrobytu".

Przedzieram się do niego i próbuję wyrwać mu gazetę z rąk, ale on trzyma ją w górze, wysoko nad moją głową, tak że nie mogę jej dosięgnąć, chyba że podskoczę, a ja nie chcę skakać. Podnoszę więc piętę i nadeptuję z całej siły tam, gdzie kości stopy łączą się z palcami. Peter zgrzyta zębami, żeby stłumić jęk.

Potem rzucam się na Molly z nadzieją, że siła uderzenia ją zaskoczy i znokautuje, ale zanim udaje mi się wyrządzić jej jakąś krzywdę, zimne ręce chwytają mnie za talię.

– To mój ojciec! – krzyczę. – Mój ojciec, ty tchórzu!

Will odciąga mnie od niej i podnosi nad podłogę. Oddycham szybko, próbuję chwycić gazetę, zanim ktokolwiek zdoła przeczytać choć jedno słowo więcej. Muszę ją spalić; muszę ją zniszczyć; muszę.

– Co? Myślałeś, że nie potrafiłabym się obronić przed tym śmieciem z Prawości?

– Nie. – Will stoi przed drzwiami. – Pomyślałem, że nie pozwolę rozpocząć bójki w sypialni. Uspokój się.

Śmieję się lekko.

– Uspokoić się? Uspokoić się? To o mojej rodzinie mowa, to moja frakcja!

– Nie, nie twoja. – Ma ciemne koła pod oczami. Wygląda na zmęczonego. – To twoja stara frakcja i nic nie poradzisz na to, co mówią, więc możesz sobie odpuścić.

– Czy do ciebie w ogóle cokolwiek dotarło? – Już nie czuję gorąca na policzkach, oddycham spokojniej. – To nie to, że twoja głupia eksfrakcja obraża Altruizm. Oni wzywają do obalenia całego rządu.

Will się śmieje.

– Wcale nie. Są aroganccy i nudni, dlatego ich opuściłem, ale nie są rewolucjonistami. Po prostu chcą mieć więcej do powiedzenia, to wszystko, i nie znoszą Altruizmu, bo ten ich nie słucha.

– Oni nie chcą, żeby ludzie ich słuchali. Oni chcą, żeby ludzie się z nimi zgadzali – odpowiadam. – A ty nie powinieneś wymuszać na kimś, żeby się zgadzał z tobą. – Przykładam dłonie do policzków. – Po prostu nie wierzę, że mój brat do nich wstąpił.

– Hej, nie wszyscy tam są tacy źli – mówi ostrym tonem Will.

Kiwam głową, ale mu nie wierzę. Nie potrafię sobie wyobrazić, żeby ktokolwiek nieskalany mógł się wyłonić spośród Erudytów, chociaż Will jest w porządku.

Drzwi znowu się otwierają, wychodzą Christina i Al.

– Moja kolej na tatuaż – woła Christina. – Chcesz pójść z nami?

Przygładzam włosy. Nie mogę wrócić do sypialni. Nawet jeśli Will mnie wpuści, oni mają przewagę liczebną. Trudno, muszę iść z przyjaciółmi i spróbować zapomnieć, co się dzieje na zewnątrz terenów Nieustraszonych. Mam dość zamartwiania się o swoją rodzinę.

Przede mną Al niesie Christinę na barana. Christina wrzeszczy, Al szarżuje w tłum. Ludzie omijają go szerokim łukiem, jeśli zdołają.

Ramię nadal mnie piecze. Christina namówiła mnie, żebym razem z nią wytatuowała sobie pieczęć Nieustraszonych. To koło z płomieniem w środku. Matka nawet nie zareagowała na moje dziarki na obojczyku, więc już trochę wyluzowałam, jeśli chodzi o tatuaże. Są tutaj częścią życia, tak samo związaną z nowicjatem jak nauka walki.

Christina namówiła mnie też, żebym kupiła koszulę, która odsłania ramiona i obojczyki, i żebym znowu obrysowała kredką oczy. Już nie sprzeciwiam się robieniu makijażu. Szczególnie, odkąd widzę, że to lubię.

Razem z Willem idziemy za Christiną i Alem.

– Nie mogę uwierzyć, że będziesz miała kolejny tatuaż. – Kręci głową.

– Dlaczego? Bo jestem Sztywniaczką?

– Nie. Bo jesteś… rozsądna. – Uśmiecha się. Zęby ma białe i proste. – No to, Tris, czego się dzisiaj bałaś?

– Wron. A ty?

Śmieje się.

– Kwasu.

Nie pytam, co to znaczy.

– To naprawdę fascynujące, jak to wszystko działa – ciągnie. – W rzeczywistości to walka między wzgórzem, które wytwarza strach, a płatami czołowymi, które są odpowiedzialne za podejmowanie decyzji. Ale cała symulacja tkwi w twojej głowie i nawet jeśli masz wrażenie, że ktoś ci to robi, to jesteś tylko ty sama, ty sobie to robisz… – milknie. – Przepraszam. Mówię jak Erudyta. Po prostu przyzwyczajenie.

Wzruszam ramionami.

– To interesujące.

Al mało nie zrzuca Christiny, a ona łapie się pierwszej możliwej rzeczy – akurat jego twarzy. Al kuli się i poprawia chwyt na jej nogach. Na pierwszy rzut oka wydaje się szczęśliwy, ale jest coś ciężkiego nawet w jego uśmiechu. Martwię się o niego.

Widzę Cztery, stoi obok przepaści, wokół niego ludzie. Śmieje się tak mocno, że musi złapać się balustrady, żeby utrzymać równowagę. Sądząc po butelce w dłoni i rozjaśnionej twarzy, jest pijany albo na drodze do upicia się. Zaczęłam już myśleć o nim jak o kimś twardym, jakby żołnierzu, i zapomniałam, że też jest osiemnastolatkiem.

– Hm, hm… Alarm, instruktor na horyzoncie – ostrzega Will.

– Przynajmniej to nie Eric – zauważam z ulgą. – Pewnie kazałby nam bawić się w „kto pierwszy stchórzy", czy coś takiego.

– No pewnie, ale Cztery jest straszny. Pamiętasz, jak przystawił Peterowi pistolet do głowy? Koleś chyba się posikał.

– Zasłużył na to – mówię stanowczo.

Will nie sprzecza się ze mną. Pewnie parę tygodni temu tak by zrobił, ale teraz wszyscy zobaczyliśmy, do czego Peter jest zdolny.

– Tris! – woła Cztery.

Wymieniamy z Willem spojrzenia, na wpół zaskoczone, na wpół ostrzegawcze. Cztery odpycha się od balustrady i podchodzi do mnie. Al i Christina, którzy są przed nami, przestają biec, Christina ześlizguje się na ziemię. Nie mam do nich pretensji, że się gapią. Jest nas czworo, a instruktor zwraca się tylko do mnie.

– Inaczej wyglądasz. – Jego słowa, zazwyczaj rzeczowe, teraz brzmią niemrawo.

– Ty też. – Rzeczywiście, wygląda inaczej, na bardziej zrelaksowanego, młodszego. – Co robisz?

– Flirtuję ze śmiercią – odpowiada ze śmiechem. – Piję obok przepaści. Pewnie to niezbyt dobry pomysł.

– No, niezbyt. – Cztery w takim stanie raczej mi się nie podoba. Jest w nim coś niepokojącego.

– Nie wiedziałem, że masz tatuaż. – Patrzy na mój obojczyk.

Pije z butelki. Jego oddech ostro śmierdzi. Jak oddech bezfrakcyjnego.

– Zgadza się. Wrony – mówi. Patrzy za siebie, na swoich przyjaciół, którzy w przeciwieństwie do moich, dają sobie radę bez niego. – Poprosiłbym cię, żebyś się do nas przyłączyła, ale nie powinnaś mnie widzieć w takim stanie.

Korci mnie, żeby zapytać, dlaczego chce, żebym się do niego przyłączyła, ale podejrzewam, że odpowiedź miałaby coś wspólnego z butelką w jego dłoni.

– W jakim stanie? Pijanego?

– Tak... hm, nie. – Jego głos łagodnieje. – Raczej prawdziwego.

– Będę udawać, że nie widziałam.

– Miło z twojej strony. – Przybliża usta do mojego ucha. – Ładnie wyglądasz, Tris.

Jego słowa zaskakują mnie, serce mi skacze. Żałuję tego, bo sądząc po tym, jak jego oczy prześlizgują się po moich, nie ma pojęcia, co mówi. Śmieję się.

– Bądź tak miły i trzymaj się z dala od przepaści, okay?

– Oczywiście. – Mruga do mnie.

Nie mogę się powstrzymać. Uśmiecham się. Will chrząka, ale nie chcę się odwracać od instruktora, chociaż już idzie do swoich znajomych.

Wtedy Al rusza na mnie jak toczący się głaz i zarzuca sobie na ramię. Wrzeszczę, twarz mi się czerwieni.

– No dalej, dziewczynko! – krzyczy. – Zabieram cię na kolację.

Opieram łokcie na plecach Ala i macham do Cztery.

– Myślałem, że przybywam ci na ratunek – odzywa się Al, kiedy się oddalamy. Stawia mnie na ziemi. – O co w tym wszystkim chodziło? – Próbuje mówić beztroskim tonem, ale wypadło prawie smutno. Nadal za bardzo się mną przejmuje.

– Tak, chyba wszyscy chcielibyśmy znać odpowiedź na to pytanie – ćwierka Christina. – Co ci powiedział?

– Nic. – Kręcę głową. – Był pijany. Nawet nie wiedział, co gada – odchrząkuję. – To dlatego się uśmiechałam. To... zabawne widzieć go w takim stanie.

– Zgadza się – przyznaje Will. – Na pewno nie mógł być trzeźwy, bo...

Daję mu mocnego kuksańca w bok, zanim kończy zdanie. Był na tyle blisko, żeby usłyszeć, jak Cztery mówił do mnie, że ładnie wyglądam. Nie musi wszystkim tego rozpowiadać, a szczególnie Alowi. Nie chcę, żeby poczuł się jeszcze gorzej.

W domu spędzałam spokojne, miłe wieczory z rodziną. Matka dziergała na drutach szaliki dla dzieci z sąsiedztwa. Ojciec pomagał Calebowi w pracy domowej. Na kominku płonął ogień, w moim sercu panował spokój, bo robiłam dokładnie to, czego ode mnie wymagano, i wszystko było w porządku.

Nigdy nie nosił mnie wielki chłopak, nie śmiałam się do rozpuku przy stole podczas obiadu, nie słuchałam zgiełku stu ludzi mówiących naraz. Spokój jest ograniczeniem; to tutaj jest wolność.

Rozdział 20

Oddycham przez nos. Wdech, wydech. Wdech.

– Tris, to tylko symulacja – przemawia łagodnie Cztery.

Myli się. Ostatnia symulacja wtargnęła w moje życie na jawie i we śnie. Koszmary, nie tylko wyobrażanie wron, ale i uczucia towarzyszące symulacji – przerażenie i bezradność, czyli to, czego, jak sądzę, naprawdę się boję. Nagłe ataki strachu pod prysznicem, przy śniadaniu, po drodze tutaj. Paznokcie wbite w ciało tak głęboko, że aż boli. I – jak się domyślam – nie tylko ja mam takie odczucia.

Mimo wszystko kiwam głową i zamykam oczy.

Jestem w ciemności. Ostatnimi rzeczami, które pamiętam, są metalowy fotel i igła w ramieniu. Tym razem nie ma pola, nie ma wron. Serce mocno wali, kiedy czekam. Jaki potwór wypełznie z ciemności i ukradnie mi zdolność racjonalnego myślenia? Jak długo mam wyczekiwać?

Kilkanaście centymetrów ode mnie zapala się niebieska kula, potem następna, napełniają pokój światłem. Jestem na poziomie Jamy, obok przepaści, a wokół mnie stoją nowicjusze – ramiona skrzyżowane na piersi, twarze bez wyrazu. Patrzę, gdzie jest Christina, znajduję ją w grupce. Nikt się nie rusza. Ich bezruch sprawia, że ściska mnie w gardle.

Widzę coś przed sobą – własne słabe odbicie. Dotykam go, palce trafiają na szkło, chłodne i gładkie. Podnoszę wzrok. Nade mną szyba; jestem w szklanym pudle. Naciskam szybę nad głową, żeby sprawdzić, czy zdołam otworzyć pudło siłą. Nie ustępuje. Jestem zaspawana.

Puls mi przyspiesza. Nie chcę siedzieć w pułapce. Ktoś stuka w ściankę przede mną. Cztery. Pokazuje mnie palcem. Uśmiecha się drwiąco.

Przed kilkoma sekundami miałam suche stopy, ale teraz stoję w wodzie na centymetr, skarpetki są mokre. Kucam, żeby zobaczyć, skąd woda napływa, ale wygląda na to, że znikąd. Poziom podnosi się nad szklanym dnem pudła. Patrzę na instruktora, wzrusza ramionami. Miesza się z nowicjuszami.

Wody szybko przybywa. Teraz sięga mi do kostek. Walę pięścią w szkło.

– Hej! Wypuśćcie mnie stąd! – Woda podchodzi mi do gołych łydek, chłodna i łagodna. Mocniej uderzam w szklaną barierę. – Wypuśćcie mnie stąd!

Patrzę na Christinę. Ona nachyla się do Petera, który stoi obok, i szepcze mu coś do ucha. Oboje się śmieją.

Woda sięga mi do ud. Łomoczę obiema rękami w przezroczystą ścianę. Nie próbuję już zwrócić na siebie uwagi; chcę się wydostać. Rozgorączkowana, walę w szkło z całej siły. Odsuwam się o krok i uderzam ramieniem w przeszkodę, raz, dwa razy, trzy razy, cztery razy. Zaczyna mnie boleć ramię, wzywam pomocy, patrzę, jak woda podnosi się do pasa, do piersi, do szyi.

– Pomocy! – wydzieram się. – Proszę! Proszę, pomóżcie!

Trzaskam dłońmi w szkło. Umrę w tym zbiorniku. Przeciągam trzęsącymi się rękami po włosach.

Widzę Willa, stoi wśród nowicjuszy. Jakaś myśl łaskocze mnie z tyłu głowy. No, dalej, pomyśl. Już nie próbuję rozbić szkła. Trudno oddychać, ale muszę zaryzykować – w ciągu najbliższych paru sekund nabrać powietrza, ile się da.

Moje ciało, pozbawione wagi, unosi się na powierzchni. Pływam pod sufitem, odchylam głowę, kiedy woda dochodzi mi do brody. Łapię oddech, przyciskam twarz do szklanego sufitu, wciągam maksymalnie dużo powietrza. Potem woda zakrywa mnie, zamyka w pudle.

Nie panikuj. Nie da rady – serce łomocze jak oszalałe, myśli są w rozsypce. Rzucam się w wodzie, obijam o ściany. Z całej siły kopię w szkło, ale woda spowalnia moje ruchy. „Symulacja jest tylko w twojej głowie".

Krzyczę, strumienie wypełniają mi usta. Jeśli to jest w mojej głowie, mam nad tym kontrolę. Woda pali mnie w oczy. Nowicjusze biernie patrzą na mnie. Jest im wszystko jedno.

Znowu krzyczę i napieram dłonią na ścianę. Coś słyszę. Odgłos pękania. Kiedy odsuwam dłoń, na szkle jest rysa. Walę drugą ręką obok i pojawia się druga rysa, która rozchodzi się spod mojej dłoni długimi, haczykowatymi palcami. W piersi mi płonie, jakbym właśnie połknęła ogień. Kopię w ścianę. Palce u nóg bolą mnie od uderzenia, słyszę długi, niski jęk.

Szyba pęka na kawałki, fala za moimi plecami popycha mnie do przodu. Znowu powietrze.

Z trudem nabieram tchu i siadam. Jestem w fotelu. Przełykam i macham rękami. Cztery stoi po mojej prawej, ale nie pomaga mi, tylko patrzy.

– Co? – pytam.

– Jak to zrobiłaś?

– Co zrobiłam?

– Rozbiłaś szkło.

– Nie wiem.

Cztery wreszcie podaje mi rękę. Przerzucam nogi przez bok fotela, a kiedy stoję, czuję, że złapałam równowagę. Spokój.

Cztery wzdycha i łapie mnie za łokieć, trochę mnie prowadzi, trochę ciągnie. Wychodzę z pokoju. Idziemy szybko korytarzem i nagle stop, wlecze mnie do tyłu. Patrzy w zupełnym milczeniu. Nic mi nie powie, dopóki nie zapytam.

– Co?

– Jesteś Niezgodna – odpowiada.

Gapię się na niego, strach pulsuje we mnie jak elektryczność. On wie. Skąd? Musiałam się wygadać. Chlapnąć coś nie tak.

Powinnam zachowywać się swobodnie. Opieram się, przyciskam ramiona do ściany.

– Co to jest Niezgodna?

– Nie udawaj głupiej. Tak podejrzewałem, ale to już oczywiste. Manipulowałaś symulacją; jesteś Niezgodna. Skasuję taśmę, ale jeśli nie chcesz skończyć na dnie przepaści, musisz znaleźć sposób, żeby ukrywać to w trakcie symulacji! Teraz wybacz. – Wraca do pokoju symulacji i zatrzaskuje za sobą drzwi.

Serce podchodzi mi do gardła. Manipulowałam symulacją; stłukłam szkło. Nie wiedziałam, że to akt Niezgodności.

Skąd on wiedział?

Odpycham się od ściany i wlokę korytarzem. Potrzebne mi są odpowiedzi. I tylko jedna osoba może mi ich udzielić.

Idę prosto do salonu tatuażu, gdzie ostatni raz widziałam Tori. Na korytarzach mało ludzi, bo jest wczesne popołudnie i większość poszła do pracy albo do szkoły. W salonie tatuażu są trzy osoby: mistrz tatuażu, który rysuje jakiemuś facetowi lwa na ramieniu, i Tori – przegląda papiery złożone w stos na ladzie. Podnosi wzrok.

– Cześć, Tris. – Spogląda na tego mistrza tatuażu, który jest zbyt skoncentrowany na swojej pracy, żeby na nas zwracać uwagę. – Chodźmy na zaplecze.

Kroczę za nią, za zasłonę oddzielającą dwa pomieszczenia. W tym drugim stoi kilka krzeseł. Poza tym widzę zapasowe igły do tatuażu, atrament, ryzy papieru, obrazy w ramach. Tori dokładnie zaciąga zasłonę i siada. Zajmuję krzesło obok niej, stukam stopą, żeby mieć jakieś zajęcie.

– Co jest grane? – zaczyna Tori. – Jak ci idzie z symulacjami?

– Bardzo dobrze. – Parę razy kiwam głową. – Trochę za dobrze, z tego co słyszałam.

– Ach.

– Proszę, pomóż mi zrozumieć – szepczę. – Co to znaczy być… – Waham się. Nie powinnam tutaj wypowiadać słowa „Niezgodna". – Kim, do diabła, jestem? Co to ma wspólnego z symulacjami?

Tori odchyla się na oparcie, krzyżuje ramiona. Zaczyna mieć się na baczności.

– Nie licząc innych spraw, ty… ty jesteś kimś świadomym tego, że to symulacja, że to nie dzieje się naprawdę – tłumaczy. – Kimś, kto potrafi manipulować symulacją albo nawet ją przerwać. Także… – Pochyla się do przodu i patrzy mi w oczy. – Kimś, kto… ponieważ jest Nieustraszonym… ma skłonność do śmierci.

Czuję ciężar w piersi, jakby gromadziło się tam każde wymawiane przez nią słowo. Napięcie we mnie narasta, aż nie mogę już tego wytrzymać – muszę się rozpłakać albo krzyknąć, albo…

Wybucham krótkim, chrapliwym śmiechem, który zamiera ledwie się narodził.

– Więc mam umrzeć?

– Niekoniecznie. Przywódcy Nieustraszonych jeszcze o tobie nie wiedzą. Natychmiast wykasowałam z systemu wyniki twojego testu przynależności i ręcznie wpisałam ci Altruizm. Ale nie miej złudzeń. Jeśli odkryją, kim jesteś, zabiją cię.

Patrzę na nią w milczeniu. Nie wygląda na wariatkę. Mówi normalnym głosem, chociaż trochę ponaglającym, i nigdy nie podejrzewałam, że jest niezrównoważona, ale musi być taka. W naszym mieście nie było morderstwa, odkąd żyję. Jeśli nawet są jednostki do tego zdolne, to przywódcy frakcji tacy nie mogą być.

– Jesteś paranoiczką – prycham. – Przywódcy Nieustraszonych nie zabiliby mnie. Tego się nie robi. Już nie. Na tym polega sens tego wszystkiego… wszystkich tych frakcji.

– Och, naprawdę tak myślisz? – Kładzie dłonie na kolanach i patrzy wprost na mnie, twarz ma napiętą od niespodziewanego przypływu wściekłości. – Dostali mojego brata, to dlaczego nie ciebie, co? Niby dlaczego masz być taka wyjątkowa?

– Twojego brata? – Mrużę oczy.

– Tak. Mojego brata. Oboje zrobiliśmy transfer z Erudytów, tyle że jego test przynależności był niejednoznaczny. Ostatniego dnia symulacji znaleziono jego ciało w przepaści. Mówili, że to samobójstwo. Tylko że bratu dobrze szło na treningach, chodził na randki z inną nowicjuszką, był szczęśliwy. – Tori kręci głową. – Masz brata, prawda? Nie sądzisz, że wiedziałabyś, czy ma skłonności samobójcze?

Próbuję wyobrazić sobie, jak Caleb popełnia samobójstwo. Nawet myśl o tym wydaje mi się śmieszna. Nawet jeśli czuł się nieszczęśliwy, nie odebrałby sobie życia.

Tori ma podwinięte rękawy, więc na jej prawym ramieniu widzę tatuaż przedstawiający rzekę. Zrobiła go sobie po śmierci brata? Czy rzeka to kolejny lęk, który pokonała?

Zniża głos:

– Na drugim etapie treningu Georgie był naprawdę dobry, naprawdę szybki. Mówił, że symulacje nawet go nie przestraszyły... po prostu taka gra. Więc instruktorzy bardzo się nim zainteresowali. Tłoczyli się w pokoju, kiedy poszedł spać, zamiast zwyczajnie kazać instruktorowi przedstawiać jego wyniki. Szeptali o nim cały czas. Ostatniego dnia symulacji jeden z przywódców Nieustraszonych przybył, żeby zobaczyć go osobiście. A następnego dnia Georgie zniknął.

Mogę być dobra w symulacjach, jeśli opanowałam jakąś siłę, która pomogła mi stłuc szkło. Mogę być taka dobra, że wszyscy instruktorzy to zauważą. Mogłabym, ale czy będę?

– To wszystko? – pytam. – Tylko zmienianie symulacji?

– Wątpię. Ale to wszystko, co wiem.

– Kto jeszcze wie? – Myślę o Cztery. – O manipulowaniu symulacjami?

– Ci, którzy chcą cię zabić. Albo ci, którzy doświadczyli tego sami. Bezpośrednio. Lub pośrednio, jak ja.

Cztery powiedział mi, że usunie zapis pokazujący, jak rozbijam szkło. Nie chce, żebym zginęła. Czy jest Niezgodny? Czy był nim członek jego rodziny? Przyjaciel? Przyjaciółka?

Odsuwam tę myśl na bok. Nie mogę pozwolić, żeby mnie rozpraszał.

– Nie rozumiem – mówię powoli. – Dlaczego przywódców Nieustraszonych obchodzi, że potrafię manipulować symulacją.

– Gdybym wiedziała, już bym ci powiedziała. – Zaciska wargi. – Jedyna rzecz, do której doszłam: nie interesuje ich sama zmiana symulacji; to po prostu objaw czegoś innego. Czegoś, co ich niepokoi. – Tori bierze mnie za rękę i ściska między swoimi dłońmi. – Zastanów się tylko. Ci ludzie uczyli cię, jak strzelać z pistoletu. Uczyli cię walki. Myślisz, że nie wpadnie im do głowy, żeby zrobić ci krzywdę? Żeby cię zabić? – Puszcza moją rękę i wstaje. – Muszę iść, bo Bud będzie zadawał pytania. Tris, bądź ostrożna.

Rozdział 21

Drzwi do Jamy zamykają się za mną, jestem sama. Nie chodziłam tym tunelem od dnia Ceremonii Wyboru. Pamiętam, jak wtedy tędy szłam, niepewnym krokiem, szukając światła. Teraz moje kroki są pewne. Już nie potrzebuję światła.

Od rozmowy z Tori minęły cztery dni. W tym czasie Erudyci opublikowali już dwa artykuły na temat Altruizmu. Pierwszy oskarża tę frakcję o wstrzymywanie dóbr luksusowych, takich jak samochody i świeże owoce, żeby wszystkim narzucić własną wiarę w wyrzeczenia. Kiedy to czytam, myślę o Carze, siostrze Willa, oskarżającej moją matkę o gromadzenie jedzenia.

Drugi artykuł omawia wady wybierania przedstawicieli rządowych na podstawie frakcji. Autor zadaje pytanie, dlaczego w rządzie mają być tylko ludzie, którzy określają się jako bezinteresowni. To działa na rzecz powrotu demokratycznie wybieranych systemów politycznych z przeszłości. Jest w tym mnóstwo sensu, aż zaczynam podejrzewać, że to wezwanie do rewolucji, odziane w pozory racjonalności.

Docieram do końca tunelu. Sieć przesłania rozwartą dziurę tak jak wtedy, kiedy ostatnio ją widziałam. Wchodzę po schodach na drewnianą platformę, z której Cztery pociągnął mnie na ubitą ziemię, i chwytam sztabę, mocującą sieć. Kiedy byłam tu pierwszy raz, nie dałabym rady podciągnąć ciała na rękach, ale teraz robię to prawie odruchowo i turlam się na środek siatki.

Na skraju dziury stoją puste budynki. Nade mną jest niebo – ciemnoniebieskie, bez gwiazd. Bez księżyca.

Te artykuły zmartwiły mnie, ale mam przyjaciół, którzy mnie pocieszą, a to już coś. Kiedy opublikowano pierwszy, Christina oczarowała jednego z kucharzy Nieustraszonych i pozwolił nam spróbować kawałek ciasta. Po drugim artykule Uriah i Marlene nauczyli mnie gry w karty i graliśmy w jadalni przez dwie godziny.

Dziś wieczór chcę być jednak sama. Więcej, chcę przypomnieć sobie, dlaczego tu przyszłam i dlaczego tak bardzo pragnęłam zostać, że byłam gotowa skoczyć z budynku, zanim jeszcze wiedziałam, co to znaczy być Nieustraszonym. Przeplatam palce przez otwory w sieci pode mną.

Chciałam być jak Nieustraszeni, tacy, jakich widziałam w szkole. Chciałam być głośna, śmiała i wolna jak oni. Ale oni nie byli jeszcze członkami; oni tylko bawili się w Nieustraszonych. Ja też, kiedy skoczyłam z tego dachu. Nie wiedziałam, co to strach.

W ciągu ostatnich czterech dni stanęłam wobec czterech odmian strachu. W jednej z symulacji zostałam przywiązana do pala, a Peter rozpalił ogień pod moimi stopami. W drugiej znowu tonęłam, tym razem pośrodku oceanu, a woda szalała wokół mnie. W trzeciej patrzyłam, jak moja rodzina powoli wykrwawia się na śmierć. A w czwartej trzymano mnie na muszce i kazano ich rozstrzelać. Teraz wiem, co to strach.

Wiatr wpada do dziury i owiewa mnie, zamykam oczy. W myślach znowu stoję na skraju dachu. Rozpinam guziki szarej altruistycznej koszuli, odsłaniam ramiona, pokazuję więcej ciała, niż ktokolwiek wcześniej u mnie widział. Zwijam koszulę w kłąb i rzucam w pierś Petera.

Otwieram oczy. Nie, myliłam się. Nie skoczyłam z dachu, bo zamierzałam zostać Nieustraszoną. Skoczyłam, bo już byłam taka jak oni i chciałam się im pokazać. Ujawnić tę część siebie, którą Altruizm kazał mi ukrywać.

Wyciągam ręce nad głową i znowu zaczepiam je o siatkę. Sięgam jak najdalej palcami u stóp. Nocne niebo jest puste i milczące, mój umysł też, po raz pierwszy od czterech dni.

Trzymam głowę w rękach i oddycham głęboko. Dzisiaj symulacja jest taka sama jak wczoraj: ktoś trzyma mnie na muszce i każe rozstrzelać rodzinę. Kiedy unoszę głowę, widzę, że Cztery mi się przygląda.

– Wiem, że symulacja nie jest prawdziwym życiem – mówię.

– Nie musisz mi tego wyjaśniać – odpowiada. – Kochasz rodzinę. Nie chcesz jej zastrzelić. Byle nie to, co najbardziej nieracjonalne na świecie.

– Tylko podczas symulacji mogę ich zobaczyć – ciągnę. Chociaż mówi, że nie trzeba, czuję, że muszę wyjaśnić, dlaczego tak trudno mi stawić czoło temu strachowi. Przeplatam palce i je rozłączam. Paznokcie mam poobgryzane do krwi. Obgryzam je we śnie. Co rano budzę się z zakrwawionymi rękami. – Tęsknię do nich. Czy ty kiedykolwiek… tęskniłeś za rodziną?

Cztery patrzy w dół.

– Nie – mówi w końcu. – Nie tęskniłem. Ale to nietypowe.

To jest nietypowe, i to tak bardzo, że odrywa mnie od wspomnienia, jak trzymałam pistolet przy piersi Caleba. Jaka była rodzina Cztery, że przestała go obchodzić?

Zatrzymuję się z ręką na klamce i spoglądam w tył na niego.

Jesteś taki jak ja? – pytam go w duszy. Jesteś Niezgodny?

Wypowiadanie tego słowa nawet w myślach wydaje się niebezpieczne. Cztery wytrzymuje moje spojrzenie, z każdą sekundą mijającą w milczeniu wygląda coraz mniej poważnie. Słyszę bicie własnego serca. Za długo na niego patrzę, ale przecież on na mnie też patrzy. Czuję, że oboje chcemy coś powiedzieć, czego inni nie mogą usłyszeć, chociaż ja mogę sobie to coś wyobrazić. Za długo – teraz jeszcze dłużej. Moje serce łomocze, jego spokojne oczy połykają mnie w całości.

Pchnięciem otwieram drzwi i biegnę korytarzem.

Nie powinnam dać mu się tak łatwo rozproszyć. Nie powinnam myśleć o niczym innym, tylko o nowicjacie. Symulacje powinny mnie bardziej niepokoić; powinny szarpać umysł, jak to jest w przypadku większości nowicjuszy. Drew nie śpi – gapi się w ścianę zwinięty w kłębek. Al wrzeszczy po nocach, bo go dręczą koszmary, i płacze w poduszkę. Moje koszmary i obgryzione paznokcie to pestka w porównaniu z tamtym.

Krzyk Ala budzi mnie za każdym razem, patrzę na sprężyny nade mną i zastanawiam się, co – do diabła – ze mną nie tak, że ciągle czuję się silna, kiedy wszyscy inni wymiękają. Czy to bycie Niezgodną umacnia mnie, czy coś innego?

Kiedy wracam do sypialni, spodziewam się, że zastanę to samo co wczoraj: paru nowicjuszy, którzy leżą na łóżkach i wpatrują się w przestrzeń. Tymczasem tłoczą się w grupie w końcu sali. Przed nimi jest Eric, z tablicą w rękach, zwróconą tyłem do mnie, więc nie widzę, co tam na niej napisał. Staję obok Willa.

– Co jest grane? – szepczę. Mam nadzieję, że to nie kolejny artykuł, bo nie wiem, czy wytrzymam następny atak wrogości.

– Rankingi po drugim etapie – mówi Will.

– Myślałam, że nikogo nie wywalili po drugim etapie – syczę.

– Bo nie wywalili. To tylko coś jakby raport z postępów.

Kiwam głową.

Czuję się niepewnie, jakby coś mi pływało w żołądku. Eric wysoko unosi tablicę i wiesza ją na gwoździu. Kiedy odsuwa się, w sali zapada cisza, a ja zapuszczam żurawia, żeby zobaczyć, co jest napisane.

Moje imię jest na pierwszym miejscu.

Głowy odwracają się w moją stronę. Czytam listę. Christina i Will są odpowiednio na siódmym i dziewiątym. Peter drugi, ale kiedy patrzę na czas zanotowany przy jego imieniu, zdaję sobie sprawę, że różnica między nami jest taka duża, że aż rzuca się w oczy.

Przeciętny czas trwania symulacji Petera to osiem minut. Mój – dwie minuty, czterdzieści pięć sekund.

– Dobra robota, Tris – chwali mnie cicho Will.

Przytakuję, nie odrywając wzroku od tablicy. Powinnam być zadowolona, że mam pierwsze miejsce, ale wiem, co to znaczy. Jeśli Peter i jego kumple wcześniej mnie nienawidzili, to od tej pory będą mną gardzić. Teraz to ja jestem Edward. Moje oko może być następne. Albo gorzej.

Szukam imienia Ala i znajduję je na ostatnim miejscu. Tłumek nowicjuszy rozchodzi się powoli, zostaję ja, Peter, Will i Al. Chcę pocieszyć Ala. Powiedzieć mu, że tak dobrze sobie radzę tylko dlatego, że mój mózg jest trochę inny.

Peter odwraca się powoli, cały spięty. Złe oko byłoby mniej groźne niż spojrzenie, którym mnie obrzucił – wyraz czystej nienawiści. Idzie do swojego łóżka, ale w ostatniej sekundzie odwraca się i przyciska mnie rękami do ściany.

– Nie wyprzedzi mnie Sztywniaczka – cedzi wolno przez zęby, a twarz trzyma tak blisko mojej, że czuję jego stęchły oddech. – Jak to zrobiłaś, co? Jak, do diabła, to zrobiłaś?

Przyciąga mnie o kilkanaście centymetrów i wali mną o ścianę. Zaciskam szczękę, żeby powstrzymać się od krzyku, chociaż ból po uderzeniu wędruje aż na sam koniec kręgosłupa. Will łapie Petera za kołnierz koszuli i odciąga go ode mnie.

– Zostaw ją. Tylko tchórz zastrasza małą dziewczynkę.

– Małą dziewczynkę? – parska drwiąco Peter, odrzucając rękę Willa. – Jesteś ślepy, czy po prostu głupi? Ona wypchnie cię z rankingów i z Nieustraszonych i nic z tego nie będziesz miał tylko dlatego, że wie, jak manipulować ludźmi, a ty nie wiesz. Daj mi znać, jak zrozumiesz, że ona tu jest po to, żeby nas zniszczyć.

Peter wybiega z sypialni. Molly i Drew idą w jego ślady z wyrazem niesmaku na twarzach.

– Dziękuję. – Kiwam głową do Willa.

– Czy on mówi prawdę? – pyta cicho. – Próbujesz nami manipulować?

– A jak, do licha, miałabym to robić? – Patrzę na niego gniewnie. – Po prostu staram się jak mogę, tak jak wszyscy.

– Nie wiem. – Will wzrusza lekko ramieniem. – Może udajesz słabą, żebyśmy cię żałowali? A potem udajesz twardziela, żeby nas zastraszyć?

– Zastraszyć cię? Jestem twoim przyjacielem. Nie zrobiłabym tego.

Nic nie mówi. Domyślam się, że mi nie wierzy... że nie całkiem mi wierzy.

– Nie bądź idiotą, Will. – Christina zeskakuje z łóżka. Patrzy na mnie bez współczucia i dorzuca: – Ona nie udaje.

Odwraca się i wychodzi, nie trzaskając drzwiami. Will za nią. Jestem w sali sama z Alem. Pierwsza i ostatni.

Al nigdy nie wyglądał na małego, ale teraz tak wygląda, ramiona ma zgarbione, zapada się w sobie, przypomina zmięty papier. Siedzi na skraju łóżka.

– W porządku? – zagaduję.

– Jasne.

Twarz ma jaskrawoczerwoną. Odwracam wzrok. Takie pytanie to tylko formalność. Każdy, kto ma oczy, widzi, że z Alem nie jest w porządku.

– To jeszcze nie koniec. Możesz podnieść swoją pozycję, jeśli…

Milknę, kiedy kieruje na mnie wzrok. Nie mam najmniejszego pojęcia, co bym mu powiedziała, gdybym skończyła zdanie. Nie ma strategii na drugi etap. On sięga głęboko, do samego jądra naszej osobowości i sprawdza, czy jest tam odwaga.

– Widzisz – mamrocze – to nie takie proste.

– Wiem.

– Nie sądzę, żebyś wiedziała. – Kręci głową. Podbródek mu drży. – Dla ciebie to łatwe. Wszystko jest łatwe.

– Nieprawda.

– Właśnie, że prawda. – Zamyka oczy. – Nie pomagasz mi, udając, że jest inaczej. Ja… wątpię, czy w ogóle możesz mi pomóc.

Czuję się, jakbym właśnie weszła w ulewę i całe ubranie miała przesiąknięte wodą; jakbym była ciężka, niezdarna i bezużyteczna. Nie wiem, czy chodzi mu o to, że nikt nie może mu pomóc, czy o to, że właśnie ja nie mogę, ale i tak będę nie w porządku, bez względu na interpretację. Chcę mu pomóc. Jestem bezsilna.

– Słuchaj… – zaczynam, żeby przeprosić, ale za co? Że jestem bardziej Nieustraszoną niż on? Za to, że nie wiem, co powiedzieć?

– Ja tylko… – Łzy, które zbierały mu się w oczach, wylały się, zmoczyły policzki. – Chcę zostać sam.

Kiwam głową i odwracam się od niego. To niedobry pomysł, żeby go zostawić, ale nie mogę się powstrzymać. Drzwi zamykają się za mną z kliknięciem zamka, odchodzę.

Mijam fontannę z wodą do picia, idę tunelami, które w dniu mojego przybycia wydawały się nieskończone, ale teraz ledwie je zauważam. Nie po raz pierwszy, odkąd tutaj jestem, zawiodłam rodzinę, ale z jakichś powodów myślę właśnie o tym jako o zawodzie. W innych przypadkach, kiedy zawodziłam, wiedziałam, co robić, ale się wycofywałam. Tym razem nie wiedziałam, co robić. Czy straciłam zdolność rozumienia ludzkich potrzeb? Czy straciłam część siebie?

Idę dalej.

Jakoś udaje mi się znaleźć korytarz, gdzie się schowałam, kiedy opuścił nas Edward. Nie chcę być sama, ale chyba nie mam wielkiego wyboru. Zamykam oczy, skupiam się na zimnym kamieniu, na którym siedzę, oddycham zatęchłym powietrzem podziemia.

– Tris! – woła ktoś z końca korytarza.

Podbiega do mnie Uriah. Za nim są Lynn i Marlene. Lynn trzyma muffina.

– Myślałem, że cię tutaj znajdę. – Kuca obok moich stóp. – Słyszałem, że zajęłaś pierwsze miejsce.

– I po prostu chciałeś mi pogratulować? – Uśmiecham się. – Hm, dziękuję.

– Ktoś powinien. I pomyślałem, że twoi koledzy mogą nie być tacy chętni do składania gratulacji, bo marnie ich oceniono. Więc przestań się mazać i chodź z nami. Chcę zestrzelić muffina z głowy Marlene.

Pomysł jest taki dziwaczny, że nie mogę powstrzymać się od śmiechu. Wstaję i idę za Uriahem na koniec korytarza, gdzie czekają Marlene i Lynn. Lynn mruży oczy, patrząc na mnie, ale Marlene się uśmiecha.

– Dlaczego nie imprezujesz? – pyta Marlene. – Jak wytrzymasz, masz praktycznie pewne miejsce w pierwszej dziesiątce.

– Jest za bardzo Nieustraszona dla innych transferów – odpowiada Uriah.

– I za bardzo Altruistka, żeby imprezować – zauważa Lynn.

Puszczam to mimo uszu.

– Dlaczego strzelacie do muffina na głowie Marlene?

– Założyła się ze mną, że nie trafię w mały obiekt z odległości trzydziestu metrów – wyjaśnia Uriah. – A ja założyłem się z nią, że zabraknie jej ikry, żeby stanąć tam, kiedy będę próbował. Naprawdę dobrze zadziałało.

Sala treningowa, w której po raz pierwszy strzelałam z pistoletu, jest niedaleko mojego ukrytego korytarza. Doszliśmy tam w niecałą minutę. Uriah włączył światło. Pomieszczenie wygląda tak samo, kiedy ostatni raz tu byłam: tarcze strzeleckie na przeciwległej ścianie, stół z pistoletami pod drugą ścianą.

– Pozwalają, żeby tak sobie leżały? – dziwię się.

– Tak, ale nie są naładowane. – Uriah podciąga koszulę. Za pasek spodni ma zatknięty pistolet, tuż pod tatuażem. Gapię się na tatuaż, próbuję odgadnąć, co przedstawia, ale wtedy koszula opada. – Okay, idź i stań przed tarczą – nakazuje Uriah Marlene.

– To nie jest prawdziwy pistolet – mówi cicho Lynn. – Ma plastikowe śruciny. Najwyżej ukłuje ją w twarz, może lekko spuchnie. Co, myślisz, że jesteśmy głupi?

Marlene staje przed jedną z tarcz i kładzie sobie muffina na głowie. Uriah mruży jedno oko i celuje.

– Czekaj! – woła dziewczyna. Odrywa kawałek muffina i wkłada go sobie do ust. – Mmkh! – krzyczy z pełną buzią, więc trudno zrozumieć. Podnosi kciuki.

– Pewnie dobrze wypadłaś w rankingu – mówię do Lynn.

Kiwa głową.

– Uriah drugi, ja pierwsza. Marlene czwarta.

– Jesteś pierwsza o włos – komentuje Uriah, celując. Naciska spust. Muffin spada Marlene z głowy. Nawet nie mrugnęła.

– Oboje wygraliśmy! – wywrzaskuje Marlene.

– Tęsknisz za starą frakcją? – pyta Lynn.

– Czasami. Było spokojniej. Nie tak męcząco.

Marlene podnosi muffina z podłogi i wgryza się w niego.

– Obrzydlistwo! – Uriah się krzywi.

– Nowicjat ma pokazać, jacy naprawdę jesteśmy. Tak przynajmniej twierdzi Eric. – Lynn unosi brew.

– Cztery mówi, że to przygotowanie.

– Hm, rzadko się zgadzają.

Kiwam głową. Cztery uważa, że wizja Nieustraszonych, jaką ma Eric, nie jest taka, jaka powinna być, ale żałuję, że nie powiedział, jaką wizję uznaje za właściwą. Często widzę jej fragmenty – wiwaty Nieustraszonych, kiedy skaczę z budynku, sieć ramion, w którą wpadam, po zjeździe z liny – ale to nie wystarcza. Czy przeczytał manifest Nieustraszonych? Czy w to wierzy – w zwyczajne akty męstwa?

Otwierają się drzwi do sali treningowej. Shauna, Zeke i Cztery wchodzą w chwili, kiedy Uriah strzela do kolejnego celu. Plastikowa śrucina odbija się od środka tarczy i toczy po podłodze.

– Wydawało mi się, że coś tu słyszałem – odzywa się Cztery.

– Okazuje się, że to mój braciszek idiota – prycha Zeke. – Nie powinno cię tu być po godzinach. Ostrożnie, bo Cztery powie Ericowi, a to jest tak, jakby cię oskalpowali.

Uriah marszczy nos na brata i odkłada pistolet na śrut. Marlene przechodzi przez salę, pogryzając muffina, a Cztery odsuwa się od drzwi, żeby wypuścić nas jedno po drugim.

– Nie powiesz Ericowi. – Lynn patrzy podejrzliwie na instruktora.

– Nie, nie powiem.

Kiedy go mijam, kładzie mi rękę na plecach, naciska między łopatkami. Drżę. Mam nadzieję, że tego nie zauważy.

Tamci oddalają się korytarzem, Zeke i Uriah popychają się nawzajem, Marlene dzieli się muffinem z Shauną, na przodzie maszeruje Lynn. Zaczynam za nimi iść.

– Poczekaj sekundę – prosi Cztery.

Odwracam się do niego i zastanawiam, którą wersję teraz widzę – tę, która mi naciera uszu, czy tę, która wspina się za mną na diabelski młyn. Uśmiecha się nieznacznie, ale uśmiech nie dociera do oczu, pełnych napięcia i niepokoju.

– To jest odpowiednie dla ciebie miejsce, wiesz? – zaczyna po chwili. – Jesteś jedną z nas. Wkrótce będzie po wszystkim, więc trzymaj się, okay? – Drapie się za uchem i odwraca wzrok, jakby czuł się zażenowany tym, co powiedział.

Patrzę na niego. Puls tętni mi wszędzie, nawet w palcach stóp. Czuję się tak, jakbym robiła coś, co wymaga odwagi, ale mogę po prostu spokojnie odejść. Nie wiem, co będzie mądrzejsze czy lepsze. Nie jestem pewna, czy mnie to obchodzi.

Sięgam po jego rękę. Jego palce wślizgują się między moje. Nie mogę oddychać.

Patrzę do góry na niego, on patrzy w dół na mnie. Przez dłuższą chwilę tak stoimy. Potem cofam dłoń i biegnę za Uriahem, Lynn i Marlene. Może teraz pomyśleć, że jestem głupia albo dziwna. Może warto było.

Wracam do sypialni przed innymi i kiedy zaczynają się schodzić, kładę się do łóżka i udaję, że śpię. Nie potrzebuję ich, skoro tak reagują, kiedy mi dobrze idzie. Jeśli uda mi się przebrnąć przez nowicjat, stanę się Nieustraszoną i nie będę już musiała widzieć tego całego towarzystwa.

Nie potrzebuję ich – ale czy ich chcę? Każdy tatuaż, który razem każemy sobie robić, to znak przyjaźni i prawie za każdym razem, kiedy się śmieję w tym ciemnym miejscu, to za ich przyczyną. Nie chcę tracić przyjaciół. Ale mam wrażenie, że już straciłam.

Co najmniej pół godziny biję się z myślami, potem przewracam się na plecy i otwieram oczy. W sypialni jest ciemno – wszyscy leżą w łóżkach. Pewnie zmęczyło ich, że mnie tak bardzo nie cierpią, myślę, uśmiechając się ironicznie. Jakby fakt, że pochodzisz z najbardziej znienawidzonej frakcji, nie wystarczał. Na domiar wszystkiego jeszcze im pokazałam, jaka jestem naprawdę.

Wstaję, żeby napić się wody. Nie chce mi się pić, ale muszę coś zrobić. Gołe stopy wydają mlaszczący odgłos, rękę przesuwam po ścianie, żeby się nie błąkać. Nad fontanną z wodą pitną płonie niebieska żarówka.

Zarzucam włosy na ramię i się nachylam. Kiedy woda dotyka moich ust, słyszę głosy w końcu korytarza. Podkradam się bliżej nich z nadzieją, że ukryje mnie ciemność.

– Jak do tej pory nie było takich objawów – głos Erica.

Objawów czego?

– Cóż, tak od razu tego nie widać – odpowiada ktoś. Głos kobiety; chłodny i znajomy, ale jak ze snu, nie konkretnej osoby. – Treningi bojowe niczego nie wykażą. Symulacje jednak wyłapują Niezgodnych buntowników, o ile tacy się znajdą, więc musimy parę razy przejrzeć nagrania, żeby się upewnić.

Słowo „Niezgodni" sprawia, że robi mi się zimno. Pochylam się do przodu, z plecami przyciśniętymi do kamieni, żeby zobaczyć, do kogo należy znajomy głos.

– Nie zapominaj, dlaczego kazałam Maksowi, żeby mianował ciebie. Twoim podstawowym zadaniem jest wyszukiwanie ich. Zawsze.

– Nie zapomniałem.

Przesuwam się kilkanaście centymetrów do przodu, mam nadzieję, że nadal mnie nie widać. Kimkolwiek jest ta osoba, to ona pociąga za sznurki; ona jest odpowiedzialna za mianowanie Erica; ona chce mojej śmierci. Wysuwam głowę, natężam się, żeby ich zobaczyć, zanim skręcą za róg.

Wtedy ktoś łapie mnie od tyłu.

Zaczynam wrzeszczeć, ale czyjaś ręka zatyka mi usta. Pachnie mydłem i jest taka duża, że przykrywa mi dolną część twarzy. Rzucam się, ale ramiona, które mnie trzymają, są za silne, gryzę go w palec.

– Aj! – krzyczy ktoś ochryple.

– Zamknij się i nie otwieraj ust. – Głos jest wyższy od głosu przeciętnego mężczyzny i wyraźniejszy. Peter.

Czarna przepaska zakrywa mi oczy, druga para rąk zawiązuje ją z tyłu mojej głowy. Walczę o oddech. Za ramiona trzymają mnie co najmniej dwie pary rąk, ciągną mnie do przodu, jedna ręka popycha w plecy, w tym samym kierunku, druga zatyka mi usta. Troje ludzi. Boli mnie klatka piersiowa. Sama nie dam rady trojgu.

– Ciekawe, jak to jest, kiedy Sztywniaczka błaga o litość – mówi z chichotem Peter. – Pośpieszcie się.

Próbuję skoncentrować się na ręce na moich ustach. Musi być na niej jakiś charakterystyczny znak, który ułatwi identyfikację. Jego tożsamość to problem, który potrafię rozwiązać. I muszę rozwiązać natychmiast, bo wpadnę w panikę.

Dłoń jest spocona i miękka. Zaciskam zęby i oddycham przez nos. Zapach mydła wydaje się znajomy. Trawa cytrynowa i szałwia. Ten sam zapach otacza łóżko Ala. Czuję ucisk w żołądku.

Słyszę szum wody na kamieniach. Zbliżamy się do przepaści, biorąc pod uwagę natężenie dźwięku. Zaciskam wargi. Jeśli jesteśmy nad przepaścią, wiem, co chcą zrobić.

– No, dalej, podnosimy ją.

Szarpię się, ich szorstka skóra ociera się o moją, ale to na nic. Krzyczę, ale nikt mnie nie usłyszy.

Przeżyję do jutra. Przeżyję.

Ręce odwracają mnie, podnoszą, przyciskają do czegoś twardego i zimnego. Sądząc po szerokości i kształcie, to metalowa balustrada. To jest ta metalowa balustrada, ta, która biegnie nad przepaścią. Mój oddech zamienia się w rzężenie, czuję mgiełkę wodną na karku. Ręce siłą wyginają mnie w łuk nad balustradą. Tracę oparcie, tylko napastnicy trzymają mnie nad wodą.

Ciężka łapa obmacuje mi piersi.

– Sztywniaczko, na pewno masz szesnaście lat? Można by pomyśleć, że nie więcej niż dwanaście.

Inni wybuchają śmiechem.

– Czekajcie, chyba coś znalazłem! – Jego ręka ściska mnie.

Gryzę się w język, żeby nie krzyczeć. Jeszcze więcej śmiechu.

Ręka Ala ześlizguje się z moich ust.

– Przestańcie – warczy. Rozpoznaję jego niski, wyrazisty głos.

Kiedy Al odchodzi ode mnie, znów się rzucam i opadam na ziemię. Tym razem wgryzam się jak najmocniej w pierwsze ramię, które napotykam. Słyszę ryk, mocniej zaciskam szczęki, czuję krew. Coś twardego uderza mnie w twarz. Białe gorąco przeszywa mi głowę. Bolałoby, gdyby adrenalina nie krążyła we mnie jak kwas.

Chłopak wykręca uwięzione ramię i rzuca mnie na ziemię. Walę łokciem o kamienie i podnoszę ręce, żeby zdjąć z oczu opaskę. Jakaś stopa wbija mi się w bok, wydusza powietrze z płuc. Walczę o oddech, kaszlę, chwytam się za tył głowy. Ktoś łapie mnie za włosy i wali moją czaszką o coś twardego. Krzyk bólu wyrywa mi się z ust, kręci mi się w głowie.

Niezgrabnie macam wzdłuż opaski, żeby znaleźć jej skraj. Zsuwam ją, mrugam. Widzę do góry nogami, otoczenie podskakuje w górę i w dół. Widzę, jak ktoś biegnie do nas i jak ktoś ucieka – ktoś wielki, Al. Chwytam się balustrady obok mnie i podciągam się, żeby wstać.

Peter łapie mnie dłońmi mocno za gardło i podnosi, wbija kciuk głęboko pod mój podbródek. Jego włosy, zazwyczaj lśniące i gładkie, są mocno potargane, przyklejone do czoła. Twarz ma bladą i wykrzywioną, zgrzyta zębami, trzyma mnie nad przepaścią, a na skraju mojego pola widzenia pojawiają się plamki, zbiegają się wokół jego twarzy: zielone, różowe i niebieskie. Nic nie mówi. Próbuję go kopnąć, ale mam za krótkie nogi. Płuca gwałtownie domagają się tlenu.

Słyszę krzyk, puszcza mnie.

Padając, wyciągam ramiona, chwytam powietrze, pachami uderzam o balustradę. Zahaczam się o nią łokciem i jęczę. Mgiełka wodna osiada na moich kostkach u nóg. Świat opada i chwieje się wokół mnie, a ktoś na poziomie Jamy wrzeszczy – to Drew. Słyszę głuche uderzenia. Kopnięcia. Zawodzenie.

Mrugam kilka razy i skupiam się, jak tylko mogę, na jedynej twarzy, którą widzę. Jest zniekształcona przez gniew. Oczy ma ciemnoniebieskie.

– Cztery – kraczę.

Zamykam oczy, ktoś bierze mnie pod ramiona, przenosi nad balustradą, przyciąga do piersi, obejmuje, wkłada rękę pod kolana. Wciskam twarz w jego ramię i nagle zalega pusta cisza.

Rozdział 22

Otwieram oczy i widzę słowa „Bój się tylko Boga" wymalowane na zwyczajnej, białej ścianie. Znowu słyszę szum bieżącej wody, ale tym razem z kurka, a nie z przepaści. Mija sekunda, zanim jestem w stanie określić kontury mojego otoczenia, linie framugi i sufit.

Ból nieustannie pulsuje mi w głowie, policzku i żebrach. Nie powinnam się ruszać, to tylko pogorszy sprawę. Pod głową widzę niebieską kołdrę z patchworku, krzywię się, wyciągając szyję, żeby zobaczyć, skąd dochodzi szemranie wody.

Cztery stoi w łazience, trzyma ręce w umywalce, a krew z jego kostek zabarwia wodę na różowo. Ma małe nacięcie w kąciku ust, ale poza tym wydaje się nietknięty. Ze spokojną miną ogląda nacięcia, zakręca wodę i wyciera dłonie w ręcznik.

Pozostało mi tylko jedno wspomnienie, jak się tutaj dostałam, a nawet i ono jest wyłącznie jednym obrazem: czarny atrament kłębiący się z boku szyi, kawałek tatuażu i łagodne kołysanie, które mogło znaczyć tylko tyle, że Cztery mnie niesie.

Wyłącza światło w łazience i wyjmuje woreczek lodu z lodówki w rogu pokoju. Kiedy do mnie idzie, zastanawiam się, czy nie zamknąć oczu i nie udawać, że śpię, ale wtedy nasze spojrzenia się spotykają – już za późno.

– Twoje ręce – chrypię.

– Moje ręce to nie twoja sprawa – odpowiada. Opiera kolano o materac i nachyla się nade mną, wsuwa mi pod głowę woreczek z lodem.

Zanim się odsuwa, sięgam, żeby dotknąć nacięcia z boku jego ust, ale powstrzymuję się, kiedy dociera do mnie, co zamierzam zrobić. Ręka pozostaje zawieszona w powietrzu.

Co masz do stracenia? – pytam siebie. Lekko dotykam koniuszkami palców jego ust.

– Tris – mówi przez moje palce. – Nic mi nie jest.

– Skąd się tam wziąłeś? – Ręka mi opada.

– Wracałem z sali kontrolnej. Usłyszałem krzyk.

– Co im zrobiłeś?

– Pół godziny temu odstawiłem Drew do izby chorych. Peter i Al zwiali. Drew twierdził, że próbowali cię tylko nastraszyć. A przynajmniej chyba to chciał powiedzieć.

– Jest w złym stanie?

– Będzie żył – odpowiada Cztery. I dodaje ironicznie: – Nie wiem, w jakim stanie.

To nie w porządku źle życzyć ludziom dlatego, że pierwsi mnie skrzywdzili. Ale na myśl, że Drew jest w izbie chorych, przenika mnie rozgrzane do białości uczucie triumfu. Ściskam Cztery za ramię.

– Dobrze – mówię. Mój głos brzmi mocno i dziko. Narasta we mnie gniew, zamienia krew w gorzką wodę, wypełnia mnie, spala. Chcę coś połamać albo w coś uderzyć, ale boję się ruszyć, więc zaczynam płakać.

Cztery kuca przy łóżku i patrzy na mnie. Nie widzę współczucia w jego oczach. Byłabym rozczarowana, gdybym je zobaczyła. Oswobadza swój nadgarstek i ku memu zaskoczeniu kładzie dłoń na mojej twarzy, kciukiem głaszcze policzek. Jego palce poruszają się ostrożnie.

– Mogę to zgłosić.

– Nie. Nie chcę, żeby myśleli, że się przestraszyłam.

Kiwa głową. Z roztargnieniem przesuwa kciuk po mojej kości policzkowej, w przód i w tył.

– Domyślałem się, że tak zdecydujesz.

– Myślisz, że to zły pomysł, żebym usiadła?

– Pomogę ci.

Cztery chwyta mnie jedną ręką za ramię, a drugą przytrzymuje mi głowę, kiedy się podnoszę. Fale ostrego bólu przenikają ciało, ale próbuję go stłumić, duszę jęk.

Cztery wręcza mi woreczek z lodem.

– Możesz pokazać, że cię boli. Tylko ja tutaj jestem.

Gryzę się w wargę. Mam łzy na twarzy, ale żadne z nas nie wspomina o nich ani nie przyjmuje do wiadomości, że są.

– Proponuję, żebyś od tej chwili zdała się na pomoc kolegów z transferu – mówi.

– Wydawało mi się, że to robię. – Znowu czuję rękę Ala na ustach i szloch podrywa mi ciało do przodu. Przykładam dłoń do czoła i kołyszę się powoli w przód i w tył. – Ale Al...

– Chciał, żebyś była małą, cichą dziewczynką z Altruizmu – tłumaczy łagodnie Cztery. – Skrzywdził cię, bo przez twoją siłę czuł się słaby. Tylko dlatego.

Przytakuję i staram się mu uwierzyć.

– Inni nie będą tacy zazdrośni, jeśli pokażesz, że masz słabe punkty. Nawet jeśli ich nie masz.

– Myślisz, że powinnam udawać słabość? – Unoszę brwi.

– Tak myślę. – Odbiera ode mnie woreczek z lodem, jego palce ocierają się o moje, i sam trzyma mi go przy głowie. Opuszczam rękę, za bardzo mi się zmęczyła, żebym protestowała.

Czasem widzę go jako po prostu jakiegoś człowieka, a czasem czuję go w piersi jak głęboki ból.

– Jutro rano pójdziesz na śniadanie i pokażesz napastnikom, że niczego nie zdziałali – dodaje. – Ale niech widzą tego siniaka na policzku i miej opuszczoną głowę.

Na myśl o tym robi mi się niedobrze.

– Chyba nie dam rady – odzywam się pustym głosem. Podnoszę oczy, żeby na niego spojrzeć.

– Musisz.

– Nie rozumiesz. – Czuję gorąco na twarzy. – Obmacywali mnie.

Całe ciało mu się spina na moje słowa, ręce zaciskają się na woreczku z lodem.

– Obmacywali – powtarza, jego ciemne oczy są zimne.

– Nie... tak jak myślisz – chrząkam. Kiedy wypowiadałam tamte słowa, nie wiedziałam, jak niezręcznie będzie o tym wspominać. – Ale... prawie. – Odwracam wzrok.

Milczy, nie rusza się tak długo, że w końcu ja muszę przerwać ciszę.

– Co jest?

– Wolałbym tego nie mówić, ale muszę. Na razie ważniejsze dla ciebie jest bezpieczeństwo niż sprawiedliwość. Jasne?

Proste brwi ma nisko ściągnięte nad powiekami. Żołądek mi się przewraca, trochę dlatego, że wiem, że ma rację, a ja nie chcę się z nim zgodzić, a trochę dlatego, że chcę czegoś, czego nie umiem wyrazić; chcę się wepchnąć w przestrzeń między nami, tak żeby przestała istnieć.

Kiwam głową.

– Ale proszę, kiedy nadarzy ci się okazja... – Przyciska mi rękę do policzka, chłodną i silną, i tak przechyla mi głowę, żebym musiała na niego popatrzeć. Oczy mu błyszczą. Wyglądają prawie drapieżnie. – Zniszcz ich.

Śmieję się drżącym głosem.

– Cztery, jesteś nieco przerażający.

– Wyświadcz mi przysługę i nie nazywaj mnie tak.

– Więc jak cię nazywać?

– W ogóle mnie nie nazywaj. – Odsuwa rękę od mojej twarzy. – Na razie.

Rozdział 23

Tej nocy nie wracam do sypialni. Byłoby głupotą spać w tym samym pomieszczeniu z ludźmi, którzy na mnie napadli, i zrobić to tylko po to, żeby pokazać, że jestem odważna. Cztery śpi na podłodze, a ja na jego łóżku, na kołdrze. Wdycham zapach poszewki na jego poduszce. Pachnie detergentem i czymś ciężkim, słodkim, wyraźnie męskim.

Rytm jego oddechu zwalnia, podnoszę się, żeby zobaczyć, czy śpi. Leży na brzuchu z ręką pod głową. Oczy ma zamknięte, wargi rozchylone. Po raz pierwszy wygląda na swój młody wiek, a ja zastanawiam się, kim naprawdę jest. Kim jest, kiedy nie jest Nieustraszonym, kiedy nie jest instruktorem, nie jest Cztery, nie jest nikim konkretnym?

Kimkolwiek jest, lubię go. Łatwiej mi przyznać się sobie do tego teraz, w ciemności, po tym wszystkim, co się właśnie stało. Nie jest słodki, łagodny ani szczególnie uprzejmy. Ale mądry i odważny. I chociaż mnie uratował, traktuje mnie, jakbym była silna. Więcej nie muszę wiedzieć.

Patrzę, jak mięśnie pleców rozszerzają mu się i kurczą, aż zasypiam.

Budzę się i zaraz wszystko mnie boli. Kulę się, kiedy siadam. Trzymając się za żebra, podchodzę do lusterka na ścianie naprzeciwko. Z powodu niskiego wzrostu ledwie mogę się w nim przejrzeć, ale kiedy staję na palcach, widzę swoją twarz. Jak można się było spodziewać, na policzku mam ciemnoniebieskiego sińca. Odrzuca mnie myśl, że w takim stanie zwalę się do jadalni, ale trzymam się poleceń instruktora. Muszę naprawić przyjaźnie. Potrzebuję przyjaźni dla udawanego słabeusza.

Związuję włosy w węzeł z tyłu głowy. Otwierają się drzwi, wchodzi Cztery, trzyma ręcznik, włosy lśnią mu po prysznicu. Czuję w brzuchu podniecenie na widok linii skóry nad paskiem – ukazuje się, kiedy Cztery podnosi rękę, żeby wysuszyć włosy. Zmuszam się, żeby przenieść wzrok i spojrzeć mu w oczy.

– Cześć. – Mój głos brzmi silnie. Żałuję, że tak jest.

Dotyka mojego posiniaczonego policzka samymi opuszkami palców.

– Nieźle. Jak głowa?

– W porządku. – Kłamię, tępe pulsowanie rozsadza mi czaszkę. Przejeżdżam palcami po wypukłości i ból szczypie mnie w skórę pod włosami. Mogło być gorzej. Mogłam pływać w rzece.

Wszystkie mięśnie napinają mi się, kiedy opuszcza rękę na moje żebra, tam gdzie mnie kopnęli. Robi to niedbale, ale ja nie mogę się poruszyć.

– A bok? – pyta cicho.

– Boli tylko, kiedy oddycham.

Uśmiecha się.

– Niewiele możesz na to poradzić.

– Peter pewne urządziłby imprezę, gdybym przestała oddychać.

– Hm... Poszedłbym, ale tylko pod warunkiem że dawaliby ciasto.

Śmieję się i zaraz krzywię, przyciskam jego rękę, żeby przytrzymywała klatkę piersiową. Powoli wyciąga dłoń, opuszki jego palców drapią mnie. Kiedy podnosi rękę, czuję ból w piersi. Jak tylko ta chwila minie, muszę zapamiętać, co stało się tego wieczoru. I chcę z nim tutaj zostać.

Kiwa lekko głową i prowadzi mnie do wyjścia.

– Pójdę pierwszy – mówi, kiedy stoimy przed jadalnią. – Do zobaczenia wkrótce, Tris.

Przechodzi przez drzwi, zostaję sama. Wczoraj powiedział mi, żebym udawała, że jestem słaba, ale się mylił. Już teraz jestem słaba. Przyciskam się do ściany i opieram czoło o dłonie. Trudno mi głęboko oddychać, więc oddech mam krótki, płytki. Zaatakowali mnie, żebym poczuła się słaba. Mogę udawać, że udało im się mnie ochronić, ale nie mogę pozwolić, żeby tak było naprawdę.

Odpycham się od ściany i bez zastanowienia wchodzę do jadalni. Po kilku krokach przypominam sobie, że mam wyglądać, jakbym kuliła się ze strachu, więc zwalniam krok, trzymam się ściany i zwieszam głowę. Uriah, który siedzi przy stole obok Willa i Christiny, podnosi rękę, żeby do mnie zamachać, ale ją opuszcza.

Siadam obok Willa.

Ala nie ma w jadalni – nie ma go nigdzie.

Uriah wślizguje się na miejsce obok mnie, zostawia do połowy zjedzonego muffina i do połowy wypitą szklankę wody na innym stole. Przez sekundę cała trójka tylko gapi się na mnie.

– Co się stało? – pyta Will, ściszając głos.

Patrzę nad jego ramieniem, na stół przed nami. Tam siedzi Peter, je grzankę i coś szepce do Molly. Zaciskam dłonie na brzegu blatu. Chcę zrobić temu draniowi coś złego. Ale jeszcze nie czas na to.

Drew nie przyszedł, czyli nadal jest w izbie chorych. Na tę myśl ogarnia mnie wredne zadowolenie.

– Peter, Drew… – zaczynam cicho. Trzymam się za bok, kiedy sięgam po grzankę. Boli, kiedy wyciągam rękę, więc krzywię się i garbię. – I… – przełykam. – I Al.

– O Boże. – Christina szeroko otwiera oczy.

– Dobrze się czujesz? – pyta Uriah.

Peter zauważa moje spojrzenie, zmuszam się, żeby odwrócić wzrok. W ten sposób okazuję, że się go boję. Czuję gorycz w ustach, ale trudno, Cztery miał rację. Muszę zrobić wszystko, co się da, żeby znowu mnie nie zaatakowali.

– Oj, nie – odpowiadam.

Oczy mnie szczypią, i to nie jest sztuczne, w przeciwieństwie do skrzywionej miny, wzruszam ramionami.

Teraz wierzę w ostrzeżenie Tori. Peter, Drew i Al byli gotowi wrzucić mnie do przepaści z zawiści – więc dlaczego nie uwierzyć, że przywódcy Nieustraszonych popełniają morderstwa?

Czuję się nieswojo, jakbym nosiła cudzą skórę. Jeśli nie zachowam ostrożności, mogę umrzeć. Nie wolno mi zaufać nawet przywódcom swojej frakcji. Mojej nowej rodzinie.

– Ale ty po prostu... – Uriah ściąga usta. – To nie w porządku, trzech na jedną.

– Tak, ale Peterowi obojętne, co jest w porządku, a co nie. To dlatego przyłapał Edwarda we śnie i dźgnął go w oko. – Christina parska i kręci głową. – Ale żeby Al? Na pewno to on, Tris?

Gapię się w talerz, jestem następnym Edwardem. Ale w przeciwieństwie do niego, nie zamierzam zrezygnować.

– Tak. Na pewno.

– To musi być rozpacz – stwierdza Will. – On się zachował... nie wiem. Jak inny człowiek. Ledwie zaczął się drugi etap.

Szurając nogami, do sali wchodzi Drew. Rzucam grzankę, usta mi się otwierają.

Powiedzieć, że jest posiniaczony, byłoby za mało. Twarz ma nabrzmiałą i purpurową. Rozciętą wargę i nacięcie biegnące przez brew. Idzie ze wzrokiem wbitym w podłogę, nie podnosi oczu nawet, żeby popatrzeć na mnie. Spoglądam na drugi koniec sali, na instruktora. Uśmiecha się z zadowoleniem, żałuję, że ja nie mogę.

– Ty to zrobiłaś? – syczy Will.

Kręcę głową.

– Nie. Ktoś... Nie widziałam kto, znalazł mnie, zanim... – przełykam. Na głos to brzmi gorzej, prawdziwie. – Zanim wrzucili mnie do przepaści.

– Chcieli cię zabić? – mamrocze Christina.

– Możliwe. Albo zamierzali zawiesić mnie tam, żebym dyndała, i tylko mnie nastraszyć. – Unoszę ramię. – Zadziałało.

– A może by spuścić im łomot? – Christina się uśmiecha. – Zdaje się, że już ktoś próbował.

– Nie. Z tym bólem dadzą sobie radę – odpowiada Uriah. – Musimy wyprzeć ich z rankingów. To zniszczy ich przyszłość. Na zawsze.

Cztery podnosi się i staje między stołami. Rozmowy nagle cichną.

– Transfery. Dzisiaj robimy coś innego – informuje. – Chodźcie za mną.

Wstajemy, Uriah marszczy czoło.

– Uważaj na siebie – mówi do mnie.

– Nie martw się, obronimy ją – zapewnia Will.

Cztery prowadzi nas z jadalni na ścieżki, które biegną wokół Jamy. Will jest po mojej lewej, Christina po prawej.

– Nigdy cię nie przeprosiłam – odzywa się cicho Christina. – Za to, że wzięłam flagę, która ci się należała. Nie mam pojęcia, co się ze mną działo.

Nie wiem, czy to mądre przebaczyć jej, przebaczyć im wszystkim po tym, co mi powiedzieli, kiedy wczoraj wywieszono rankingi. Ale matka powiedziałaby, że ludzie nie są doskonali i powinnam być pobłażliwa. A Cztery mówił, żebym polegała na przyjaciołach.

Nie wiem, na kim mam polegać najbardziej, bo nie wiem, kto jest moim prawdziwym przyjacielem. Uriah i Marlene, którzy są po mojej stronie, kiedy wydaję się silna, czy Christina i Will, którzy zawsze mnie chronią, kiedy wydaję się słaba?

Spogląda na mnie swoimi wielkimi brązowymi oczami. Kiwam głową.

– Po prostu zapomnijmy.

Nadal chcę się gniewać, ale muszę sobie odpuścić gniew.

Wspinamy się wyżej niż kiedykolwiek, aż Will blednie na twarzy, kiedy spogląda w dół. Lubię wysokość, więc chwytam go za ramię, jakbym potrzebowała jego pomocy, ale naprawdę to ja jemu pomagam. Uśmiecha się do mnie z wdzięcznością.

Cztery odwraca się i cofa kilka kroków po wąskiej ścieżce bez balustrady. Jak dobrze zna to miejsce?

Spogląda na Drew, który wlecze się na końcu grupy.

– Przyspiesz, Drew!

To okrutny żart, ale trudno mi zwalczyć uśmiech. To znaczy do chwili, kiedy jego wzrok przenosi się na moje ramię obejmujące Willa i cała radość gaśnie w oczach. Jego mina wywołuje we mnie dreszcze. Czyżby... zazdrosny?

Zbliżamy się coraz bardziej do szklanego sufitu i po raz pierwszy od wielu dni widzę słońce. Cztery wchodzi po metalowych schodkach prowadzących do dziury w suficie. Schodki trzeszczą mi pod nogami, spoglądam na Jamę i przepaść.

Po szkle, które teraz jest podłogą, a nie sufitem, przechodzimy do cylindrycznego wnętrza o szklanych ścianach.

Okoliczne budynki są na wpół zrujnowane i wyglądają na opuszczone. Pewnie dlatego wcześniej nigdy nie udawało mi się zobaczyć terenów Nieustraszonych. Sektor Altruizmu jest daleko stąd.

Nieustraszeni kręcą się po szklanym pomieszczeniu, rozmawiają w grupkach. Z boku dwóch Nieustraszonych walczy na kije, śmieją się, gdy któremuś nie uda się uderzenie i trafia w powietrze. Nade mną w poprzek rozciągają się dwie liny, jedna nad drugą, oddalone o pół metra. Prawdopodobnie mają coś wspólnego ze śmiałymi wyczynami kaskaderskimi, z których słyną Nieustraszeni.

Cztery wyprowadza nas drugimi drzwiami. Za nimi jest kolejne, wilgotne pomieszczenie, po ścianach pokrytych graffiti biegną nieosłonięte rury. Pokój jest oświetlony staromodnymi świetlówkami z plastikowymi koszami – muszą być stare.

– To jest symulacja zwana krajobrazem strachu – wyjaśnia Cztery, któremu oczy błyszczą w bladym świetle. – Ze względu na nas został wyłączony, więc teraz jest tu inaczej, niż będzie następnym razem, kiedy go zobaczycie. – Za nim na betonowej ścianie wypisano sprayem, ozdobnymi literami: „Nieustraszony". – Podczas symulacji zbieraliśmy dane o waszych najgorszych koszmarach. Do krajobrazu strachu wprowadzono te dane. Przedstawi wam serię wirtualnych przeszkód. Niektóre z nich to będą koszmary przeżyte przez was podczas symulacji. Niektóre mogą być nowe. Różnica polega na tym, że w krajobrazie strachu wiecie, że to symulacja, więc nie pomiesza wam się w głowach, kiedy będziecie przez to przechodzili.

To znaczy, że każdy w krajobrazie strachu będzie jak Nieustraszony. Nie wiem, czy to dobrze, bo nie zostanę wykryta, czy źle, bo zabraknie mi tej przewagi.

– Liczba koszmarów w krajobrazie zależy od liczby koszmarów, które w was siedzą – tłumaczy dalej Cztery.

Ile koszmarów będzie we mnie? Znowu myślę o spotkaniu z wronami i drżę, choć jest ciepło.

– Wspominałem wam już, że trzeci etap nowicjatu koncentruje się na przygotowaniach mentalnych.

Pamiętam, kiedy to mówił. Pierwszego dnia, zaraz po tym, jak przystawił Peterowi pistolet do głowy. Żałuję, że nie pociągnął za spust.

– Tak jest, ponieważ wymagamy panowania zarówno nad umysłem, jak i nad ciałem, łączenia zdolności fizycznych, których nauczyliście się podczas etapu pierwszego, z mistrzostwem emocjonalnym, które zdobywaliście w drugim etapie. Żeby mieć jasną głowę. – Jedna ze świetlówek mruga, zapala się i gaśnie. Cztery przestaje przyglądać się tłumowi nowicjuszy i skupia wzrok na mnie. – W przyszłym tygodniu przejdziecie jak najszybciej przez krajobraz strachu w obecności komisji przywódców Nieustraszonych. To będzie wasz ostatni test określający ranking dla etapu trzeciego. Tak jak etap drugi nowicjatu jest ważniejszy od pierwszego, etap trzeci jest najważniejszy ze wszystkich. Zrozumiano?

Wszyscy kiwamy głowami. Nawet Drew, chociaż pewnie to go boli.

Jeśli dobrze mi pójdzie ostateczny sprawdzian, mam niezłą szansę znaleźć się w górnej dziesiątce i niezłą szansę, żeby zostać członkiem. Stać się Nieustraszoną. Na samą myśl o tym odczuwam taką ulgę, że robi mi się słabo.

– Każdą przeszkodę możecie pokonać na jeden lub dwa sposoby. Albo wpadniecie na to, jak się uspokoić, i symulacja zarejestruje normalny, równy puls, albo stawicie czoło swojemu koszmarowi, co może zmusić symulację do ustąpienia. Na przykład koszmar tonięcia pokonacie, zanurzając się głębiej. – Wzrusza ramionami. – Więc proponuję, żebyście wykorzystali nadchodzący tydzień, przemyśleli wasze koszmary i opracowali strategie, jak je przezwyciężyć.

– Ale to nie w porządku – odzywa się Peter. – Co, jeśli jeden ma tylko siedem koszmarów, a drugi dwadzieścia? To nie jego wina.

Cztery patrzy na niego przez kilka sekund i wybucha śmiechem.

– Naprawdę chcesz ze mną porozmawiać o tym, co nie jest w porządku? – Rzesza nowicjuszy rozstępuje się, kiedy Cztery idzie do Petera, zakłada ręce na piersi i mówi grobowym głosem: – Rozumiem twój niepokój, Peter. Wydarzenia ostatniego wieczoru jasno dowiodły, że nędzny tchórz z ciebie.

Peter patrzy na niego z kamienną twarzą.

– Więc teraz wszyscy wiemy – dodaje cicho Cztery – że boisz się małej, chudej dziewczynki z Altruizmu. – Wygina usta w uśmiech.

Will mnie obejmuje. Christina trzęsie się z hamowanego śmiechu. Ja, gdzieś w sobie, też znajduję uśmiech.

Kiedy wracamy po południu do sypialni, Al już tam jest. Will staje za mną i trzyma mnie za ramiona – lekko, jakby chciał przypomnieć, że tam jest. Christina podchodzi bliżej mnie.

Al ma sińce pod oczami i twarz opuchniętą od płaczu. Czuję bolesne ukłucie w brzuchu, kiedy na niego patrzę. Nie mogę się poruszyć. Zapach trawy cytrynowej i szałwii, kiedyś taki przyjemny, teraz wykręca mi nos.

– Tris – zaczyna Al łamiącym się głosem. – Możemy porozmawiać?

– Żartujesz? – cedzę przez zęby, a Will ściska mi ramię. – Nigdy więcej do mnie nie podchodź.

– Nie zrobię ci krzywdy. Nigdy nie zamierzałem... – Al zakrywa twarz obiema dłońmi. – Po prostu chciałem przeprosić. Bardzo cię przepraszam. Ja nie... Nie wiem, co ze mną nie tak. Ja... błagam, nie gniewaj się, błagam...

Sięga ręką w moją stronę, jakby pragnął mnie dotknąć, twarz ma mokrą od łez.

Gdzieś, w moim wnętrzu, jest litościwa, wybaczająca osoba. Gdzieś tam jest dziewczyna, która próbuje zrozumieć, przez co przechodzą inni, która akceptuje, że ludzie robią złe rzeczy i że rozpacz prowadzi ich w mroczniejsze miejsca, niż sobie kiedykolwiek wyobrażali. Przysięgam, że ta dziewczyna istnieje, że współczuje okazującemu skruchę chłopcu, którego widzę przed sobą.

Ale gdybym ją zobaczyła, nie poznałabym jej.

– Trzymaj się ode mnie z daleka – ostrzegam cicho. Ciało mam sztywne i chłodne, nie jestem zła, nie jestem urażona, jestem niczym. Jeszcze bardziej ściszam głos. – Nigdy więcej się do mnie nie zbliżaj. – Nasze oczy się spotykają. Jego są ciemne i szkliste. Moje są nicością. – Jeśli podejdziesz, przysięgam, że cię zabiję. Ty tchórzu.

Rozdział 24

Tris.

Śni mi się, że matka woła mnie po imieniu. Przyzywa ręką, a ja przechodzę przez kuchnię, żeby stanąć obok niej. Pokazuje garnek na piecu, podnoszę przykrywkę, żeby zajrzeć do środka. Patrzy na mnie paciorkowate oko wrony, jej pióra przyciśnięte są do boków garnka, tłuste ciało pokrywają bąbelki gotującej się wody.

„Obiad", mówi matka.

– Tris – słyszę znowu. Otwieram oczy. Obok mojego łóżka stoi Christina, po jej policzkach płyną zabarwione makijażem łzy.

– To Al – szepcze. – Chodź.

Paru nowicjuszy nie śpi. Przyjaciółka chwyta mnie za rękę i wyciąga z sypialni. Biegnę boso po kamiennej podłodze, mruganiem spędzając sen z oczu, ręce i nogi nadal mam ociężałe od snu. Stało się coś strasznego. Czuję to z każdym uderzeniem serca. „To Al".

Biegniemy przez poziom Jamy, Christina się zatrzymuje. Wokół skalnej półki zebrał się tłum, ale wszyscy stoją o kilkanaście centymetrów jeden od drugiego, więc starcza miejsca dla mnie, żeby za Christiną przecisnąć się do przodu obok wysokiego mężczyzny w średnim wieku.

Dwóch facetów obok występu podciąga coś na linach. Obaj stękają z wysiłku, przechylają się do tyłu, liny ślizgają się po balustradzie, wtedy znów nachylają się i ciągną dalej. Nad półką pojawia się wielki ciemny kształt. Podbiega kilku Nieustraszonych, żeby pomóc tamtym go przerzucić.

Kształt z łomotem uderza o podłogę Jamy. Blade ramię, nabrzmiałe od wody, opada na kamienie. Zwłoki. Christina przywiera do mnie. Wciska mi głowę w ramię i szlocha, ale ja nie mogę odwrócić wzroku. Kilku mężczyzn przewraca ciało, głowa opada na bok.

Oczy są otwarte i puste. Ciemne. Oczy lalki. Nos ma wysoki łuk, wąski mostek, okrągły czubek. Wargi są niebieskie. Twarz jakby nieludzka, pół trup, a pół zwierzę. Płuca mi płoną; kolejny oddech grzechocze, kiedy wciągam powietrze. „Al".

– Jeden z nowicjuszy – odzywa się ktoś za mną. – Co się stało?

– To, co dzieje się co rok – odpowiada ktoś inny. – Rzucił się z półki.

– Daj sobie spokój z tą makabrą. To mógł być wypadek.

– Znaleźli go pośrodku przepaści. Myślisz, że potknął się o sznurowadło i... hopsa, po prostu poleciał pięć metrów do przodu.

Christina coraz mocniej ściska mi rękę. Powinnam powiedzieć, żeby mnie puściła; zaczyna boleć. Ktoś klęka przy głowie Ala i zamyka mu powieki. Może robi tak, żeby chłopak wyglądał na śpiącego? Głupio. Dlaczego ludzie chcą udawać, że śmierć to sen? Nie jest snem. Nie jest snem.

Coś we mnie się załamuje. Pierś mam ściśniętą, duszę się, nie mogę oddychać. Opadam na ziemię, pociągając za sobą Christinę. Kamienie pod kolanami są chropawe. Coś słyszę, wspomnienie dźwięku. Szloch Ala, jego płacz po nocy. Powinnam wiedzieć. Nadal nie mogę oddychać. Przyciskam obie dłonie do piersi, kołyszę się w przód i w tył, żeby zmniejszyć napięcie w klatce.

Mrugam i widzę czubek głowy Ala, jak ten niesie mnie na plecach do jadalni. Czuję stukot jego kroków. Jest wielki, ciepły i niezgrabny. Nie – był. To jest śmierć – przejście od „jest" do „był".

Mam świszczący oddech. Ktoś przyniósł wielki, czarny worek, żeby włożyć do niego zwłoki. Zgaduję, że będzie za mały. W gardle rodzi mi się śmiech, wylatuje ustami, spięty i bulgoczący. Al jest za duży na worek na zwłoki; co za tragedia. Zduszam śmiech, zatykając sobie usta, brzmi raczej jak jęk. Wyrywam rękę i wstaję, zostawiam Christinę. Uciekam.

– Weź. – Tori wręcza mi parujący kubek pachnący miętą. Trzymam go oburącz, parzy mi palce.

Tori siedzi naprzeciwko mnie. Jeśli chodzi o pogrzeby, Nieustraszeni nie tracą czasu. Tori mówi, że stwierdzają śmierć natychmiast po fakcie. Salon tatuażu jest pusty, ale Jama roi się od ludzi, głównie pijanych. Nie wiem, dlaczego to mnie dziwi.

W domu pogrzeb to ponura okoliczność. Wszyscy się zbierają, żeby wesprzeć rodzinę zmarłego, nie ma śmiechu, krzyku, żartów. I Altruiści nie piją alkoholu, więc wszyscy są trzeźwi. To oczywiste, że pogrzeby tutaj wyglądają zupełnie inaczej.

– Wypij to – zachęca Tori. – Lepiej się poczujesz. Gwarantuję.

– Herbata to chyba nie jest rozwiązanie – odpowiadam powoli, ale mimo to upijam łyk. Ogrzewa mi usta i przełyk, ścieka do brzucha. Nie zdawałam sobie, jak bardzo było mi zimno, dopóki nie przestało mi być zimno.

– Powiedziałam „lepiej", a nie „dobrze". – Uśmiecha się do mnie, ale kąciki jej oczu nie zwężają się jak zazwyczaj. – Nie sądzę, żeby „dobrze" mogło się zdarzyć przez dłuższy czas.

Przygryzam wargę.

– Ile... – Z trudem szukam właściwego słowa. – Ile minęło, zanim się otrząsnęłaś po tym, jak twój brat...

– Nie wiem. – Kręci głową. – Bywają dni, kiedy czuję, że do tej pory nie jest ze mną w porządku. Bywają dni, kiedy czuję się świetnie. Jestem nawet szczęśliwa. Ale parę lat minęło, zanim przestałam myśleć o zemście.

– Dlaczego przestałaś?

Jej spojrzenie robi się puste, patrzy na ścianę za mną. Przez parę sekund stuka palcami o nogę.

– Nie to, że przestałam – odzywa się wreszcie. – Ja raczej... czekam na okazję. – Wyrywa się z zamyślenia i patrzy na zegarek. – Czas iść.

Resztę herbaty wylewam do zlewu. Kiedy odstawiam kubek, zdaję sobie sprawę, że się trzęsę. Niedobrze. Ręce drżą mi zazwyczaj tuż przed płaczem, a nie mogę rozryczeć się przed wszystkimi.

Wychodzę za Tori z salonu tatuażu, idę ścieżką na poziom Jamy. Ludzie, którzy wcześniej tu się kręcili, zebrali się przy półce, w powietrzu mocno czuć alkohol. Kobieta przede mną gwałtownie zgina się w prawo, traci równowagę, zaczyna chichotać, kiedy wpada na mężczyznę obok. Tori chwyta mnie za ramię i odciąga stamtąd.

Znajduję Uriaha i Christinę – stoją między innymi nowicjuszami. Christina ma opuchnięte oczy. Uriah trzyma srebrną flaszkę. Podaje mi ją. Kręcę głową.

– Niespodzianka, niespodzianka – mówi Molly zza moich pleców. Trąca Petera łokciem. – Jak już się jest Sztywniaczką, to na zawsze.

Powinnam ją zignorować. Jej zdanie nie powinno mieć dla mnie znaczenia.

– Czytałam dzisiaj interesujący artykuł – ciągnie, nachylając się bliżej do mojego ucha. – Coś o twoim tacie i prawdziwym powodzie, dla którego opuściłaś swoją frakcję.

Samoobrona nie jest najważniejszą ze spraw, które mam w głowie. Ale najłatwiej wprowadzić ją w życie.

Obracam się i moja pięść trafia w szczękę Molly. Kostki pieką mnie od uderzenia. Nie pamiętam, kiedy postanowiłam ją rąbnąć. Nie pamiętam, kiedy zacisnęłam palce.

Molly rzuca się na mnie z wyciągniętymi rękami, ale nie doskakuje zbyt blisko. Will łapie ją za kołnierz i ciągnie do tyłu. Patrzy to na mnie, to na nią.

– Przestańcie. Obie.

Jakaś część mnie żałuje, że powstrzymał Molly. Walka byłaby miłą odmianą, szczególnie teraz, kiedy Eric wchodzi na pudło obok balustrady. Staję przodem do niego, krzyżuję ramiona, żeby zachować spokój. Ciekawe, co powie.

Za naszej pamięci nikt nie popełnił samobójstwa w Altruizmie, ale stosunek frakcji do tej sprawy jest jasny: samobójstwo to akt egoizmu. Ktoś naprawdę bezinteresowny nie myśli o sobie tak często, żeby pragnąć śmierci. Nikt nie powie tego na głos, ale każdy tak pomyśli.

– Cisza, wszyscy! – krzyczy Eric. Ktoś bije w coś, co dźwięczy jak gong, i wrzaski stopniowo ustają, chociaż gwar nie. – Dziękuję. Jak wiecie, zebraliśmy się tutaj dlatego, że Albert, nowicjusz, ostatniej nocy skoczył w przepaść.

Gwar też ustaje, słychać tylko szum wody w przepaści.

– Nie wiemy dlaczego i łatwo opłakiwać tę stratę dziś wieczór. Ale nie wybieramy sobie łatwego życia, kiedy stajemy się Nieustraszonymi. A prawda jest taka... – Eric się uśmiecha. Gdybym go nie znała, pomyślałabym, że to prawdziwy uśmiech. – Prawda jest taka, że Albert odkrywa teraz nieznane miejsca. Skoczył w porywisty nurt, żeby się dostać w nowe rejony. Komu spośród nas starczy odwagi, żeby zanurzyć się w ciemność, nie wiedząc, co ona kryje? Albert nie był jeszcze jednym z naszych członków, ale możemy być pewni, że był jednym z naszych najdzielniejszych ludzi!

W środku tłumu podnoszą się krzyki. Nieustraszeni wiwatują na różną nutę, wysoką, niską, jasną i głęboką. Ich ryk wydaje się parodią ryku wody. Christina bierze flaszkę od Uriaha i pije. Will otacza ją ramionami i przyciąga do siebie. Głosy wypełniają moje uszy.

– Dziś go uczcimy, a zapamiętamy na zawsze! – drze się Eric. Ktoś podaje mu ciemną butelkę, Eric ją podnosi. – Za Alberta Odważnego!

– Za Alberta! – wtóruje tłum. Wszędzie wokół mnie unoszą się ramiona i Nieustraszeni skandują: – Al-bert! Al-bert! Al-bert! – powtarzają to dziesiątki razy, aż jego imię nie brzmi już jak imię. Brzmi jak pierwotny wrzask jakiejś pradawnej rasy.

Odwracam się od barierki. Dłużej już tego nie wytrzymuję.

Nie wiem, dokąd idę. Chyba donikąd, byle dalej. Kroczę ciemnym korytarzem. Na końcu jest fontanna z wodą do picia, skąpana w niebieskim blasku światła padającego z góry.

Kręcę głową. Odważny? Odważny przyznałby się do słabości i odszedł z Nieustraszonych, bez względu na to, ile najadłby się wstydu. Duma, oto co zabiło Ala. A to wada, którą nosi w sercu każdy Nieustraszony. Ja też.

– Tris.

Całe moje ciało przenika wstrząs, odwracam się. Cztery stoi za mną w kręgu światła. Niebieski blask nadaje mu niesamowity wygląd, zaczernia oczodoły i rzuca cienie na kości policzkowe.

– Co tu robisz? – pytam. – Nie żegnasz zmarłego? – Mówię to tak, jakbym musiała wypluć słowa, które mi nie smakują.

– A ty nie? – Robi krok w moją stronę, znowu widzę jego oczy. W tym świetle wyglądają na czarne.

– Nie mogę pożegnać zmarłego, skoro ty tego nie robisz. – Czuję ukłucie winy i kręcę głową. – Nie chciałam tego powiedzieć.

– Ach. – Sądząc po jego spojrzeniu, nie wierzy mi. Nie mam mu tego za złe.

– To śmieszne... – Czuję gorąco na policzkach. – Chłopak rzuca się ze skalnej półki, a Eric nazywa to odwagą? Eric, który próbował cię zmusić, żebyś celował nożami w głowę Ala? – Żółć podchodzi mi do gardła. Fałszywe uśmiechy Erica, sztuczne słowa, wypaczone ideały... niedobrze mi się od tego robi. – Nie był odważny! Był przygnębiony, był tchórzem i omal mnie nie zabił! Czy to takie rzeczy się tutaj szanuje?

– A co ty się ich czepiasz? Chcesz ich potępić? Al i tak nie żyje. Nie słyszy tego, już za późno.

– Nie chodzi o Ala – wyrzucam z siebie. – Chodzi o tych wszystkich, którzy się przyglądają! Którzy rzucenie się w przepaść uważają za realny wybór. Bo niby dlaczego tego nie zrobić, jeśli potem nazwą cię bohaterem? Dlaczego nie, skoro każdy zapamięta twoje imię? To jest... Nie mogę... – Kręcę głową. Twarz mi płonie, serce wali, próbuję się opanować, ale nie daję rady. – To nigdy by się nie zdarzyło w Altruizmie! – prawie krzyczę. – Nic z tych rzeczy! Nigdy. To miejsce wypaczyło go i zniszczyło i nie obchodzi mnie, że teraz znów nazwą mnie Sztywniaczką, nie obchodzi mnie, nie obchodzi!

Cztery przenosi wzrok na ścianę nad fontanną.

– Ostrożnie, Tris – ostrzega, nie spuszczając z oczu ściany.

– To wszystko, co możesz powiedzieć? – Ściągam brwi i patrzę na niego. – Że powinnam być ostrożna? Tak?

– Nie jesteś lepsza od tych z Prawości, wiesz? – Chwyta mnie za ramię i odciąga od fontanny. To mnie boli, ale jestem za słaba, żeby się wyrwać.

Twarz ma tak blisko, że widzę kilka piegów na jego nosie.

– Nie powtórzę tego, więc słuchaj uważnie. – Kładzie mi ręce na barkach, jego palce przyciskają mnie. Czuję się mała. – Obserwują cię. Właśnie ciebie.

– Puszczaj.

Jego palce odskakują ode mnie, prostuje się. Kiedy mnie nie dotyka, część ciężaru spada mi z serca. Boję się jego zmiennych nastrojów. Pokazują, że jest w nim coś niestabilnego, a w niestabilności kryje się niebezpieczeństwo.

– Ciebie też obserwują? – pytam tak cicho, że nie usłyszałby, gdyby nie stał blisko.

Nie odpowiada.

– Ciągle próbuję ci pomóc – mówi po chwili. – Ale ty na to nie pozwalasz.

– Och, oczywiście. Ta twoja pomoc – prycham. – Dźgasz mnie nożem w ucho, szydzisz ze mnie, wrzeszczysz bardziej niż na innych, to na pewno pomaga.

– Szydzę? Chodzi ci o to, że rzucałem nożami? Nie szydziłem z ciebie. Przypominałem ci, że jeśli zawiedziesz, ktoś inny zajmie twoje miejsce.

Chwytam się dłonią za kark i myślę o incydencie z nożami. Za każdym razem, kiedy coś mówił, przypominał mi, że jeśli się poddam, Al zajmie moje miejsce przed tarczą.

– Dlaczego?

– Bo jesteś z Altruizmu, a dla was szczytem odwagi jest całkowicie bezinteresowne działanie.

Teraz rozumiem. Nie przekonywał mnie, żebym zrezygnowała. Informował, dlaczego nie mogę tego zrobić – bo muszę chronić Ala. Ta myśl jest teraz bolesna.

Chronić Ala. Przyjaciela. Napastnika.

Nie mogę nienawidzić Ala tak bardzo, jak bym chciała.

Nie mogę mu też przebaczyć.

– Na twoim miejscu lepiej bym udawał, że impuls bezinteresowności zanika – mówi Cztery – bo jeśli odkryją to niewłaściwi ludzie… Cóż, źle się to dla ciebie skończy.

– Dlaczego? Dlaczego tak się troszczą o moje intencje?

– Bo tylko o nie się troszczą. Próbują sprawić, żebyś myślała, że interesuje ich, co robisz, ale nie o to im chodzi. Nie chcą, żebyś działała w pewien sposób. Chcą, żebyś myślała w pewien sposób. Tak, żeby łatwo było cię zrozumieć. Żebyś nie stanowiła dla nich zagrożenia. – Przyciska rękę do ściany obok mojej głowy i nachyla się w jej stronę. Koszulę ma taką opiętą, że widzę jego obojczyk i maleńkie wgłębienie między mięśniem naramiennym a bicepsem.

Żałuję, że nie jestem wyższa. Gdybym była wysoka, moja szczupła budowa ciała byłaby określana jako gibka, a nie dziecięca, i może nie widziałby we mnie siostrzyczki, która potrzebuje ochrony.

Nie chcę, żeby widział we mnie siostrzyczkę.

– Nie rozumiem, co ich obchodzi, o czym myślę, dopóki postępuję tak, jak tego ode mnie wymagają.

– Postępujesz tak, jak by chcieli, ale co się stanie, jeśli twój zaprogramowany na altruizm mózg powie ci, żebyś robiła co innego, coś, czego oni sobie nie życzą?

Nie muszę na to odpowiadać, nawet nie wiem, czy nie myli się co do mnie. Jestem zaprogramowana jak Altruistka czy jak Nieustraszona?

Może odpowiedź brzmi, że ani tak, ani tak. Może jestem zaprogramowana jak Niezgodna.

– A co, jeśli ja nie chcę, żebyś mi pomagał? Pomyślałeś o tym kiedyś? – pytam. – Wiesz, że mam dość siły. Sama sobie poradzę.

Kręci głową.

– Sądzisz, że w pierwszym odruchu lecę ci z pomocą. Bo jesteś małą dziewczynką albo Sztywniaczką. Ale się mylisz. – Zbliża twarz do mojej twarzy i łapie mnie palcami za podbródek. Jego rękę czuć metalem. Kiedy ostatnio trzymał pistolet albo nóż? Skóra mrowi mnie w miejscu dotyku, jakby przewodził elektryczność. – Mój pierwszy odruch to doprowadzić cię do kresu wytrzymałości tylko po to, żeby zobaczyć, jak mocno będę musiał nacisnąć. – Ściska palce przy słowie „kresu". Ciało mi tężeje, kiedy słyszę ten jego ton, skręcam się jak sprężyna, zapominam o oddychaniu. Podnosi ciemne oczy, patrzy na mnie i dodaje: – Ale opieram się temu.

– Dlaczego… – Przełykam z trudem. – Dlaczego to twój pierwszy odruch?

– Nie zamykasz się, kiedy czujesz strach, budzisz się. Widziałem. To fascynujące. – Puszcza mnie, ale się nie odsuwa. Jego ręka muska moją szczękę po szyję. – Czasem, po prostu… chciałbym zobaczyć to raz jeszcze. Chciałbym zobaczyć, jak się budzisz.

Kładę mu ręce na pasie. Nie pamiętam, jak się na to zdecydowałam. Ale też nie jestem w stanie się odsunąć. Przyciągam się do jego piersi, obejmuję go ramionami. Palcami muskam mięśnie grzbietu.

Po chwili dotyka mojego karku, przyciska mnie bardziej i gładzi drugą ręką po włosach. Znowu czuję się mała, ale tym razem nie boję się tego. Zamykam powieki. Już się go nie boję.

– Powinnam płakać? – pytam głosem tłumionym przez jego koszulę. – Czy coś ze mną nie tak?

Symulacje rozstroiły Ala tak bardzo, że się już nie pozbierał. To dlaczego nie mnie? Dlaczego nie jestem jak on – i dlaczego ta myśl tak mnie niepokoi, jakbym sama chwiała się na skalnym występie?

– Myślisz, że wiem cokolwiek o łzach? – mówi cicho.

Nie spodziewam się, że Cztery mnie uspokoi, a on nawet tego nie próbuje, ale lepiej się czuję, stojąc tutaj, niż kiedy stałam między ludźmi, którzy są moimi przyjaciółmi, moją frakcją. Przyciskam czoło do jego ramienia.

– Jak myślisz, czy gdybym mu przebaczyła, żyłby teraz?

– Nie wiem. – Przykłada rękę do mojego policzka, a ja wtulam w nią twarz, oczy mam zamknięte.

– Czuję, jakby to była moja wina.

– To nie twoja wina. – Dotyka czołem mojego czoła.

– Ale powinnam... powinnam mu przebaczyć.

– Może. Może my wszyscy powinniśmy więcej zrobić. Ale teraz niech poczucie winy przypomina nam, żeby następnym razem lepiej się postarać.

Marszczę brwi i się odsuwam. To jest postawa, której uczą członkowie Altruizmu – wina jako narzędzie, a nie jako broń przeciwko sobie. To proste powtórzenie jednego z wykładów mojego ojca na naszych cotygodniowych spotkaniach.

– Cztery, z jakiej ty pochodzisz frakcji?

– To nie ma znaczenia. – Wzrok ma opuszczony. – Teraz jestem tutaj. Warto, żebyś i ty o tym pamiętała.

Spogląda na mnie niepewnie i przytyka wargi do mojego czoła, dokładnie między brwiami. Zamykam oczy. Nie rozumiem tego, czymkolwiek to jest. Ale nie chcę tego zniszczyć, więc nic nie mówię. Nie rusza się; po prostu stoi z ustami przyciśniętymi do mojej skóry, a ja stoję z rękami na jego pasie. Długo.

Rozdział 25

Stoję z Willem i Christiną przy balustradzie nad przepaścią, jest późno w nocy, większość Nieustraszonych poszła spać. Oba ramiona mnie pieką od igły. Pół godziny temu wszyscy zrobiliśmy sobie nowe tatuaże.

W salonie była tylko Tori, więc czułam się bezpiecznie, dziergając sobie na prawym ramieniu symbol Altruizmu – dwie ręce z dłońmi do góry, jakby kogoś podtrzymywały, obwiedzione kołem. Wiem, że to ryzykowne, szczególnie po tym wszystkim, co się stało. Ale ten symbol jest częścią mojej tożsamości, i to ważne dla mnie, żeby go nosić na skórze.

Wchodzę na jeden z poziomych prętów barierki i przyciskam biodra do kraty, żeby utrzymać równowagę. Tutaj stał Al. Patrzę w przepaść, w czarną wodę, na postrzępione skały. Fala uderza w ścianę i tryska w górę, omywając mi twarz mgiełką. Czy się bał? A może był tak zdeterminowany, żeby skoczyć, że poszło mu łatwo?

Christina podaje mi stos papierów. To egzemplarz każdego artykułu, który Erudyci opublikowali przez ostatnie pół roku. Jak wrzucę je do przepaści, nie pozbędę się ich na zawsze, ale może lepiej się poczuję.

Patrzę na pierwszy. Jest na nim zdjęcie Jeanine, przedstawicielki Erudytów. Jej ostre, ale ładne oczy odpowiadają mi spojrzeniem.

– Spotkałeś ją kiedyś? – pytam Willa.

Christina zwija pierwszy artykuł w kulkę i wrzuca do wody.

– Jeanine? Raz – odpowiada Will. Bierze następną kartkę i drze ją na strzępy.

Kawałki papieru unoszą się na wodzie. Will robi to inaczej niż Christina, bez złośliwości. Odnoszę wrażenie, że uczestniczy w tym tylko po to, żeby mi udowodnić, że nie zgadza się z praktykami swojej dawnej frakcji. Nie jest jasne, czy wierzy w to, co mówią, a ja nie mam odwagi zapytać.

– Zanim została przywódcą, pracowała z moją siostrą. Próbowały uzyskać dłużej działające serum do symulacji – ciągnie. – Jeanine jest taka mądra, że widzisz to, zanim się odezwie. Jak... chodzący, mówiący komputer.

– Co... – Rzucam jedną stronicę za balustradę, zaciskam usta. Wystarczy po prostu zapytać. – Co sądzisz o tym, co ma do powiedzenia?

Wzrusza ramionami.

– Bo ja wiem? Może to dobry pomysł, żeby więcej niż jedna frakcja kontrolowała rząd. A może byłoby fajnie, gdybyśmy dostawali więcej samochodów i... świeżych owoców, i...

– Przecież wiesz, że nie ma tajnych magazynów, gdzie trzymany jest ten cały towar, prawda? – pytam, a twarz robi mi się gorąca.

– Pewnie. Po prostu myślę, że wygoda i dobrobyt to nie są priorytety dla Altruizmu, a może byłoby inaczej, gdyby inne frakcje też brały udział w podejmowaniu decyzji.

– Bo dać samochód chłopcu od Erudytów to ważniejsze, niż dać jedzenie bezfrakcyjnym – wybucham.

– Hej, spokój! – Christina pociera palcami ramię Willa. – To beztroska sesja symbolicznego niszczenia dokumentów, a nie debata polityczna.

Łykam słowa, które już miałam na końcu języka, i patrzę na stos papierów w swoim ręku. Will i Christina ostatnio często przypadkiem się dotykają. Zauważyłam. Czyżby?

– Ale przez tę całą gadaninę o twoim tacie – podejmuje Will – chyba zaczynam jej nienawidzić. Nie wyobrażam sobie, żeby z opowiadania takich obrzydliwych rzeczy wyszło coś dobrego.

Ja sobie wyobrażam. Jeśli Jeanine przekona ludzi, że mój ojciec i inni przywódcy Altruizmu są skorumpowani i koszmarni, wesprze ją każda rewolucja, którą sama wywoła, o ile naprawdę to planuje. Ale nie chcę się znowu sprzeczać, więc tylko kiwam głową i wrzucam resztę kartek do przepaści. Kołyszącym ruchem wreszcie opadają na wodę. Zostaną odfiltrowane przy ścianie i usunięte.

– Czas do łóżka – oznajmia z uśmiechem Christina. – Gotowi do powrotu? Chętnie włożyłabym Peterowi rękę do miski z ciepłą wodą, żeby dziś w nocy się posikał.

Odwracam się. Coś mi mignęło po prawej stronie Jamy. Jakaś postać wspina się do szklanego sufitu, a sądząc po płynnych ruchach, po tym, jak stopy ledwie muskają ziemię, domyślam się, że to Cztery.

– Świetny pomysł, ale muszę o czymś pogadać z instruktorem. – Pokazuję cień wchodzący po ścieżce.

Oczy Christiny podążają za moją ręką.

– Na pewno chcesz obijać się tu sama po nocy?

– Nie sama. Z Cztery. – Gryzę się w wargę.

Christina patrzy na Willa, on patrzy na nią. Żadne z nich mnie nie słucha.

– W porządku – mówi z dystansem Christina. – Hm, więc spotkamy się później.

Idą w stronę sypialń, Christina czochra włosy Willa, a ten trąca ją w żebra. Patrzę na nich przez sekundę. Mam wrażenie, jakbym była świadkiem początku czegoś, ale nie jestem pewna, co to będzie.

Biegnę do ścieżki po prawej stronie i zaczynam wchodzić. Staram się poruszać jak najciszej. W przeciwieństwie do Christiny nie jest mi trudno oszukiwać. Nie chcę rozmawiać z Cztery – przynajmniej dopóki nie przekonam się, dokąd idzie późno w nocy, w szklanym budynku nad nami.

Biegnę po cichu, brakuje mi oddechu, kiedy docieram do schodów i staję po jednej stronie szklanego pokoju. Cztery jest po drugiej stronie. Przez okna widzę światła miasta, płoną, ale wygasają, kiedy patrzę. O północy powinny być wyłączone.

Cztery staje przed drzwiami do krajobrazu strachu. W jednej ręce trzyma czarne pudełko, w drugiej strzykawkę.

– Skoro już tu jesteś – odzywa się, nie odwracając – możesz wejść ze mną.

Przygryzam wargę.

– Do twojego krajobrazu strachu?

– Tak.

Podchodzę.

– Mogę to zrobić?

– Serum podłączy cię do programu, ale to program decyduje, przez czyj krajobraz przejdziesz. W tej chwili jest nastawione na przeniesienie nas do mojego.

– Pozwolisz mi to zobaczyć?

– A jak myślisz, po co wchodzę? – pyta cicho. Nie podnosi oczu. – Chcę ci pokazać parę rzeczy.

Podnosi strzykawkę i nachyla mi głowę, żeby mieć lepszy dostęp do szyi. Czuję ostry ból, kiedy wbija igłę, ale już do tego przywykłam. Kiedy skończył, podaje mi czarne pudełko. Jest w nim inna strzykawka.

– Ja jeszcze nigdy... – Biorę od niego pudełko. Nie chcę zrobić mu krzywdy.

– W to miejsce. – Dotyka szyi paznokciem.

Staję na palcach i wbijam igłę trochę roztrzęsioną ręką. Nawet nie mrugnął.

Przez cały czas na mnie patrzy i kiedy kończę, odkłada obie strzykawki do pudełka i stawia je przy drzwiach. Wiedział, że pójdę za nim na górę. Wiedział albo miał nadzieję. Tak czy inaczej dobrze się stało.

Wyciąga do mnie rękę, wkładam swoją w jego dłoń. Palce ma zimne i szorstkie. Myślę, że jest coś, o czym powinnam powiedzieć, ale zbyt oszołomiona nie mogę wydobyć z siebie słowa. Wolną ręką otwiera drzwi, ruszam za nim w ciemność. Jestem już przyzwyczajona do wchodzenia do mrocznych pomieszczeń bez wahania. Wyrównuję oddech i mocno trzymam Cztery za rękę.

– Zobaczymy, czy zgadniesz, dlaczego nazywają mnie Cztery – mówi.

Drzwi zamykają się za nami z lekkim trzaskiem, robi się zupełnie ciemno. W korytarzu jest zimno; czuję każdą cząstkę powietrza wdychaną do płuc. Przybliżam się do niego, ramieniem dotykam jego ramienia.

– Jak naprawdę masz na imię?

– Zobaczymy, czy i to zgadniesz.

Wciąga nas symulacja. Posadzka, na której stoję, nie jest już betonowa. Trzeszczy jak metal. Światło dochodzi z każdej strony, wokół nas roztacza się miasto, szklane budynki, łuki torów kolejowych. Jesteśmy wysoko ponad tym wszystkim. Od dawna nie widziałam błękitnego nieba, więc kiedy otwiera się nade mną, czuję, jak oddech więźnie mi w płucach. Efekt mnie oszałamia.

Zaczyna wiać. Przy silnych podmuchach muszę się oprzeć o Cztery, żeby ustać. Puszcza moją dłoń i otacza mnie ramieniem. Z początku myślę, że chce mnie chronić – ale nie, ma problem z oddychaniem, jestem mu potrzebna, żeby się uspokoił. Zmusza się, żeby nie zaciskać zębów i oddychać przez otwarte usta.

Wysokość jest piękna dla mnie, ale skoro się pojawiała, dla niego to koszmar.

– Mamy zeskoczyć, zgadza się? – przekrzykuję wiatr.

Kiwa głową.

– Na trzy, okay?

Kolejne kiwnięcie.

– Raz... dwa... trzy! – Pociągam go za sobą, kiedy zaczynam szybko biec.

Po pierwszym kroku reszta jest łatwa. Oboje skaczemy z krawędzi dachu. Spadamy szybko jak dwa kamienie, powietrze stawia nam opór, ziemia rośnie pod nami. Potem scena niknie, stoję na podłodze, na czworakach, uśmiecham się. Uwielbiałam ten pęd w dniu, kiedy wybrałam Nieustraszonych, uwielbiam go i teraz.

Cztery ciężko dyszy i przyciska ręce do piersi.

Podnoszę się i pomagam mu wstać.

– Co dalej?

– To...

Coś twardego uderza mnie w plecy. Wpadam na niego, walę go głową w obojczyk. Po mojej lewej i prawej ukazują się ściany. Przestrzeń się zawęża, teraz Cztery musi przycisnąć ramiona do klatki, żeby się zmieścić. Na otaczające nas ściany z trzaskiem wali się sufit, Cztery przykuca, jęczy. Miejsca jest akurat tyle, żeby się zmieścił, ale ani trochę więcej.

– Jesteśmy zamknięci – mówię.

Wydaje gardłowy odgłos. Przechylam głowę i lekko odsuwam, żeby móc na niego popatrzeć. W ciemności ledwie widzę jego twarz. Brakuje powietrza, trudno oddychać. Krzywi się, jakby go bolało.

– Hej – mamroczę. – Jest w porządku. Tutaj…

Kładę jego ręce na swoje ciało, żeby zrobiło się więcej miejsca. Przywiera do moich pleców, twarz trzyma obok mojej twarzy, nadal się garbi. Ma ciepłe ciało, ale ja czuję tylko jego kości i mięśnie, które je oplatają; nie ustępuję. Żar oblewa mi policzki. Czy będzie mógł powiedzieć, że ciągle mam budowę dziecka?

– Po raz pierwszy cieszę się, że jestem taka mała. – Śmieję się. Jeśli będę żartować, to może go uspokoję. I sama się rozerwę.

– Mhm – mruczy, głos ma spięty.

– Możemy się stąd wydostać. Łatwiej sprostać koszmarowi, jeśli stawi mu się czoło. – Nie czekam na odpowiedź. – Powinieneś teraz jeszcze bardziej zmniejszyć tę przestrzeń. Im będzie gorzej, tym lepiej. Zgadza się?

– Tak. – Kolejne, nerwowe słówko.

– Dobra. Musimy ukucnąć. Gotowy?

Ściskam go w pasie, żeby pociągnąć go ze sobą. Czuję jego twarde żebra pod dłonią i słyszę, jak drewniane deski ocierają się o siebie ze zgrzytem, kiedy opadają wraz z nami. Zdaję sobie sprawę, że się nie zmieścimy, zachowując przestrzeń między nami, więc odwracam się i zwijam w kłębek, przywieram plecami do jego piersi. Jedno kolano ma ugięte przy mojej głowie, a drugie podwinięte pode mną tak, że siadam na jego kostce. Jesteśmy plątaniną kończyn. Słyszę przy uchu chrapliwy oddech.

– Ach – wzdycha ochryple. – Tak jest gorzej. To całkowicie…

– Cśśś. Obejmij mnie.

Posłusznie obejmuje mnie w pasie. Uśmiecham się do ściany. Nie cieszę się z tej sytuacji. Nie, ani trochę, nie.

– Symulacja mierzy twoją reakcję na strach. – Powtarzam tylko to, co sam nam mówił, ale przypominanie może mu pomóc. – Więc jeśli uspokoisz tętno, przejdziesz do następnego etapu. Pamiętasz? Więc spróbuj zapomnieć, że tu jesteśmy.

– Tak? – Kiedy mówi, jego wargi poruszają się obok mojego ucha, gorąco zaczyna we mnie krążyć. – Takie to łatwe, hę?

– Wiesz, większość chłopaków byłaby zadowolona, że wpadli w pułapkę tak blisko dziewczyny. – Podnoszę oczy.

– Tris, ale nie ci, którzy mają klaustrofobię! – Teraz słychać rozpacz w jego głosie.

– Już dobrze, dobrze. – Kładę dłoń na grzbiecie jego dłoni i przenoszę na swoją pierś, dokładnie tam, gdzie serce. – Wczuj się w rytm mojego serca. Łapiesz go?

– Tak.

– Czujesz, jaki jest równy?

– Jest szybki.

– Tak, hm, to nie ma nic wspólnego z tym pudłem. – Krzywię się, ledwie kończę to mówić. Właśnie do czegoś się przyznałam. Oby nie zrozumiał. – Za każdym razem, jak usłyszysz mój oddech, też oddychaj. Skup się na tym.

– Jasne.

Oddycham głęboko, jego klatka unosi się i opada wraz z moją.

– Może powiesz, skąd wziął się ten koszmar – odzywam się po kilku sekundach łagodnym tonem. – Może rozmowa na ten temat pomoże nam… jakoś.

Nie wiem dlaczego, ale to chyba dobry pomysł.

– Hm... okay. – Znowu oddycha razem ze mną. – Ten pochodzi z mojego wspaniałego dzieciństwa. Dziecięce kary. Mała szafa na piętrze.

Zaciskam usta. Pamiętam, jak mnie karano – kazano iść do mojego pokoju bez kolacji, odbierano to czy tamto, solidnie rugano. Nigdy nie byłam zamykana w szafie. Okrucieństwo piecze; aż mnie piersi bolą, gdy o nim myślę. Nie wiem, co powiedzieć, więc nadal udaję beztroskę.

– Moja matka trzymała w szafie nasze zimowe płaszcze.

– Ja nie... – Z trudem chwyta powietrze. – Naprawdę, nie chcę już o tym rozmawiać.

– W porządku. No to... ja będę mówić. Zapytaj mnie o coś.

– Okay. – Śmieje mi się do ucha, jego głos drży. – Tris, dlaczego tak szybko bije ci serce?

Kulę się.

– Hm, ja... – Szukam wymówki, żeby ani słowem nie wspomnieć o jego ramionach opasujących moją talię. – Prawie cię nie znam. – Za słabo cię znam. – Prawie cię nie znam i jestem wciśnięta z tobą do pudła, Cztery, co o tym sądzisz?

– Gdybyśmy znaleźli się w twoim krajobrazie strachu, ja też bym tam był?

– Nie boję się ciebie.

– Jasne, że nie. Ale nie o to mi chodzi.

Znowu się śmieje, a wtedy ściany rozchodzą się z trzaskiem i padają. Jesteśmy w kręgu światła.

Czwórka wzdycha i zdejmuje ze mnie ręce. Gramolę się na nogi i otrzepuję, chociaż nie ma na mnie brudu, a przynajmniej go nie widzę. Wycieram dłonie w dżinsy. Zimno mi w plecy, kiedy tak nagle się odsunął.

Stoi przede mną. Uśmiecha się, a mnie niezbyt się podoba wyraz jego oczu.

– Możliwe, że wyrzucili cię z Prawości, bo jesteś cholerną kłamczuchą – mówi.

– Wydaje mi się, że mój test przynależności wykluczył to całkowicie.

Kręci głową.

– Test przynależności niczego ci nie powie.

Mrużę oczy.

– O, naprawdę? A czy to nie przez swój test skończyłeś u Nieustraszonych?

Podniecenie krąży we mnie jak krew w żyłach, napędzane nadzieją, że usłyszę, że on też jest Niezgodny jak ja, że razem możemy dojść do tego, co to znaczy.

– Właściwie to nie – odpowiada. – Ja...

Ogląda się za siebie i milknie. Kilka metrów dalej stoi kobieta i celuje do nas z pistoletu. Nie rusza się, rysy twarzy ma pospolite – gdybyśmy teraz wyszli, pewnie bym jej nie zapamiętała. Po mojej prawej pojawia się stolik. Leży na nim pistolet i jedna kula. Dlaczego ta kobieta nie strzela do nas?

Aha. Ten koszmar nie jest związany z zagrożeniem życia Cztery. Ma coś wspólnego z pistoletem na stole.

– Musisz ją zabić – szepczę.

– Za każdym razem.

– Ona nie jest prawdziwa.

– Ale taka się wydaje. – Przygryza wargę. – To wygląda, jakby działo się w rzeczywistości.

– Jeśli byłaby prawdziwa, już by cię zabiła.

– W porządku. – Kiwa głową. – Ja tylko... ja to zrobię. To tutaj nie... nie jest takie złe. Nie ma w tym tyle paniki.

Nie ma tyle paniki, ale znacznie więcej strachu. Widzę to w jego oczach, kiedy bierze pistolet, otwiera komorę, jakby to robił tysiące razy – może i robił. Wsuwa kulę do komory, wystawia pistolet i trzyma go oburącz przed sobą. Przymyka jedno oko i wolno wdycha powietrze.

Przy wydechu strzela, a głowa kobiety opada gwałtownie do tyłu. Widzę czerwony błysk i odwracam wzrok. Słyszę, jak ciało wali się na podłogę.

Cztery rzuca z hukiem broń. Patrzymy na leżące zwłoki. Miał rację, kiedy mówił, że to wygląda tak prawdziwie. Nie bądź śmieszna. Chwytam go za ramię.

– No, dalej. Idziemy. Ruszaj się.

Kiedy pociągam go drugi raz, otrząsa się z zamroczenia i idzie za mną. Przechodzimy obok stołu, ciało kobiety znika. Zostaje tylko w pamięci, mojej i jego. Jak by to było, gdybym przechodząc przez krajobraz strachu, za każdym razem musiała kogoś zabić? Może się dowiem.

Ale coś mnie zastanawia: to miały być najgorsze koszmary Cztery. Ale chociaż wpadł w panikę w pudle i na dachu, zabił kobietę bez większych problemów. Najwyraźniej symulacja wychwytuje wszelkie koszmary, które może w nim znaleźć, a nie znajduje ich wiele.

– Znowu się zaczyna – mamrocze cicho Cztery.

Przed nami pojawia się ciemna postać, pełznie po obrębie światła, czeka, aż zrobimy kolejny krok. Kto to? Kto nawiedza koszmary Cztery?

Człowiek, który się wyłania, jest wysoki i szczupły, włosy ma przycięte tuż przy skórze. Ręce trzyma za plecami. Nosi szare ubranie Altruizmu.

– Marcus – szepczę.

– To jest ta część, w której poznajesz moje imię – wyjaśnia Cztery roztrzęsionym głosem.

– Czy on… – Przenoszę wzrok z Marcusa, który niespiesznie zbliża się do nas, na instruktora, który powoli się cofa. Wszystko zaczyna być jasne. Marcus miał syna, który przyłączył się do Nieustraszonych. A syn miał na imię… – Tobias.

Marcus pokazuje nam swoje ręce. Wokół jednej dłoni okręcony jest pas. Wolno odwija go z palców.

– To dla twojego dobra – mówi, a echo powtarza to dwanaście razy.

Dwunastu Marcusów ciśnie się do kręgu światła, wszyscy trzymają ten sam pas, wszyscy mają te same twarze bez wyrazu.

Kiedy Marcusowie mrugają, ich oczy zamieniają się w puste czarne dziury. Pasy pełzną po podłodze, która teraz jest pokryta białymi kafelkami. Przechodzą mnie dreszcze. Erudyci oskarżali Marcusa o okrucieństwo. Przynajmniej raz mieli rację.

Patrzę na Cztery, Tobiasa: jakby skamieniał. Przygarbił się. Wygląda, jakby postarzał się o wiele lat; wygląda, jakby odmłodniał o wiele lat. Pierwszy Marcus podrywa rękę, kiedy przygotowuje się do ciosu, pas śmiga mu nad ramieniem. Tobias kurczy się, odsuwa, podnosi ręce, żeby chronić twarz.

Rzucam się przed niego i pas trzepie mnie w przegub, owija się dokoła niego. Gorący ból przebiega mnie aż do łokcia. Zgrzytam zębami i ciągnę z całych sił. Marcus puszcza, więc odwijam pas i biorę go za sprzączkę.

Robię zamach tak szybko, jak tylko potrafię, staw barkowy piecze mnie od nagłego ruchu, pas uderza przeciwnika w ramię. Marcus ryczy i rzuca się na mnie z wyciągniętymi rękami, z paznokciami, które wyglądają jak szpony. Tobias odpycha mnie za siebie, tak że staje między mną a Marcusem. Wygląda na to, że jest zły, a nie wystraszony.

Wszyscy Marcusowie znikają. Światło się zapala, ukazując długie wąskie pomieszczenie z pokruszonymi, ceglanymi ścianami i betonową posadzką.

– To jest to? – pytam. – To są twoje najgorsze koszmary? Przecież masz tylko cztery… – milknę. Tylko cztery koszmary. – Aha – spoglądam za siebie na niego – dlatego nazywają cię…

Cichnę, kiedy widzę jego minę. Patrzy szeroko otwartymi oczami i wygląda niemal bezradnie w tym oświetlonym pomieszczeniu. Usta ma rozchylone. Gdyby nie to, że jesteśmy właśnie tutaj, powiedziałabym, że to wyraz podziwu. Ale nie rozumiem, dlaczego gapi się na mnie z podziwem.

Bierze mnie pod ramię, kciukiem naciska miękkie miejsce nad przedramieniem i przyciąga mnie do siebie. Skóra nadgarstka, chociaż blada jak reszta ciała, nadal mnie piecze, jakby pas był prawdziwy. Jego usta powoli przesuwają się po moim policzku, potem ręce zaciskają się na moich ramionach i przytula twarz do mojej szyi, czuję jego oddech na obojczyku.

Przez sekundę stoję sztywno, potem zarzucam na niego ramiona i wzdycham.

– Hej – mówię łagodnie – przeszliśmy przez to.

Podnosi głowę, przesuwa palcami po moich włosach i zakłada mi je za ucho. Patrzymy na siebie w milczeniu. Z roztargnieniem bawi się lokiem moich włosów.

– Ty mnie przez to przeprowadziłaś – mamrocze w końcu.

– Hm. – Mam sucho w gardle. Próbuję nie zwracać uwagi na nerwowe naelektryzowanie, które pojawia się we mnie za każdym razem, kiedy Cztery mnie dotyka. – To była łatwa odwaga. Nie moje koszmary.

Opuszczam ręce i od niechcenia wycieram dłonie o dżinsy z nadzieją, że tego nie zauważy.

Jeśli zauważył, nie powiedział tego. Splata palce z moimi palcami.

– Chodźmy – mówi. – Jest jeszcze coś, co chcę ci pokazać.

Rozdział 26

Ręka w rękę idziemy w stronę Jamy. Ostrożnie kontroluję nacisk swojej dłoni. Raz mam wrażenie, że nie ściskam dosyć mocno, a raz, że ściskam za mocno. Nigdy nie kapowałam, dlaczego ludzie mają ochotę trzymać się za ręce, kiedy chodzą razem, ale nagle on przesuwa palec po mojej dłoni, a ja drżę i zaczynam całkowicie rozumieć.

– Więc... – Trzymam się ostatniej logicznej myśli, którą pamiętam. – Cztery koszmary.

– Cztery koszmary wtedy, cztery koszmary teraz. – Kiwa głową. – Nie zmieniły się, więc ciągle tam chodzę, ale... nadal nie zrobiłem postępów.

– Nie można być nieustraszonym, pamiętasz? Bo ciągle zależy ci na różnych rzeczach. Na twoim życiu.

– Wiem.

Poruszamy się skrajem Jamy, wąską ścieżką, która prowadzi na dno przepaści. Wcześniej jej nie zauważyłam – nie widać jej na tle skalnej ściany. Ale Tobias zna ją chyba dobrze.

Nie chcę zniszczyć chwili, ale muszę wiedzieć o jego teście przynależności. Muszę wiedzieć, czy jest Niezgodny.

– Miałeś mi powiedzieć o wynikach swojego testu – przypominam.

– Aha. – Wolną ręką drapie się po karku. – Czy to ma znaczenie?

– Tak.

– Ale ty jesteś wymagająca. – Uśmiecha się.

Docieramy do końca ścieżki i stajemy na dnie przepaści, gdzie skały tworzą niestabilne podłoże, wystające pod ostrymi kątami z pędzącej wody. Prowadzi mnie w górę i w dół, przez małe dziury i kanciaste grzbiety. Buty przywierają mi do chropawej skały. Podeszwy zostawiają ślady.

Znajduje z boku względnie płaski głaz, gdzie prąd nie jest rwący, i siada. Stopy kołyszą mu się nad brzegiem. Siadam obok niego. Chyba czuje się tu komfortowo, kilkanaście centymetrów nad niebezpieczną wodą.

Puszcza moją rękę. Patrzę na postrzępiony brzeg kamienia.

– Widzisz, o tym nie opowiadam ludziom, nawet przyjaciołom – odzywa się.

Zaplatam i zaciskam palce. To doskonałe miejsce, gdzie może mi powiedzieć, że nie jest Niezgodny, o ile to prawda. Musiał otrzymać wyniki Nieustraszonego. Ryk przepaści daje pewność, że nikt nas nie podsłucha. Nie wiem, dlaczego ta myśl tak mi działa na nerwy.

– Mój wynik był spodziewany – odzywa się. – Altruizm.

– Och. – Coś we mnie się kurczy. Myliłam się co do niego. Założyłam, że skoro nie jest Niezgodny, musiał uzyskać wynik Nieustraszonego. Teoretycznie mnie też przypisano do Altruizmu – w systemie. Czy z nim było podobnie? A jeśli tak, to dlaczego mówi mi prawdę?

– Ale wybrałeś Nieustraszonych?

– Z konieczności.

– Dlaczego odszedłeś?

Odwraca ode mnie wzrok, patrzy w przestrzeń przed sobą, jakby w powietrzu szukał odpowiedzi. Nie musi mówić. Nadal czuję wspomnienie piekącego pasa na nadgarstku.

– Uciekałeś od ojca. Dlatego nie chcesz zostać przywódcą Nieustraszonych? Bo jak byś nim był, pewnie musiałbyś znowu się z nim zobaczyć?

Unosi ramię.

– Tak, i jeszcze jedno. Zawsze uważałem, że nie bardzo pasuję do Nieustraszonych. W każdym razie takich, jakimi są dzisiaj.

– Ale ty jesteś… niesamowity. – Przerywam i odchrząkuję. – To znaczy, według standardów Nieustraszonych.

Cztery koszmary to niespotykane. Jak to możliwe, że tu nie pasujesz?

Wzrusza ramionami. Zdaje się, że jego talent i pozycja wśród Nieustraszonych są mu obojętne, a tego spodziewałabym się po Altruizmie. Nie wiem, co o tym sądzić.

– Mam teorię, że bezinteresowność i odwaga nie tak bardzo się różnią – odzywa się po chwili. – Całe życie uczą człowieka, żeby zapomniał o sobie, więc w niebezpieczeństwie to jest najważniejsze. Równie dobrze mógłbym należeć do Altruizmu.

Nagle poczułam się ciężko. Całe życie poświęcić na trening? To nie dla mnie. Ja nadal uznaję przede wszystkim instynkt samozachowawczy.

– No tak. Opuściłam Altruizm, bo nie byłam wystarczająco bezinteresowna, choćbym nie wiem, jak próbowała.

– To niezupełnie prawda. – Uśmiecha się do mnie. – Ta dziewczyna, która pozwoliła, żeby rzucać w nią nożami, chciała oszczędzić strachu przyjacielowi. A kto uderzył mojego ojca pasem, żeby mnie chronić? Ta bezinteresowna dziewczyna. Czy to ty?

Więcej o mnie wie niż ja sama. I chociaż to niemożliwe, żeby coś do mnie czuł, jeśli założyć, że nie jestem… może nie. Marszczę brwi.

– Bardzo uważnie mi się przyglądałeś, prawda?

– Lubię obserwować ludzi.

– Może wyrzucili cię z Prawości, Cztery, bo straszny z ciebie kłamca.

Kładzie rękę na kamieniu obok siebie, jego palce leżą obok moich. Spoglądam w dół, na nasze dłonie. On ma długie i wąskie. Stworzone do precyzyjnych, wprawnych ruchów. Nie dłonie Nieustraszonego, które powinny być grube i twarde, gotowe do łamania przedmiotów.

– Doskonale. – Przysuwa twarz do mojej twarzy, skupia wzrok na podbródku, ustach, nosie. – Obserwowałem cię, bo cię lubię. – Powiedział to otwarcie, dzielnie, a jego oczy zajrzały w moje. – I nie mów do mnie Cztery, okay? Miło znowu słyszeć własne imię.

Tak po prostu wreszcie wyznał swoje uczucia, a ja nie wiem, jak zareagować. Na policzkach mam wypieki.

– Ale ty jesteś dwa lata starszy ode mnie... Tobias. – To wszystko, co mogę powiedzieć.

– Tak, ta wyjąca dwuletnia przepaść jest naprawdę nie do przebycia, co? – Uśmiecha się do mnie.

– Nie zamierzam być zbyt skromna – mówię. – To najzwyczajniej do mnie nie trafia. Jestem młodsza. Nie jestem piękna. Ja...

Wybucha śmiechem, który jakby dochodził z głębi jego osoby, i dotyka mojej skroni ustami.

– Nie udawaj. – Ledwo dyszę. – Wiesz, że to prawda. Nie jestem brzydka, ale na pewno też nie piękna.

– Doskonale. Daleko ci do piękności. I co? – Całuje mnie w policzek. – Podobasz mi się. Jesteś cholernie bystra. Odważna. I chociaż dowiedziałaś się o Marcusie... – Głos mu łagodnieje. – Nie patrzysz na mnie tak, jakbym był skopanym szczeniakiem albo czymś tam.

– Hm... Bo na takiego nie wyglądasz.

Przez sekundę jego czarne oczy wpatrują się w moje oczy, nic nie mówi. Potem dotyka mojej twarzy, muska wargami moje wargi. Rzeka ryczy, czuję mgiełkę na kostkach. Cztery uśmiecha się i przyciska usta do moich ust.

Z początku jestem spięta, niepewna siebie, więc kiedy się odsuwa, myślę, że zrobiłam coś źle albo kiepsko. Ale on bierze moją twarz w dłonie, czuję jego silne palce na skórze, i znowu mnie całuje, tym razem mocniej, z większym przekonaniem. Otaczam go ramieniem, przesuwam rękę po jego szyi i krótkich włosach.

Przez kilka minut całujemy się, głęboko w przepaści, otoczeni przerażającym hukiem wody. A kiedy razem wstajemy, zdaję sobie sprawę, że gdybyśmy oboje dokonali innych wyborów, mogłoby się to skończyć tak samo, robilibyśmy te same rzeczy, w bezpieczniejszym miejscu, w szarych ubraniach, a nie w czarnych.

Rozdział 27

Budzę się oszołomiona i lekka. Ile razy zdmuchnęłabym uśmiech z twarzy, zaraz wraca. W końcu przestaję z nim walczyć. Rozpuszczam włosy i zamiast uniformu z luźnych koszulek wkładam te z wycięciem na ramionach, odsłaniające moje tatuaże.

– Co jest z tobą dzisiaj? – pyta Christina po drodze na śniadanie. Oczy nadal ma opuchnięte od snu, a jej potargane włosy tworzą kosmatą aureolę wokół twarzy.

– Och, wiesz... Słońce świeci. Ptaszki ćwierkają.

Unosi brew, jakby chciała mi przypomnieć, że jesteśmy w podziemnym tunelu.

– Daj spokój, niech dziewczyna nie traci dobrego nastroju – wtrąca się Will. – Może to ostatni raz.

Trzepię go po ramieniu i szybko idę do jadalni. Serce mi wali, bo wiem, że w ciągu pół godziny zobaczę Tobiasa. Siadam na swoim miejscu obok Uriaha, z Willem i Christiną naprzeciwko nas. Miejsce po mojej lewej jest puste. Zastanawiam się, czy Tobias tam usiądzie; czy będzie się do mnie uśmiechał podczas śniadania; czy będzie patrzył potajemnie, ukradkiem, tak jak sobie wyobrażam, że patrzę na niego.

Chwytam grzankę z talerza na środku stołu i zaczynam smarować ją masłem z trochę przesadnym entuzjazmem. Wiem, że zachowuję się jak wariatka, ale nie mogę się powstrzymać. To byłoby tak, jakbym przestała oddychać.

Wtedy wchodzi on. Włosy ma krótsze, teraz wyglądają na ciemniejsze, prawie czarne. Zaczynam rozumieć, że to jeż Altruistów. Uśmiecham się i podnoszę rękę, żeby do niego pomachać, ale on siada obok Zekego i nawet nie patrzy w moją stronę, więc ramię mi opada.

Gapię się na grzankę. Teraz łatwo się nie uśmiechać.

– Coś nie tak? – pyta Uriah z ustami pełnymi jedzenia.

Kręcę głową i odgryzam kawałek. Czego ja się spodziewałam? Tylko to, że się pocałowaliśmy, nie oznacza, że cokolwiek się zmieni. Może mu się odwidziało i już mnie nie lubi. Może myśli, że pocałunek to była pomyłka.

– Dzisiaj jest dzień krajobrazu strachu – przypomina Will. – Myślicie, że zobaczymy własne krajobrazy strachu?

– Nie. – Uriah kręci głową. – Przechodzisz przez jeden z krajobrazów instruktora. Brat mi mówił.

– Wiesz, to nie w porządku, że wy wszyscy dostajecie poufne informacje, a my nie. – Will patrzy ze złością na Uriaha.

– A ty akurat byś nie skorzystał z przewagi, gdybyś ją miał – odpala Uriah.

Christina ich ignoruje.

– Mam nadzieję, że to krajobraz Cztery.

– Dlaczego? – W moim pytaniu jest zbyt wiele niedowierzania. Gryzę się lekko w wargę, żałuję, że nie mogę cofnąć słów.

– Wygląda na to, że ktoś ma huśtawkę nastrojów. – Christina unosi oczy. – Jakbyś nie chciała wiedzieć, jakie są jego koszmary. Taki z niego twardziel, a pewnie boi się ludzika z pianki ślazowej, słonecznych poranków albo czegoś tam. Kompensuje sobie poczucie niższości.

Kręcę głową.

– To nie on.

– Skąd wiesz?

– Tylko przewiduję.

Pamiętam Marcusa w krajobrazie strachu. Tobias nie pozwoliłby, żeby wszyscy to zobaczyli. Spoglądam na niego. Na sekundę przenosi na mnie wzrok. Patrzy zimno. Potem się odwraca.

Lauren, instruktorka nowicjuszy od Nieustraszonych, stoi z rękami na biodrach przed pomieszczeniem krajobrazu strachu.

– Dwa lata temu – mówi – bałam się pająków, uduszenia, ścian, które powoli się przysuwają i ściskają człowieka, wyrzucenia z Nieustraszonych, krwawienia nie do zatamowania, przejechania przez pociąg, śmierci ojca, publicznego upokorzenia i porwania przez mężczyzn bez twarzy.

Wszyscy patrzą na nią obojętnie.

– Większość z was będzie miała jakieś dziesięć do piętnastu koszmarów. To taka przeciętna.

– Jaka jest najmniejsza liczba, którą ktoś uzyskał? – pyta Lynn.

– W ostatnich latach... cztery – odpowiada Lauren.

Nie patrzyłam na Tobiasa, odkąd byliśmy w jadalni, ale nie mogę się powstrzymać i zerkam na niego teraz. Oczy ma utkwione w podłodze. Wiedziałam, że cztery to niska liczba, wystarczająca, żeby zasłużyć na pseudonim, ale nie przypuszczałam, że to mniej niż połowa przeciętnej.

Patrzę ze złością na swoje stopy. Jest wyjątkowy. A teraz nawet nie chce na mnie spojrzeć.

– Dzisiaj się nie dowiecie, ile ich macie – wyjaśnia Lauren. – Symulacja jest ustawiona na mój krajobraz strachu, więc przeżyjecie moje koszmary, a nie swoje.

Posyłam Christinie znaczące spojrzenie. Miałam rację; nie przejdziemy przez krajobraz Cztery.

– Na użytek tego ćwiczenia każde z was stawi czoło jednemu mojemu koszmarowi, żeby zrozumieć, jak działa ta symulacja.

Lauren wskazuje nas na chybił trafił i przydziela do koszmaru. Stałam z tyłu, więc będę jedną z ostatnich. Mnie dała porwanie.

Ponieważ podczas oczekiwania nie jestem podłączona do komputera, nie mogę obserwować symulacji, tylko reakcje na nie. To doskonały sposób, żeby oderwać się od myśli o Tobiasie – zaciskam pięści, widząc, jak Will otrzepuje się z pająków, których nie widzę, a Uriah przyciska ręce do niewidzialnych dla mnie ścian, i uśmiecham się, kiedy Peter czerwieni się podczas tego, co go spotyka w ramach publicznego upokorzenia. Teraz moja kolej.

Przeszkoda nie będzie łatwa, ale umiem manipulować każdą symulacją, nie tylko tą, i już przeszłam przez krajobraz Tobiasa, więc nie boję się, kiedy Lauren wbija mi igłę w szyję.

Sceneria zmienia się i zaczyna się porwanie. Podłoże robi się trawiaste, czyjeś ręce zaciskają się na moich ramionach i ustach. Jest za ciemno, żebym cokolwiek widziała.

Stoję obok przepaści. Słyszę ryk wody. Krzyczę w dłoń, która przykrywa mi usta, i miotam się, żeby się oswobodzić, ale ramiona nie puszczają; porywacze są za silni. Przez głowę przemyka mi obraz, jak spadam w ciemność, tę samą wizję dźwigam ze sobą podczas moich koszmarów. Znowu krzyczę; wrzeszczę, aż zaczyna mnie boleć gardło, i wyciskam z oczu gorące łzy.

Wiedziałam, że po mnie wrócą, wiedziałam, że znowu spróbują. Jeden raz nie wystarczy. Znowu się wydzieram – nie wołam o pomoc, bo nikt mi nie pomoże, po prostu tak się robi, kiedy jest się bliskim śmierci i nie można tego powstrzymać.

– Stop – nakazuje surowy głos.

Ręce znikają, zapala się światło. Stoję na betonie w sali krajobrazu strachu. Trzęsę się, opadam na kolana, przyciskam ręce do twarzy. Właśnie mi się nie udało. Straciłam poczucie logiki, straciłam poczucie sensu. Koszmar Lauren przekształcił się w mój koszmar.

I wszyscy to widzieli. Tobias to widział.

Słyszę kroki. Idzie do mnie, podciąga mnie na nogi.

– Co to, do diabła, miało być, Sztywniaczko?

– Ja... – Mój oddech zamienia się w czkawkę. – Ja nie...

– Zbierz się do kupy! To jest żałosne.

Coś we mnie pęka. Przestaję płakać. Gorąco przenika mi ciało, wypiera ze mnie słabość, walę go tak mocno, że kostki dłoni pieką mnie od uderzenia. Patrzy na mnie, krwawy rumieniec rozjaśnia mu policzek, odpowiadam spojrzeniem.

– Zamknij się – cedzę przez zęby. Wyrywam ramię z jego uścisku i wychodzę.

Rozdział 28

Ciasno otulam się kurtką. Dawno już nie byłam na zewnątrz. Blade słońce pada mi na twarz, widzę, jak para mojego oddechu zbiera się w powietrzu.

Przynajmniej jedno udało mi się osiągnąć: przekonałam Petera i jego przyjaciół, że nie jestem już dla nich zagrożeniem. Muszę tylko dopilnować, żeby jutro, kiedy pójdę przez własny krajobraz strachu, udowodnić im, że się mylą. Wczoraj porażka wydawała się niemożliwa. Dzisiaj nie jestem pewna.

Przeczesuję włosy rękoma. Chęć do płaczu minęła. Zaplatam włosy i wiążę je gumową opaską z nadgarstka. Czuję się bardziej sobą. Tylko tego potrzebuję: pamiętać, kim jestem. A jestem kimś, kto nie pozwoli, żeby powstrzymały go tak nieistotne rzeczy jak jacyś dranie i przeżycia bliskie śmierci.

Śmieję się, kręcę głową. Naprawdę?

Słyszę gwizd pociągu. Tory okrążają pętlą tereny Nieustraszonych i prowadzą dalej, niż sięga wzrok. Gdzie się zaczynają? Gdzie kończą? Jaki jest świat tam dalej? Idę w ich kierunku.

Chcę wrócić do domu, ale nie mogę. Eric ostrzegł nas, żebyśmy w Dniu Wizyt nie wyglądali na zbyt przywiązanych do rodziców, więc odwiedzenie domu byłoby zdradą wobec Nieustraszonych, a ja nie mogę sobie na to pozwolić. Ale Eric nie mówił, żeby nie odwiedzać ludzi z frakcji innych niż te, z których pochodzimy, a matka prosiła przecież, żebym poszła do Caleba.

Wiem, że nie wolno mi wyjść bez nadzoru, ale nie mogę się powstrzymać. Idę coraz szybciej, wreszcie biegnę. Macham ramionami, pędzę obok ostatniego wagonu, w końcu łapię za uchwyt i wciągam się do środka. Krzywię się, bo ból przenika mi całe ciało.

Kiedy już jestem w wagonie, kładę się na plecach przy drzwiach i patrzę, jak tereny Nieustraszonych znikają w tyle. Nie chcę wracać, ale rezygnacja, dołączenie do bezfrakcyjnych byłoby najodważniejszą rzeczą w moim życiu, a dzisiaj czuję się jak tchórz.

Owiewa mnie powietrze, śwista między palcami. Wystawiam rękę za wagon, czuję napór wiatru. Nie pojadę do domu, ale za to znajdę jego część. Caleb zajmuje miejsce w każdym wspomnieniu z mojego dzieciństwa; jest fragmentem moich fundamentów.

Pociąg zwalnia w centrum miasta, siadam, żeby zobaczyć, jak małe budynki są zastępowane przez te duże. Erudyci mieszkają w wielkim kamiennym gmachu nad bagnem. Trzymam się uchwytu i wychylam, żeby widzieć, dokąd prowadzą tory. Schodzą do poziomu ulicy, a zaraz potem skręcają w lewo. Wdycham zapach wilgotnych chodników i oparów znad bagna.

Pociąg schodzi niżej i zwalnia, skaczę. Nogi drżą mi od uderzenia w ziemię, przebiegam kilka kroków, żeby odzyskać równowagę. Idę środkiem ulicy na południe, w stronę bagna. Pustka rozciąga się jak okiem sięgnąć, brązowa równina zderza się z horyzontem.

Skręcam w lewo. Budynek Erudytów wyłania się nade mną, ciemny i obcy. Jak ja tu znajdę Caleba?

Erudyci prowadzą archiwa; to leży w ich naturze. Muszą mieć dokumenty nowicjuszy. Niektórzy mają dostęp do kartotek; trzeba ich po prostu znaleźć. Przyglądam się budynkom. Na logikę ten środkowy powinien być najważniejszy. Nic nie stoi na przeszkodzie, żeby zacząć od niego.

Wszędzie kręcą się członkowie frakcji. Wewnętrzne normy nakazują Erudytom ubierać się w przynajmniej jedną niebieską rzecz, ponieważ niebieski sprawia, że ciało wydziela substancje chemiczne, a „spokojny umysł to jasny umysł". Ten kolor stał się także oznaką ich frakcji. Teraz wydaje mi się nieznośnie jaskrawy. Przyzwyczaiłam się do słabego oświetlenia i ciemnych ubrań.

Chcę prześliznąć się przez tłum, unikając rozpychania się łokciami, pomrukując „przepraszam", tak jak zawsze robię, ale teraz nie ma takiej potrzeby. Od kiedy dołączyłam do Nieustraszonych, stałam się zauważalna. Tłum rozstępuje się przede mną, oczy podążają za mną. Ściągam gumową przepaskę z włosów i rozpuszczam warkocz przed wejściem przez drzwi frontowe.

Stoję tuż za progiem i zadzieram głowę. Pomieszczenie jest ogromne, ciche, pachnie zakurzonymi kartami. Wykładana drewnianymi panelami podłoga trzeszczy pode mną. Po obu stronach pod ścianami stoją regały na książki, ale to chyba dekoracja, bo na stołach pośrodku pomieszczenia są komputery, a nikt nie czyta. Gapią się w ekrany wytężonym wzrokiem, skoncentrowani.

Powinnam się domyślić, że głównym budynkiem Erudytów jest biblioteka. Moją uwagę przyciąga portret na ścianie naprzeciwko. Jest dwa razy większy ode mnie. Przedstawia atrakcyjną kobietę o wodnistych szarych oczach, w okularach – Jeanine. Czuję gorąco w gardle na jej widok. Ponieważ jest przedstawicielką Erudytów, ona opublikowała artykuł o moim ojcu. Znielubiłam ją, kiedy usłyszałam narzekania ojca przy obiadowym stole, ale teraz jej nienawidzę.

Pod obrazem wisi wielka plakietka z napisem „Wiedza prowadzi do dobrobytu".

Dobrobyt. Ja z tym słowem mam negatywne skojarzenia. Altruizm zwykł to określać brakiem umiaru.

Jak Caleb mógł się zdecydować, żeby zostać jednym z tych ludzi? To, co robią, to, czego chcą, wszystko jest nie tak. Ale on prawdopodobnie to samo myśli o Nieustraszonych.

Podchodzę do biurka tuż pod portretem Jeanine. Młody człowiek, który za nim siedzi, podnosi wzrok.

– Czym mogę ci służyć?

– Szukam kogoś. Ma na imię Caleb. Wiesz, gdzie mogłabym go znaleźć?

– Nie wolno mi udzielać informacji osobistych – odpowiada obojętnie i stuka w ekran przed sobą.

– To mój brat.

– Nie wol…

Walę dłonią w blat, facet podskakuje i wyrywa się z otępienia. Patrzy na mnie przez okulary. Głowy odwracają się w moją stronę.

– Szukam kogoś – powtarzam zwięźle. – Jest nowicjuszem. Możesz mi przynajmniej powiedzieć, gdzie ich znajdę?

– Beatrice? – słyszę z tyłu.

Odwracam się, przede mną stoi Caleb z książką w ręku. Włosy mu tak urosły, że sięgają za uszy, ma niebieski

T-shirt, prostokątne okulary. Chociaż wygląda inaczej i już nie wolno mi go kochać, biegnę do niego pędem i zarzucam mu ręce na ramiona.

– Masz tatuaż – zauważa stłumionym głosem.

– Nosisz okulary. – Odsuwam się i mrużę oczy. – Świetnie wyglądasz Caleb, co robisz?

– Hm... – Patrzy na stoły wokół nas. – Chodź. Wyjdziemy stąd.

Opuszczamy budynek i przecinamy ulicę. Muszę truchtać, żeby dotrzymać mu kroku. Naprzeciwko kwatery głównej Erudytów jest coś, co kiedyś było parkiem. Teraz nazywamy to po prostu Millenium. To kawałek nagiej ziemi z paroma zardzewiałymi metalowymi rzeźbami – jedna abstrakcyjna, gigantyczna, pokryta metalem, druga w kształcie półksiężycowatej fasoli, znacznie większej ode mnie.

Zatrzymujemy się na betonie wokół blaszanej fasoli, gdzie Erudyci siedzą w grupkach z gazetami albo książkami. Caleb zdejmuje okulary i wkłada je do kieszeni, potem przejeżdża dłonią po włosach, nerwowo odwracając ode mnie wzrok. Jakby się wstydził. Może ja też powinnam. Jestem wytatuowana, noszę rozpuszczone włosy i obcisłe ubranie. Ale wcale się nie wstydzę.

– Co tu robisz? – pyta.

– Chciałam wrócić do domu, a ty najbardziej mi się kojarzysz z domem.

Zaciska wargi.

– Nie wyglądasz na zadowolonego, że mnie widzisz – dodaję.

– Hej. – Kładzie mi dłoń na ramieniu. – Jestem zachwycony, że się spotkaliśmy, tak? Tylko że to zabronione. Są przepisy.

– Wszystko mi jedno. Wszystko jedno, tak?

– Może nie powinno ci być wszystko jedno. – Mówi łagodnym głosem; nie zmienia niezadowolonej miny. – Na twoim miejscu nie chciałbym mieć problemów z Nieustraszonymi.

– To znaczy?

Wiem doskonale, co chce powiedzieć. Widzi moją frakcję jako najokrutniejszą ze wszystkich pięciu, nic poza tym.

– Po prostu martwię się, żeby nie stała ci się krzywda. Nie musisz się tak na mnie gniewać. – Przechyla głowę. – Co się tam z tobą stało?

– Nic. Nic się ze mną nie stało. – Zamykam oczy i pocieram się ręką po karku. Nawet gdybym mogła mu wytłumaczyć, nie chciałabym. Nie potrafię się nawet zdobyć na to, żeby o tym myśleć.

– Sądzisz… – Patrzy na swoje buty. – Sądzisz, że dokonałaś właściwego wyboru?

– Nie sądzę, żeby w ogóle był wybór – odpalam. – A co u ciebie?

Rozgląda się. Przechodzący gapią się na nas. Przesuwa wzrok po ich twarzach. Nadal zachowuje się nerwowo, ale chyba nie ze względu na swój wygląd, tylko ze względu na mnie. Może to o nich chodzi. Chwytam go za ramię i ciągnę pod łuk fasoli. Wchodzimy pod jej puste podbrzusze. Wszędzie widzę swoje odbicie, wypaczone krzywizną ścian, złamane plamami rdzy i brudu.

– Co jest? – pytam, krzyżując ręce na piersi. Wcześniej nie zauważyłam ciemnych podkówek pod jego oczami.

Przyciska dłoń do metalowej ściany. W odbiciu wygląda jak ktoś z małą głową, spłaszczoną z jednej strony, ramionami wygiętymi do tyłu. A moje odbicie przedstawia drobną przykucniętą postać.

– Dzieje się coś ważnego, Beatrice. Coś złego. – Oczy ma szeroko otwarte, szkliste. – Nie wiem, w czym rzecz, ale ludzie ciągle się kręcą, rozmawiają po cichu, a Jeanine prawie codziennie wygłasza mowy o korupcji w Altruizmie.

– Wierzysz jej?

– Nie. Może. Nie... – Kręci głową. – Nie wiem, w co wierzyć.

– Wiesz – mówię poważnie. – Dobrze. Znasz naszych rodziców. Znasz naszych przyjaciół. Tata Susan, myślisz, że on jest zepsuty?

– Co ja wiem? Ile pozwalają mi wiedzieć? Zabroniono nam zadawać pytania, Beatrice; zabroniono nam wiedzieć! A tutaj... – Podnosi wzrok, a w płaskim kręgu zwierciadła dokładnie nad nami widzę tylko maleńkie postacie wielkości paznokcia. I myślę, że to jest nasze prawdziwe odbicie, małe, tak jak my naprawdę jesteśmy mali. Caleb mówi dalej. – Tutaj informacja jest wolna, zawsze dostępna.

– To nie Prawość. Caleb, otaczają cię kłamcy. Ludzie tak sprytni, że doskonale się orientują, jak tobą manipulować.

– Nie sądzisz, że nie zauważyłbym, gdyby mną manipulowano?

– Jeśli są tacy mądrzy, jak myślisz, to nie. Nie przypuszczam, żebyś się skapował.

– Nie masz pojęcia, o czym mówisz. – Kręci głową.

– Tak. Bo nigdy nie widziałam skorumpowanej frakcji? Ja tylko trenuję, żeby zostać Nieustraszoną, na litość boską. Przynajmniej wiem, do czego należę, Caleb. Ty wolisz zignorować to, co wiedzieliśmy przez całe życie: ci ludzie są aroganccy i chciwi i zaprowadzą cię donikąd.

– Myślę, że powinnaś już iść, Beatrice. – Głos mu twardnieje.

– Z przyjemnością. Aha, chyba nie będzie to miało dla ciebie znaczenia, ale mama chciała, żebyś popracował nad serum do symulacji.

– Widziałaś się z nią? – Wygląda na urażonego. – Dlaczego ona nie...

– Bo Erudyci nie wpuszczają już Altruistów do swoich rewirów. Czy do tej informacji też nie miałeś dostępu?

Przepycham się obok niego, odchodzę z jaskini luster i rzeźby, idę chodnikiem. Za żadną cenę nie powinnam opuszczać terenów Nieustraszonych. Teraz zdają się domem – przynajmniej tutaj. Doskonale wiem, na czym stoję – na niepewnym gruncie.

Tłumek na chodniku przerzedza się, podnoszę wzrok, żeby zobaczyć dlaczego. Kilka metrów przede mną stoi dwóch Erudytów ze skrzyżowanymi na piersi rękami.

– Przepraszam – mówi jeden z nich. – Musisz pójść z nami.

Jeden niemal depcze mi po piętach, tak że czuję jego oddech na tyle głowy. Drugi prowadzi mnie do biblioteki, a potem trzema korytarzami do windy. Za biblioteką podłoga nie jest już drewniana, pokrywają ją białe płytki, a ściany jarzą się jak sufit pokoju podczas testów przynależności. Blask odbija się od srebrnych drzwi windy, mrużę oczy, żeby cokolwiek widzieć.

Próbuję zachować spokój. Zadaję sobie pytania z treningu Nieustraszonych. „Co zrobisz, jeśli ktoś zaatakuje cię od tyłu?" Wyobrażam sobie, że temu za mną wbiję łokieć w brzuch albo w pachwinę. Wyobrażam sobie, że biegnę, żałuję, że nie mam pistoletu. To są myśli Nieustraszonych. Stały się moimi myślami.

„Co zrobisz, jeśli zaatakuje cię dwóch ludzi naraz?" Idę za mężczyzną pustym, jarzącym się korytarzem, wchodzę do biura. Szklane ściany – domyślam się, która frakcja zaprojektowała moją szkołę.

Za metalowym biurkiem siedzi jakaś kobieta. Patrzę na jej twarz. Ta sama twarz dominuje nad biblioteką Erudytów; występuje w każdym artykule opublikowanym przez Erudytów. Od jak dawna jej nienawidzę? Nie pamiętam.

– Siadaj – mówi Jeanine. Jej głos brzmi znajomo, szczególnie kiedy jest zirytowana. Szare wodniste oczy koncentrują się na mnie.

– Wolę nie.

– Siadaj – powtarza.

Na pewno już słyszałam jej głos.

W korytarzu, jak rozmawiała z Erikiem, zanim mnie zaatakowano. Jak wspominała Niezgodnych. A wcześniej, raz, słyszałam go...

– To twój głos był w symulacji. To znaczy w teście przynależności.

Ona jest zagrożeniem, przed którym ostrzegała mnie matka i Tori. Teraz siedzi na wprost mnie.

– Zgadza się. Test przynależności jest jak dotąd moim największym osiągnięciem jako naukowca. Przejrzałam wyniki twojego testu, Beatrice. Najwyraźniej był z nim problem. Nie został zarejestrowany, a twoje wyniki zostały wpisane ręcznie. Wiedziałaś dlaczego?

– Nie.

– Wiedziałaś, że jesteś jedną z dwóch osób, które w całej historii otrzymały wyniki Altruizmu, a przeszły do Nieustraszonych?

– Nie. – Ukrywam wstrząs. Tobias i ja jesteśmy jedynymi takimi? Ale jego wynik był prawdziwy, a mój sfałszowany. Więc to naprawdę musi być on.

Żołądek mi się kurczy na samą myśl o nim. W tej chwili wszystko mi jedno, jaki ten Tobias jest wyjątkowy. Nazwał mnie żałosną.

– Dlaczego wybrałaś Nieustraszonych? – pyta Jeanine.

– A co to ma do rzeczy? – Próbuję złagodzić ton, ale mi nie wychodzi. – Chyba nie zamierzasz udzielić mi nagany za to, że opuściłam swoją frakcję i szukałam brata? „Frakcja ponad krwią", zgadza się? – milknę. – I dlaczego przyprowadzili mnie do twojego gabinetu? Jesteś taka ważna czy co? – Może to spuści z niej trochę powietrza.

Przez sekundę ma ściągnięte usta.

– Naganę zostawię Nieustraszonym. – Rozpiera się w fotelu.

Kładę ręce na oparciu fotela, na którym nie usiadłam, i zaciskam palce. Okno za nią wychodzi na miasto. W oddali pociąg leniwie zmienia kurs.

– Co do powodu twojej obecności tutaj... Moją frakcję cechuje ciekawość – odpowiada Jeanie. – Przeglądając twoje dane, zobaczyłam kolejny błąd w innej symulacji. I znowu, nie zarejestrowano tego. Wiedziałaś?

– Jak się dostałaś do moich danych? Tylko Nieustraszeni mają do nich dostęp.

– Ponieważ to Erudyci opracowali symulacje, zawarliśmy... porozumienie z Nieustraszonymi, Beatrice. – Nachyla głowę i uśmiecha się do mnie. – Mnie niepokoi wyłącznie jakość naszej technologii. Jeśli nie zda u was egzaminu, muszę sprawić, żeby to się nie powtarzało.

Zrozumiałam jedno: okłamuje mnie. Nie obchodzi jej technologia – podejrzewa, że coś się nie zgadza w wynikach mojego testu. Tak samo jak przywódcy Nieustraszonych, wszędzie węszy Niezgodnych. A jeśli moja matka chciała, żeby Caleb pracował nad serum do symulacji, to pewnie dlatego, że wynalazła je Jeanine.

Ale co takiego groźnego jest w tym, że umiem manipulować symulacjami? Dlaczego właśnie dla reprezentantki Erudytów ma to znaczenie?

Nie potrafię odpowiedzieć na żadne z pytań. Ale jej spojrzenie przypomina mi wzrok psa obronnego podczas testów przynależności – bezwzględne, drapieżne oczy. Ona chce rozszarpać mnie na strzępy. Teraz nie mogę położyć się i poddać. Też muszę się stać psem obronnym.

Czuję serce w gardle.

– Nie wiem, jak działają symulacje, ale po płynie, który mi wstrzyknięto, bolał mnie brzuch. Może nadzorca był rozproszony, bo bał się, że zwymiotuję, i zapomniał zrobić zapis. Po testach przynależności też było mi niedobrze.

– Często masz problemy z żołądkiem, Beatrice? – Jej głos tnie jak ostrze brzytwy. Jeanine stuka przyciętymi paznokciami w szklany blat.

– Od dzieciństwa – odpowiadam tak gładko, jak tylko mogę. Odsuwam krzesło i przechodzę w bok, żeby na nim usiąść. Nie mogę wydawać się spięta, chociaż czuję się tak, jakby wywracały mi się wszystkie wnętrzności.

– Świetnie ci poszły symulacje – ciągnie Jeanine. – Czemu przypisujesz łatwość, z jaką je ukończyłaś?

– Jestem odważna – mówię, patrząc jej w oczy. Inne frakcje specyficznie widzą Nieustraszonych. Bezczelni, agresywni, impulsywni. Chojracy. Powinnam być taka, jak się spodziewa. Uśmiecham się do niej. – Jestem najlepszą nowicjuszką, jaka im się trafiła.

Nachylam się do przodu, opieram łokcie o kolana. Muszę się posunąć dalej, żeby być przekonująca.

– Wiesz, dlaczego wybrałam Nieustraszonych? Bo się nudziłam. – Więcej, więcej. Kłamstwo wymaga zaangażowania. – Męczyło mnie, że będę dobroczynnym palantem, i chciałam z tego wyjść.

– Więc nie tęsknisz za rodzicami? – pyta delikatnie.

– Czy tęsknię za opieprzaniem, że patrzę w lustro? Czy tęsknię, że kazali mi się zamknąć, kiedy coś mówiłam przy obiedzie? – Kręcę głową. – Nie. Nie tęsknię za nimi. Już nie są moją rodziną.

Kłamstwo pali mi gardło, kiedy z niego wychodzi, a może to łzy, które powstrzymuję. Wyobrażam sobie matkę, jak stoi za mną z grzebieniem i nożyczkami, lekko się uśmiecha, kiedy przystrzyga mi włosy, i chce mi się krzyczeć, a nie ją obrażać.

– Czy mam rozumieć… – Jeanine ściąga wargi i milknie na kilka sekund – …że zgadzasz się z artykułami na temat politycznych przywódców miasta?

Z artykułami, które zniesławiają moją rodzinę jako skorumpowanych, żądnych władzy, moralizujących dyktatorów? Z artykułami, które zawierają subtelną groźbę i napomykają o rewolucji? Niedobrze mi się od nich robi. Wiem, że to ona je opublikowała, i chętnie bym ją udusiła.

Uśmiecham się.

– Z całego serca – mówię.

Jeden z lokajów Jeanine, mężczyzna w niebieskiej koszuli z kołnierzykiem i okularach przeciwsłonecznych, odwozi mnie na teren Nieustraszonych sportowym srebrnym samochodem marki, jakiej jeszcze nie widziałam. Silnika prawie nie słychać. Kiedy o to pytam faceta, mówi mi, że auto jest napędzane bateriami słonecznymi, i zaczyna długie tłumaczenie, jak panele na dachu zamieniają światło słońca w energię. Po minucie przestaję słuchać i patrzę przez okno.

Nie wiem, co mi zrobią, jak wrócę. Podejrzewam, że będzie niedobrze. Wyobrażam sobie własne stopy wiszące nad przepaścią i gryzę się w wargę.

Kierowca podjeżdża pod szklany budynek nad terenem Nieustraszonych. Eric czeka na mnie przy drzwiach. Bierze mnie za ramię i prowadzi do budynku, nie dziękując kierowcy. Palce wciska tak mocno, że pewnie robią mi się siniaki.

Staje między mną a drzwiami prowadzącymi do środka. Zaczyna trzaskać kostkami u rąk. Poza tym jest całkowicie nieruchomy.

Trzęsę się mimowolnie.

Lekki trzask jego kostek to jedyne, co do mnie dociera, poza własnym oddechem, który przyspiesza z sekundy na sekundę. Kiedy skończył, przeplata palce przed sobą.

– Witamy z powrotem, Tris.

– Ericu.

Podchodzi do mnie, ostrożnie stawiając jedną stopę przed drugą.

– Co... – pierwsze słowo wypowiada cicho – właściwie... – dodaje, tym razem głośniej – sobie myślałaś?

– Ja... – Jest tak blisko, że widzę dziurki z metalowym piercingiem. – Nie wiem.

– Kusi mnie, żeby nazwać cię zdrajcą, Tris. Nigdy nie słyszałaś: „frakcja ponad krwią"?

Widziałam, jak Eric robił straszne rzeczy. Słyszałam, jak mówił straszne rzeczy. Ale jeszcze nigdy nie był w takim stanie. To już nie maniak; idealnie się kontroluje, jest do perfekcji opanowany. Ostrożny i spokojny.

Po raz pierwszy rozpoznaję, kim jest Eric: Erudyta udający Nieustraszonego, geniusz i sadysta, łowca Niezgodnych.

Chcę uciekać.

– Nie odpowiadało ci życie, które tu odnalazłaś? Może żałujesz wyboru? – Obie przekłute metalem brwi unoszą się, wywołując zmarszczki na czole. – Chciałbym usłyszeć wyjaśnienie, dlaczego zdradziłaś Nieustraszonych, siebie i mnie... – stuka się w pierś – ...wchodząc do kwatery głównej innej frakcji.

– Ja... – Nabieram głęboko tchu. Zabiłby mnie, gdyby wiedział, kim jestem, na pewno.

Dłonie zaciskają mu się w pięści. Wokół ani żywej duszy; jeśli mi się coś stanie, nikt nie będzie wiedział i nikt nie będzie widział.

– Nie potrafisz wyjaśnić – syczy cicho. – Chyba będę musiał jeszcze raz zastanowić się nad twoim rankingiem. Albo, skoro jesteś tak przywiązana do swojej poprzedniej frakcji... będę musiał ponownie zastanowić się nad rankingiem twoich przyjaciół. Wtedy ta mała dziewczynka z Altruizmu, która w tobie siedzi, potraktuje to poważniej.

Moja pierwsza myśl: nie może tego zrobić, bo to niesprawiedliwe. Druga: oczywiście może, nie zawaha się ani sekundy. I ma rację – wizja, że moje lekkomyślne zachowanie pozbawi kogoś miejsca we frakcji, sprawia, że boli mnie w piersi ze strachu.

Znowu próbuję.

– Ja... – Ale trudno mi oddychać.

I nagle drzwi się otwierają. Wchodzi Tobias.

– Co robisz? – pyta Erica.

– Wyjdź stąd – mówi Eric głośniej i nie tak monotonnie. Bardziej to przypomina Erica, którego znam. Wyraz jego twarzy też się zmienia, staje się mocno ożywiony. Ze zdziwieniem patrzę, że tak łatwo potrafi to włączać i wyłączać, i zastanawiam się, jaka za tym kryje się strategia.

– Nie – rzuca Tobias. – To tylko głupia dziewczyna. Nie ma potrzeby, żeby ją tu wlec i przesłuchiwać.

– Tylko głupia dziewczyna – parska Eric. – Gdyby była tylko głupią dziewczyną, nie dostałaby pierwszego miejsca w rankingu, prawda?

Tobias szczypie się w mostek nosa i patrzy na mnie przez przestrzeń między palcami. Próbuje mi coś powiedzieć. Myślę szybko. Jaką radę dał mi ostatnio Cztery?

Przychodzi mi do głowy tylko jedno. „Udawaj, że jesteś słaba".

Poprzednim razem to zadziałało.

– Ja... ja tylko się wstydziłam i nie wiedziałam, co robić. – Wkładam ręce do kieszeni i patrzę na ziemię. Potem tak mocno szczypię się w nogę, że łzy napływają mi do oczu. Pociągając nosem, podnoszę wzrok na Erica. – Próbowałam... i... – Kręcę głową.

– Co próbowałaś? – pyta Eric.

– Pocałować mnie – wtrąca się Tobias. – A ja ją odrzuciłem, więc uciekła jak pięciolatka. Naprawdę trudno ją o coś winić poza głupotą.

Oboje czekamy.

Eric patrzy to na mnie, to na Tobiasa i wybucha śmiechem, za głośnym i za długim – to groźny dźwięk, drapie mnie jak papier ścierny.

– Czy on nie jest trochę dla ciebie za stary, Tris? – Znów się uśmiecha.

Ocieram policzek, jakbym ścierała łzę.

– Mogę już iść?

– No, dobrze – mówi Eric – ale nie wolno ci opuszczać terenu bez nadzoru, słyszysz? – Odwraca się do Tobiasa. – A ty... lepiej pilnuj, żeby żaden nowicjusz nie wymykał się stąd cichcem. I żeby żadna nie próbowała cię więcej pocałować.

Tobias unosi oczy.

– Świetnie.

Wychodzę i znów jestem na zewnątrz, otrząsam ręce, żeby pozbyć się ciarek. Siadam na krawężniku i otaczam kolana rękami.

Nie wiem, jak długo tak siedzę ze zwieszoną głową, zamkniętymi oczami, kiedy drzwi znowu się otwierają. Może minęło dwadzieścia minut, może godzina. Tobias podchodzi do mnie.

Wstaję, krzyżuję ramiona, czekam, aż zacznie się ostra jazda. Dałam mu po łapach i narobiłam sobie kłopotów u Nieustraszonych – musi być jazda.

– I co? – pytam.

– Dobrze się czujesz? – Pomiędzy jego brwiami pojawia się zmarszczka. Tobias delikatnie dotyka mojego policzka.

Odtrącam jego rękę.

– Hm... Najpierw dostaję opieprz przy wszystkich, potem muszę gawędzić z kobietą, która próbuje zniszczyć moją starą frakcję, a teraz Eric mało nie wyrzuca moich przyjaciół z Nieustraszonych. No tak, Cztery, całkiem niezły dzionek.

Kręci głową, patrzy na zniszczony budynek po jego prawej, zbudowany z cegły, który nie ma prawie nic wspólnego ze smukłą iglicą za mną. Gmach musi być stary. Już nie buduje się z cegły.

– A przy okazji, to co ci do tego? – pytam. – Umiesz być albo okrutnym instruktorem, albo moim zatroskanym chłopakiem. – Spinam się przy słowie „chłopak". Nie chciałam go użyć tak nonszalancko, ale już za późno. – Potrafisz odgrywać obie role.

– Nie jestem okrutny. – Ściąga brwi. – Dziś rano cię chroniłem. Jak myślisz, co by zrobił Peter i jego banda idiotów, gdyby odkryli, że ty i ja byliśmy... – wzdycha. – Nigdy byś nie wygrała. Zawsze by mówili, że twój ranking to wynik mojego poparcia, a nie twoich umiejętności.

Otwieram usta, żeby zaprotestować, ale nie mogę. Przychodzi mi na myśl kilka dowcipnych uwag, ale odpuszczam je sobie. Ma rację. Czuję gorąco na policzkach, chłodzę je rękami.

– Nie musiałeś mnie obrażać, żeby im coś udowodnić – odzywam się w końcu.

– A ty nie musiałaś uciekać do brata tylko dlatego, że cię uraziłem – odpala. Pociera się po karku. – Poza tym... zadziałało, co?

– Moim kosztem.

– Nie sądziłem, że to tak na ciebie wpłynie. – Patrzy w dół i wzrusza ramionami. – Czasem zapominam, że mogę cię zranić. Że łatwo cię zranić.

Wkładam ręce do kieszeni i odchylam się do tyłu na obcasach. Przenika mnie dziwne uczucie – słodka, bolesna słabość. Zrobił to, co zrobił, bo wierzył w moją siłę.

W domu to Caleb był silny, bo potrafił zapomnieć o sobie, bo wszystkie cechy cenione przez rodziców miał we krwi. Jeszcze nikt tak bardzo nie wierzył w moją siłę.

Staję na palcach, podnoszę głowę i całuję go. Stykają się tylko nasze wargi.

– Jesteś genialny. – Kręcę głową. – Zawsze dokładnie wiesz, co robić.

– Tylko dlatego, że myślałem o tym od dawna. – Całuje mnie krótko. – Jak bym sobie z tym poradził, gdybyś ty i ja... – Odsuwa się i uśmiecha. – Czy dobrze słyszałem, że nazwałaś mnie swoim chłopakiem, Tris?

– Niezupełnie. – Wzruszam ramionami. – A co? Chciałbyś?

Obejmuje mnie rękami za szyję i wciska kciuki pod brodę, nachylając głowę tak, że moje czoło spotyka się z jego czołem. Przez chwilę tak stoi, oczy ma zamknięte, oddycha moim powietrzem. Czuję puls w koniuszkach jego palców. Czuję jego szybki oddech. Wydaje się zdenerwowany.

– Tak – mówi w końcu. Potem uśmiech niknie. – Myślisz, że go przekonałem, że jesteś głupią dziewczynką?

– Mam nadzieję. Czasem mi to pomaga, że jestem mała. Ale czy ja przekonałam Erudytę?

Kąciki ust opadają mu, patrzy na mnie poważnie.

– Muszę ci coś powiedzieć.

– Co takiego?

– Nie teraz. – Rozgląda się. – Spotkajmy się tutaj o wpół do dwunastej. Nie mów nikomu, dokąd idziesz.

Przytakuję, on się odwraca i odchodzi tak szybko, jak przyszedł.

– Gdzie byłaś cały dzień? – pyta Christina, kiedy wchodzę do sypialni. Pokój jest pusty, to czas kolacji. – Szukałam cię na zewnątrz, ale nie mogłam znaleźć. Wszystko w porządku? Mocno ci się dostało za to, że uderzyłaś Cztery?

Kręcę głową. Myśl, że mam jej powiedzieć, gdzie byłam, sprawia, że czuję się wyczerpana. Jak wytłumaczyć impuls, że wskoczyłam do pociągu i odwiedziłam brata? Albo niesamowity spokój w głosie Erica, kiedy mnie przesłuchiwał? Albo dlaczego wybuchłam i walnęłam Tobiasa?

– Po prostu musiałam wyjść. Sporo spacerowałam po okolicy. I nie, nie dostało mi się mocno. Wrzasnął na mnie, przeprosiłam… i już.

Kiedy to mówię, uważam, żeby patrzeć jej w oczy bez mrugnięcia i trzymać ręce przy bokach.

– Dobrze – odzywa się po chwili. – Bo mam ci coś do powiedzenia. – Nad moją głową patrzy na drzwi i staje na palcach, żeby przyjrzeć się wszystkim łóżkom. Sprawdza, czy są puste. Potem kładzie ręce na moich ramionach. – Możesz być przez kilka sekund dziewczyną?

– Zawsze jestem dziewczyną. – Chmurzę się.

– Wiesz, o co mi chodzi. Głupią, denerwującą dziewczyną.

Zakręcam lok na palec.

– W porzo.

Uśmiecha się tak szeroko, że widzę jej tylne zęby.

– Will mnie pocałował.

– Co? Kiedy? Jak? Co się stało?

– Możesz być dziewczyną! – Prostuje się, zdejmuje ręce z moich ramion. – Hm, zaraz po twoim małym epizodzie jedliśmy lunch, a potem spacerowaliśmy przy torach. Po prostu rozmawialiśmy o… nawet nie pamiętam o czym. A potem on nagle się zatrzymał, nachylił się i… pocałował mnie.

– Wiedziałaś, że cię lubi? – pytam. – Chciałam powiedzieć, że wiedziałaś. Coś w tym stylu.

– Nie! – Śmieje się. – Najlepsze, że to było to. Potem chodziliśmy i gadaliśmy, jakby nic się nie stało. Hm, dopóki ja nie pocałowałam jego.

– Od dawna czułaś coś do Willa?

– Nie wiem. Chyba nie. Ale później, te małe sprawy… jak objął mnie na pogrzebie, jak otwierał przede mną drzwi, jakbym była dziewczyną, a nie kimś, kto może go stłuc na kwaśne jabłko.

Śmieję się. Nagle chcę jej opowiedzieć o Tobiasie i o wszystkim, co się zdarzyło między nami. Ale te same powody, które wymienił, żebyśmy udawali, że nie jesteśmy razem, powstrzymują mnie. Nie chcę, żeby myślała, że moje miejsce w rankingu ma coś wspólnego z naszym związkiem.

Więc tylko mówię:

– Jestem szczęśliwa, że tak się stało.

– Dziękuję – odpowiada. – Ja też jestem szczęśliwa. A myślałam, że sporo czasu minie, zanim tak się poczuję. – Siada na skraju mojego łóżka i rozgląda się po sypialni.

Niektórzy nowicjusze już spakowali swoje manatki. Wkrótce przeniesiemy się do apartamentów po drugiej stronie terenu. Ci, którzy mają pracę w rządzie, przeprowadzą się do szklanego budynku nad Jamą. Nie będę się musiała martwić, że Peter zaatakuje mnie we śnie. Nie będę musiała patrzeć na puste łóżko Ala.

– Nie mogę uwierzyć, że to prawie koniec. Jest tak, jakbyśmy dopiero co zaczynali. Ale też tak, jakbym… jakbym nie widziała domu całą wieczność – wyznaje Christina.

– Tęsknisz za nim?

– Tak. – Wzrusza ramionami. – Chociaż niektóre rzeczy są podobne. To znaczy w domu wszyscy zachowują się głośno, jak wszyscy tutaj, to fajnie. Ale tutaj jest łatwiej. Zawsze wiesz, gdzie stanąć z innymi, bo ci mówią. Nie ma… manipulacji.

Przytakuję.

Pod tym względem Altruizm przygotował mnie do życia Nieustraszonych. Altruiści nie zajmują się manipulacją, ale też nie są prostolinijni.

– Nie sądzę, żeby udało mi się przejść przez nowicjat Prawości. – Christina kręci głową. – Tam zamiast symulacji masz testy na wykrywaczu kłamstw. Od rana do wieczora, codziennie. A test końcowy... – Marszczy nos. – Podają ci to ich serum prawdy, sadzają przed mnóstwem ludzi i zadają całą masę naprawdę osobistych pytań. Założenie jest takie, że jak wyplujesz wszystkie swoje tajemnice, nigdy już nie będzie cię kusiło, żeby kłamać. Skoro najgorsze o tobie już zostało ujawnione, to dlaczego nie być uczciwym?

Nie wiem, kiedy nagromadziłam tyle tajemnic. Jestem Niezgodna. Koszmary. Naprawdę ciepło myślę o swoich przyjaciołach, rodzinie, Alu, Tobiasie. Nowicjat Prawości dotarłby do rzeczy, których nawet symulacja nie tknie; zrobiłby ze mnie wraka.

– To brzmi okropnie – mówię.

– Zawsze wiedziałam, że nie mogę być w Prawości. Oczywiście, próbuję być uczciwa, ale są rzeczy, których inni nie powinni wiedzieć. Poza tym chcę mieć kontrolę nad własnym umysłem.

Jak my wszyscy.

– Dobra. – Otwiera szafkę po lewej stronie naszych łóżek. Nagle ze środka wylatuje ćma, jej białe skrzydła niosą ją w stronę Christiny, która krzyczy tak głośno, że mało nie wyskakuję ze skóry, żeby trzasnąć ją w twarz. – Zabierz to! Zabierz to! Zabierz to zabierz to zabierz to! – wrzeszczy.

Ćma odlatuje.

– Już jej nie ma! – Śmieję się. – Ty się boisz... ciem?

– Są obrzydliwe. Te papierowe skrzydła i ich głupie owadzie odwłoki... – Wzdryga się.

Nadal się śmieję, tak bardzo, że muszę usiąść i złapać się za brzuch.

– To wcale nie jest zabawne! – parska. – Hm... okay, może i jest. Troszeczkę.

Kiedy późnym wieczorem znajduję Tobiasa, nie mówi ani słowa; po prostu łapie mnie za rękę i ciągnie w stronę torów kolejowych.

Z oszałamiającą łatwością wskakuje do wagonu i pociąga mnie za sobą. Upadam na niego, policzek przy policzku. Jego place ześlizgują się po moich ramionach, trzyma mnie za łokcie, kiedy pociąg podskakuje na stalowych szynach. Patrzę, jak szklany budynek nad terenem Nieustraszonych maleje za nami.

– Co musisz mi powiedzieć? – przekrzykuję świst wiatru.

– Jeszcze nie – mówi.

Opada na podłogę i pociąga mnie za sobą tak, że siedzi plecami do ściany, a ja naprzeciwko niego z nogami ułożonymi bokiem na zakurzonej podłodze. Wiatr rozwiewa kosmyki moich włosów i zarzuca mi je na twarz. Tobias przyciska dłonie do mojej twarzy, palec wskazujący wkłada za moje ucho i przyciąga moje usta do swoich.

Słyszę pisk kół, kiedy pociąg zwalnia, a to znaczy, że zbliżamy się do centrum miasta. Jest zimno, ale jego wargi są ciepłe, ręce też. Przechyla głowę i całuje skórę tuż pod moją szczęką. Cieszę się, że panuje taki hałas, bo nie słychać mojego westchnienia.

Wagon kołysze się, tracę równowagę, podpieram się ręką, żeby nie upaść. Ułamek sekundy później orientuję się, że trzymam rękę na jego biodrze. Kość wciska się w moją dłoń. Powinnam się cofnąć, ale nie chcę. Kiedyś powiedział mi, żebym była odważna, i chociaż stałam nieruchomo, kiedy noże leciały w stronę mojej twarzy i skakałam z dachu, to nigdy nie myślałam, że będzie mi potrzebna odwaga w takich małych życiowych momentach. Mam odwagę.

Zmieniam pozycję, przekładam nogi tak, że siedzę na nim i serce bije mi w przełyku, kiedy całuję Tobiasa. Siada wyprostowany, czuję jego dłonie na swoich ramionach. Jego palec prześlizguje się po moich plecach, a za nim podąża dreszcz, aż do samego dołu. Tobias rozpina kilkanaście centymetrów mojej kurtki, a ja przyciskam dłonie do nóg, żeby przestały się trząść. Nie muszę się denerwować. To Tobias.

Zimne podmuchy owiewają moją nagą skórę. Odsuwa się i patrzy uważnie na tatuaże tuż nad moim obojczykiem. Przesuwa po nich palcami i się uśmiecha.

– Ptaki. Czy to wrony? Ciągle zapominam zapytać.

Próbuję odwzajemnić uśmiech.

– Kruki. Jeden za każdego członka mojej rodziny. Podobają ci się?

Nie odpowiada. Przyciąga mnie bliżej, przyciska usta do każdego ptaka po kolei. Zamykam oczy. Jego dotyk jest lekki, zmysłowy. Ciężkie, ciepłe uczucie, jak lejący się miód, wypełnia moje ciało, spowalnia myśli. Tobias dotyka mojego policzka.

– Przykro mi to powiedzieć – mówi – ale teraz musimy wstać.

Kiwam głową i otwieram oczy. Oboje się podnosimy. Pociąga mnie w stronę otwartych drzwi wagonu. Wiatr nie jest taki silny, kiedy pociąg zwolnił. Minęła już północ, więc wszystkie latarnie są zgaszone, a budynki wyglądają jak mamuty, które wyłaniają się z ciemności i znów w nią wsiąkają. Tobias podnosi rękę i pokazuje grupę gmachów tak odległych, że są wielkości paznokcia. To jedyny jasny punkt w morzu ciemności rozciągającym się wokół nas. Znowu kwatera główna Erudytów.

– Jak widać, przepisy miejskie nic dla nich nie znaczą, bo całą noc mają zapalone światła.

– Nikt inny tego nie zauważył? – Marszczę brwi.

– Na pewno tak, ale nikt nic nie zrobił, żeby z tym skończyć. Może dlatego, że nikt nie chce wywoływać problemów ze względu na tak nieistotną rzecz. – Wzrusza ramionami, ale napięcie w jego głosie niepokoi mnie. – Ale dlatego zastanawiam się, co robią Erudyci, że potrzebują światła przez całą noc. – Odwraca się do mnie i opiera się o ścianę. – Powinnaś wiedzieć o mnie dwie rzeczy. Po pierwsze, jestem bardzo podejrzliwy, jeśli idzie o ludzi. Taką mam naturę, że spodziewam się po nich najgorszego. A po drugie, jestem nadspodziewanie dobry, jeśli chodzi o komputery.

Kiwam głową. Mówił, że jego drugim zajęciem była praca przy komputerach, ale ja nadal nie potrafię sobie wyobrazić, jak Tobias siedzi przez cały dzień przed ekranem.

– Kilka tygodni temu, zanim zaczął się trening, byłem w pracy i znalazłem dostęp do zabezpieczonych plików Nieustraszonych. Najwyraźniej nie umiemy tak dobrze chronić danych jak Erudyci. I odkryłem coś, co wygląda na plany wojenne. Ledwie zawoalowane rozkazy, lista zapasów, mapy. Tego typu rzeczy. A te pliki zostały przysłane przez Erudytów.

– Wojna? – Odrzucam włosy z twarzy. Słuchałam, jak ojciec przez całe moje życie klął na Erudytów, i zaczęłam być wobec nich ostrożna, a moje doświadczenia na terenie Nieustraszonych sprawiły, że zaczęłam być czujna wobec ludzi w ogóle, więc nie jestem wstrząśnięta, kiedy słyszę, że jakaś frakcja planuje wojnę. A co wcześniej powiedział Caleb? „Dzieje się coś złego". Patrzę na Tobiasa. – Wojna z Altruizmem?

Bierze mnie za ręce, splata palce z moimi palcami.

– Z frakcją, która kontroluje rząd. Tak.

Żołądek mi się obraca.

– Wszystkie te artykuły mają wywołać bunt przeciwko Altruizmowi. – Patrzy na miasto za wagonem. – Widać Erudyci chcą teraz przyspieszyć wydarzenia. Nie mam pojęcia, co z tym zrobić... i w ogóle, co można by zrobić.

– Ale dlaczego Erudyci chcieliby się sprzymierzać z Nieustraszonymi?

I wtedy coś przychodzi mi do głowy, coś co skręca mi kiszki i wgryza się w brzuch. Erudyci nie mają broni i nie potrafią walczyć – w przeciwieństwie do Nieustraszonych.

Gapię się szeroko otwartymi oczami na Tobiasa.

– Oni zamierzają nas wykorzystać – mówię.

– Zastanawiam się tylko, jak chcą nas wciągnąć do walki. Powiedziałam Calebowi, że Erudyci wiedzą, jak manipulować ludźmi. Mogą zmusić niektórych z nas za pomocą dezinformacji albo odwołując się do chciwości – na różne sposoby. Erudyci słyną jednak zarówno z drobiazgowości, jak i z manipulacji, więc nie zdadzą się na przypadek. Będą musieli się upewnić, że osłonili wszystkie swoje słabe punkty. Ale jak?

Wiatr zwiewa mi włosy na twarz, rozcinając widok na paski, zostawiam je tam.

– Nie wiem – odpowiadam.

Rozdział 29

Na ceremonię inicjacyjną Altruizmu chodziłam co rok, nie licząc tego roku. To spokojna impreza. Nowicjusze, którzy przez miesiąc wykonywali prace na rzecz społeczności, zanim mogli zostać pełnoprawnymi członkami, siedzą rzędem na ławie. Jeden ze starszych członków czyta manifest frakcji, krótkie pismo o odsunięciu własnych spraw i o niebezpieczeństwach egoizmu. Potem starszyzna myje nowicjuszom stopy. Na koniec wszyscy uczestniczą w posiłku, każdy obsługuje tego, kto siedzi po jego lewej stronie.

Nieustraszeni tego nie robią.

W dzień inicjacji na terenach Nieustraszonych panuje szaleństwo i chaos. Ludzie są wszędzie, a większość jest pijana przed południem. Przedzieram się między nimi, żeby zdobyć talerz z jedzeniem na lunch, i zabieram go ze sobą do sypialni. Po drodze widzę, jak ktoś spada ze ścieżki na ścianie Jamy, krzyczy i łapie się za nogi, pewnie coś sobie złamał.

W sypialni jest przynajmniej spokój. Patrzę na talerz. Zgarnęłam po prostu to, co wtedy wydawało mi się w sam raz dla mnie, a teraz przyglądam się temu bliżej. Widzę, że wybrałam zwyczajną pierś kurczaka, garść groszku i kawałek ciemnego chleba. Jedzenie Altruistów.

Wzdycham. Altruistka, oto kim jestem. Jestem nią, kiedy działam odruchowo. Jestem nią, kiedy mnie testują. Jestem nią, kiedy wydaję się odważna. Czy znalazłam się w niewłaściwym miejscu?

Myśl o mojej poprzedniej frakcji sprawia, że ręce mi drżą. Muszę przestrzec rodzinę przed wojną, którą szykują Erudyci, tylko nie wiem, jak to zrobić. Znajdę sposób, ale nie dzisiaj. Dzisiaj muszę się skupić na tym, co mnie czeka. Wszystko w swoim czasie.

Jem jak robot, przerzucam się od kurczaka i groszku do chleba i z powrotem. Nie ma znaczenia, do której frakcji naprawdę należę. Za dwie godziny wejdę do pomieszczenia krajobrazu strachu razem z innym nowicjuszami, przejdę przez własne koszmary i zostanę Nieustraszoną. Za późno, żeby zawrócić.

Koniec, chowam twarz w poduszce. Nie chcę zasnąć, ale po dłuższej chwili zapadam w sen. Budzi mnie Christina, szarpie mnie za ramię.

– Czas na nas – mówi. Jest blada jak popiół.

Przecieram oczy, żeby się ocknąć. Buty mam już na nogach. Inni nowicjusze są w sypialni, zawiązują sznurowadła, zapinają kurtki i uśmiechają się do wszystkich, jakby nigdy nic. Związuję włosy w węzeł i wkładam czarną kurtkę, zasuwam ją pod szyję. Wkrótce tortura się skończy, ale czy zapomnimy o symulacjach? Czy kiedykolwiek smacznie zaśniemy, pamiętając o naszych koszmarach? A może dzisiaj w końcu uwolnimy się od naszych lęków, tak jak powinniśmy?

Idziemy do Jamy, potem ścieżką w górę do szklanego budynku. Patrzę na szklany sufit. Nie widzę światła dziennego, bo podeszwy butów pokrywają każdy centymetr szkła nad nami. Przez sekundę wydaje mi się, że szkło skrzypi, ale to kwestia wyobraźni. Wspinamy się po schodach z Christiną, tłum mnie dławi.

Jestem za niska, żeby widzieć nad głowami innych, więc patrzę na plecy Willa i posuwam się za nim. Gorąco tak wielu ciał wokół mnie sprawia, że oddycham z trudem. Kropelki potu występują mi na czoło. Luka w tłumie pokazuje, wokół czego wszyscy się zebrali: serię ekranów na ścianie po mojej lewej stronie.

Słyszę wiwatowanie i odwracam tam wzrok. Ekran po lewej pokazuje ubraną na czarno dziewczynę w pomieszczeniu krajobrazu strachu – Marlene. Patrzę, jak się rusza, oczy ma szeroko otwarte, ale nie potrafię się domyślić, jaką przeszkodę pokonuje. Dzięki Bogu nikt z obecnych nie będzie widział także moich koszmarów – tylko reakcje na nie.

Środkowy ekran wyświetla jej puls. Przez sekundę tętno wzrasta, potem opada. Kiedy osiąga normalny stan, ekran rozbłyskuje na zielono i Nieustraszeni biją brawo. Ekran po prawej pokazuje czas.

Odrywam oczy od ekranu i podbiegam, żeby dołączyć do Christiny i Willa. Tobias stoi w drzwiach po lewej stronie sali, tych samych, których prawie nie zauważyłam, kiedy byłam tu ostatni raz. Obok jest pomieszczenie krajobrazu strachu. Mijam Tobiasa, nie patrząc na niego.

Pokój jest wielki, a w nim jeszcze jeden ekran, podobny do tych na zewnątrz. Rząd ludzi siedzi na krzesłach. Wśród nich jest Eric, a także Max. Są też inni starsi. Sądząc po przewodach umocowanych na ich głowach i oczach bez wyrazu, obserwują symulację.

Za nimi stoi kolejny rząd krzeseł, wszystkie są teraz zajęte. Weszłam ostatnia, więc nie mam na czym usiąść.

– Hej, Tris! – woła Uriah z drugiej strony sali. Siedzi razem z nowicjuszami urodzonymi jako Nieustraszeni. Zostało ich tylko czworo, reszta przeszła już swój krajobraz strachu. Klepie się po nodze. – Chodź, usiądź mi na kolanach.

– Kuszące! – odkrzykuję z uśmieszkiem. – Wolę stać.

Nie chcę, żeby Tobias widział, jak siedzę komuś na kolanach.

W pomieszczeniu krajobrazu strachu zapalają się światła, widać Marlene, przykucniętą, z twarzą oblaną łzami. Max, Eric i paru innych otrząsają się z symulacyjnego oszołomienia i wychodzą. Kilka sekund później pojawiają się na ekranie, gratulują Marlene ukończenia nowicjatu.

– Transfery, kolejność, w której przejdziecie końcowy test, wynika z waszego obecnego miejsca w rankingu – informuje Tobias. – Więc Drew pójdzie pierwszy, a Tris ostatnia.

To znaczy, że przede mną będzie zdawać pięcioro.

Staję w końcu sali, kilkanaście centymetrów od Tobiasa. Wymieniamy spojrzenia, kiedy Eric kłuje Drew igłą i wysyła go do pomieszczenia krajobrazu strachu. Zanim nadejdzie moja kolej, zorientuję się, jak poszło poprzednikom i jak będę się musiała starać, żeby ich zwyciężyć.

Krajobrazy strachu nie są ciekawe, jeśli je oglądać z zewnątrz. Widzę, że Drew się porusza, ale nie wiem, na co reaguje. Po kilku minutach zamykam oczy, nie patrzę już i staram się nie myśleć o niczym. W tej chwili to bez sensu spekulować, z jakimi koszmarami przyjdzie mi się zmierzyć. Muszę tylko pamiętać, że dysponuję mocą manipulowania symulacjami i że robiłam to już wcześniej.

Molly idzie następna. Potrzeba jej połowę tego czasu, co miał Drew, ale nawet ona ma kłopot. Za długo nie może złapać oddechu, kiedy próbuje opanować panikę. W pewnej chwili nawet krzyczy z całych sił.

Zdumiewa mnie, jak łatwo zapomnieć o całym świecie – znikają myśli o wojnie przeciwko Altruizmowi, o Tobiasie, Calebie, moich rodzicach, przyjaciołach, nowej frakcji. Teraz liczy się tylko to, żeby pokonać najbliższą przeszkodę.

Christina następna. Potem Will. Potem Peter. Nie obserwuję ich. Wiem tylko, ile czasu im to zajmuje: dwanaście minut, dziesięć, piętnaście. A teraz moje imię.

– Tris.

Otwieram oczy i idę do przedniej części sali obserwacyjnej, gdzie stoi Eric ze strzykawką pełną pomarańczowego płynu. Prawie nie czuję, jak igła zagłębia się w moją szyję, prawie nie widzę poprzekłuwanej piercingiem twarzy Erica, kiedy ten naciska tłoczek. Wyobrażam sobie, że serum jest płynną adrenaliną, która pędzi moimi żyłami, dodaje mi sił.

Rozdział 30

Jestem gotowa. Wchodzę do pomieszczenia, nie mam pistoletu ani noża, tylko plan, który ułożyłam poprzedniego wieczoru. Tobias powiedział, że etap trzeci dotyczy przygotowania mentalnego – opracowania strategii pokonania strachu.

Żałuję, że nie wiem, jaki koszmar się pojawi. Kołyszę się na piętach, czekam, aż pokaże się pierwszy. Już brakuje mi oddechu.

Posadzka się zmienia. Z betonu wyrasta trawa i faluje na wietrze, którego nie czuję. Zielone niebo zastępuje nieosłonięte rury nade mną. Nasłuchuję ptaków i odczuwam strach jako coś odległego, mocno walące serce i ściśniętą pierś, ale nie coś, co istniałoby w moim umyśle. Tobias radził, żebym zgadywała znaczenie symulacji. Miał rację; tu nie chodzi o ptaki. Chodzi o samokontrolę. Skrzydła trzepocą obok moich uszu i wronie szpony wbijają mi się w ramię.

Tym razem nie uderzam ptaka z całej siły. Przykucam, słucham grzmotu skrzydeł za swoimi plecami i przejeżdżam ręką po trawie, tuż nad ziemią. Co zwalcza bezsilność? Siła. A po raz pierwszy poczułam się silna na terenach Nieustraszonych, kiedy trzymałam pistolet.

Mam ściśnięte gardło, chcę, żeby szpony zniknęły. Ptaszysko kracze, żołądek mi się ściska, ale wtedy wymacuję w trawie coś twardego i metalowego. Mój pistolet.

Biorę na cel ptaka siedzącego mi na ramieniu, odrywa się od koszuli, eksplodując krwią i piórami. Odwracam się na pięcie, mierzę w niebo, widzę chmurę opadających czarnych piór. Naciskam spust, strzelam raz za razem w morze ptaków, patrzę, jak ich czarne ciała spadają na trawę.

Kiedy celuję i strzelam, czuję ten sam przypływ mocy, którą poczułam, kiedy po raz pierwszy trzymałam pistolet. Kucam i przeciągam ręką po zimnym, gładkim panelu – szkło. Przyciskam ręce do szkła, które otacza mnie ze wszystkich stron. Znowu zbiornik. Nie boję się utonięcia. Nie chodzi o wodę; chodzi o to, że nie potrafię wydostać się ze zbiornika. Chodzi o słabość. Muszę tylko przekonać sama siebie, że wystarczy mi sił, aby rozbić szkło.

Włącza się niebieskie światło, na podłodze pojawia się woda, ale nie pozwalam, żeby symulacja rozwinęła się za daleko. Walę dłonią w ścianę przede mną, czekając, aż szyba pęknie.

Dłoń mi odskakuje, nie rozbija przeszkody.

Rytm serca mi przyspiesza. A jeśli to, co zadziałało w pierwszej symulacji, nie zadziała teraz? A jeśli potrafię roztrzaskać szkło tylko pod przymusem? Woda podnosi się do kostek, napływa coraz szybciej. Muszę się uspokoić. Opanować i skoncentrować. Opieram się o ścianę za plecami i kopię z całej siły. I znowu. Palce u nóg mi pulsują, ale nic się nie zmienia.

Mam jeszcze jedną możliwość. Poczekać, aż woda wypełni zbiornik – sięga mi już do kolan – i spróbować się uspokoić, kiedy będę tonąć. Opieram się o ścianę, kręcę głową. Nie. Nie mogę utonąć. Nie.

Zwijam ręce w pięści i walę w ścianę. Mam więcej siły niż szkło. Szkło jest cienkie jak świeży lód. Mój umysł to sprawi. Zamykam oczy. Szkło jest lodem. Szkło jest lodem. Szkło jest…

Szkło trzaska pod moją pięścią, woda wylewa się na podłogę. I wtedy ciemność powraca.

Otrząsam ramiona. Ta przeszkoda powinna być łatwa do pokonania. Już wcześniej dawałam sobie z nią radę podczas symulacji. Nie mogę sobie pozwolić na stratę czasu.

Coś, jakby twarda ściana, uderza mnie z boku, wyciska mi powietrze z płuc, upadam ciężko, walczę o oddech. Nie umiem pływać; takie wielkie zbiorniki wodne, tak potężne, widziałam tylko na obrazkach. Pode mną jest zębata, śliska ostra skała. Woda ciągnie mnie za nogi, przywieram do skały, czuję sól na wargach. Kątem oka widzę ciemne niebo i krwiście czerwony księżyc.

Napływa kolejna fala, łomocze mnie w bok. Walę brodą o skałę i się krzywię. Morze jest zimne, ale moja krew gorąca, spływa mi po szyi. Wyciągam rękę i znajduję krawędź głazu. Woda szarpie mnie za nogi z niepowstrzymaną siłą. Przywieram najmocniej, jak potrafię, ale brakuje mi sił – nurt ciągnie mnie, a fala ciska z powrotem. Przerzuca mi nogi nad głową, rozrzuca ramiona na boki, uderzam w kamień, przyciskam się do niego plecami, strumienie tryskają mi na twarz. Płuca gwałtownie domagają się powietrza. Skręcam się i chwytam za brzeg skały, wynurzam się. Z trudem łapię powietrze, atakuje mnie kolejna fala, silniejsza niż poprzednia, ale już lepiej się trzymam.

Naprawdę nie wolno mi się bać wody. Muszę się bać utraty kontroli. Żeby stawić temu czoło, powinnam odzyskać panowanie nad sobą.

Krzyczę ze złości, wyrzucam rękę do przodu i znajduję dziurę w skale. Ramiona drżą mi gwałtownie, kiedy się podciągam i zginam kolana, zanim fala zdoła mnie ze sobą zabrać. Kiedy już uwolniłam nogi, wstaję i zmuszam się do biegu, do pędu. Stopy szybko uderzają o skałę, przede mną jest czerwony księżyc, ocean zniknął.

Wtedy wszystko znika, ciało mam nieruchome. Zbyt nieruchome. Próbuję poruszyć ramionami, ale są mocno przywiązane do moich boków. Spoglądam w dół i widzę linę obwiązaną wokół mojej piersi, rąk, nóg. Wokół stóp wznosi się stos bierwion, za sobą widzę pal. Jestem wysoko nad ziemią.

Z ciemności wyłaniają się ludzie, mają znajome twarze. To nowicjusze, niosą pochodnie, na czele bandy kroczy Peter. Jego oczy wyglądają jak czarne dziury, za szeroki uśmiech marszczy mu policzki. Gdzieś, w środku tłumu, ktoś zaczyna się śmiać, kolejno dołączają inni. Słyszę tylko rechot.

Kiedy robi się głośniejszy, Peter przytyka pochodnię do drewna, buchają płomienie. Migoczą na końcach szczap, potem pełzną po korze. Nie szamocę się w więzach, jak to robiłam, kiedy po raz pierwszy zmagałam się z tym koszmarem. Zamykam oczy i nabieram jak najwięcej powietrza. To symulacja. Nie stanie mi się krzywda. Żar wokół mnie wzrasta. Kręcę głową.

– Czujesz to, Sztywniaczko? – Słowa Petera są głośniejsze niż chóralny śmiech.

– Nie. – Płomienie wznoszą się coraz wyżej.

Peter pociąga nosem, wącha.

– Śmierdzi twoim palonym ciałem.

Kiedy otwieram oczy, widzę przez łzy.

– Wiesz, co czuję? – Wysilam się, żeby przekrzyczeć dzikie rżenie dochodzące z wszystkich stron, śmiech, który przynosi mi większą mękę niż płomienie. Ramiona mi drgają, chcę szarpać się w linach, ale nie będę, nie będę walczyć bez sensu. Nie wpadnę w panikę. Patrzę przez płomienie na Petera, gorąco topi czubki butów, powoduje, że krew podbiega mi pod skórę. – Czuję deszcz – mówię.

Grzmot rozlega się nad moją głową; wrzeszczę, kiedy języki ognia dotykają koniuszków palców u stóp, ból krzyczy mi przez skórę. Odchylam głowę i skupiam się na chmurach gromadzących się nade mną, są ciężkie od deszczu, ciemne od deszczu. Błyskawica rozświetla niebo, czuję pierwszą kroplę na czole. Szybciej, szybciej! Kropla stacza mi się po nosie, druga pada mi na ramię, taka wielka, że wygląda, jakby była z lodu albo z kamienia.

Płyną strugi deszczu, słyszę syczenie zagłuszające rechot. Uśmiecham się z ulgą, woda gasi ogień i łagodzi oparzenia na moich ramionach. Liny opadają, podnoszę ręce.

Żałuję, że nie jestem taka jak Tobias. Muszę pokonać więcej niż cztery koszmary, ale we mnie tkwi więcej strachu.

Wygładzam sukienkę, a kiedy podnoszę wzrok, stoję we własnej sypialni w dzielnicy Altruistów. Jeszcze nigdy nie musiałam pokonać tego koszmaru. Światło jest wyłączone, ale pokój oświetlony światłem księżyca padającym przez okna. Jedną ze ścian pokrywają lustra. Zmieszana odwracam się w ich stronę. To nie w porządku. Mnie nie wolno mieć luster.

Patrzę na odbicie; moje wielkie oczy, łóżko z naciągniętą szarą pościelą, szafka z ubraniami, półka na książki, nagie ściany. Przenoszę spojrzenie na okno z tyłu.

I na człowieka tuż za nim.

Zimno spływa mi po plecach jak kropla potu, ciało sztywnieje. Rozpoznaję go. To mężczyzna z blizną, z testu przynależności. Ubrany na czarno stoi nieruchomo jak posąg. Mrugam, po jego lewej i prawej stronie pojawiają się dwaj mężczyźni, równie nieruchomi jak on, ale mają twarze bez rysów – czaszki pokryte skórą.

Odwracam się błyskawicznie, a oni są już w moim pokoju. Przyciskam się plecami do lustra.

Przez chwilę w pokoju panuje głucha cisza, potem pięści zaczynają walić w okno, nie dwie, cztery czy sześć, ale dziesiątki pięści albo palców tłuką w szybę. Donośny hałas aż wibruje mi w piersi. Potem facet z blizną i jego dwaj towarzysze zaczynają iść w moją stronę, poruszają się powoli, z rozmysłem.

Są tutaj, żeby mnie porwać, jak Peter, Drew i Al; żeby mnie zabić. Wiem.

Symulacja. To symulacja. Serce tłucze mi się w piersi, przyciskam dłoń do szkła za mną i odsuwam je w lewo. To nie lustro, ale szafa ścienna. Przypominam sobie, gdzie jest broń. Powinna wisieć na ściance z prawej, zaledwie kilkanaście centymetrów od mojej ręki. Nie spuszczam z oka mężczyzny z blizną, znajduję pistolet opuszkami palców i otaczam chwyt dłonią.

Gryzę się w wargę i strzelam do tego z blizną. Nie czekam, żeby sprawdzić, czy trafiłam – celuję po kolei do mężczyzn bez twarzy, byle szybciej. Warga mnie boli, tak mocno ją przygryzam. Dobijanie się do okna ustaje, zastępuje je zgrzyt. Pięści zamieniają się w dłonie z zagiętymi palcami, drapią szkło, próbują dostać się do środka. Szkło trzeszczy pod naporem rąk, pęka, rozsypuje się.

Krzyczę.

Brakuje mi kul w pistolecie.

Blade ciała – ludzkie, ale poskręcane, ramiona wygięte pod dziwnymi kątami, za szerokie usta z zębami jak igły, puste oczodoły – wpadają do mojej sypialni, jedno za drugim, gramolą się z podłogi, przepychają, idą do mnie. Wciskam się do szafy i zamykam drzwi. Jakieś rozwiązanie. Potrzebuję rozwiązania. Kucam. Nie uda mi się wygrać. Nie dam rady ich pokonać, więc muszę się uspokoić. Krajobraz strachu zarejestruje mój zwalniający rytm serca, równy oddech i przejdzie do kolejnej przeszkody.

Siadam na podłodze szafy. Ścianka za mną trzeszczy. Słyszę walenie – znowu pięści uderzają w ściankę – ale odwracam się i patrzę w ciemność, na panel z tyłu. To nie ściana, tylko kolejne drzwi. Szarpię się, żeby je odsunąć. Pokazuje się korytarz na piętrze. Uśmiecham się, wyczołguję przez szczelinę i wstaję. Czuję, że coś się piecze. Jestem w domu.

Oddycham głęboko, patrzę, jak mój dom znika. Na sekundę zapomniałam, że znajduję się w kwaterze głównej Nieustraszonych.

I wtedy obok mnie jak spod ziemi wyrasta Tobias.

Ale nie boję się jego. Patrzę za siebie. Może tam jest coś, na czym powinnam się skoncentrować. Ale nie – za mną stoi tylko łóżko z baldachimem.

Łóżko?

Tobias powoli podchodzi do mnie.

Co się dzieje?

Gapię się na niego sparaliżowana. On uśmiecha się do mnie. To miły uśmiech. Znajomy.

Przyciska swoje usta do moich, rozchylają mi się wargi. Myślałam, że trudno zapomnieć, że to symulacja. Myliłam się; sprawia, że wszystko inne się rozpływa.

Jego palce znajdują suwak mojej kurtki i rozpinają ją powolnym ruchem, aż zamek całkowicie się rozchodzi. Tobias ściąga mi kurtkę z ramion.

Och, tylko tyle jestem w stanie pomyśleć. Och.

Mój koszmar – przebywanie z Tobiasem. Całe życie bałam się uczuć, ale nie wiedziałam, jak głęboko we mnie tkwi ten lęk.

Ale ta przeszkoda różni się od pozostałych, to inny rodzaj koszmaru – nerwowa panika, a nie ślepy strach.

Opuszcza ręce wzdłuż moich ramion, jego palec przejeżdża mi po skórze tuż nad paskiem, drżę.

Łagodnie odpycham go i przyciskam ręce do czoła. Atakowały mnie wrony i ludzie o groteskowych twarzach; chłopak, który omal nie zrzucił mnie ze skalnej półki, palił mnie na stosie; mało nie utonęłam – dwa razy – a z tym miałabym sobie nie poradzić? To ten koszmar, na który nie mam rozwiązania. Czyżby Tobias chciał... uprawiać ze mną seks?

Całuje mnie w szyję.

Próbuję myśleć. Muszę stawić czoło koszmarowi. Muszę przejąć kontrolę nad sytuacją i znaleźć sposób, żeby była mniej przerażająca.

Patrzę Tobiasowi z symulacji w oczy.

– Nie będę z tobą spała w halucynacji, jasne? – oznajmiam surowo.

Potem łapię go za ramiona i odwracam nas oboje, przyciskam go do słupka baldachimu. Czuję coś innego niż strach – łaskotanie w brzuchu, bąbel śmiechu. Mocno przytulam się do Tobiasa i całuję go, obejmuję. Jest silny. Jest... dobry.

I już go nie ma.

Śmieję się, zasłaniając usta ręką, aż czuję gorąco na twarzy. Muszę być pewnie jedyną nowicjuszką z taki koszmarem.

W uchu słyszę trzask spustu.

Niewiele brakowało, a bym o tym zapomniała. Czuję ciężar pistoletu w dłoni, wciskam palec wskazujący pod osłonę spustu. Z sufitu świeci punktowe światło, nie wiadomo, skąd dochodzi, a w środku plamy jasności stoją matka, ojciec i brat.

– Zrób to – syczy głos obok mnie. To głos kobiety, ale ochrypły, jakby były w nim kamienie i tłuczone szkło. Przypomina głos Jeanine.

Lufa pistoletu wbija się w moją skroń, zimne kółeczko na skórze. Chłód przenika całe ciało, włoski na karku stają mi dęba. Wycieram spocone dłonie o spodnie i kątem oka patrzę na tę kobietę. To Jeanine. Okulary ma przekrzywione; beznamiętny wzrok.

Najgorszy koszmar: że zginie moja rodzina i ja będę za to odpowiedzialna.

– Zrób to – powtarza, tym razem nalega. – Zrób to, bo cię zabiję.

Patrzę na Caleba, kiwa głową, brwi ma współczująco ściągnięte.

– No, dalej, Tris – szepcze. – Rozumiem. Jest w porządku.

Oczy mnie pieką.

– Nie. – Ściśnięte gardło aż boli. Kręcę głową.

– Daję ci dziesięć sekund! – krzyczy kobieta. – Dziesięć! Dziewięć!

Przenoszę wzrok z brata na ojca. Kiedy widziałam go ostatnim razem, patrzył na mnie z pogardą, ale teraz oczy ma szeroko otwarte, łagodne. W prawdziwym życiu nigdy nie robił takiej miny.

– Tris – mówi. – Nie masz wyboru.

– Osiem!

– Tris. – Matka uśmiecha się słodko. – Kochamy cię.

– Siedem!

– Zamknij się! – krzyczę, podnosząc pistolet. Mogę to zrobić. Mogę ich zastrzelić. Zrozumieją. Proszą mnie o to. Nie chcieliby, żebym się za nich poświęciła. Nie są nawet prawdziwi. To wszystko symulacja.

– Sześć!

To nie dzieje się naprawdę. To nie ma znaczenia. Spokojne oczy mojego brata jak dwa świdry wiercą mi dziury w głowie. W spoconej dłoni pistolet staje się śliski.

– Pięć!

Nie mam wyboru. Zamykam oczy. Myślę. Muszę myśleć. Krytyczna sytuacja sprawia, że mój puls zależy od jednej jedynej rzeczy: jak sobie poradzę z zagrożeniem życia.

– Cztery! Trzy!

Co mi powiedział Tobias? „Bezinteresowność i odwaga nie tak bardzo się różnią".

– Dwa!

Puszczam spust i rzucam pistolet. Zanim zacznę się denerwować, odwracam się i przyciskam czoło do lufy pistoletu za mną.

No to mnie zastrzel.

– Jeden!

Słyszę trzask i huk.

Rozdział 31

Zapala się światło. Stoję sama w pustym betonowym pomieszczeniu, trzęsę się. Opadam na kolana, obejmuję się ramionami. Kiedy wchodziłam, nie było zimno, ale teraz czuję chłód. Pocieram się rękami, żeby się pozbyć gęsiej skórki.

Jeszcze nigdy nie czułam takiej ulgi. Rozluźniają mi się wszystkie mięśnie naraz, znowu swobodnie oddycham. Nie wyobrażam sobie przechodzenia przez własny krajobraz strachu w czasie wolnym, tak jak to robi Tobias. Wcześniej uważałam to za odwagę, ale teraz bardziej mi to przypomina masochizm.

Drzwi otwierają się, wstaję. Max, Eric, Tobias i ludzie, których nie znam, wchodzą rzędem do pomieszczenia i stają przede mną. Tobias uśmiecha się do mnie.

– Gratulacje, Tris – mówi Eric. – Pomyślnie zakończyłaś swój ostatni egzamin.

Próbuję się uśmiechnąć. Nie potrafię. Nie mogę otrząsnąć się ze wspomnienia pistoletu przystawionego mi do głowy. Nadal czuję lufę między brwiami.

– Dziękuję.

– Jest jeszcze jedna sprawa, zanim pójdziesz przygotować się do bankietu powitalnego – ciągnie Eric. Kiwa na jakąś nieznaną mi osobę, która stoi za nim. Kobieta z niebieskimi włosami wręcza mu małą czarną walizeczkę. Eric otwiera ją i wyjmuje strzykawkę z długą igłą.

Sztywnieję na jej widok. Pomarańczowobrązowy płyn w strzykawce przypomina to, co wstrzykiwali nam przed symulacjami.

A ja podobno mam to już za sobą.

– Przynajmniej nie boisz się igieł. Teraz wstrzykniemy ci urządzenie śledzące, które będzie aktywowane jedynie wtedy, gdy zostanie zgłoszone twoje zaginięcie – wyjaśnia Eric. – To tylko na wszelki wypadek.

– Jak często ludzie się gubią? – Marszczę brwi.

– Rzadko. – Eric uśmiecha się ironicznie. – To nowy wynalazek, mamy go dzięki wsparciu Erudytów. Przez cały dzień wstrzykiwaliśmy to wszystkim Nieustraszonym i sądzę, że pozostałe frakcje zastosują się do tego jak najszybciej.

Żołądek mi się skręca. Nie mogę pozwolić, żeby mi coś wstrzykiwał, szczególnie jeśli wynaleźli to Erudyci – może nawet Jeanine. Ale odmówić też nie mogę, bo znowu zwątpiłby w moją lojalność.

– W porządku – wykrztuszam przez ściśnięte gardło.

Podchodzi do mnie ze strzykawką i igłą w ręku. Odsuwam włosy z szyi i przechylam głowę. Nie patrzę, kiedy Eric przeciera mi skórę antyseptycznym wacikiem i wbija igłę. Mocny ból rozchodzi mi się po szyi. Boli, ale krótko. Eric odkłada igłę do walizeczki i przylepia plaster z opatrunkiem w miejscu ukłucia.

– Bankiet za dwie godziny – informuje. – Wtedy zostanie ogłoszone twoje miejsce w rankingu, wśród innych nowicjuszy, włączając tych, którzy urodzili się jako Nieustraszeni. Życzę szczęścia.

Mały tłumek wychodzi rządkiem z pomieszczenia, ale Tobias zwleka. Zatrzymuje się przy drzwiach i macha do mnie, żebym za nim poszła. Tak robię. W szklanej sali nad Jamą jest pełno Nieustraszonych, niektórzy chodzą po linie nad naszymi głowami, inni stoją w grupach, rozmawiają, śmieją się. Tobias uśmiecha się do mnie. Pewnie nic nie widział.

– Słyszałem plotkę, że miałaś tylko siedem przeszkód do przebycia – zagaduje. – Praktycznie to niespotykane.

– Ty… ty nie oglądałeś symulacji?

– Tylko na ekranach. Całość widzą wyłącznie przywódcy Nieustraszonych. Wygląda na to, że byli pod wrażeniem.

– Hm, siedem koszmarów nie robi takiego wrażenia jak cztery, ale ujdzie.

– Byłbym zaskoczony, gdybyś nie dostała pierwszej lokaty.

Wchodzimy do szklanego pokoju. Nadal jest w nim tłum, ale rzadszy, kiedy już ostatnia osoba – ja – skończyła.

Ludzie dostrzegają mnie po paru sekundach. Kiedy na mnie pokazują, jestem obok Tobiasa, ale nie mogę tak szybko iść, żeby uniknąć wiwatów, paru klepnięć po ramieniu, jakichś gratulacji. Patrzę na ludzi, którzy mnie otaczają, i zdaję sobie sprawę, jak dziwnie wyglądaliby w oczach mojego ojca albo brata. I jak zwyczajnie wyglądają w moich oczach, mimo tych wszystkich metalowych kółek w twarzach i tatuaży na ramionach, gardłach i piersiach. Odwzajemniam się im uśmiechem.

Schodzimy po schodach do Jamy.

– Mam pytanie – zaczynam i zagryzam wargę. – Co ci powiedzieli o moim krajobrazie strachu?

– Zupełnie nic, a co?

– Nic takiego. – Skopuję kamyk ze ścieżki.

– Musisz wracać do sypialni? – pyta Tobias. – Bo jeśli potrzebny ci spokój i cisza, możesz zostać u mnie aż do bankietu.

Żołądek mi się skręca.

– Co ci jest? – pyta Tobias.

Nie chcę wracać do sypialni i nie chcę się go bać.

– Chodźmy – mówię.

Zamyka za nami drzwi i zsuwa buty.

– Wody? – pyta.

– Nie, dziękuję. – Wyciągam ręce przed siebie.

– Dobrze się czujesz? – Dotyka mojego policzka. Ręką ujmuje mnie z boku za głowę, jego długie palce wplątują się we włosy. Uśmiecha się, przytrzymuje mnie za głowę i całuje. Powoli rozchodzi się po mnie gorąco. I strach, który brzęczy mi w piersi jak alarm.

Nadal trzymając usta na moich ustach, ściąga mi kurtkę z ramion. Drgam, kiedy słyszę, jak kurtka upada, i odpycham go. Oczy mi płoną. Nie wiem, dlaczego tak reaguję. Inaczej się czułam, kiedy całował mnie w pociągu. Przyciskam dłonie do twarzy, zakrywam oczy.

– Co? Co jest nie tak?

Kręcę głową.

– Nie mów, że to nic takiego. – Głos ma zimny. Chwyta mnie za ramię. – Hej. Popatrz na mnie.

Zdejmuję ręce z twarzy i podnoszę oczy. Uraza w jego wzroku, złość w zaciśniętych szczękach zaskakują mnie.

– Czasem się zastanawiam – mówię z największym spokojem, na jaki mogę się zdobyć – co w tym widzisz. W tym… cokolwiek to jest.

– Co w tym widzę – powtarza. Odchodzi o krok, kręci głową. – Jesteś głupia, Tris.

– Nie jestem głupia. I dlatego uważam, że to trochę dziwne. Ze wszystkich dziewczyn, które mogłeś sobie wybrać, wybrałeś mnie. Więc jeśli po prostu szukasz… hm, no wiesz… tego…

– Czego? Seksu? – Marszczy brwi. – Słuchaj, gdybym chciał tylko tego, pewnie nie byłabyś pierwszą osobą, do której bym poszedł.

Czuję się, jakby właśnie rąbnął mnie w brzuch. Oczywiście, nie jestem pierwszą osobą, do której by poszedł – ani pierwszą, ani najpiękniejszą, ani godną pożądania. Przyciskam ręce do brzucha i patrzę w bok, walczę ze łzami. Nie będę płakać, wrzeszczeć, histeryzować. To nie w moim stylu. Mrugam parę razy, opuszczam ręce i podnoszę wzrok na niego.

– Muszę już iść – mówię cicho. Ruszam do drzwi.

– Nie, Tris. – Chwyta mnie za przegub i odwraca. Mocno go odpycham, ale łapie mnie za drugi nadgarstek, trzyma nasze skrzyżowane ramiona między nami. – Przepraszam, że to powiedziałem. Miałem na myśli, że nie jesteś taka. Wiedziałem od razu, kiedy cię spotkałem.

– Byłeś przeszkodą w moim krajobrazie strachu. – Drży mi dolna warga. – Wiedziałeś?

– Co? – Puszcza moje ręce, znowu wygląda na urażonego. – Ty się mnie boisz?

– Nie ciebie. – Przygryzam wargę, żeby się nie trzęsła. – Bycia z tobą... z kimkolwiek. Nigdy nie byłam z kimś blisko i... jesteś starszy, nie wiem, czego oczekujesz i...

– Tris – odzywa się surowo. – Nie mam pojęcia, jakie zostało wywołane u ciebie urojenie, ale i dla mnie to coś nowego.

– Urojenie? – powtarzam. – To znaczy, że ty nie... – Unoszę brwi. – Ach. Och. Ja tylko uważałam... – Że skoro ja tak bardzo jestem w niego zapatrzona, to wszystkie inne też. – Hm. Rozumiesz.

– Fałszywe założenie. – Odwraca wzrok. Policzki mu czerwienieją, jakby był zażenowany. – Możesz mi wszystko powiedzieć. – Bierze moją twarz w ręce, koniuszki palców ma chłodne, dłonie gorące. – Jestem łagodniejszy, niż to się wydaje podczas treningu. Naprawdę.

Wierzę mu. Ale nie dlatego, że jest taki łagodny.

Całuje mnie między brwiami i w czubek nosa, a potem ostrożnie przykłada swoje usta do moich. Jestem na skraju wytrzymałości. Zamiast krwi w żyłach krąży mi elektryczność. Chcę, żeby mnie pocałował, jego też chcę; boję się, że to zajdzie za daleko.

Przenosi ręce na moje ramiona, palce ocierają się o obrzeże bandaża. Odsuwa się, marszczy czoło.

– Jesteś ranna? – pyta.

– Nie. To kolejny tatuaż. Już zaleczony, tylko... chciałam go zasłonić.

– Mogę zobaczyć?

Przytakuję, mam ściśnięte gardło. Ściągam rękaw i pokazuję ramię. Przez sekundę przypatruje mu się, potem przesuwa po nim palce. Unoszą się i opadają razem z kształtem moich kości, które wystają bardziej, niżby mi się to podobało. Kiedy mnie dotyka, czuję, jakby wszędzie tam, gdzie jego skóra łączy się z moją, następowała zmiana. Zaczyna mi drżeć brzuch. To nie tylko strach. To coś jeszcze. Pożądanie.

Odrywa róg bandaża. Przebiega oczami po symbolu Altruizmu i się uśmiecha.

– Mam taki sam. – Śmieje się. – Na plecach.

– Naprawdę? Pokaż.

Przyciska bandaż do tatuażu i z powrotem naciąga mi koszulę na ramię.

– Tris, prosisz, żebym się rozebrał?

Nerwowy śmiech bulgocze mi w gardle.

– Tylko... częściowo.

Kiwa głową, uśmiech nagle mu blednie. Patrzy mi w oczy i rozpina sportową bluzę. Ześlizguje mu się z ramion, rzuca ją na krzesło przy biurku. Nie jest mi teraz do śmiechu. Mogę się tylko gapić na niego.

Ściąga brwi, aż sięgają środka czoła, i chwyta za brzeg T-shirta. Jednym szybkim ruchem zdejmuje go przez głowę.

Łata z płomieniami Nieustraszonych pokrywa jego prawy bok, ale poza tym na piersi nie ma tatuaży. Odwraca wzrok.

– O co chodzi? – pytam. Wygląda na... zakłopotanego.

– Niewielu ludziom pozwalam się oglądać. Właściwie to nikomu.

– Rozumiem dlaczego – mówię cicho. – To znaczy, nie chcesz, żeby cię oglądali.

Przechodzę za niego. Na plecach ma więcej atramentu niż skóry. Są tam wytatuowane symbole wszystkich frakcji – Nieustraszonych na samej górze, Altruizmu tuż poniżej, a trzy pozostałe, mniejsze, pod nimi. Przez kilka sekund obserwuję wagę przedstawiającą Prawość, oko, które oznacza Erudytów, i drzewo – znak Serdeczności. Ma sens, że wytatuował sobie symbol Nieustraszonych, jego schronienia, a nawet symbol Altruizmu, skąd pochodzi tak jak ja. Ale trzy pozostałe?

– Myślę, że popełniliśmy błąd – odzywa się cicho. – Wszyscy zaczęliśmy umniejszać zalety innych frakcji, a wywyższać własne. Nie chcę tego robić. Chcę być odważny, bezinteresowny i mądry, i życzliwy, i uczciwy. – Odchrząkuje. – Ciągle zwalczam w sobie życzliwość.

– Nikt nie jest doskonały – szepczę. – To nie tak. Jedna wada mija, zastępuje ją inna.

Wymieniłam tchórzostwo na okrucieństwo; słabość przekułam w brutalność. Pocieram czubkami palców symbol Altruizmu.

– Musimy ich ostrzec. Niebawem.

– Wiem. Ostrzeżemy. – Odwraca się do mnie. Chcę go dotknąć, ale boję się jego nagości; boję się, że mnie też obnaży. – Boisz się tego, Tris?

– Nie – chrypię. Odchrząkuję. – Naprawdę nie. Ja tylko... boję się tego, czego chcę.

– Czego chcesz? – Twarz mu tężeje. – Mnie?

Powoli kiwam głową.

On też kiwa i delikatnie bierze mnie za ręce. Prowadzi je do swojego brzucha. Opuszcza wzrok, przesuwa moje dłonie do góry, nad brzuchem, nad piersią, przytrzymuje je przy szyi. Dłonie mrowią mnie od jego skóry, gładkiej i ciepłej. Twarz mam gorącą, ale i tak drżę. Patrzy na mnie.

– Pewnego dnia – zaczyna – jeśli nadal będziesz mnie chciała, możemy... – przerywa, odchrząkuje. – Możemy...

Uśmiecham się lekko i obejmuję go ramionami, zanim kończy zdanie. Przyciskam policzek do jego piersi. Czuję rytm jego serca, jest tak samo szybki jak mojego.

– Ty mnie też się boisz, Tobias?

– Okropnie – odpowiada z uśmiechem.

Odwracam głowę i całuję go we wgłębienie pod szyją.

– Może już więcej cię nie zobaczę w moim krajobrazie strachu – mruczę.

Nachyla się i powoli mnie całuje.

– Wtedy wszyscy będą cię nazywali Sześć.

– Cztery i Sześć – mówię.

Znowu się całujemy i tym razem czuję bliskość. Wiem dobrze, że pasujemy do siebie, jego ramię wokół mojej talii, moje ręce na jego piersi, nacisk jego warg na moje wargi. Zapamiętaliśmy się nawzajem.

Rozdział 32

Przyglądam się twarzy Tobiasa, kiedy idziemy do jadalni, szukam jakichś oznak rozczarowania. Dwie godziny leżymy na jego łóżku, rozmawiając, całując się i w końcu drzemiąc, aż słyszymy krzyki na korytarzu – ludzie idą na bankiet.

Jeśli coś się zmieniło, to że wydaje się jaśniejszy, niż był. W każdym razie się uśmiechał.

Kiedy docieramy do wejścia, rozdzielamy się. Wchodzę pierwsza i biegnę do stołu, przy którym siedzę z Willem i Christiną. On wchodzi drugi, minutę później, i siada obok Zekego, a ten wręcza mu ciemną butelkę. Machnięciem odmawia.

– Dokąd poszłaś? – pyta Christina. – Wszyscy wrócili do sypialni.

– Po prostu łaziłam po okolicy. Byłam za bardzo zdenerwowana, żeby z kimś o tym rozmawiać.

– Nie ma powodu, żebyś się denerwowała. – Christina kręci głową. – Ledwie się odwróciłam do Willa, żeby z nim pogadać, a ty już miałaś to za sobą.

Wykrywam w jej głosie nutkę zazdrości i znowu chcę wyjaśnić, że byłam dobrze przygotowana do symulacji ze względu na to, jaka jestem. Ale tylko wzruszam ramionami.

– Jaki zawód zamierzasz sobie wybrać? – pytam.

– Chyba chciałabym robić to co Cztery. Trenować nowicjuszy. Straszyć ich na śmierć. Wiesz, niezła zabawa. A ty?

Byłam tak skoncentrowana na przejściu przez nowicjat, że prawie wcale o tym nie myślałam. Mogłabym pracować dla przywódców Nieustraszonych – ale zabiliby mnie, gdyby odkryli, kim jestem. Co jeszcze zostało?

– Hm... mogłabym być ambasadorem przy innych frakcjach. To, że jestem transferem, pewnie by mi pomogło.

– Miałam nadzieję, że powiesz: ćwiczyć się na przywódcę Nieustraszonych – wzdycha Christina. – Bo tego chce Peter. W sypialni buzia mu się nie zamykała, ciągle o tym nawijał.

– Ja chcę robić właśnie to – wtrąca się Will. – Mam nadzieję, że w rankingu jestem wyżej od niego... och i wszystkich nowicjuszy, którzy urodzili się jako Nieustraszeni. Zapomniałem o nich. – Jęczy. – O Boże. Czyli nie mam szans.

– Nieprawda. – Christina sięga po jego rękę i splata swoje palce z jego palcami, jakby to była najzwyklejsza rzecz pod słońcem. Will ściska jej dłoń. – Pytanie. – Christina nachyla się do przodu. – Przywódcy, którzy oglądali twój krajobraz strachu… z czegoś się śmiali.

– O? – Gryzę się mocno w wargę. – Miło mi, że mój strach ich rozbawił.

– Orientujesz się, o którą przeszkodę chodziło?

– Nie.

– Kłamiesz – stwierdza Christina. – Zawsze gryziesz się w wargę, kiedy ściemniasz. To cię zdradza.

Przestaję zagryzać wargę.

– Will ściąga usta, jeśli dzięki temu poczujesz się lepiej – dodaje.

Will natychmiast zasłania dolną część twarzy.

– Dobra. Bałam się… intymności – przyznaję.

– Intymności – powtarza Christina. – Jak… seks?

Zaczynam się denerwować. Zmuszam się, żeby kiwnąć głową. Nawet jeśli to jest tylko moja przyjaciółka i nikogo innego nie ma w pobliżu, to i tak chętnie udusiłabym ją na miejscu. Myślę o kilku sposobach robienia największej krzywdy przy najmniejszym wysiłku. Próbuję buchnąć płomieniem z oczu.

Will się śmieje.

– Jak to było? – pyta Christina. – To znaczy, czy ktoś po prostu… próbował to z tobą zrobić? Kto?

– Och, wiesz, człowiek bez twarzy… niezidentyfikowany mężczyzna. A jak z twoimi ćmami?

– Obiecałaś, że nie wypaplasz! – krzyczy i wali mnie po ramieniu.

– Ćmy – ożywia się Will. – Boisz się ciem?

– Nie, tylko chmar ciem – burczy Christina – jakby… rojów. Wszędzie. Wszystkie te skrzydła, nóżki i… – Dygocze, kręci głową.

– Przerażające – mamrocze Will z żartobliwą powagą. – Oto moja dziewczyna. Twarda jak bawełniana kulka.

– Oj, zamknij się.

Gdzieś piszczy mikrofon tak głośno, że przesłaniam dłońmi uszy. Patrzę na drugą stronę jadalni na Erica. Stoi na jednym ze stołów z mikrofonem w dłoni i stuka w niego palcami. Kiedy już postukał i tłum Nieustraszonych cichnie, Eric odchrząkuje.

– Nie jesteśmy tutaj dobrzy w wygłaszaniu mów – zaczyna. Tłum się śmieje. Zastanawiam się, czy wiedzą, że kiedyś był Erudytą, że pod udawaną brawurą i nawet brutalnością Nieustraszonych jest bardziej Erudytą niż kimkolwiek innym. Gdyby słyszeli o tym, wątpię, czyby się z niego śmiali. – Więc będę mówił krótko. Jest nowy rok, a my mamy nową paczkę nowicjuszy. I trochę mniejszą paczkę nowych członków. Gratulujemy im.

Na słowo „gratulujemy" sala wybucha, nie są to oklaski, ale walenie pięściami w blaty. Hałas wibruje mi w piersi, uśmiecham się.

– Wierzymy w odwagę. Wierzymy w podejmowanie działania. Wierzymy w wolność od strachu i nabywanie umiejętności, by wypierać złych ze świata, aby dobrzy mogli szczęśliwie żyć i się rozwijać. Jeśli także wierzycie w te rzeczy, witamy.

Wiem, że Eric prawdopodobnie nie wierzy w żadną z tych rzeczy, ale mimo to uśmiecham się, bo ja w nie wierzę. Nie ma znaczenia, jak bardzo przywódcy wypaczyli ideały Nieustraszonych, bo one nadal mogą być moje.

Znowu walą pięści, tym razem hukowi towarzyszą okrzyki.

– Jutro pierwsza dziesiątka nowicjuszy, po raz pierwszy w charakterze członków, wybierze sobie zawody, w tej kolejności, w jakiej trafili do rankingu – ciągnie Eric. – Zdaję sobie sprawę, że tak naprawdę wszyscy czekają na ranking.

Kolejność na liście wynika z połączenia trzech notowań: z etapu nauki walki, z etapu symulacji i z ostatecznych egzaminów w krajobrazie strachu. Notowania pojawią się na ekranie za mną.

Ledwie wypowiada słowo „mną", na ekranie zakrywającym prawie całą ścianę wyświetlają się imiona. Obok numeru pierwszego jest moje zdjęcie i imię „Tris".

Ciężar spada mi z serca. Nie wiedziałam, że go noszę, dopóki się nie pozbyłam tego balastu i nie muszę go już dźwigać. Uśmiecham się, rozchodzi się po mnie mrowienie. Pierwsza. Choćbym była Niezgodna, należę właśnie do tej frakcji.

Zapominam o wojnie; zapominam o śmierci. Will chwyta mnie w niedźwiedzie objęcia. Słyszę wiwaty, śmiech i krzyki. Christina pokazuje na ekran, jej szeroko otwarte oczy wypełniają się łzami.

1. Tris
2. Uriah
3. Lynn
4. Marlene
5. Peter

Peter zostaje. Tłumię westchnienie. Potem odczytuję pozostałe imiona.

6. Will
7. Christina

Uśmiecham się, Christina nachyla się nad stołem, żeby mnie uściskać. Jestem zbyt zdenerwowana, żeby zaprotestować przeciwko temu wylewowi uczuć. Śmieje mi się do ucha.

Ktoś łapie mnie od tyłu i też śmieje mi się do ucha. To Uriah. Nie mogę się odwrócić, więc sięgam i ściskam go za ramię.

– Gratulacje! – krzyczę.

– Pobiłaś ich! – odkrzykuje. Puszcza mnie, śmieje się i biegnie do tłumu nowicjuszy, którzy urodzili się jako Nieustraszeni.

Wyciągam szyję, żeby jeszcze raz popatrzeć na ekran. Odczytuję listę.

Osiem, dziewięć i dziesięć imion nowicjuszy urodzonych jako Nieustraszeni. Prawie ich nie rozpoznaję.

Numer jedenasty i dwunasty to Molly i Drew.

Zostają wylani. Drew, który próbował uciec, kiedy Peter trzymał mnie za gardło nad przepaścią, i Molly, która dołożyła się do kłamstw Erudytów na temat mojego ojca, są bezfrakcyjni.

Will i Christina całują się, trochę zbyt namiętnie jak na mój gust. Wokół wszędzie słychać walące pięści Nieustraszonych. Czuję stukanie w ramię, obracam się i widzę, że za mną stoi Tobias. Wstaję rozpromieniona.

– Myślisz, że gdybym cię uściskał, to pozwoliłbym sobie na zbyt wiele? – pyta.

– No... to nie ma znaczenia. – Staję na palcach i przyciskam wargi do jego warg.

To najlepszy moment w moim życiu.

Chwilę później kciuk Tobiasa ociera się o moją szyję w miejscu, gdzie dostałam zastrzyk, i kilka spraw nagle układa się w całość. Nie rozumiem, jak mogłam wcześniej tego nie załapać.

Jeden: Pokolorowane serum zawiera transmiter.

Dwa: Transmitery łączą umysł z programem symulacyjnym.

Trzy: Erudyci wynaleźli serum.

Cztery: Eric i Max pracują dla Erudytów.

Wyrywam się z objęć i patrzę na Tobiasa wielkimi oczami.

– Tris? – mamrocze zmieszany.

Kręcę głową.

– Nie teraz. – Mam na myśli „nie tutaj". Nie przy Willu i Christinie, którzy stoją tuż obok mnie. Gapią się z otwartymi ustami pewnie dlatego, że właśnie pocałowałam Tobiasa. I nie w tym zgiełku robionym przez Nieustraszonych.

Ale musi wiedzieć, że to ważne. – Później – dodaję. – Okay?

Kiwa głową. Nawet nie wiem, jak mu to później wyjaśnię. Nie wiem, jak rozplątać myśli.

Ale wiem, jak Erudyci chcą nas wciągnąć do walki.

Rozdział 33

Próbuję złapać Tobiasa samego, kiedy już ogłoszono ranking, ale gromada nowicjuszy i członków jest za gęsta i ścisk przy składaniu gratulacji odsuwa go ode mnie. Postanawiam wykraść się z sypialni, kiedy już wszyscy zasną, i znaleźć go, ale krajobraz strachu zmęczył mnie bardziej, niż myślałam, więc wkrótce zapadam w sen.

Obudziłam się na odgłos skrzypiącego materaca i szurających stóp. Początkowo nic nie widzę, ale wkrótce mój wzrok dostosowuje się do ciemności. Christina zawiązuje sznurowadło. Otwieram usta, żeby zapytać, co robi, ale wtedy dostrzegam, że naprzeciwko Will zakłada koszulę. Nie śpią, zachowują się cicho.

– Christina – szepczę. Nie patrzy na mnie, więc łapię ją za ramię i potrząsam. – Christina!

Nadal zawiązuje sznurowadło.

Żołądek mi się kurczy na widok jej twarzy. Oczy ma otwarte, ale puste, mięśnie twarzy zwiotczałe. Porusza się jak automat, jest tylko na wpół rozbudzona. Cała reszta wygląda jak ona.

– Will? – Przechodzę przez pokój.

Wszyscy nowicjusze stają w rzędzie, kiedy już się ubrali. W milczeniu wychodzą z sypialni jeden za drugim. Chwytam Willa za ramię, żeby go zatrzymać, ale on brnie dalej.

Zaciskam zęby i przytrzymuję go ze wszystkich sił, wbijam pięty w posadzkę. Po prostu ciągnie mnie za sobą.

Lunatycy.

Szukam butów. Nie mogę zostać tutaj sama. W pośpiechu zawiązuję sznurowadła, naciągam kurtkę i wypadam z pokoju. Szybko doganiam nowicjuszy i równam krok. Po kilku sekundach spostrzegam, że poruszają się jednakowo, ta sama stopa do przodu, to samo ramię do tyłu. Naśladuję ich, jak tylko potrafię, ale ten rytm jest dla mnie obcy.

Maszerujemy w stronę Jamy, ale kiedy dochodzimy do wejścia, ci na przodzie skręcają w lewo. W korytarzu stoi Max, przygląda się nam. Serce mi wali, próbuję patrzeć pustym wzrokiem, skupić się na tempie marszu. Spinam się, kiedy przechodzę obok niego. Zauważy. Zauważy, że mózg mi nie zamarł jak tamtym i stanie się ze mną coś złego, po prostu wiem.

Ciemne oczy Maksa mijają mnie.

Wchodzimy na schody i krok w krok przemierzamy cztery korytarze. Na końcu korytarza jest wielka jaskinia. W środku tłum Nieustraszonych.

Stoją stoły, na nich stosy czegoś czarnego. Nie widzę, co to, póki nie zbliżam się do tego. Pistolety.

Oczywiście. Eric powiedział, że wczoraj dano zastrzyki wszystkim Nieustraszonym. Więc teraz cała frakcja ma martwe mózgi, jest posłuszna i nastawiona na zabijanie. Żołnierze doskonali.

Biorę pistolet, pas i kaburę, naśladuję Willa, który stoi tuż przede mą. Próbuję wykonywać takie same ruchy jak on, ale nie sposób przewidzieć, co będzie robił dalej, więc kończy się na tym, że szarpię się bardziej, niż powinnam. Zaciskam zęby. Muszę mieć nadzieję, że nikt mi się nie przyglądał.

Już uzbrojona, idę za Willem i innymi nowicjuszami do wyjścia.

Nie mogę wziąć udziału w wojnie przeciwko Altruizmowi, przeciwko własnej rodzinie. Udowodnił to mój krajobraz strachu, lista możliwości się zawęża. Znam drogę, którą muszę pójść. Będę udawać tak długo, aż dotrę do sektora Altruistów. Uratuję swoich najbliższych. A to co potem się nie liczy. Spływa na mnie spokój.

Szereg nowicjuszy wchodzi do mrocznego korytarza. Nie widzę przed sobą Willa ani niczego, co jest przed nim. Moje stopy trafiają na jakąś twardą przeszkodę, potykam się, wyciągam ręce. Kolanem w coś uderzam – stopień. Prostuję się, zęby zaciskam tak mocno, że prawie zgrzytają. Oni nic nie widzą. Jest za ciemno. Proszę, niech będzie ciemno.

Kiedy kończy się klatka schodowa, światło wpada do jaskini i znowu wyrastają przede mną plecy Willa. Skupiam się na dostosowaniu się do jego rytmu. Dochodzę do szczytu schodów, mijam kolejnego przywódcę Nieustraszonych. Teraz wiem, kto należy do kierownictwa, bo tylko przywódcy są na jawie.

Hm, nie tylko oni. Ja też, bo jestem Niezgodna, to znaczy, że i Tobias nie uległ symulacji, chyba że się co do niego pomyliłam.

Muszę go znaleźć.

Stoję obok torów kolejowych, w grupie, która rozciągnęła się tak daleko, jak tylko sięgam kątem oka. Pociąg zatrzymuje się przed nami, wszystkie wagony są otwarte. Moi koledzy nowicjusze jeden po drugim wchodzą do wagonu.

Nie mogę odwrócić głowy, żeby poszukać w tłumie Tobiasa, ale z lekka rozglądam się na boki. Twarze po mojej lewej są nieznajome, ale parę metrów na prawo widzę wysokiego chłopaka z krótko obciętymi włosami. Może to nie on, a ja nie mogę sprawdzić, ale to jedyna szansa dla mnie. Nie wiem, jak się do niego przysunąć, nie zwracając na siebie uwagi. Muszę się do niego dostać.

Wagon przede mną napełnia się i Will odwraca się do następnego wagonu. Biorę z niego przykład, ale nie staję tam, gdzie on, tylko prześlizguję się trochę na prawo. Ludzie wokół mnie są ode mnie wyżsi; będą mnie osłaniali. Znowu robię krok w prawo, zaciskam zęby. Za dużo ruchu. Złapią mnie. Proszę, niech mnie nie złapią.

Nieustraszony o twarzy bez wyrazu podaje rękę chłopakowi stojącemu przede mną, ten ją łapie, rusza się jak robot. Chwytam kolejną dłoń, nie patrząc na nią, i wspinam się do wagonu.

Stoję naprzeciwko człowieka, który mi pomógł. Na sekundę podnoszę oczy, żeby zobaczyć jego twarz. Tobias. Też ma twarz bez wyrazu jak inni. Myliłam się? Nie jest Niezgodny? Łzy zbierają mi się w oczach, mrugając, powstrzymuję je i odwracam się od niego.

Ludzie w wagonie tłoczą się, stoimy w czterech rzędach, ramię przy ramieniu. I wtedy dzieje się coś szczególnego: palce oplatają moje palce, dłoń przyciska się do dłoni. Tobias trzyma mnie za rękę.

Energia ożywia całe moje ciało. Ściskam jego dłoń, odpowiada uściskiem. Jest na jawie. Miałam rację.

Chcę na niego spojrzeć, ale zmuszam się, żeby stać bez ruchu i patrzeć przed siebie, kiedy pociąg rusza. Kciukiem robi kółko na grzbiecie mojej dłoni. To ma mnie pocieszyć, ale denerwuje mnie. Muszę z nim porozmawiać. Muszę na niego spojrzeć.

Nie widzę, dokąd jedzie pociąg, bo dziewczyna przede mną jest wysoka, więc gapię się na tył jej głowy i skupiam na dłoni Tobiasa. Wreszcie szyny zaczynają piszczeć. Nie wiem, jak długo stałam, ale bolą mnie plecy, więc pewnie długo. Pociąg ze zgrzytem hamuje, serce wali mi tak mocno, że trudno mi oddychać.

Na chwilę przed tym, jak wyskakujemy, widzę kątem oka, że Tobias obraca głowę. Zerkam w jego stronę. W jego czarnych oczach widać naleganie.

– Uciekaj – cedzi przez zęby.

– Moja rodzina.

Znowu patrzę prosto przed siebie i wyskakuję z pociągu, kiedy nadchodzi moja kolej. Tobias idzie przede mną. Powinnam skupić się na tyle jego głowy, ale ulice, którymi teraz maszeruję, są znajome. Rząd Nieustraszonych przede mną przestaje zaprzątać mi uwagę. Przechodzę obok miejsca, do którego co pół roku szłam z matką, żeby wziąć nowe ubrania dla rodziny; przystanek autobusowy – tu kiedyś co rano czekałam na autobus, żeby dojechać do szkoły; kawałek chodnika tak popękany, że razem z Calebem bawiliśmy się na nim w żabkę, żeby przejść.

Wszystko teraz jest inne. Budynki są ciemne i puste. Drogi wypełnione żołnierzami Nieustraszonych kroczą tym samym rytmem, poza oficerami, którzy stoją co sto metrów. Obserwują, jak przechodzimy albo gromadzą się w grupy, żeby coś omówić. Wygląda na to, że nic się nie dzieje. Naprawdę przyszliśmy tutaj na wojnę?

Przemierzyłam pół kilometra, zanim uzyskałam odpowiedź.

Zaczynam słyszeć trzaski. Nie mogę się rozejrzeć, żeby sprawdzić, skąd dochodzą, ale im dalej idę, tym są głośniejsze i ostrzejsze, wreszcie rozpoznaję: to wystrzały. Zaciskam szczęki. Muszę iść; muszę gapić się przed siebie.

Daleko z przodu dostrzegam, jak żołnierka Nieustraszonych popycha mężczyznę w szarym ubraniu, żeby uklęknął. Rozpoznaję tego człowieka – to członek rady. Kobieta wyjmuje pistolet z kabury i patrząc oślepionymi oczami, strzela w potylicę członka rady.

Żołnierka ma siwe pasmo włosów. To Tori. Uginają się pode mną kolana.

Nie zatrzymuj się. Oczy mnie pieką. Nie zatrzymuj się.

Przechodzimy obok Tori i zabitego człowieka. Kiedy następuję mu na rękę, omal nie wybucham płaczem.

Żołnierze przede mną stają, ja też. Tkwię tak nieruchomo, jak tylko mogę. Chciałabym znaleźć Jeanine, Erica i Maksa i zastrzelić ich wszystkich. Ręce mi się trzęsą, nie potrafię tego opanować. Szybko oddycham przez nos.

Kolejny wystrzał. Kątem lewego oka widzę, jak szary kształt pada na chodnik. Jeśli będzie tak dalej, zginie cały Altruizm.

Żołnierze Nieustraszonych wykonują niewypowiedziane rozkazy bez wahania i bez pytań. Paru dorosłych członków Altruizmu zagnano do jednego z pobliskich budynków wraz z dziećmi. Morze ubranych na czarno strażników pilnuje drzwi. Nie widzę tylko przywódców Altruizmu. Może już nie żyją.

Żołnierze Nieustraszonych stojący przede mną jeden po drugim występują, żeby wypełniać takie czy inne zadania. Wkrótce przywódcy zorientują się, że nie wychwytuję sygnałów, które odbierają inni. Co wtedy?

– To czysty obłęd – grucha łagodnie męski głos po mojej prawej. Długie, przetłuszczone włosy i srebrny kolczyk w uchu. Eric. Dźga mnie w policzek palcem wskazującym, walczę z impulsem, żeby odepchnąć jego rękę.

– Naprawdę nas nie widzą? Ani nie słyszą? – pyta jakaś kobieta.

– Och, i widzą, i słyszą. Po prostu nie przetwarzają normalnie tego, co widzą i słyszą – wyjaśnia Eric. – Rozkazy z naszych komputerów trafiają do transmiterów, które im wszczepiliśmy... – Naciska miejsce po zastrzyku, żeby je pokazać kobiecie.

Nie ruszaj się, mówię sobie. Nie ruszaj się, nie ruszaj, nie ruszaj.

– ...wykonują je bezbłędnie – dodaje, odsuwa się o krok i nachyla z uśmieszkiem do twarzy Tobiasa. – Cóż to za szczęśliwy widok. Legendarny Cztery. Nikt nie będzie pamiętał, że ja zająłem drugie miejsce, co? Nikt mnie nie zapyta: jak to było trenować z facetem, który miał tylko cztery koszmary? – Wyciąga pistolet i celuje w prawą skroń Tobiasa.

Serce wali mi tak mocno, że słyszę je w czaszce. Nie może strzelić; nie strzeli. Eric przechyla głowę.

– Jak sądzisz, czy ktokolwiek zauważy, że dostał przypadkowy postrzał? – zwraca się do swojej towarzyszki.

– No, dalej – odpowiada znudzonym głosem. Musi być przywódcą Nieustraszonych, skoro wydaje zgodę Ericowi. – Teraz jest nikim.

– Niedobrze, Cztery, że nie przyjąłeś propozycji Maksa. Cóż, tak czy inaczej, dla ciebie niedobrze – syczy Eric i wprowadza pocisk do komory.

Płuca mi płoną, nie oddychałam prawie minutę. Kątem oka widzę, że Tobiasowi drga ręka, ale moja już jest na pistolecie. Przyciskam lufę do czoła Erica. Otwiera szeroko oczy, twarz mu nieruchomieje i przez sekundę wygląda jak jeszcze jeden śpiący żołnierz Nieustraszonych.

Mój palec zawisa nad spustem.

– Zabierz pistolet od jego głowy – rozkazuję spokojnie.

– Nie zastrzelisz mnie – odpowiada Eric.

– Interesująca teoria – prycham. Ale nie mogę go zamordować; nie mogę. Zgrzytam zębami, opuszczam rękę i strzelam Ericowi w stopę.

Krzyczy i obiema rękami łapie się za nogę. Tobias, kiedy nie ma już pistoletu wycelowanego w głowę, wyciąga własny i celuje w nogę przyjaciółce Erica. Nie czekam, żeby zobaczyć, czy dostała. Chwytam Tobiasa za rękę i puszczam się pędem.

Jeśli uda nam się dobiec do uliczki, możemy zniknąć między budynkami i już nas nie znajdą. Do pokonania jest dwieście metrów. Słyszę za nami kroki, ale się nie oglądam. Tobias ściska mi rękę, ciągnie mnie naprzód, biegnę szybciej, niż kiedykolwiek mi się zdarzało. Potykam się za nim. Pada wystrzał.

Ból jest ostry i niespodziewany, zaczyna się w ramieniu i rozchodzi elektrycznymi palcami. Krzyk więźnie mi w gardle, upadam, policzek drapie o chodnik. Podnoszę głowę, Tobias klęczy przy mnie.

– Uciekaj! – wrzeszczę.

– Nie – odpowiada spokojnym i łagodnym głosem.

W parę sekund są przy nas. Tobias pomaga mi wstać, podpiera mnie. Ból sprawia, że nie mogę się skoncentrować. Żołnierze Nieustraszonych otaczają nas i mierzą do nas.

– Niezgodni buntownicy – chrypi Eric, stojąc na jednej nodze. Twarz ma chorobliwie białą. – Rzućcie broń.

Rozdział 34

Opieram się ciężko o Tobiasa. Lufa pistoletu przyciśnięta do moich pleców popędza mnie naprzód, przez drzwi frontowe budynku Altruistów – zwykłego piętrowego, szarego gmachu. Krew tryska na mój bok. Nie boję się tego, co nadchodzi; za bardzo mnie boli, żebym o tym myślała.

Ktoś pistoletem popycha mnie do drzwi pilnowanych przez dwóch żołnierzy. Razem z Tobiasem wchodzimy do prostego biura, w którym są tylko biurko, komputer i dwa puste krzesła. Za biurkiem, z telefonem przy uchu, siedzi Jeanine.

– Cóż, odeślijcie więc niektórych z powrotem do pociągu – mówi. – Musi być dobrze pilnowany, to najważniejsze. Nie mogę rozmawiać, muszę kończyć. – Zatrzaskuje telefon i wpatruje się we mnie szarymi oczami. Kojarzą mi się ze stopioną stalą.

– Niezgodni buntownicy – odzywa się jeden z Nieustraszonych. Musi być przywódcą, a może rekrutem, którego pominięto przy symulacji.

– Tak, widzę. – Jeanine zdejmuje okulary, składa je i kładzie na blacie. Prawdopodobnie nosi je z próżności, a nie z potrzeby, bo myśli, że dzięki nim będzie wyglądała na mądrzejszą. Tak mówił mój ojciec. – Ty. – Wskazuje na mnie. – Tak jak się spodziewałam. Wszystkie problemy z wynikami twojego testu przynależności wydawały mi się podejrzane od samego początku. Ale ty… – Kręci głową, przenosząc wzrok na Tobiasa. – Ty, Tobiasie… a może powinnam cię nazywać Cztery?… wymknąłeś mi się – dodaje cicho. – Wszystko, co ciebie dotyczyło, zostało sprawdzone: wyniki testu, symulacje nowicjatu, każdy szczegół. A mimo to jesteś tutaj. – Składa ręce i opiera na nich podbródek. – Może mi wytłumaczysz, jak to się stało?

– To ty jesteś geniuszem – odpowiada chłodno. – Dlaczego ty mi nie wyjaśnisz?

Jeanine wygina usta w uśmiech.

– Według mojej teorii tak naprawdę należysz do Altruizmu. Twoja Niezgodność jest słabsza. – Uśmiecha się szerzej. Jakby coś ją rozbawiło.

Zgrzytam zębami, myślę o tym, żeby rzucić się za biurko i ją udusić. Pewnie bym to zrobiła, gdybym nie miała kuli w ramieniu.

– Siła twojej dedukcji jest oszałamiająca – wypluwa z siebie Tobias. – Uważaj mnie za olśnionego.

Patrzę na niego z boku. Prawie zapomniałam o tej jego stronie osobowości – prędzej wybuchnie, niż położy się i umrze.

– A teraz, skoro twoja inteligencja została zweryfikowana, możesz nas zabić. – Tobias zamyka oczy. – W końcu zostało ci jeszcze wielu przywódców Altruizmu do wymordowania.

Jeśli komentarze Tobiasa robią wrażenie na Jeanine, to nie daje tego po sobie poznać. Nadal się uśmiecha, wstaje jednym ruchem. Niebieska sukienka okrywa ją od ramion po kolana, uwydatniając pośrodku lekki brzuszek. Pokój wiruje, kiedy próbuję skupić się na jej twarzy, osuwam się na Tobiasa, żeby mnie podparł. Obejmuje mnie i przytrzymuje w pasie.

– Nie bądź śmieszny. Nie ma pośpiechu – mówi Jeanine swobodnym tonem. – Oboje znaleźliście się tutaj w niezwykle istotnym celu. Widzisz, bardzo się zdziwiłam, że Niezgodni są uodpornieni na serum, które opracowałam, więc staram się je poprawić. Sądziłam, że mi się udało z ostatnią serią, ale jak wiecie, myliłam się. Na szczęście mam już następną do przetestowania.

– Co cię powstrzymuje? – I ona, i przywódcy Nieustraszonych bez problemu zabijali Niezgodnych w przeszłości. Dlaczego teraz miałoby być inaczej?

Jeanine uśmiecha się do mnie.

– Pewne pytanie dręczy mnie, odkąd zaczęłam projekt z Nieustraszonymi. A oto ono. – Odsuwa się w bok od biurka, przeciąga palcem po blacie. – Dlaczego większość Niezgodnych pochodzi właśnie z Altruizmu, z tych bogobojnych zer o słabym charakterze, a nie z innych frakcji?

Nie wiedziałam, że Niezgodni to głównie członkowie Altruizmu, i nie mam pojęcia, dlaczego tak jest. I pewnie nie będę żyła na tyle długo, żeby się dowiedzieć.

– Słaby charakter – drwi Tobias. – Żeby manipulować symulacją, potrzeba silnej woli, ostatnio to sprawdzałem. Słaba wola to władza nad umysłami żołnierzy, bo za trudno samemu wyćwiczyć własną armię.

– Nie jestem idiotką – prycha Jeanine. – Grupa inteligentów to nie armia. Zmęczyła nas dominacja bandy zadufanych w sobie durniów, którzy odrzucają bogactwo i postęp, ale nie mogliśmy tego zmienić na własną rękę. A przywódcy Nieustraszonych są aż nazbyt szczęśliwi, że mogą wyświadczyć mi przysługę, kiedy zagwarantowałam im miejsce w naszym nowym, ulepszonym rządzie.

– Ulepszonym – parska Tobias.

– Owszem – przytakuje Jeanine. – Ulepszonym, pracującym dla świata, w którym ludzie będą żyli w dostatku, wygodzie i dobrobycie.

– Na czyj koszt? – pytam, głos mam niewyraźny i spowolniony. – Bogactwo... nie przychodzi znikąd.

– Obecnie bezfrakcyjni uszczuplają nasze zasoby – odpowiada Jeanine. – Tak jak Altruizm. Jestem pewna, że kiedy resztki twojej starej frakcji zostaną włączone do armii Nieustraszonych, Prawość zacznie z nami współpracować i w końcu zrobimy porządek.

Włączeni do armii Nieustraszonych. Wiem, co to znaczy – ich też zamierza kontrolować. Chce, żeby wszyscy stali się ulegli i żeby było łatwo nimi rządzić.

– Zrobicie porządek – powtarza gorzko Tobias. Podnosi głos. – Mylisz się. Zginiesz, zanim skończy się dzień, ty...

– Przede wszystkim, gdybyś potrafił kontrolować swój temperament – wcina się ostro Jeanine w słowa Tobiasa – może nie znalazłbyś się w takiej sytuacji.

– Jestem w takiej sytuacji, bo ty mnie w nią wpakowałaś. W chwili, kiedy zorganizowałaś napaść na niewinnych ludzi.

– Niewinnych ludzi. – Jeanine się śmieje. – Zabawne, że ty to mówisz. Spodziewałam się, że syn Marcusa rozumie, że nie wszyscy ci ludzie są niewinni. – Przysiada na skraju biurka, sukienka podjeżdża jej nad kolana poprzecinane śladami rozstępów. – Mógłbyś uczciwie przyznać, że nie byłbyś szczęśliwy, gdybyś się dowiedział, że twój ojciec został zabity podczas ataku?

– Nie – cedzi Tobias przez zaciśnięte zęby. – Ale przynajmniej jego zło nie polega na manipulowaniu całą frakcją i systematycznym mordowaniu każdego z naszych przywódców politycznych.

Przez kilka sekund patrzą na siebie, wystarczająco długo, żebym cała się spięła. Potem Jeanine odchrząkuje.

– Co chciałam powiedzieć, to że wkrótce stanę się odpowiedzialna za utrzymanie porządku wśród dziesiątków Altruistów i ich dzieci, a to nie wróży mi niczego dobrego, bo wielu z nich może być Niezgodnymi, których nie da się kontrolować dzięki symulacji. – Wstaje, przechodzi kilka kroków w lewo, ręce trzyma złączone przed sobą. Paznokcie, tak jak i ja, ma poobgryzane do skóry. – Dlatego muszę wynaleźć jakąś nową formę symulacji, na którą będą podatni. Okazało się konieczne, abym ponownie przeanalizowała dokładnie własne założenia. I do tego potrzebuję was. – Robi kilka kroków w prawo. – To fakt, masz silną wolę. Nie mogę jej kontrolować. Ale jest parę rzeczy, nad którymi potrafię zawładnąć. – Zatrzymuje się i zwraca twarzą do nas.

Opieram się skronią o ramię Tobiasa. Krew spływa mi po plecach. Ból przez ostatnich kilka minut był nieprzerwany, zaczęłam się do niego przyzwyczajać, tak jak człowiek, który przyzwyczaja się do równego ryku syreny.

Jeanine składa dłonie. W jej oczach nie dostrzegam złośliwej satysfakcji ani śladu sadyzmu, którego się spodziewałam. Jest bardziej maszyną niż maniaczką. Widzi problemy i znajduje rozwiązania na podstawie zgromadzonych danych. Altruizm stał na drodze jej żądzy władzy, więc znalazła sposób, żeby wyeliminować tę frakcję. Nie miała armii, więc znalazła ją u Nieustraszonych. Zdawała sobie sprawę, że będzie musiała kontrolować wielkie grupy ludzi, żeby zapewnić sobie bezpieczeństwo i wpadła na pomysł, jak to zrobić. Opracowała serum z transmiterami. Niezgodność to tylko kolejny problem, z którym musi się uporać, i właśnie dlatego jest taka przerażająca – dzięki swojej wiedzy znajdzie każde rozwiązanie, nawet problemu naszego istnienia.

– Umiem kontrolować to, co słyszycie i widzicie – ciągnie. – Więc wynalazłam nowe serum. Skoryguje otoczenie, żeby manipulować waszą wolą. Ci, którzy nie chcą uznać naszego przywództwa, muszą być ściśle monitorowani.

Monitorowani... albo pozbawieni woli. Co za dar dobierania słów.

– Tobiasie, będziesz pierwszym obiektem doświadczeń. Jednak Beatrice... – Uśmiecha się. – Jesteś zbyt ciężko ranna, żebym miała z ciebie pożytek, a zatem twoja egzekucja odbędzie się po tym spotkaniu.

Próbuję ukryć dygotanie, które mnie ogarnia na słowo „egzekucja", ramię potwornie mnie boli, podnoszę wzrok na Tobiasa. Trudno mi powstrzymać łzy, kiedy widzę strach w jego wielkich, ciemnych oczach.

– Nie. – Tobiasowi drży głos, ale twarz ma nieruchomą, kiedy kręci głową. – Wolę umrzeć.

– Obawiam się, że w tej kwestii nie masz wielkiego wyboru – odpowiada Jeanine lekkim tonem.

Tobias niezdarnie bierze w ręce moją twarz i całuje mnie, nacisk jego warg rozchyla moje. Zapominam o bólu i strachu przed zbliżającą się śmiercią i przez chwilę cieszę się, że pamięć tego pocałunku będzie świeża w moim umyśle, kiedy nadejdzie koniec.

Potem puszcza mnie i muszę oprzeć się o ścianę. Bez ostrzeżenia, poza napięciem mięśni, Tobias rzuca się przez biurko i chwyta Jeanine za gardło. Strażnicy Nieustraszonych przy drzwiach przyskakują do niego z pistoletami w pogotowiu. Krzyczę.

Potrzeba dwóch Nieustraszonych, żeby odciągnąć Tobiasa od Jeanine i powalić go na ziemię. Jeden z żołnierzy przytrzymuje go, kolanem przyciska mu plecy, a rękami głowę, wgniatając mu twarz w dywan. Skaczę na nich, ale inny strażnik uderza mnie w ramię i przygważdża do ściany. Osłabłam od upływu krwi i jestem za mała.

Jeanine trzyma się biurka, charkocze i z trudem chwyta powietrze. Pociera się po gardle, jaskrawoczerwonym od palców Tobiasa. Ile by w niej było z maszyny, nadal jest człowiekiem; w oczach ma łzy, kiedy wyjmuje z szuflady pudełko i je otwiera. W środku leży strzykawka i igła.

Nadal ciężko sapiąc, niesie to w stronę Tobiasa, ten zgrzyta zębami i rąbie jednego z Nieustraszonych łokciem w twarz. Strażnik wali go uchwytem pistoletu w bok głowy, a Jeanine wbija igłę w szyję. Tobias robi się bezwładny.

– Podnieście go – chrypi Jeanine.

Strażnik się podnosi. Tobias też. Nie przypomina lunatycznego żołnierza Nieustraszonych; oczy ma żywe. Rozgląda się przez parę sekund, jakby zaskoczony tym, co widzi.

– Tobias! – wołam. – Tobias!

– On cię nie zna – wyjaśnia Jeanine.

Tobias patrzy za siebie. Mruży oczy i szybko zaczyna iść w moją stronę. Zanim strażnicy zdążają go powstrzymać, łapie mnie za szyję i ściska mi tchawicę koniuszkami palców. Krztuszę się, twarz mam gorącą od krwi.

– Symulacja nim manipuluje – mówi Jeanine. Ledwie ją słyszę, tak głośno bije mi serce. – Zmiana tego, co widzi, powoduje, że myli wroga z przyjacielem.

Jeden ze strażników odciąga ode mnie Tobiasa. Chwytam powietrze, drżąc, wpuszczam je do płuc.

Nie ma go. Kontrolowany przez symulację zacznie teraz mordować ludzi, których jeszcze niecałe trzy minuty temu nazywał niewinnymi. Gdyby Jeanine zabiła go, byłoby to mniej bolesne.

– Zaleta tej wersji symulacji – ciągnie, a oczy jej błyszczą – polega na tym, że osobnik może działać niezależnie i dzięki temu jest znacznie bardziej wydajny niż bezmózgi żołnierz. – Patrzy na strażników, którzy powstrzymują Tobiasa, on szarpie się z nimi, mięśnie ma napięte, oczy skierowane na mnie; widzi mnie, ale nie tak, jak zazwyczaj widział. – Wysłać go do pokoju kontrolnego. Potrzebujemy tam wrażliwej istoty, żeby wszystko monitorować. Poza tym, o ile wiem, już tam pracował. – Jeanine składa dłonie przed sobą. – A ją zabrać do pokoju B 13. – Macha ręką, żeby się mnie pozbyć. To machnięcie ręki to moja egzekucja, ale dla niej to tylko skreślenie punktu z listy zadań, jedyny logiczny ruch na tej ścieżce, na którą weszła. Przygląda mi się bez emocji, kiedy dwaj żołnierze Nieustraszonych wyciągają mnie z pokoju.

Wloką mnie korytarzem. W środku czuję się odrętwiała, ale na zewnątrz krzyczę, szarpię się siłą woli. Gryzę w rękę Nieustraszonego, tego po prawej, i uśmiecham się, kiedy czuję krew.

Rozdział 35

Budzę się w ciemnościach, wepchnięta w twardy kąt. Podłoga jest gładka i zimna. Dotykam pulsującej głowy i jakiś płyn spływa mi po koniuszkach palców. Czerwony – krew. Kiedy opuszczam rękę, walę łokciem w ścianę. Gdzie jestem?

Nade mną mruga światło. Słabo świeci niebieska żarówka. Wokół widzę ściany zbiornika i swoje przyćmione odbicie naprzeciwko. Małe pomieszczenie z betonowymi ścianami bez okien. Pusto. Hm, prawie – do jednej z betonowych ścian jest przymocowana mała kamera wideo.

Obok stóp dostrzegam nieduży otwór. Do niego podłączono rurę, a do rury stojący w kącie wielki zbiornik.

Drżenie zaczyna się od koniuszków palców i rozprzestrzenia na ramiona. Wkrótce drży całe moje ciało.

Tym razem to nie symulacja.

Prawe ramię mam zdrętwiałe. Kiedy odpycham się, żeby wstać, tam gdzie siedziałam, zostaje kałuża krwi. Nie wolno mi wpaść w panikę. Opieram się o ścianę, oddycham.

Najgorsze, co mi się teraz może zdarzyć, to że utonę w tym zbiorniku. Przyciskam czoło do szkła i się śmieję. Śmiech zamienia się w łkanie.

Nie poddam się, niech ten ktoś, kto patrzy na mnie przez kamerę, widzi, że jestem odważna. Ale czasem to nie podjęcie walki świadczy o odwadze, ale stawienie czoła nieuchronnej śmierci. Szlocham z głową przy szkle. Nie boję się śmierci, ale chcę umrzeć inaczej, nie tak.

Lepiej krzyczeć, niż płakać, więc wrzeszczę z całych sił i walę piętą w ścianę za mną. Stopa się odbija, znowu kopię, tak mocno, że boli mnie pięta. Kopię bez przerwy, potem odsuwam się i rzucam się lewym ramieniem na ścianę. Uderzenie sprawia, że rana na prawym ramieniu pali, jakby ktoś wetknął w nią gorący pogrzebacz.

Woda tryska z dna zbiornika.

Kamera wideo oznacza, że mnie obserwują – nie, raczej przeprowadzają badania tak, jak to robią Erudyci. Żeby zobaczyć, czy moje reakcje w świecie rzeczywistym odpowiadają reakcjom w symulacji. Żeby udowodnić, że jestem tchórzem.

Rozluźniam pięści i opuszczam ramiona. Nie jestem tchórzem. Podnoszę głowę i patrzę w szklane oko naprzeciwko mnie. Jeśli skoncentruję się na oddychaniu, zapomnę, że mam umrzeć. Gapię się w kamerę, aż moje pole widzenia zawęża się i widzę tylko ją. Woda sięga mi do kostek, potem do łydek, do bioder. Wznosi się ponad koniuszki palców. Robię wdech; robię wydech. Woda jest miękka jak jedwab.

Wdech. Woda wyczyści moje rany. Wydech. Matka zanurzyła mnie w wodzie, kiedy byłam niemowlakiem, żeby oddać mnie Bogu. Już od dawna nie myślałam o Bogu, ale teraz o Nim myślę. To naturalna rzecz. Cieszę się, że strzeliłam Ericowi w stopę, a nie w głowę.

Moje ciało unosi się razem z wodą. Nie macham nogami, żeby się utrzymać na powierzchni. Wydmuchuję powietrze z płuc i opadam na dno. Woda przytępia mi słuch. Czuję jej ruch na twarzy. Rozważam, żeby zaczerpnąć wody do płuc i szybciej umrzeć, ale nie potrafię się do tego zmusić. Wydycham bańki z ust.

Odpręż się. Zamykam oczy. Płuca mi płoną.

Pozwalam, żeby ręce uniosły mi się do szczytu zbiornika. Pozwalam, żeby woda objęła mnie swoimi jedwabnymi ramionami.

Dawno, dawno temu ojciec trzymał mnie nad głową i miałam wrażenie, że lecę. Przypominam sobie, jakie było powietrze opływające moje ciało, i się nie boję.

Przede mną staje ciemna postać. Muszę być bliska śmierci, skoro mam zwidy. Ból przeszywa mi płuca. Duszenie boli. Dłoń przyciska się do szkła przede mną, przez chwilę patrzę przez wodę, wydaje mi się, że widzę rozmazaną twarz swojej matki.

Słyszę huk i szkło się roztrzaskuje. Woda wybija dziurę blisko szczytu zbiornika, szyba pęka na pół. Odwracam się i siła wody wyrzuca moje ciało na posadzkę. Chwytam powietrze, połykam wodę razem z tlenem, kaszlę i znowu łapię oddech. Czyjeś ręce otaczają moje ciało. Słyszę jej głos.

– Beatrice, Beatrice, musimy uciekać.

Zakłada moje ręce na swoje ramiona i mnie podnosi. Ubrana jest jak moja matka i wygląda jak moja matka, ale trzyma pistolet, a stanowczy wyraz jej oczu wydaje mi się obcy. Potykam się, idąc obok niej przez wodę, po stłuczonym szkle, do otwartych drzwi. Za progiem leżą martwi strażnicy z Nieustraszonych.

Ślizgam się na kafelkach, kiedy podążamy korytarzem tak szybko, jak tylko pozwalają na to moje nogi. Skręcamy za róg. Matka strzela do dwóch strażników przy drzwiach na końcu. Kule trafiają ich w głowy, obaj walą się na podłogę. Matka przyciska mnie do ściany i zdejmuje szary żakiet.

Ma na sobie koszulę bez rękawów. Kiedy podnosi ramię, widzę kawałek tatuażu pod jej pachą. Nic dziwnego, że nigdy się przy mnie nie przebierała.

– Mamo – odzywam się napiętym głosem. – Byłaś Nieustraszoną.

– Tak – odpowiada z uśmiechem. Z żakietu robi temblak na moją rękę, zawiązuje mi rękawy wokół szyi. – I bardzo mi się to dzisiaj przydało. Ojciec, Caleb i paru innych ukrywają się w piwnicy na skrzyżowaniu Północnej i Fairfield. Trzeba ich zabrać.

Przyglądam się jej. Przez szesnaście lat dwa razy dziennie siadywałam obok niej przy kuchennym stole i nigdy nie przyszło mi na myśl, że mogła być kimkolwiek innym niż Altruistką z urodzenia. Właściwie to jak dobrze znałam matkę?

– Będzie czas na pytania – mówi. Podnosi koszulę i zza paska spodni wyciąga pistolet. Podaje go mi. Potem dotyka mojego policzka. – Teraz musimy iść.

Biegnie na koniec korytarza, ja za nią.

Jesteśmy w piwnicy kwatery głównej Altruizmu.

Matka pracowała tu, odkąd pamiętam, więc nie dziwię się, że bez problemów wyprowadza mnie ciemnymi korytarzami w górę zatęchłej klatki schodowej na światło dnia.

– Skąd wiedziałaś, jak mnie znaleźć?

– Obserwowałam pociągi, odkąd zaczął się atak – odpowiada, zerkając na mnie przez ramię. – Nie wiedziałam, co zrobię, kiedy cię znajdę. Cały czas jednak chciałam cię uratować.

Mam ściśnięte gardło

– Ale ja cię zdradziłam. Opuściłam.

– Jesteś moją córką. Nie obchodzą mnie frakcje. – Kręci głową. – Patrz, do czego nas doprowadziły. Ludzie jako całość na długo nie mogą być dobrzy, zło znów się podkrada i nas zatruwa. – Zatrzymuje się przy skrzyżowaniu ścieżki z drogą.

Wiem, że to nie czas na rozmowę. Ale muszę zadać to pytanie.

– Mamo, skąd wiesz o Niezgodności? Co to jest? Dlaczego…

Otwiera magazynek i zagląda do środka. Patrzy, ile jej zostało kul. Potem wyjmuje kilka z kieszeni i przeładowuje broń. Rozpoznaję jej minę – miała identyczną wtedy, kiedy nawlekała nitkę na igłę.

– Wiem, bo sama taka jestem. – Wpycha kulę na miejsce. – Nic mi nie groziło tylko dlatego, że moja matka była przywódczynią Nieustraszonych. W Dzień Wyboru powiedziała mi, żebym opuściła frakcję i znalazła sobie bezpieczniejszą. Wybrałam Altruizm. – Chowa zapasową kulę do kieszeni i się prostuje. – Ale ja chciałam, żebyś samodzielnie dokonała wyboru.

– Nie rozumiem, dlaczego stanowimy takie zagrożenie dla przywódców.

– Każda frakcja urabia swoich członków tak, żeby myśleli i działali w określony sposób. I większość ludzi tak robi. Nietrudno się im tego nauczyć, znaleźć wzorzec myślenia, który się sprawdza, i tak postępować dalej. – Dotyka mojego zdrowego ramienia i się uśmiecha. – Ale umysły Niezgodnych działają w kilkudziesięciu różnych kierunkach. Nie można nas ograniczyć do jednego sposobu myślenia, i to przeraża przywódców. Tracą nad nami kontrolę. Wiedzą, że bez względu na to, co zrobią, zawsze będziemy sprawiać problemy.

Czuję się, jakby ktoś napełnił mi płuca świeżym powietrzem. Nie jestem z Altruizmu. Nie jestem z Nieustraszonych.

Jestem Niezgodna.

I nie można mnie kontrolować.

– Właśnie idą. – Matka patrzy za róg.

Wychylam się przez jej ramię i dostrzegam paru Nieustraszonych z pistoletami. Równym krokiem zmierzają w naszą stronę. Matka się ogląda. Daleko za nami inna grupa Nieustraszonych biegnie ku nam aleją, poruszają się w jednym rytmie.

Matka chwyta mnie za ręce i zagląda mi w oczy. Widzę, jak poruszają się jej długie rzęsy, kiedy mruga. Żałuję, że w mojej małej, zwyczajnej twarzy nie ma nic z jej rysów. Ale przynajmniej odziedziczyłam coś z jej mózgu.

– Pędź do ojca i brata. Alejką na prawo do piwnicy. Zapukaj dwa razy, potem trzy razy, potem sześć. – Bierze w dłonie moje policzki. Ręce ma chłodne, dłonie chropawe. – Ja ich odciągnę. Musisz biec z całych sił.

– Nie. – Kręcę głową. – Nigdzie się nie ruszę bez ciebie.

Uśmiecha się.

– Bądź dzielna, Beatrice. Kocham cię.

Czuję jej usta na moim czole, a potem wybiega na środek ulicy. Pistolet trzyma nad głową i trzy razy strzela w powietrze. Nieustraszeni przyspieszają.

Gnam przez ulicę do alejki. Zerkam za siebie, czy któryś z Nieustraszonych nie biegnie za mną. Ale matka strzela w tłum strażników i są zbyt skoncentrowani na niej, żeby mnie zauważyć.

Gwałtownie odwracam głowę, kiedy słyszę, że odpowiadają ogniem. Spowalniam, staję.

Matka sztywnieje, garbi się. Krew płynie z rany w jej brzuchu, barwiąc koszulę szkarłatem. Plama krwi rozchodzi się po jej plecach. Mrugam i jaskrawa czerwoność zalewa wnętrze moich powiek. Znowu mrugam i widzę jej uśmiech, kiedy zawiązuje mi włosy tasiemką.

Pada najpierw na kolana, ręce bezwładnie wiszą jej u boków, potem na chodnik. Leży zwinięta na boku jak szmaciana lalka. Nie rusza się, nie oddycha.

Przytykam rękę do ust i krzyczę w dłoń. Policzki mam gorące i mokre od łez. Nie pamiętam, kiedy zaczęłam płakać. Moja krew krzyczy, że należy do niej, próbuje wrócić do matki, ale kiedy biegnę, rozbrzmiewają mi w głowie jej słowa. Każe mi być dzielna.

Ból dźga mnie ostro i wszystko, z czego się składam, zawala się, w tym momencie rozpada się cały mój świat. Chodnik drapie mnie w kolana. Jeśli się położę, będzie po wszystkim. Może Eric miał rację i śmierć to jak odkrywanie nieznanego, niepewnego miejsca.

Czuję, jak Tobias gładzi mnie po włosach przed pierwszą symulacją. Słyszę, jak mi mówi, żebym była dzielna. Słyszę matkę, jak mówi, żebym była dzielna.

Żołnierze Nieustraszonych skręcają, jakby prowadził ich jeden umysł. Jakoś udaje mi się wstać, zrywam się do biegu.

Jestem dzielna.

Rozdział 36

Żołnierze Nieustraszonych ścigają mnie. Biegną jak jeden mąż, ich kroki odbijają się echem w uliczce. Jeden z nich strzela, nurkuję, zdzieram sobie ręce o ziemię. Pocisk uderza w ceglaną ścianę po mojej prawej i kawałki cegły rozpryskują się na wszystkie strony. Rzucam się za róg i wprowadzam kulę do komory pistoletu.

Zabili mi matkę. Celuję w uliczkę i puszczam serię na oślep. To nie byli właśnie ci, ale to bez znaczenia – nie może mieć znaczenia, a w tej chwili, jak sama śmierć, nie może być prawdziwe.

Teraz odgłos kroków tylko jednej osoby. Trzymam pistolet oburącz, stoję na końcu uliczki i celuję w żołnierza Nieustraszonych. Palec naciska spust, ale za słabo, żeby broń wystrzeliła. Człowiek, który zmierza w moją stronę, nie jest mężczyzną, to chłopak. Rozczochrany, ze zmarszczką między brwiami.

Will. Ma martwe oczy, nie myśli, ale to nadal Will. Zatrzymuje się, patrzy na mnie. Stopy wbite w ziemię, pistolet uniesiony. W ułamku sekundy widzę jego palec na spuście i słyszę, jak kula wślizguje się do komory. Strzelam. Mocno zamykam oczy. Nie mogę oddychać.

Kula trafia go w głowę. Wiem, bo tam mierzyłam.

Odwracam się, nadal z zamkniętymi oczami, i kulejąc, skręcam w aleję. North i Fairfield. Muszę popatrzeć na tablice z nazwami, żeby zorientować się, gdzie jestem, ale nie mogę czytać; wzrok mam zamglony. Mrugam kilka razy. Stoję zaledwie kilka metrów od budynku, gdzie znajduje się ocalała reszta mojej rodziny.

Klękam przy drzwiach. Tobias powiedziałby, że to głupie robić tyle zamieszania. Hałas może przyciągnąć żołnierzy Nieustraszonych.

Przyciskam czoło do ściany i krzyczę. Po kilku sekundach przykrywam usta ręką, żeby stłumić dźwięk, i znów krzyczę. Krzyk przechodzi w łkanie. Pistolet pada ze stukotem na ziemię. Ciągle widzę Willa.

Uśmiecha się w moich wspomnieniach. Podwinięta warga. Proste zęby. Światło w oczach. Śmieje się, drażni się; jest bardziej żywy w pamięci, niż ja jestem w prawdziwym świecie. Wiedziałam – on albo ja. Wybrałam siebie. Ale też czuję się martwa.

Walę w drzwi – dwa razy, trzy razy, potem sześć, tak jak kazała matka.

Wycieram łzy z twarzy. Po raz pierwszy zobaczę ojca, odkąd go opuściłam, i nie chcę, żeby mnie widział załamaną i szlochającą.

Drzwi otwierają się, stoi w nich Caleb. Jego widok szokuje mnie. Patrzy na mnie przez kilka sekund i rzuca się na mnie, bierze w objęcia. Jego dłoń naciska ranę, którą mam na barku. Zagryzam wargę, żeby powstrzymać się od krzyku, ale i tak jęczę, a Caleb odrywa się szybko ode mnie.

– Beatrice. O Boże, postrzelili cię?

– Wejdźmy – mamroczę słabym głosem.

Przeciąga palcem pod oczami, ścierając wilgoć. Drzwi zamykają się za nami.

Pomieszczenie jest słabo oświetlone, ale widzę znajome twarze, dawnych sąsiadów, kolegów z klasy, współpracowników ojca. Ojciec wpatruje się we mnie, jakby mi wyrosła druga głowa. Marcus. Robi mi się niedobrze. Tobias...

Nie. Nie będę o nim myśleć.

– Jak się dowiedziałaś, gdzie jesteśmy? – pyta Caleb. – Mama cię znalazła?

Przytakuję. O mamie też nie chcę myśleć.

– Moje ramię – syczę.

Teraz, kiedy nic mi nie grozi, adrenalina, która mnie napędzała, znika i ból jest coraz większy. Opadam na kolana. Woda kapie z mojego ubrania na betonową podłogę. Narasta we mnie szloch, za wszelką cenę pragnie się uwolnić, dławię go.

Kobieta o imieniu Tessa, która mieszkała przy naszej ulicy, rozwija siennik. Była żoną członka rady, ale jego tutaj nie widzę. Prawdopodobnie nie żyje.

Ktoś inny przestawia lampę z kąta w drugi kąt, żebyśmy mieli światło. Caleb wyjmuje zestaw pierwszej pomocy, a Susan przynosi mi butelkę wody. Nie ma lepszego miejsca dla człowieka potrzebującego pomocy niż pokój pełen członków Altruizmu. Spoglądam na brata. Znowu jest ubrany na szaro. Spotkanie z nim na terenach Erudytów wydaje się teraz snem.

Ojciec podchodzi do mnie, kładzie moją rękę na swoje barki i pomaga mi przejść.

– Dlaczego jesteś mokra? – pyta Caleb.

– Próbowali mnie utopić. Skąd się tu wziąłeś?

– Zrobiłem to, o co prosiłaś... o co prosiła mama. Zająłem się serum do symulacji i odkryłem, że Jeanine pracowała nad stworzeniem długodystansowych transmiterów, żeby ich sygnał sięgał dalej, a to doprowadziło mnie do informacji o Erudytach i Nieustraszonych... Tak czy inaczej, zrezygnowałem z nowicjatu, kiedy zrozumiałem, co się dzieje. Ostrzegłbym cię, ale było za późno. Teraz jestem bezfrakcyjny.

– Nie – mówi poważnie ojciec. – Jesteś z nami.

Klękam na sienniku, a Caleb lekarskimi nożyczkami rozcina mi koszulę na barku. Zrywa kawałek materiału i odsłania pierwszy tatuaż Altruizmu na prawym ramieniu i drugi – trzy ptaki na obojczyku. Razem z ojcem patrzą na oba tatuaże zafascynowani i wstrząśnięci, ale nie komentują.

Leżę na brzuchu. Caleb ściska mnie za rękę, kiedy ojciec wyjmuje środek antyseptyczny.

– Wydłubywałeś już z kogoś kulę? – pytam i śmieję się roztrzęsionym głosem.

– Zdziwiłoby cię, co umiem robić – odpowiada ojciec.

Wiele rzeczy dotyczących ojca mogłoby mnie zdziwić. Myślę o tatuażu mamy i przygryzam wargę.

– Będzie boleć – ostrzega.

Nie widzę, jak nóż wchodzi we mnie, ale go czuję. Ból rozpływa się po ciele, krzyczę przez zaciśnięte zęby, miażdżę dłoń brata. Ponad wrzaskiem słyszę, jak ojciec prosi, żebym rozluźniła plecy. Łzy spływają mi z kącików oczu, ale robię, co każe. Znowu zaczyna mnie boleć, czuję, jak nóż porusza się pod skórą. Wyję cały czas.

– Mam – oznajmia ojciec. Z brzękiem rzuca coś na ziemię.

Caleb patrzy na niego, potem na mnie i wybucha śmiechem. Tak dawno nie słyszałam, jak się śmieje, że zaczynam płakać.

– Co w tym zabawnego? – pytam, pociągając nosem.

– Nigdy nie myślałem, że się znowu spotkamy – mówi Caleb.

Ojciec czymś zimnym oczyszcza skórę wokół rany.

– Czas na szycie – informuje.

Kiwam głową. Nawleka nitkę na igłę, jak to robił tysiące razy.

– Jeden... dwa... trzy – liczy.

Zaciskam zęby i tym razem jestem cicho. Ze wszystkich rodzajów bólu, który dzisiaj wycierpiałam – postrzelenie, topienie prawie do skutku, wyjmowanie kuli, ból znalezienia i utraty matki i Tobiasa – ten najłatwiej znieść.

Ojciec skończył zszywać ranę, zawiązuje nitkę i kładzie bandaż na szew. Caleb pomaga mi usiąść, rozdziela brzegi swoich dwóch koszul, ściąga przez głowę tę z długimi rękawami i daje mi ją.

Ojciec ostrożnie wsuwa moją rękę do rękawa, a resztę koszuli naciągam przez głowę. Jest workowata, pachnie świeżością, jak Caleb.

– No więc – odzywa się cicho ojciec. – Gdzie matka?

– Odeszła – odpowiadam. – Uratowała mnie.

Caleb zamyka oczy i głęboko oddycha.

Ojciec przez chwilę wygląda na zbolałego, ale bierze się w garść, odwraca błyszczące oczy i kiwa głową.

– To dobrze – mówi przez zaciśnięte gardło. – Dobra śmierć.

Jeśli teraz wszystko opowiem, załamię się, a na to nie mogę sobie pozwolić. Więc tylko kiwam głową.

Eric nazwał samobójstwo Ala aktem odwagi. Mylił się. Śmierć mojej matki to akt odwagi. Pamiętam, jaka była łagodna, jaka zdeterminowana. I nie chodzi tylko o to, że zginęła za mnie; ale zrobiła to spontanicznie, bez wahania i pewnie przez myśl jej nie przeszło, żeby postąpić inaczej.

Ojciec dźwiga mnie z podłogi. Czas zapoznać się z pozostałymi ludźmi w pomieszczeniu. Matka mówiła, żeby ich uratować. Dlatego i dlatego, że jestem Nieustraszona, mam obowiązek przejąć dowodzenie. Nie wiem, jak udźwignę ten ciężar.

Marcus wstaje. Kiedy go widzę, wraca pamięć sceny, kiedy smagnął mnie w ramię paskiem. Pierś mi się ściska.

– Tylko tutaj jesteśmy od dawna bezpieczni – zaczyna w końcu. – Musimy wyjść z miasta. Najlepiej pójść na tereny Serdeczności i modlić się, żeby przyjęli nas do siebie. Beatrice, czy wiesz coś o strategii Nieustraszonych? Czy w nocy przerwą walkę?

– To nie jest strategia Nieustraszonych – poprawiam. – Wszystko zostało zorganizowane przez Erudytów. I nie muszą wydawać rozkazów.

– Nie wydają rozkazów… Co to znaczy? – dopytuje się ojciec.

– Dziewięćdziesiąt procent Nieustraszonych to teraz lunatycy – wyjaśniam. – Są w symulacji i nie wiedzą, co robią. Jedyny powód, że nie jestem taka jak oni, to… – Waham się, jakiego słowa użyć. – Kontrola umysłów na mnie nie działa.

– Kontrola umysłów? Więc nie są świadomi tego, że właśnie zabijają ludzi? – Ojciec wytrzeszcza oczy.

– Nie.

– To… koszmarne. – Marcus kręci głową. Jego współczujący ton brzmi dla mnie sztucznie. – Jak się otrząsną i zdadzą sobie sprawę, co zrobili…

W pomieszczeniu zapada cisza, prawdopodobnie wszyscy z Altruizmu wyobrażają się na miejscu żołnierzy Nieustraszonych. I wtedy coś przychodzi mi do głowy.

– Musimy ich obudzić.

– Co? – pyta Marcus.

– Jeśli obudzimy Nieustraszonych, to pewnie się zbuntują, kiedy zrozumieją, co się dzieje – tłumaczę. – Erudyci nie będą mieli armii. Altruizm przestanie umierać. To się skończy.

– To nie takie proste. – Ojciec kręci głową. – Nawet bez pomocy Nieustraszonych Erudyci znajdą inny sposób, żeby…

– Niby jak mamy ich obudzić? – przerywa mu Marcus.

– Znajdziemy komputery, które kontrolują symulację, i zniszczymy dane. Program. Wszystko.

– Łatwiej powiedzieć niż zrobić – wtrąca się Caleb. – Centrum sterowania symulacją może być wszędzie. I co? Po prostu pojawimy się u Erudytów i zaczniemy przegrzebywać ich teren?

– To jest… – Marszczę brwi. Jeanine. Rozmawiała o czymś ważnym, kiedy z Tobiasem przyszliśmy do jej gabinetu, tak ważnym, że odłożyła telefon. „Musi być dobrze pilnowany". A kiedy odsyłała Tobiasa, powiedziała: „Wysłać go do pokoju kontrolnego". Do pokoju kontrolnego, w którym Tobias już pracował. Przy monitorach zabezpieczenia należących do Nieustraszonych. I przy komputerach Nieustraszonych. – To kwatera główna Nieustraszonych. Tak, to tam są zgromadzone wszystkie dane Nieustraszonych, więc dlaczego nie kontrolować ich stamtąd?

Ledwie dochodzi do mnie świadomość, że zdradziłam tajemnicę swojej frakcji. Jeszcze wczoraj teoretycznie stałam się Nieustraszoną, ale już się nią nie czuję. Do Altruizmu też nie należę.

Domyślam się, że jestem tym, czym zawsze byłam. Ani Nieustraszoną, ani Altruistką, ani bezfrakcyjną. Niezgodną.

– Na pewno? – pyta ojciec.

– Tylko tak przypuszczam, ale są podstawy. To najlepsza teoria, jaką mam.

– Więc musimy ustalić, kto pójdzie tam, a kto do Serdeczności – decyduje ojciec. – Beatrice, kogo potrzebujesz do pomocy?

To pytanie mnie zaskakuje, tak jak jego wyraz twarzy. Patrzy na mnie jak na równego sobie. Mówi do mnie jak do równego sobie. Albo uznał, że już jestem dorosła, albo przyjął, że już nie jestem jego córką. To drugie wydaje się bardziej prawdopodobne i bardziej boli.

– Każdego, kto może pójść i będzie strzelał z pistoletu. I nie boi się wysokości.

Rozdział 37

Siły Erudytów i Nieustraszonych koncentrują się na terenach Altruizmu, więc póki uciekamy z tego sektora, jesteśmy mniej narażeni na kłopoty.

Nie mogłam się zdecydować, kto ma ze mną iść. Oczywistym wyborem był Caleb, bo wie najwięcej o planie Erudytów. Mimo moich protestów Marcus nalegał, że też pójdzie, bo zna się na komputerach. A ojciec zachowywał się, jakby od początku miał zarezerwowaną miejscówkę.

Przez kilka sekund patrzę, jak inni biegną w przeciwnym kierunku – w bezpieczne miejsce, do Serdeczności – potem odwracam się w stronę miasta, w stronę wojny. Stoimy obok torów kolejowych, które zawiodą nas tam, gdzie niebezpiecznie.

– Która godzina? – pytam Caleba.

Patrzy na zegarek.

– Trzecia dwanaście.

– Powinien być w każdej chwili.

– Zatrzyma się?

Kręcę głową.

– Przez miasto jedzie wolno. Pobiegniemy kilka metrów obok wagonu, potem wskoczymy.

Wskakiwanie do pociągów wydaje mi się teraz łatwe, naturalne. Nie będzie takie łatwe dla reszty, ale nie możemy zrezygnować. Patrzę przez lewe ramię i dostrzegam światła pociągu – złote na tle szarych budynków i dróg. Kołyszę się na piętach, światła robią się coraz większe i wreszcie lokomotywa przejeżdża obok mnie, zaczynam biec. Kiedy widzę otwarty wagon, przyspieszam, żeby wyrównać prędkość, chwytam rączkę z lewej strony i wciągam się do środka.

Caleb skacze, upada twardo i przetacza się na bok, pomaga Marcusowi. Ojciec ląduje na brzuchu, podciąga za sobą nogi. Odsuwają się od drzwi, ale ja staję na brzegu wagonu, z jedną ręką na uchwycie. Patrzę na mijane miasto.

Na miejscu Jeanine wysłałabym większość żołnierzy Nieustraszonych do wejścia nad Jamą, na zewnątrz szklanego budynku. Mądrzej będzie wejść od tyłu, tylko że wtedy trzeba skakać na dach.

– Teraz żałujesz, że wybrałaś Nieustraszonych? – odzywa się Marcus.

Dziwi mnie, że tego pytania nie zadał ojciec, ale on, jak i ja, przygląda się miastu. Pociąg przejeżdża obok terenów Erudytów, w tym momencie jest tam ciemno. Z odległości sektor wygląda spokojnie, w ich murach pewnie też panuje spokój. Są z dala od konfliktu i rzeczywistości ich działań.

Kręcę głową.

– Nawet kiedy przywódcy twojej frakcji postanowili dołączyć do spisku i obalić rząd? – wypluwa z siebie Marcus.

– Było parę rzeczy, których chciałam się nauczyć.

– Jak być odważną? – pyta cicho ojciec.

– Jak być bezinteresowną. Często to są te same rzeczy.

– To dlatego wytatuowałaś sobie symbol Altruizmu na ramieniu? – wtrąca się Caleb.

Jestem prawie pewna, że widzę uśmiech w oczach ojca. Odwzajemniam się słabym uśmiechem i kiwam głową.

– I Nieustraszonych na drugim.

Szklany budynek nad Jamą odbija silne promienie słońca prosto w moje oczy. Stoję, trzymam się uchwytu obok drzwi, żeby zachować równowagę. Jesteśmy prawie na miejscu.

– Skaczcie, kiedy dam znać – mówię. – Skaczcie najdalej, jak się da.

– Skakać? – mamrocze Caleb. – Tris, to siódme piętro.

– Na dach. – Widząc jego zdumioną minę, dodaję: – Dlatego nazywają to testem odwagi.

To nie wymaga ode mnie wiele odwagi. Za pierwszym razem, kiedy skoczyłam, to była jedna z najtrudniejszych rzeczy w moim życiu. Teraz przygotowanie do skoku z jadącego pociągu jest niczym, bo w ciągu kilku ostatnich tygodni robiłam znacznie trudniejsze rzeczy, niż większość ludzi robi przez całe życie. A jednak nic nie da się porównać z tym, czego zamierzam dokonać na terenach Nieustraszonych. Jeśli przeżyję, na pewno stanę wobec wyzwań gorszych nawet od tego – jak życie bez frakcji, coś, czego sobie nawet nie wyobrażałam.

– Tato, teraz ty. – Odsuwam się, żeby mógł stanąć na krawędzi drzwi. Jeśli on i Marcus pójdą pierwsi, mogę to tak wyliczyć, żeby musieli przeskoczyć najkrótszą odległość. Mam nadzieję, że ja i Caleb umiemy skakać dalej, bo jesteśmy młodsi. Trzeba podjąć to ryzyko.

Tory kolejowe skręcają, a kiedy zaczynają biec równolegle do skraju dachu, krzyczę:

– Skacz!

Ojciec ugina kolana i rzuca się naprzód. Nie tracę czasu, żeby sprawdzać, czy mu się udało. Wypycham Marcusa.

– Skacz!

Ojciec ląduje na dachu, tak blisko krawędzi, że z trudem nabieram powietrza. Siada na żwirze, a ja przesuwam przed siebie Caleba. Staje w progu i śmiga na zewnątrz – nie muszę go poganiać. Cofam się o kilka kroków, żeby wziąć rozbieg i wyskakuję z wagonu, w momencie gdy pociąg dojeżdża do końca dachu.

Przez chwilę wiszę w nicości, potem moje stopy uderzają o beton i przewracam się na bok, z dala od gzymsu. Boli mnie kolano, wstrząs przechodzi przez całe ciało, bark mi pulsuje. Siadam, ciężko oddycham, patrzę na dach. Caleb i ojciec stoją na skraju, trzymają za ręce Marcusa. Nie udało mu się, ale nie spadł.

Gdzieś w środku mnie zły głos skanduje: „Spadnij, spadnij, spadnij".

Nie leci w przepaść. Ojciec i Caleb go wciągają. Wstaję, strząsam żwir ze spodni. Zaczynam myśleć o tym, co nas czeka. Prosić ludzi, żeby skoczyli z pociągu, to jedno, ale z dachu?

– Pytałam o lęk wysokości, to jest właśnie ta część. – Podchodzę do brzegu dachu. Słyszę szuranie ich stóp za sobą, staję na występie. Wiatr dmucha do góry przy ścianie budynku, zadziera mi koszulę. Patrzę w dół na dziurę w ziemi siedem pięter pode mną i zamykam oczy, wiatr owiewa mi twarz.

– Na dole jest sieć. – Zerkam za siebie. Wyglądają na zmieszanych. Jeszcze się nie zorientowali, o co mi chodzi. – Nie myślcie. Po prostu skaczcie.

Odwracam się i jednocześnie przechylam do tyłu, tracąc równowagę. Spadam jak kamień, oczy mam zamknięte, jedno ramię wyciągnięte, żeby czuć wiatr. Rozluźniam mięśnie jak tylko się da, zanim uderzam w sieć, która wali mnie w bark jak kamienny blok. Zaciskam zęby i przetaczam się na jej skraj, chwytam słup podtrzymujący sieć i przerzucam nogi w bok. Ląduję na kolanach na platformie, łzy mącą mi wzrok.

Caleb krzyczy, kiedy sieć owija się wokół niego i prostuje. Wstaje z trudem.

– Caleb! – syczę. – Tutaj!

Oddychając ciężko, podczołguje się do skraju sieci i skacze, uderza ciężko w platformę. Podnosi się z bolesnym grymasem na twarzy i patrzy na mnie, usta ma otwarte.

– Ile razy… to robiłaś? – wydusza z siebie między oddechami.

– Z dzisiejszym dwa.

Kręci głową.

Ojciec uderza w sieć, Caleb pomaga mu zejść. Ojciec staje na platformie, nachyla się i wymiotuje na bok. Schodzę ze schodów i kiedy docieram na dół, słyszę, jak Marcus z jękiem ląduje w sieci.

Jaskinia jest pusta, korytarze prowadzą w ciemność.

Jeanine urządziła to tak, jakby nikt nie został na terenach Nieustraszonych, nie licząc żołnierzy, których odesłała do pilnowania komputerów. Patrzę za siebie. Marcus stoi na platformie, biały jak prześcieradło, ale cały.

– Więc to jest siedziba Nieustraszonych – szepcze Marcus.

– Tak – mówię. – I?

– Nigdy nie sądziłem, że to zobaczę. – Gładzi ręką ścianę. – Nie musisz się tak najeżać, Beatrice.

Wcześniej nie zauważałam lodowatego chłodu w jego oczach.

– Masz plan, Beatrice? – pyta ojciec.

– Tak. – I to prawda. Mam, chociaż nie pamiętam, kiedy go opracowałam.

Nie jestem też pewna, czy zadziała. Mogę liczyć na parę rzeczy: na terenie nie przebywa zbyt dużo członków frakcji. Nieustraszeni nie słyną z delikatności i zrobię wszystko, żeby ich powstrzymać.

Idziemy korytarzem prowadzącym do Jamy, co trzy metry wiszą w nim świetlówki. Kiedy wchodzimy w pierwszy krąg światła, słyszę wystrzał i padam na ziemię. Ktoś musiał nas zobaczyć. Czołgam się do następnej plamy ciemności.

Iskra z pistoletu rozbłyskuje po drugiej stronie korytarza, przy drzwiach do Jamy.

– Wszyscy cali? – pytam.

– Tak – odpowiada ojciec.

– No to tam zostańcie.

Podbiegam do ściany. Świetlówki wystają z muru, więc pod każdą z nich jest skrawek cienia. Jestem mała, dlatego mogę się w nim schować, jeśli ustawię się bokiem. Mogę podpełznąć do pokoju i zaskoczyć strażnika, który do nas strzela, zanim wpakuje mi kulę w głowę. Może.

Jedna z rzeczy, za które powinnam dziękować Nieustraszonym, to przygotowanie eliminujące strach.

– Kimkolwiek jesteście – krzyczy czyjś głos – rzućcie broń i ręce do góry!

Obracam się i przyciskam plecy do kamiennej ściany. Szybko przechodzę w bok, stopa za stopą, wytężając wzrok w półmroku. W ciszy rozlega się kolejny wystrzał. Docieram do ostatniej świetlówki i staję na chwilę w cieniu, żeby oczy mi się przyzwyczaiły.

Nie wygram w walce, ale jeśli zadziałam szybko, nie będę musiała walczyć. Cicho skradam się do strażnika przy drzwiach. Kilka kroków i zdaję sobie sprawę, że znam te ciemne włosy, które błyszczą nawet w półmroku, i ten długi nos z wąskim mostkiem.

To Peter.

Zimno wpełza mi na skórę, obejmuje serce i żołądek.

Peter twarz ma spiętą – nie jest lunatykiem. Rozgląda się, ale patrzy nade mną dalej, niż stoję. Sądząc po ciszy, nie zamierza z nami negocjować; zabije nas bez pytania.

Oblizuję usta, przebiegam pędem ostatnie kilka metrów i rąbię go podstawą dłoni. Cios dochodzi do jego nosa, on krzyczy, podnosi obie ręce, zakrywa twarz. Ciało trzęsie mi się od nerwowej energii. Kiedy robi zeza, kopię go w pachwinę. Pada na kolana, jego pistolet z klekotem upada na ziemię. Chwytam broń i przyciskam lufę do czubka jego głowy.

– Dlaczego jesteś na jawie? – rzucam ostro.

Podnosi głowę, z trzaskiem wprowadzam kulę do komory, unoszę brew.

– Przywódcy Nieustraszonych... ocenili moje dane i usunęli mnie z symulacji – odpowiada.

– Bo zrozumieli, że i tak masz mordercze skłonności i bez problemu zabijesz kilkuset ludzi na jawie. No jasne.

– Nie jestem mordercą!

– Jeszcze nie widziałam Prawego, który byłby takim kłamcą. – Stukam lufą w jego głowę. – Gdzie są komputery kontrolujące symulację?

– Nie zastrzelisz mnie.

– Ludzie zazwyczaj przeceniają mój charakter – cedzę przez zęby. – Myślą, że jak jestem mała, jak jestem dziewczynką albo Sztywniaczką, to nie powinnam być okrutna. Ale się mylą.

Przesuwam lufę dziesięć centymetrów w bok i strzelam mu w ramię.

Wrzask wypełnia korytarz. Krew tryska z rany. Peter znowu krzyczy, przyciska czoło do ziemi. Przesuwam broń z powrotem na jego głowę, tłumię ukłucie winy w piersi.

– Teraz, kiedy zrozumiałeś, że popełniłeś błąd, dam ci drugą szansę, żebyś powiedział to, co chcę wiedzieć, zanim strzelę ci w jakieś gorsze miejsce.

Mogę liczyć na jeszcze jedno: Peter nie jest bezinteresowny.

Odwraca głowę i patrzy na mnie lśniącym okiem. Zaciska zęby na dolnej wardze, oddech ma urywany. I wdech, i wydech.

– Podsłuchują – wyrzuca z siebie. – Jak nie ty, to oni mnie zabiją. Powiem, jeśli mnie stąd zabierzesz.

– Co?

– Zabierz mnie… aach… ze sobą – wyje, krzywiąc się.

– Myślisz, że cię zabiorę. Że wezmę człowieka, który próbował mnie zabić.

– Tak – jęczy. – Jeśli chcesz się dowiedzieć tego, czego potrzebujesz.

To wygląda na wybór, ale wyborem nie jest. W każdej minucie, którą tracę z Peterem, myśląc o tym, jak nawiedza moje koszmary, i o szkodach, jakie mi wyrządził, ginie kolejnych kilkunastu Altruistów z rąk bezmózgich żołnierzy armii Nieustraszonych.

– Świetnie. Świetnie – powtarzam.

Słyszę za sobą kroki. Trzymam równo pistolet i oglądam się przez ramię. Ojciec i pozostali idą w moją stronę.

Ojciec zdjął koszulę z długimi rękawami. Pod nią ma szary T-shirt. Klęka obok Petera i robi z koszuli pętlę na jego ramieniu, zawiązuje ją mocno. Przyciska materiał do krwawiącej rany chłopaka, podnosi na mnie wzrok.

– Musiałaś do niego strzelać?

Nie odpowiadam.

– Czasem ból służy większemu dobru – stwierdza cicho Marcus.

Oczami wyobraźni widzę go, jak stoi obok Tobiasa z pasem w dłoni, i słyszę jego odbijający się echem głos. „To dla twojego dobra". Patrzę na niego przez kilka sekund. Czy naprawdę w to wierzy? Tak powiedziałby Nieustraszony.

– Ruszamy – rozkazuję. – Wstawaj, Peter.

– Chcesz, żeby szedł? – pyta Caleb. – Zwariowałaś?

– A co? Postrzeliłam go w nogę? Nie. Może chodzić. Dokąd idziemy, Peter?

Caleb pomaga mu wstać.

– Szklany budynek. – Peter się krzywi. – Ósme piętro.

Prowadzi nas przez drzwi.

Maszeruję w huku rzeki i niebieskiej poświacie Jamy. Jeszcze nie widziałam, żeby było tu tak pusto. Patrzę na ściany, szukam śladów życia, ale nie dostrzegam żadnego ruchu, nie ma postaci czających się w ciemności. Z pistoletem w ręku wchodzę na ścieżkę prowadzącą do szklanego sufitu. Pustka przyprawia mnie o dreszcze. Przypomina mi niekończące się pola z koszmaru z wronami.

– Dlaczego myślisz, że masz prawo strzelać do ludzi? – odzywa się ojciec, który idzie za mą. Mijamy salon tatuażu. Gdzie jest teraz Tori? I Christina?

– To nie jest dobry moment na rozważania o etyce – prycham.

– To bardzo dobry moment – sprzeciwia się ojciec – bo wkrótce będziesz miała okazję, żeby znowu do kogoś strzelić, i jeśli nie zrozumiesz...

– Co zrozumiem? – pytam, nie odwracając się. – Że każda stracona sekunda to jeszcze jeden zabity Altruista i jeszcze jeden Nieustraszony, który zostaje mordercą? Zrozumiałam to. Teraz twoja kolej.

– Są właściwe sposoby postępowania.

– Jesteś pewien, że wiesz jakie?

– Proszę, przestańcie się kłócić – przerywa nam Caleb. – Mamy ważniejsze rzeczy do zrobienia.

Dalej idę pod górę, policzki mam gorące. Kilka miesięcy temu nie ośmieliłabym się pyskować tacie. Kilka godzin temu pewnie też nie. Ale coś się zmieniło, kiedy zastrzelili mamę. Kiedy zabrali Tobiasa.

Przez grzmot wody słyszę, że ojciec dyszy. Zapomniałam, że jest ode mnie starszy, że jego kości z trudem już dźwigają ciężar ciała.

Przed wejściem na metalowe schody, które doprowadzą mnie nad szklany sufit, czekam w ciemności i patrzę na zalaną słońcem Jamę. Widzę, jak jakiś cień przesuwa się na tle nasłonecznionej ściany. Liczę, aż pojawi się kolejny cień. Strażnicy robią obchód co półtorej minuty, stoją przez dwadzieścia sekund i ruszają dalej.

– Na górze są żołnierze z pistoletami. Kiedy mnie zobaczą, będą próbowali zabić – szepczę do ojca. Szukam jego oczu. – Mam im pozwolić?

Patrzy na mnie przez kilka sekund.

– Idź – mówi. – I niech ci Bóg pomoże.

Ostrożnie wchodzę na schody, zatrzymuję się, zanim pokaże się moja głowa. Czekam, patrzę, jak przesuwają się cienie, jak jeden z nich przystaje. Robię krok do góry, celuję i strzelam.

Kula nie trafia strażnika. Rozbija szybę za nim. Znowu naciskam spust i kurczę się, kiedy pocisk wali w posadzkę niedaleko mnie. Chwała Bogu, że sufit jest kuloodporny, bo szkło zbiłoby się, a ja spadłabym i zginęła.

Jednego strażnika mniej. Oddycham głęboko i wystawiam zza sufitu tylko rękę, próbuję wypatrzyć cel przez szyby. Wysuwam pistolet i strzelam do strażnika, który biegnie w moją stronę. Dostaje w rękę. Na szczęście w tę rękę, w której trzyma broń. Pistolet wypada mu z dłoni, ślizga się po posadzce.

Trzęsę się, podciągam przez dziurę w suficie i chwytam leżącą spluwę, zanim tamten zdoła ją złapać. Kula przelatuje ze świstem obok mojej głowy tak blisko, że prawie mnie dosięga. Czuję, jak muska moje włosy. Z szeroko otwartymi oczami przerzucam prawe ramię nad barkiem, wywołując piekący ból w całym ciele, i trzy razy strzelam w tył. Jakimś cudem jedna z kul trafia Nieustraszonego. Płaczę z bólu, nie mogę się powstrzymać. Właśnie rozerwałam szwy, jestem tego pewna.

Kolejny strażnik staje naprzeciwko mnie. Leżę płasko na brzuchu i celuję do niego z obu pistoletów. Ramiona opieram o posadzkę, patrzę w czarny otwór lufy.

Wtedy dzieje się coś zaskakującego. Facet ruchem podbródka daje mi znak, żebym poszła za nim.

Musi być Niezgodny.

– Droga wolna! – krzyczę.

Strażnik znika w sali krajobrazu strachu.

Wstaję powoli, prawą rękę trzymam przy piersi. Mam widzenie tunelowe: biegnę ścieżką i nie będę mogła się zatrzymać, o niczym pomyśleć, aż dotrę do jej końca.

Podaję jeden pistolet Calebowi, drugi wsuwam za pasek.

– Myślę, że ty i Marcus powinniście zostać z nim. – Wskazuję głową Petera. – Będzie nas tylko spowalniał. Postarajcie się, żeby nikt za nami nie poszedł.

Mam nadzieję, że Caleb nie rozumie tego, co robię – zatrzymuję go tutaj dla jego bezpieczeństwa, chociaż z chęcią oddałby życie za naszą sprawę. Jeśli pójdę na górne piętra budynku, prawdopodobnie już nie wrócę. Mogę mieć najwyżej nadzieję, że zniszczę symulację, zanim ktoś mnie zabije. Kiedy zdecydowałam się na tę samobójczą misję? Dlaczego decyzja nie była taka trudna?

– Zostanę, kiedy ty tam idziesz i ryzykujesz życie – mówi Caleb.

– Jesteś mi potrzebny tutaj.

Peter opada na kolana. Twarz mu błyszczy od potu. Przez sekundę prawie mi go żal, ale potem przypominam sobie Edwarda i dotyk materiału na moich oczach, kiedy napastnicy założyli mi opaskę, i współczucie przeradza się w nienawiść. Caleb wreszcie kiwa głową.

Podchodzę do jednego z martwych strażników i zabieram mu pistolet. Odwracam oczy od jego śmiertelnej rany. W głowie mi łomocze. Nie jadłam; nie spałam; nie szlochałam i nie krzyczałam ani nie odpoczęłam chociaż przez chwilę. Gryzę się w wargę i ruszam do wind po prawej stronie korytarza. Poziom ósmy.

Kiedy drzwi windy się zamykają, opieram głowę o szkło i przysłuchuję się sygnałom.

Patrzę na ojca.

– Dziękuję. Za to, że chronisz Caleba – mówi. – Beatrice, ja...

Winda dojeżdża na ósme piętro i drzwi się otwierają. Dwaj strażnicy stoją z pistoletami gotowymi do strzału, twarze mają bez wyrazu. Szeroko otwieram oczy i rzucam się na ziemię, kiedy rozbrzmiewają wystrzały. Kule roztrzaskują szkło. Nieustraszeni padają bezwładnie na ziemię. Stoi nad nimi ojciec, nadal trzyma pistolet w wyciągniętych rękach.

Gramolę się z podłogi. Z lewej strony korytarzem biegną strażnicy. Sądząc po synchronizacji ich kroków, są pod kontrolą symulacji. Mogłabym popędzić prawym korytarzem, ale skoro nadbiegli z lewego, to tam są komputery. Rzucam się na podłogę między dwoma strażnikami, których przed chwilą zabił mój ojciec, i staram się leżeć zupełnie bez ruchu.

Ojciec wyskakuje z windy i gna prawym korytarzem, pociągając za sobą strażników Nieustraszonych. Przytykam rękę do ust, żeby za nim nie krzyknąć. Ten korytarz nie ma wyjścia.

Próbuję ukryć głowę, żeby tego nie widzieć, ale nie mogę. Patrzę nad plecami zabitego mężczyzny. Ojciec wypuszcza serię za siebie do goniących go strażników, ale jest za wolny. Jeden z nich strzela mu w brzuch, ojciec jęczy tak głośno, że prawie czuję to w piersi.

Przytrzymuje wnętrzności, uderza ramieniem o ścianę i strzela. I znowu strzela. Strażnicy są pod wpływem symulacji, biegną dalej, mimo że dostali, będą się poruszać, póki biją im serca, ale nie docierają do ojca. Krew tryska mu spod ręki, twarz traci kolor. Jeszcze jeden strzał i ostatni strażnik leży na ziemi.

– Tato. – To miał być krzyk, ale wydobywa się ze mnie zaledwie pisk.

Ojciec osuwa się na ziemię. Nasze oczy spotykają się w pustce.

Otwiera usta, jakby chciał coś powiedzieć, ale wtedy broda opada mu na pierś i ciało wiotczeje.

Oczy mnie pieką, jestem za słaba, żeby wstać; odór potu i krwi przyprawia mnie o mdłości. Chcę położyć głowę i niech to się już skończy. Chcę zasnąć i nigdy się już nie obudzić.

Ale to, co powiedziałam wcześniej ojcu, to prawda – każda stracona sekunda to kolejny zabity Altruista.

Została mi już tylko jedna rzecz na świecie: zniszczyć symulację.

Podnoszę się, biegnę korytarzem, skręcam w prawo. Przede mną są tylko jedyne drzwi. Otwieram je.

Ściana naprzeciwko składa się wyłącznie z ekranów, wysokich i szerokich na pół metra. Są ich dziesiątki, każdy pokazuje inną część miasta. Płot. Centrum. Ulice w sektorze Altruizmu – teraz pełne żołnierzy Nieustraszonych. Parter budynku pod nami, gdzie Caleb, Marcus i Peter czekają na mój powrót. Na ścianie mnóstwo jest tego, co w życiu widziałam, o czym kiedykolwiek wiedziałam.

Na jednym z ekranów zamiast obrazu widnieje linia kodu. Przelatuje szybciej, niż jestem w stanie odczytać. To symulacja, kod skompilowany, złożona lista poleceń, które przewidują różne zachowania i kierują nimi.

Przed ekranem stoi krzesło i biurko. Na krześle siedzi żołnierz Nieustraszonych.

– Tobias – mówię.

Rozdział 38

Tobias odwraca głowę, kieruje na mnie ciemne oczy. Brwi ma ściągnięte. Wstaje. Wygląda na zdezorientowanego. Podnosi pistolet.

– Rzuć broń – rozkazuje.

– Tobias. To symulacja.

– Rzuć broń – powtarza. – Bo będę strzelał.

Jeanine powiedziała, że on mnie nie zna i że symulacja zamienia przyjaciół Tobiasa w jego wrogów. Strzeli do mnie, jeśli będzie musiał.

Kładę pistolet przy swoich stopach.

– Rzuć broń! – krzyczy.

– Rzuciłam. – Jakiś głosik w głowie podpowiada mi, że Tobias mnie nie słyszy, nie widzi, nie zna. Języki ognia napierają od środka na moje oczy. Nie mogę tu tak stać i pozwolić, żeby mnie zastrzelił.

Skaczę na niego, chwytam za przegub. Czuję, jak tężeją mu mięśnie, kiedy naciska spust, i uchylam głowę w samą porę. Kula uderza w ścianę za mną. Dysząc, kopię go w żebra i najmocniej, jak tylko mogę, wykręcam mu dłoń. Wypuszcza broń.

Nie pokonam Tobiasa w walce. Wiem doskonale. Ale muszę zniszczyć komputer. Schylam się po pistolet. Zanim zdążam go dotknąć, Tobias łapie mnie i odciąga. Na chwilę przed zaliczeniem ciosu w zęby patrzę w ciemne oczy wyrażające rozdarte uczucia. Głowa odskakuje mi w bok, kulę się, żeby być jak najdalej od niego, podnoszę ręce, chroniąc twarz. Nie mogę upaść; nie mogę upaść, bo mnie kopnie i wtedy będzie gorzej, znacznie gorzej. Odsuwam pistolet piętą, żeby nie mógł po niego sięgnąć, nie zwracam uwagi na pulsowanie w szczęce i kopię go w brzuch.

Łapie mnie za stopę i ciągnie. Upadam na ramię. Z bólu mam mrówki w oczach. Podnoszę na niego wzrok. Odsuwa stopę do tyłu, jakby chciał mnie kopnąć, padam na kolana, wyciągam rękę po pistolet. Nie wiem, co zrobię. Nie mogę go zastrzelić, nie mogę go zastrzelić, nie mogę. Gdzieś tam w środku jest on.

Łapie mnie za włosy i szarpie w bok. Sięgam i chwytam go za przegub, ale jest za silny, i walę czołem o ścianę.

Gdzieś tam w środku jest on.

– Tobias – mówię.

Czyżby jego chwyt osłabł? Odkręcam się i kopię, trafiam w kolano. Kiedy moje włosy wyślizgują się z jego dłoni, schylam się po pistolet, dotykam koniuszkami palców chłodnego metalu. Przewracam się na plecy i celuję.

– Tobias. Wiem, że gdzieś tam w środku jesteś ty.

Ale gdyby był, nie rzuciłby się na mnie, jakby chciał mnie pokonać, tym razem na dobre.

Głowa mi pulsuje. Wstaję.

– Tobias – błagam. Jestem żałosna. Twarz mam gorącą od łez. – Proszę, zobacz mnie. – Idzie do mnie, jego ruchy są niebezpieczne, szybkie, sprężyste. Pistolet drży mi w dłoni. – Tobias, zobacz mnie, proszę!

Nawet kiedy gniewnie ściąga brwi, jego oczy są życzliwe, a ja pamiętam, jak wyginały się jego usta, kiedy się uśmiechał.

Nie mogę go zabić. Nie jestem pewna, czy go kocham. Nie jestem pewna, w tym rzecz. Ale jestem pewna, co on by zrobił, gdybyśmy zamienili się rolami. Jestem pewna, że nie ma rzeczy, dla której warto byłoby go zabić.

Już to robiłam – w moim krajobrazie strachu, z pistoletem w dłoni, z głosem krzyczącym, żebym strzelała do ludzi, których kocham. Wtedy wolałam umrzeć, ale nie potrafię sobie wyobrazić, jak teraz mogłoby mi to pomóc. Ale po prostu wiem, wiem, co powinnam zrobić.

Ojciec mówi – mawiał – że w wyrzeczeniu jest siła.

Odwracam pistolet i wciskam go Tobiasowi w dłoń.

Przykłada lufę do mojego czoła. Przestałam płakać, na policzkach czuję zimne powietrze. Wyciągam rękę i kładę ją na piersi Tobiasa, żeby poczuć bicie jego serca. Przynajmniej bicie serca nadal jest nim.

Pocisk z trzaskiem wchodzi do komory. Może zastrzeli mnie z taką łatwością, jak to było w krajobrazie strachu, jak to jest w moich snach. Może to będzie tylko huk, światło zgaśnie i znajdę się w innym świecie. Stoję nieruchomo i czekam.

Czy będzie mi przebaczone to, co zrobiłam, żeby dostać się tutaj?

Nie wiem, nie wiem.

Proszę.

Rozdział 39

Strzał nie pada. Tobias patrzy na mnie z taką samą nienawiścią, ale się nie rusza. Dlaczego mnie nie zastrzelił? Jego serce wali pod moją dłonią, moje serce skacze z radości. Jest Niezgodny. Może uporać się z tą symulacją. Z każdą symulacją.

– Tobias. To ja.

Robię krok do przodu i obejmuję go ramionami. Ciało ma sztywne. Serce szybciej mu bije. Czuję to na twarzy. Dudni przy moim policzku. Łomot, pistolet upada na ziemię. Tobias chwyta mnie za ramię – za mocno, jego palce wbijają się w skórę tam, gdzie była kula. Krzyczę, puszcza. Może chce mnie zabić w jakiś okrutniejszy sposób.

– Tris – mówi. To znowu on. Jego usta ocierają się o moje.

Otacza mnie ramieniem i podnosi, trzymając przy sobie. Jego ręce są zaciśnięte na moich plecach. Twarz i kark ma mokre od potu, ciało mu się trzęsie, a moje ramię płonie z bólu, ale jest mi wszystko jedno, wszystko jedno, wszystko jedno.

Stawia mnie i patrzy, palcami dotyka mojego czoła, brwi, policzków, warg.

Wyrywa się z niego coś jak szloch, łkanie i jęk i znowu mnie całuje. Oczy mu lśnią od łez. Nigdy nie myślałam, że zobaczę płaczącego Tobiasa. Rani mnie to.

Przytulam się do jego piersi i płaczę w koszulę. Zanika mi pulsowanie w głowie i ból w barku, mam wrażenie, jakbym ważyła dwa razy więcej. Opieram się o niego, a on mnie podtrzymuje.

– Jak to zrobiłeś? – pytam.

– Nie wiem. Po prostu usłyszałem twój głos.

Po kilku sekundach przypominam sobie, po co tu jestem. Odsuwam się, ocieram policzki nasadą dłoni i znowu odwracam się w stronę ekranów. Widzę ten, który pokazuje fontannę z wodą pitną. To tam Tobias zareagował tak paranoicznie, kiedy wygadywałam różne rzeczy na Nieustraszonych. Ciągle patrzył na ścianę nad fontanną. Teraz rozumiem dlaczego.

Stoimy z Tobiasem przez jakiś czas i wiem, o czym on myśli, bo ja też o tym myślę: jak coś tak małego może rządzić tyloma ludźmi.

– Czy to ja kierowałem symulacją? – pyta.

– Nie wiem, czy kierowałeś, raczej ją monitorowałeś. Jest prawie całkowita. Nie mam pojęcia jak, ale Jeanine zrobiła to tak, że symulacja może działać sama.

Kręci głową.

– To... niesamowite. Straszne, złe... ale niesamowite.

Dostrzegam ruch na jednym z ekranów i widzę swojego brata, Marcusa i Petera – są na parterze. Otaczają ich żołnierze Nieustraszonych, cali w czerni, z bronią.

– Tobias – rzucam krótko. – Teraz!

Podbiega do ekranu komputera i kilka razy stuka w niego palcem. Nie widzę tego, co robi. Jestem w stanie patrzeć tylko na brata. Pistolet, który mu dałam, trzyma w wyciągniętej ręce, jakby gotów go użyć. Gryzę się w wargę. Nie strzelaj. Tobias naciska na ekran jeszcze kilka razy. Wpisuje litery, które nie mają dla mnie sensu. Nie strzelaj.

Widzę błysk światła – iskierkę z jednego z pistoletów – chwytam powietrze. Mój brat, Marcus i Peter kucają na ziemi z rękami nad głowami. Po chwili wszyscy się poruszają, a więc żyją, żołnierze Nieustraszonych się zbliżają. Czarny rój wokoło mojego brata.

– Tobias – mówię.

Znowu naciska ekran i wszyscy na parterze zamierają. Ramiona opadają im po bokach.

A potem Nieustraszeni zaczynają się ruszać. Obracają głowami w obie strony, rzucają pistolety, ich usta poruszają się, jakby krzyczeli, popychają się, niektórzy opadają na kolana, trzymają się za głowy i kołyszą się do przodu i do tylu, do przodu i do tyłu. Całe napięcie w piersiach mija, siadam i wzdycham.

Tobias kuca obok komputera i zdejmuje ściankę obudowy.

– Muszę wydostać dane, bo znowu włączą symulację – wyjaśnia.

Obserwuję szalone sceny na ekranie. Takie samo szaleństwo musi panować na ulicy. Przeglądam ekrany, jeden po drugim, szukam tego, który pokazuje sektor miasta Altruizmu. Jest tylko jeden – na samym końcu pokoju, na dole. Nieustraszeni na tym ekranie strzelają do siebie, popychają się, krzyczą – chaos. Mężczyźni i kobiety ubrani na czarno padają na ziemię. Ludzie pędzą we wszystkich kierunkach.

– Mam. – Tobias podnosi twardy dysk komputera. Kawałek metalu mniej więcej wielkości jego dłoni. Podaje mi go, a ja chowam do kieszeni.

– Musimy wyjść. – Wstaję. Pokazuję ekran z prawej.

– Tak, musimy. – Otacza mnie ramieniem. – Chodźmy.

Razem idziemy korytarzem i skręcamy za róg. Winda przypomina mi o ojcu. Nie mogę się powstrzymać i patrzę na jego ciało.

Leży na podłodze obok windy, otoczone zwłokami kilku strażników. Wyrywa mi się zduszony okrzyk. Odwracam się. Żółć podchodzi mi do gardła, wymiotuję pod ścianą.

Przez sekundę czuję się tak, jakby wszystko we mnie się łamało, przykucam obok ciała. Nie oddycham przez nos, żeby nie czuć krwi. Przykładam rękę do ust, żeby powstrzymać szloch. Jeszcze pięć sekund. Pięć sekund słabości i wtedy się podniosę. Jedna, dwie, trzy, cztery.

Pięć.

Ledwie orientuję się w otoczeniu. Jest jakaś winda, jakiś szklany pokój, powiew zimnego powietrza. Jest tłum krzyczących żołnierzy Nieustraszonych ubranych na czarno. Szukam twarzy Caleba, ale nigdzie jej nie ma, nigdzie, dopóki nie wychodzimy ze szklanego budynku na słońce.

Caleb biegnie do mnie, kiedy przechodzę przez drzwi. Dopadam do niego, mocno mnie ściska.

– Tata? – pyta.

Tylko kręcę głową.

– Cóż – mówi, mało nie dławiąc się tym słowem. – Chciałby, żeby stało się tak, jak się stało.

Przez ramię Caleba widzę, że Tobias zatrzymuje się w pół kroku. Cały sztywnieje, kiedy spostrzega Marcusa. W ferworze likwidowania symulacji zapomniałam go ostrzec.

Marcus podchodzi do syna i go obejmuje. Tobias stoi, jakby był z kamienia, twarz ma bez wyrazu. Widzę, jak jabłko Adama skacze mu w górę i w dół, oczy podnosi do sufitu.

– Synu – wzdycha Marcus.

Tobias się krzywi.

– Hej – wołam, odrywając się od Caleba. Pamiętam, jak zapiekło mnie w przegub uderzenie pasem w krajobrazie strachu Tobiasa. Wślizguję się między nich, odpycham Marcusa. – Hej. Odejdź od niego.

Czuję na szyi oddech Tobiasa, krótki i urywany.

– Nie podchodź – syczę.

– Beatrice, co ty robisz? – pyta Caleb.

– Tris – wtrąca się Tobias.

Marcus patrzy na mnie ze zgorszeniem, które wydaje mi się fałszywe – oczy i usta ma zbyt szeroko otwarte. Gdybym wiedziała, jak zetrzeć tę minę, zrobiłabym to.

– Nie wszystkie te artykuły Erudytów kłamały. – Mrużę oczy, patrząc na Marcusa.

– O czym mówisz? – pyta cicho. – Nie wiem, co ci naopowiadali, Beatrice, ale…

– Jedyny powód, że jeszcze cię nie zastrzeliłam, to że on powinien to zrobić – ciągnę. – Odejdź od niego, bo nie będę się dłużej powstrzymywać.

Ręce Tobiasa obejmują mnie i ściskają.

Marcus spogląda mi przez kilka sekund w oczy, a ja nic na to nie mogę poradzić, że zamiast nich widzę czarne dziury, jak w krajobrazie strachu Tobiasa. Wreszcie Marcus odwraca wzrok.

– Musimy iść – mówi niepewnie Tobias. – Pociąg powinien zaraz przyjechać.

Idziemy po twardej ziemi w stronę torów. Tobias patrzy przed siebie, zaciska szczęki. Czuję ukłucie żalu. Może powinnam go zostawić, żeby sam dał sobie radę ze swoim ojcem.

– Przepraszam – mruczę.

– Nie masz za co przepraszać – odpowiada i bierze mnie za rękę. Palce nadal mu się trzęsą.

– Jeśli wsiądziemy do pociągu jadącego w przeciwną stronę, z miasta, zamiast do miasta, możemy się dostać do kwatery głównej Serdeczności – mówię. – Tam inni jadą.

– A Prawość? – pyta mój brat. – Jak myślicie, co oni zrobią?

– Nie wiem, jak zareagują na ten atak. Nie sądzę, aby stanęli po stronie Erudytów, nie dopuszczą się żadnego oszustwa. Ale pewnie nie będą też przeciwko nim walczyć.

Stoimy przy torach przez kilka minut, pociąg jeszcze nie nadjeżdża. Tobias musi mnie nieść, bo ledwo trzymam się na nogach. Kładę mu głowę na ramieniu, głęboko wdycham zapach jego skóry. Odkąd uratował mnie przed atakiem, kojarzę jego zapach z bezpieczeństwem i dopóki go czuję, wiem, że nic mi nie grozi.

Ale tak naprawdę to nie będę się czuła bezpiecznie, dopóki Peter i Marcus są z nami. Próbuję na nich nie patrzeć, ale jestem świadoma ich obecności. Okrucieństwo losu polega na tym, że muszę podróżować z ludźmi, których nienawidzę, a ludzie, których kocham, zostali martwi za mną.

Martwi albo przebudzeni jako mordercy. Gdzie są teraz Christina i Tori? Błąkają się po ulicach dręczone wyrzutami sumienia z powodu tego, co zrobiły? A może kierują pistolety w stronę ludzi, którzy je do tego zmusili? A może już nie żyją? Chciałabym wiedzieć.

Jednocześnie mam nadzieję, że nigdy się nie dowiem. Jeśli Christina nie zginęła, znajdzie ciało Willa. A jeśli znowu mnie spotka, jej wyćwiczone w Prawości oko pozna, że to ja go zabiłam. Wiem o tym i wina dusi mnie, miażdży, więc staram się zapomnieć. Zmuszam się, żeby zapomnieć.

Nadjeżdża pociąg, Tobias stawia mnie na ziemi, żebym mogła wskoczyć. Przebiegam kilka kroków obok wagonu i rzucam się w lewo. Ląduję na lewym ramieniu. Podciągam się do środka i siadam pod ścianą. Naprzeciwko mnie siedzi Caleb, Tobias obok mnie, tworząc zaporę między mną a Marcusem i Peterem. Moi wrogowie. Jego wrogowie.

Pociąg skręca, widzę za sobą miasto. Będzie coraz mniejsze, aż tam, gdzie kończą się tory, zobaczymy lasy i pola, które ostatni raz widziałam, kiedy byłam za mała, żeby to docenić. Na jakiś czas dzięki życzliwości Serdecznych znajdziemy u nich schronienie, ale nie możemy zostać tam na zawsze. Wkrótce Erudyci i skorumpowani przywódcy Nieustraszonych zaczną nas szukać i będziemy musieli się wynieść.

Tobias przyciąga mnie do siebie. Zginamy kolana, pochylamy głowy, jesteśmy zamknięci we własnej, stworzonej przez nas przestrzeni, nie widzimy tych, którzy są dla nas problemem, oddychamy tym samym powietrzem.

– Moi rodzice – mówię – dzisiaj zginęli.

Chociaż to powiedziałam, chociaż wiem, że to prawda, wydaje mi się to nierealne.

– Zginęli za mnie – dodaję. To ważne.

– Kochali cię – odpowiada Tobias. – Dla nich to najlepszy sposób, żeby to okazać.

Przytakuję, przyglądam się linii jego brody.

– Mało brakowało, a sama byś dzisiaj zginęła – ciągnie. – Omal cię nie zastrzeliłem. Tris, dlaczego do mnie nie strzelałaś?

– Nie mogłam. To byłoby tak, jakbym zastrzeliła siebie.

Wygląda na zbolałego, nachyla się bliżej mnie, wargami ociera się o moje wargi.

– Muszę ci coś powiedzieć – zaczyna.

Przesuwam palcem po ścięgnach jego ręki i odwzajemniam spojrzenie.

– Chyba się w tobie zakochałem. – Uśmiecha się leciutko. – Ale zanim ci to wyznam, poczekam, aż będę pewien.

– To rozsądne z twojej strony – odpowiadam i też się uśmiecham. – Musimy znaleźć kawałek papieru, żebyś zrobił listę, wykres albo coś takiego.

Czuję jego śmiech, nosem przejeżdża mi po brodzie, wciska usta za moje ucho.

– Może już jestem pewien, tylko po prostu nie chciałem cię nastraszyć.

Śmieję się lekko.

– No to nie powinieneś tego robić.

– Doskonale. Więc cię kocham.

Całuję go, a pociąg wjeżdża na ciemne, nieznane obszary. Całuję go tak długo, jak chcę, ale dłużej niż powinnam, skoro mój brat siedzi metr ode mnie.

Sięgam do kieszeni i wyjmuję twardy dysk z danymi symulacji. Obracam go w ręku, nastawiam tak, żeby złapał i odbił trochę gasnącego światła. Marcus chciwie się temu przypatruje. Nie jest bezpiecznie, myślę. Nie za bardzo.

Przyciskam twardy dysk do piersi, opieram głowę o ramię Tobiasa i próbuję zasnąć.

Zarówno Altruiści, jak i Nieustraszeni ponieśli wielkie straty, członkowie frakcji są rozproszeni. Jesteśmy teraz jakby bezfrakcyjni. Nie wiem, jak będzie wyglądało życie poza frakcjami – jesteśmy wolni jak liść opadły z drzewa, które go żywiło. Jesteśmy zagubieni; porzuciliśmy wszystko. Nie mam domu, ścieżki, pewności. Nie jestem już Tris bezinteresowną ani Tris odważną.

Myślę, że teraz muszę się stać czymś więcej niż one obie.

Podziękowania

Dziękuję Ci, Boże, za Twojego Syna i za to, że pobłogosławiłeś mnie ponad wszelkie zrozumienie.

Dziękuję także: Joannie Stampfel-Volpe, mojej cholernej agentce, która, a wiem o tym, pracuje ciężej niż ktokolwiek – twoja uprzejmość i wielkoduszność nigdy nie przestaną mnie zadziwiać. Molly O'Neill, zwanej także Redaktorem Cudów – nie mam pojęcia, jak łączysz ostre redaktorskie oko z tak wielkim sercem, ale jakoś łączysz. Co za szczęście, że dwoje ludzi, takich jak ty i Joanna, jest po mojej stronie.

Katherinie Tegen, która prowadzi niesamowitą drukarnię. Barb Fitzsimmons, Amy Ryan i Joel Tippie – one zaprojektowały piękną i przejmującą okładkę. Brennie Franzitcie, Amy Vinchesi i Jennifer Stradzie, redaktor produkcji, redaktor wydania i korektorce (według kolejności), zwanym także ninja gramatyki/interpunkcji/formatowania – wasza praca jest taka ważna. Dyrektorom fantastycznego marketingu i kontaktów z czytelnikami, Suzanne Daghlian, Patty Rosati, Colleen O'Connell i Sandee Roston; Allison Verost, mojej specjalistce od reklamy, wszystkim w działach marketingu i reklamy.

Jean McGinley, Alphie Wong i reszcie z zespołu praw autorskich, dzięki którym moja książka może być czytana w tylu językach, w ilu ja sama nigdy nie zdołam czytać. Dziękuję też wspaniałym zagranicznym wydawcom, że przyjęli moją książkę pod swój dach. Zespołowi produkcyjnemu i zespoło-

wi HarperMedia książki audio i e-booka za ich ciężką pracę. Genialnym ludziom ze sprzedaży – niesamowicie się napracowali dla mojej książki i, jak słyszałam, prawie tak bardzo kochają Cztery jak ja. I wszystkim innym z HarperaCollinsa, którzy wspierali moją powieść – zebrałaby się ich wioska. Jestem szczęśliwa, że mogę w niej z wami mieszkać.

Nancy Coffey, legendzie agentów literackich, za to, że uwierzyła w moją książkę i tak gorąco mnie przyjęła. Pouyi Shahbazian za mistrzostwo w prawach do filmu i za wspieranie mojego uzależnienia od „Top Chef". Shaunie Seliy, Brianowi Bouldreyowi i Averill Curdy, moim profesorom, za to, że pomogli mi radykalnie poprawić umiejętność pisania. Jennifer Wood, koleżance po piórze, za jej eksperckie umiejętności podczas burzy mózgów. Sumayyah Daud, Veronique Pettingill, Kathy Bradey, Debrze Drizie, Larze Erlich i Abigail Schmidt, moim pierwszym czytelniczkom, za wszystkie ich notatki i entuzjazm. Nelsonowi Fitchowi za zrobienie mi zdjęć i pomoc.

Przyjaciołom, którzy są ze mną, nawet kiedy jestem kapryśna i unikam towarzystwa. Mike'owi za to, że nauczył mnie tyle o życiu. Ingrid i Karlowi, mojej siostrze i bratu, za niezachwianą miłość i entuzjazm. Frankowi, który przepchnął mnie przez trudny okres – twoje wsparcie znaczy dla mnie więcej, niż o tym wiesz. I Barbarze, mojej matce – zawsze zachęcała mnie do pisania, nawet kiedy żadna z nas nie wiedziała, czy to do czegokolwiek doprowadzi.